महारानी मैत्रेय

मिताली सिंह बघेल

notionpress.com

INDIA • SINGAPORE • MALAYSIA

Notion Press Media Pvt Ltd

No. 50, Chettiyar Agaram Main Road,
Vanagaram, Chennai, Tamil Nadu – 600 095

First Published by Notion Press 2021
Copyright © Mitali Singh Baghel 2021
All Rights Reserved.

ISBN 978-1-68538-256-8

अंतर्वस्तु

अभिस्वीकृति

मैं करतज्ञ हूँ हर उस व्यक्ति के लिए, जिन्होंने इस किताब को पूरा करने के लिए दुनिया की सबसे कीमती चीज, मुझे अपना समय दिया। जितनी मदद और प्रोत्साहन मुझे मेरे परिवार, दोस्तों और कई जान पहचान वालों से मिला है, उन्हे इतने काम शब्दों में बताना नामुमकिन सा है।

मेरी माँ रेनू सिंह बघेल, जो मुझे हर वक़्त प्रोत्साहित करती रहीं, मुझे काम करने में आसानी हो इसका ध्यान रखा। मेरे पिता यादवेन्द्र प्रताप सिंह बघेल और बहन सोनाली सिंह बघेल परिहार ने मेरी हिन्दी सुधारने में मेरी बहुत मदद कि।

रुचि बरार, अंकित सिंह सेंगर, शाकुल शर्मा का धन्यवाद करती हूँ, जिन्होंने इस किताब के हर स्तर पर मेरी मदद कि, कभी प्रोत्साहन दे कर, कभी मज़ाक कर के, कभी गुस्सा कर के, हमेशा मुझे दिशा दिखाई। दरशक शाह, योगिता रुपापरा, राकेश जावले, सिमी ठाकुर, ग्रीशमा राका भटेवरा, जसलीन अरोरा को धन्यवाद करती हूँ, जिन्होंने कई घंटे लगातार मेरी कहानियों को सुना और पढ़ा।

मैं नोशन प्रेस और उनके द्वारा आए सलाहकार सलमान, निकिता, केरिन, जॉर्ज, यशवनी और उनकी टीम जिन्होंने मेरी

किताब को रूप देने में मेरी सहायता कि, उन सभी को धन्यवाद देती हूँ।

आखिरी में, मैं आप सभी को धन्यवाद करती हूँ, जो इस वक़्त मेरी किताब पढ़ रहे हैं।

पाठ - 1

अपहरण

आधी रात हो चुकी है, व्यापारियों की एक गाड़ी इस समय महल के द्वार पर पहुंची है, जिसके कारण पहरेदार कुछ क्रोधित से हैं। वह घोड़ा-गाड़ी रुका कर पूछताछ कर रहे हैं। जिसके कारण एक बाहरी देश का घुसपैठिए को महल के अंदर प्रवेश के लिए खाली रास्ता मिल गया।

"रात के इस समय बाहर घूमने का अर्थ समझते हैं आप?" एक सिपाही ने कहा।

"जानते हैं इस राज्य के बाहर नरभक्षी राक्षस विचरण कर रहे हैं?" दूसरे सिपाही ने व्यापारी से पूछा।

"महत्वपूर्ण नहीं होता, तो हमें भी अपना जीवन दांव पर लगाने में रुचि नहीं है।" उस व्यापारी ने कहा।

महल, दीयों के हल्के प्रकाश से उज्ज्वल है। हर स्थान पर पहरेदार निगरानी कर रहे हैं। इस कारणवश, घुसपैठिए ने अपने घोड़े को, एक अंधेरे स्थान पर छोड़ा।

वह घुसपैठिया, बिना किसी आहट के पहरेदारों की दृष्टि से बचते हुए फुर्ती से महल के अंदर गया। उस कद काठी के व्यक्ति

के लिए इतनी फुर्ती दिखाना असाधारण है, जो उसके योद्धा होने का सबूत है।

घुसपैठिया छुपते-छिपाते, राज्य कुटुंब के महल तक पहुँचा। दो सिपाहियों को सामने से आता देख, वह एक खंबे के पीछे छिप गया। सिपाहियों के जाते ही उस घुसपैठिए ने फिर महल की ओर देखा, जैसे वह रास्ता भूल गया हो। उसने धीमे-धीमे आगे बढ़ना शुरू किया। महल के गलियारे तक पहुँच कर, ध्यान दिया की वहाँ कड़ा पहरा है। घुसपैठिया समझ गया, वह अपने लक्ष्य के समीप है। वह कक्ष के समीप गया, सिपाहियों की दृष्टि से संभल कर उसने कक्ष के मुख्य द्वार के सिवा कोई रास्ता ढूंढना शुरू किया। तभी एक सिपाही को आहट आई।

"कोई था यहाँ" एक पहरेदार ने कहा।

"कहाँ?" दूसरे पहरेदार ने पूछा।

दोनों थोड़ा आगे बढ़कर, गलियारे में देखने लगे, जहां रात के इस समय केवल महल के साये हैं। यही अवसर देख कर घुसपैठिया, उस कक्ष के द्वार से भीतर गया।

"वह देखा?" पहले सिपाही ने द्वार की ओर संकेत किया।

"हाँ देखा, आपका साया। आप तो अपने साये से भय खा रहें हैं।" दूसरा सिपाही, पहले सिपाही की खिल्ली उड़ाते हुए हंसने लगा।

सामने का दृश्य देख कर, घुसपैठिए के दिल की धड़कन रुक गई। कोमल चेहरा और गुलाब की पंखुड़ियों की तरह होंठ, सुकोमल बदन, जिसकी सुंदरता को ढकने का नाकाम प्रयास करती चुनरी, केवल एक भार की तरह दिख रही है।

देवताओं की कथा की अप्सराओं जैसा बदन देख कर, वह घुसपैठिया स्वयं की नियंत्रण शक्ति पर संदेह करने लगा।

जीतवंश की राजकुमारी मैत्रेय की सुंदरता की चर्चा पूरे भारतवर्ष में थी, किन्तु राजकुमारी की सुंदरता किसी को अपने वश में कर सकती है, यह सत्य उस घुसपैठिए को प्रत्यक्ष देख कर, ज्ञात हुआ।

मैत्रेय मुस्कराई, जैसे वह स्वप्न में इस घुसपैठिए का मन की बात जान गई हो। उनकी आकर्षित मुस्कराहट से घुसपैठिए की दृष्टि राजकुमारी के होंठों पर रुक गई। बहुत नियंत्रण के पश्चात, घुसपैठिया स्वयं को राजकुमारी को छूने से रोक पाया। मैत्रेय मुस्कराते हुए करवट ले रही हैं, किन्तु बिस्तर पर कुछ पुस्तकें रखी हैं, जो उन्हें चुभ सकती हैं। उस घुसपैठिए ने आगे बढ़ कर पुस्तकें उठा ली।

उसमें से एक पुस्तक ऋग्वेद है, यह देख कर घुसपैठिए ने हैरान हो कर राजकुमारी को देखा। रात में सोने से पहले इतना जटिल वेद पढ़ना देख कर, घुसपैठिया इतना आश्चर्य में था की उसने ध्यान नहीं दिया, ऋग्वेद के साथ रखी और पुस्तकें नीचे गिर गईं।

जिनकी आवाज़ से राजकुमारी की नींद टूटी। अपने सामने एक पुरुष को देख कर वह चिल्ला पड़ीं। किन्तु वह स्वर उनके मुंह से क्या निकलता, मैत्रेय स्वयं स्थान से हिल भी नहीं पाई और हवा की फुर्ती से उस घुसपैठिए का एक हाथ राजकुमारी के मुंह पर था और दूसरे हाथ से राजकुमारी का हाथ पकड़ा, जिससे राजकुमारी ने अपने पैर में बंधा चाकू निकालने का प्रयत्न किया था।

पहले पहरेदार को हल्की आवाज़ सुनाई दी। उसने सतर्क हो कर दूसरे पहरेदार की ओर देखा। जो अभी भी उसके साये से डरने

की बात पर उसकी खिल्ली उड़ा रहे थे। पहले पहरेदार ने शांत रहने का निर्णय लिया किन्तु वह अधिक सतर्क हो गया।

मैत्रेय ने स्वयं को, उस हमलावर की पकड़ से, छुड़ाने का प्रयत्न किया, किन्तु वह पुरुष इतना ताकतवर है, कि मैत्रेय उसके सामने कुछ नहीं कर पा रहीं हैं। उस पुरुष की शक्ति अपने शरीर पर अनुभव करके मैत्रेय को यह तो ज्ञात हो गया है, की उस पुरुष ने स्वयं पूरी ताकत का उपयोग नहीं किया है। मैत्रेय कुछ ही क्षणों में दुर्बलता का अनुभव करने लगी।

उनकी घबराहट बढ़ने लगी, उन्होंने तय किया की, यदि स्वयं को उस पुरुष की पकड़ से नहीं छुड़ा सकती, तो किसी तरीके से सिपाहियों को संकेत कर सके। किन्तु उस पुरुष की पकड़ इतनी सबल है, कि कुछ भी उनके बस में नहीं।

"हमें चंद्रवादन ने भेजा है।" उस पुरुष ने कहा।

चंद्रवादन का नाम सुन कर मैत्रेय रुकी। उस पुरुष ने सतर्कता के साथ मैत्रेय के मुख से अपना हाथ हटाया और दूसरे हाथ पर स्वयं पकड़ ढीली की।

मैत्रेय उठी और उस पुरुष से दूर हुई, उस पुरुष की शक्ति के विरुद्ध प्रयत्न करने के कारण, मैत्रेय की सांस फूलने लगी। उनका मुख क्रोध से लाल हो रहा है।

"सच बताइये आप कौन हैं? और हमारे साथ ऐसा दुःसाहस कैसे किया?" राजकुमारी ने चिल्ला कर पहरेदारों को बुलाया नहीं, किन्तु वह तैयार हैं।

राजकुमारी की आवाज़ से, उस पुरुष ने उनकी सुंदरता के वश से दूर होने के लिए, उन्होंने स्वयं नजरे नीचे की।

"हम सत्य कह रहे हैं, हमें राजकुमार चंद्रवादन ने भेजा है"

"ऐसे चोरी छुपे? उन्हें ऐसा करने की क्या आवश्यकता?"

उस घुसपैठिए की झुकी नजरे देख कर, मैत्रेय अपने स्थान से उठी, किन्तु उस पुरुष और अपने बीच दूरी बना कर उन्होंने उस घुसपैठिए को संदेह से देखा। जिसकी नज़रें तो झुक गई थी किन्तु शरीर अकड़ में खड़ा था।

"जी, आपकी माँ ने उन्हें मिलने की अनुमति नहीं दी है, इस कारणवश उन्होंने हमें भेजा, ताकि हम सब की नज़रों से छुपा कर, आपको उनसे मिला सके।"

"अपना चेहरा दिखाइए"

उस पुरुष ने अपने चेहरे से वस्त्र को फेटा। वह पुरुष नहीं एक लड़का है, दिखने में मैत्रेय से केवल कुछ वर्ष बड़ा। जिस कारण मैत्रेय को और क्रोध आ गया, उम्र में बराबर होने के पश्चात, वह लड़का, उसके सामने बहुत ताकतवर है।

उस लड़के ने अपने कमर में बंधी पोटली से एक अंगूठी निकाल कर मैत्रेय को दिखाई। "राजकुमार चंद्रवादन ने कहा था, आप इसे अवश्य पहचानेगी"

मैत्रेय ने बिना क्षण व्यर्थ किए, उस घुसपैठिए के हाथ से अंगूठी छीन ली। "जैसे सीता माँ को विश्वास दिलाने के लिए, भगवान राम ने हनुमान जी को स्वयं अंगूठी दी थी। चंद्र भी ना सदैव कहानियों में जीते हैं" मैत्रेय मुस्करा दी।

उस घुसपैठिए की दृष्टि, मैत्रेय की मुस्कराहट पर फिर रुक गई।

"हम चंद्र के पास जाएंगे कैसे?" मैत्रेय ने पूछा।

"क्या आप सच में रात के इस समय राजकुमार से मिलने जाना चाहती है?" उस लड़के ने मैत्रेय की आँखों में देखते हुए पूछा।

राजकुमारी समझ नहीं पा रही थी, की जिस आदेश के लिए, घुसपैठिए ने अपने प्राण इतने संकट में डाले मैत्रेय के समक्ष खड़ा है। वही आदेश पूरा करने के लिए वह मैत्रेय से प्रश्न कर रहा है।

"हाँ" राजकुमारी ने अकड़ में उत्तर दिया।

"ठीक है।" यह बात उस लड़के ने भी कठोरता से कही।

मैत्रेय इस लड़के के बारे में जानना चाहती थी, उनकी अकड़ और शरीर तो उन्हें क्षत्रिय बता रहे हैं। यदाचित यह युवा चंद्रवादन के नए अंगरक्षक हैं।

यह बात तो किसी से नहीं छुपी,कि वादन राज्य के क्षत्रिय की अकड़ सातवें आसमान पर रहती है, किन्तु जीतवंश की राजकुमारी के सामने, एक सिपाही की यह अकड़ देख कर मैत्रेय आश्चर्य में है।

मैत्रेय उस लड़के के साथ बाहर गई, दोनों घोड़े के समीप पहुंचे। मैत्रेय अचंभित थी, की कैसे यह बाहरी व्यक्ति, उसे महल से इतनी आसानी से, सब की नज़रों से बचा कर ले जा रहा है। किन्तु जब मैत्रेय ने केवल एक घोड़ा देखा, उन्होंने फिर उस लड़के को घूरा, जिसके लिए पहली बार उस लड़के की नज़रों में शर्म दिखाई दी।

"आवश्यक है।" उस लड़के ने केवल इतना ही उत्तर दिया।

उस लड़के की इतनी योग्यता देख कर मैत्रेय थोड़ा ईर्ष्या कर रही थी। इतनी देर में पहली बार उस लड़के को ऐसे झिझकता देख कर मैत्रेय को कुछ अच्छा अनुभव हुआ।

वह उसके साथ घोड़े पर बैठीं। पहरेदार अभी भी द्वार पर उस एक व्यापारी से बहस कर रहे हैं। जिसके कारण वह दोनों आसानी से निकल पाए।

"क्या यह आपके आदमी थे?" मैत्रेय ने पूछा।

"नहीं।" उस लड़के ने केवल इतना ही उत्तर दिया।

वह लड़का कैसे मैत्रेय के राज्य के हर रास्ते को भली भांति जानता है। यह देख कर मैत्रेय को उस पर संदेह होने लगा है। वह राज्य से बाहर निकल कर, जंगल के बीच से जाने लगे।

मैत्रेय ने अकेले आने के निर्णय पर विचार करना शुरू किया, उन्होंने चाकू छू कर देखा, जो उन्हें सदैव अपने बचाव के लिए साथ रखने का आदेश था। किन्तु जब अपने कक्ष में, इतनी सुरक्षा के बीच वह अस्त्र किसी काम नहीं आया, तो ऐसे वन में वह अपना बचाव कैसे करेगी, इस विचार से वह भयभीत हुई। किन्तु वह उस लड़के को जताना नहीं चाहती थी।

"हम बस पहुंचने वाले हैं" उस लड़के ने मैत्रेय का भय भांपते हुए कहा।

मैत्रेय ने कोई उत्तर नहीं दिया, ऐसे किसी अनजान आदमी के साथ इतने समीप बैठना असहजता उत्पन्न कर रहा है। उस लड़के ने भी मैत्रेय से दूर रहने का पूर्णतः प्रयत्न किया, किन्तु वह कुछ नहीं कर पाया। रात के इस अंधेरे में, मैत्रेय के शरीर से आ रही चंदन और गुलाब की सुगंध उस घुसपैठिए को बार-बार आकर्षित कर रही है।

सामने दो शिविर दिखाई दिए जिस में मशालें जल रही हैं। वह लड़का घोड़े से नीचे उतरा, उसने मैत्रेय को भी नीचे उतरने में सहायता देनी चाही, किन्तु मैत्रेय ने उससे मदद नहीं ली।

उस लड़के ने अपने घोड़े को सहलाते हुए एक खूंटी से बांधा। मैत्रेय को स्वयं गर्दन पर सिर सराहट सी प्रतीत हुई, उसने छू कर देखा, किन्तु उसे कुछ नहीं मिला, फिर उसकी कमर पर कुछ प्रतीत हुआ जिससे उसे गुदगुदी सी हुई, वह चिल्ला कर मुड़ी।

वह लड़का अपने घोड़े को छोड़ कर शीघ्रता से राजकुमारी के पास आया। मैत्रेय उस लड़के के पीछे जा कर छुप गई।

"राजकुमार चंद्रवादन आप क्या कर रहे हैं?" उस लड़के ने कहा।

चंद्रवादन का नाम सुन कर, राजकुमारी मैत्रेय उस लड़के का हाथ छोड़ कर आगे आई। वह अपने चन्द्र को पहचान गई।

"चन्द्र।" मैत्रेय ने बहुत प्रेम से बोला।

चंद्रवादन ने मैत्रेय की मधुर आवाज़ सुन कर हंसना बंद किया और उनकी ओर देखा। मैत्रेय ने हल्की नारंगी रंग की धोती और चोली पहनी है। मैत्रेय के हल्के गहने और बिखरे केश, उनके आकर्षित सुकोमल शरीर की सुंदरता को कम नहीं कर पा रहे। जिससे चंद्रवादन उनसे दृष्टि नहीं हटा पा रहे। मशाल की हल्की रोशनी जैसे मैत्रेय के लिए ही जल रही है, वह उनके वक्ष के आकार से उनकी पतली कमर तक सब स्पष्ट दिखा रही हैं।

"आपकी सौंदर्य की चर्चा जितनी सुनी थी, आप तो उससे कहीं अधिक सुन्दर हो चुकी हैं" चंद्रवादन ने ऐसे कहा जैसे उनकी साँस रुक गई हो।

"चंद्रवादन।" मैत्रेय ने शरमाते हुए कहा।

जब चंद्रवादन की बहन और मैत्रेय के भाई का विवाह हुआ, तब दोनों बच्चे थे। उनके पिताओं के बीच उनके विवाह की बात हुई, तब से मैत्रेय और चंद्रवादन ने एक दूसरे को जीवनसाथी मान लिया।

दोनों को एक दूसरे से अलग करना जैसे किसी के बस में नहीं था। किन्तु मैत्रेय की माँ, महारानी 'रक्षसामर्दानी' को आपत्ति थी, वह चाहती थी दोनों स्वयं की शिक्षा पर ध्यान दें। जब से चंद्रवादन गुरुकुल गए, दोनों का मिलना कम हो गया, कुछ वर्षों से तो वह दोनों बस पत्रों में ही बात कर पाते थे।

अंतिम बार जब दोनों मिल थे, वह बच्चे ही थे, विवाह की बाते उनके लिए एक खेल था। किन्तु अब ऐसे सामने आने के बाद जो भाव उन दोनों के मन में उठे हैं, मैत्रेय ऐसे भावों से पहली बार परिचित हो रही हैं। यह शर्माना भी उनके लिए नया है।

“आप ही बताइये राजकुमार भालेन्द्र, क्या हमने कुछ भी असत्य कहा, क्या मैत्रेय जैसी सुंदरता आप ने पहले कभी देखी है?” चंद्रवादन ने पूछा।

भालेन्द्र ने मैत्रेय को ना देखने का पूरा प्रयत्न किया। किन्तु वह, एक बार और मैत्रेय के सुंदर चेहरे को देखे बिना नहीं रह पाए, जो अब शर्म से लाल हो गया है, जो क्रोध के लाल से अधिक सुंदर है। फिर भी उन्होंने नज़रें बचाई और चंद्रवादन को घुरा।

“राजकुमार भालेन्द्र?” मैत्रेय ने पूछा।

“आह, हम कैसे भूल गए, आप अपना परिचय स्वयं नहीं देंगे। मैत्रेय यह हमारे पड़ोसी देश के राजकुमार और भावी राजा भालेन्द्र हैं। हमारे गुरुकुल के साथी।”

भालेन्द्र के तेवर से तो मैत्रेय को अभास हो गया था की भालेन्द्र किसी महत्वपूर्ण पद वाले व्यक्ति हैं। परंतु वह राजकुमार हैं, यह जान कर मैत्रेय हैरान हो गई। किन्तु भालेन्द्र में कुछ तो ऐसा था, जिससे मैत्रेय उनकी आँखों में नहीं देख पा रहीं हैं। संभवतः वह स्वयं को भालेन्द्र से कम और निर्बल मान चुकीं हैं।

“आपको अब अपने शिविर में जाना चाहिए।” भालेन्द्र ने कहा।

भालेन्द्र अपने शिविर में जाने के स्थान में अंधेरे जंगल में बिना किसी रोशनी के चले गए।

मैत्रेय को यह अजीब लगा, “यह इस समय जंगल में क्यों गए हैं?”

"समझदार हैं।" चंद्रवादन का ध्यान चाँद पर है, आज पूर्णिमा का पूरा चाँद है।

वह मैत्रेय को अपने शिविर में लेकर गए। चंद्रवादन के शिविर के दीयों में सुगंधित वनस्पतियों के मिश्रण हैं, इसलिए पूरा शिविर सुगंधित है।

मैत्रेय ने ऐसे अकेले चंद्रवादन के साथ पहले कभी समय नहीं बिताया था, इस कारण शिविर में अकेले वह थोड़ा घबराई सी थी।

"हमें भय था, कही आप आने के लिए मना ना कर दें।" चंद्रवादन ने मैत्रेय को एक हार पहनाते हुए कहा।

मैत्रेय ने उस सुंदर हार को देखा फिर उसकी दृष्टि अपने वस्त्रों पर गई वह अपने रात के कपड़ों में आ गई थी। उन्हें तो चंद्रवादन के सामने दुनिया की सबसे सुंदर स्त्री लगना था, किन्तु वह एक सेविका से कम नहीं लग रही, यह सोच कर मैत्रेय थोड़ी उदास हो गई।

"इस की आवश्यकता नहीं थी चंद्र" मैत्रेय स्वर से उदास लगी।

"ऐसे रात में आने में आपको भय भी लगा होगा, हमें बहुत देरी से इस बात का अनुभव हुआ"

चंद्रवादन ने हलके हाथ से मैत्रेय के सिर पर मालिश की, जिससे मैत्रेय को आराम मिलने लगा, उन्होंने आंखें बंद की और हर तरह के बुरे विचार उनके मन से गायब होने लगे। मैत्रेय इतना आराम अनुभव करने लगी की उन्हें पता भी नहीं चला वह कब चंद्रवादन के बाँहों में चली गई।

"मैत्रेय, क्या आज आप हमारे साथ यहीं रुक सकती हैं, हम अब आपसे दूर नहीं जाना चाहते।"

मैत्रेय ने आंखें खोली, वह चंद्रवादन से थोड़ा दूर हुई।

चंद्रवादन मुस्कराये और मैत्रेय के समीप जाकर हल्के से मैत्रेय के हस्त को स्पर्श किया।

"यह आप क्या कर रहे हैं, चन्द्र?"

"स्पर्श कर के देखना चाहते हैं कहीं यह स्वप्न तो नहीं"

चंद्रवादन के और समीप आने के प्रयत्न से, मैत्रेय ने उन्हें चिकोटी काट ली। राजकुमार चिल्ला कर पीछे छटके।

"अब विश्वास हो गया, यह कोई स्वप्न नहीं?" मैत्रेय ने हँसते हुए चंद्रवादन को छेड़ा।

"यह अपने गलत किया"

मैत्रेय, चंद्रवादन से बचने के लिए भागते हुए शिविर से बाहर चली गई। दोनों बचपन की तरह खेलने लगे, जितनी लज्जा मैत्रेय अनुभव कर रही थी, वह इस क्षण में कहीं छू हो गई।

मैत्रेय भागते हुए और घने जंगलों में चली गई। चंद्रवादन ने उन्हें रुकने के लिए कहा। जब वह नहीं रुकी तो चंद्रवादन ने अपने शिविर से एक मशाल ली और उनके पीछे जंगल में भागे।

मैत्रेय जंगल के बहुत अन्दर आ गई, वहां घना अँधेरा है। मैत्रेय ने आस-पास देखा उसे चंद्रवादन कही दिखाई नहीं दिए। मैत्रेय को किसी की आहट आई, उसने उस ओर देखा।

"मैत्रेय?" दूर से आवाज़ आई।

मैत्रेय को एक रोशनी नज़र आई, मैत्रेय घबराई, उसे समझ आया की वह खतरे में हैं। राजकुमार उस रोशनी के साथ उनसे बहुत दूर हैं, और कोई उनके बहुत समीप है।

इतनी रात में इस घने जंगल में केवल शिकारी ही घूम सकते हैं। कोई मैत्रेय को अपना शिकार समझ चूका है।

यह बाघ हो सकता है, या वह नरभक्षी राक्षस, जिनके विषय में मैत्रेय के राज्य में कई दिवसों से चर्चा चल रही हैं। मैत्रेय के पिता, महाराज इंद्रजीत ने अपने सिपाहियों को उन नरभक्षियों को पकड़ने के आदेश दिए हैं, किन्तु अभी तक कोई सफलता नहीं मिली।

कई दिनों से किसी हमले की खबर नहीं आई, तो यही समझा जाने लगा की नरभक्षी राज्य को छोड़ कर जा चुके हैं। वह यहाँ से जा चुके हों यही अपेक्षा करते हुए मैत्रेय सतर्क हुई। उसने अपने आस-पास आहट को ध्यान से सुनने का प्रयत्न किया। वह हल्का सा झुकी और स्वयं धोती में छुपा चाकू निकाला, बिना कोई आहट किए, शिकारी की आहट सुनने का प्रयास किया। मैत्रेय का भय बढ़ने लगा, उन्हें ज्ञात हो चूका है, उनके आस-पास एक नहीं बल्कि कई शिकारी उपस्थित हैं।

चंद्रवादन निरंतर मैत्रेय को पुकारते हुए उनके समीप आ रहें हैं, किन्तु मैत्रेय उन्हें उत्तर नहीं दे सकती। मैत्रेय ने ध्यान से सुना, यह किसी जानवर की आहट नहीं है, यह इंसान है।

वह नरभक्षी राक्षस यह जंगल छोड़ कर कहीं नहीं गए हैं। यह बात मैत्रेय को समझ आ चुकी है, किन्तु इस बात से अनभिज्ञ चंद्रवादन अभी भी, मैत्रेय की ओर बढ़ रहे हैं, और वह नरभक्षी चंद्रवादन की ओर बढ़ रहे हैं।

मैत्रेय ने किसी और की भी आहट सुनी, वह भी चंद्रवादन की ओर बढ़ रही है, दूसरी ओर से भी आहट आई, जो चंद्रवादन की ओर बढ़ रही है, एक और, कुछ समय बाद एक और आहट उनकी ओर बढ़ी।

इतने नरभक्षियों को अपने पास अनुभव कर के मैत्रेय कप सी गई। उनके सामने उनका प्रेम इस बात से अनजान है, स्वयं मैत्रेय को ढूंढता जाल में फँसता जा रहा है।

मैत्रेय को अब यह खतरा मोल लेना ही पड़ेगा। मैत्रेय ने चंद्रवादन की ओर बढ़ना शुरू किया। उसने पूरा प्रयत्न किया, की आहट ना हो।

"मैत्रेय यह ठिठोली करने का समय नहीं है, हम जानते हैं आप यही कहीं है" चंद्रवादन ने कहा।

चंद्रवादन अचानक से रुक गए, जैसे उन्हें कुछ अनुभव हुआ हो। स्वयं आंखें बंद की। वह किसी मूर्ति की तरह स्थिर हो गए। मैत्रेय उनकी ओर आगे बढ़ती रही, चंद्रवादन ने एक ओर मशाल फेंकी, वह मशाल जाकर किसी को लगी, वह आदमी कराहता हुआ पीछे गिरा। चंद्रवादन ने स्वयं तलवार निकाल ली, उसकी आंखें अभी भी बंद है, उन्होंने स्वयं बाये ओर तलवार चलाई और वहां खड़े नरभक्षी के कंधे को चीर दिया।

जो मशाल चंद्रवादन ने फेंकी थी उससे जंगल में आग लग गई। जिसके कारणवश आस-पास छुपे सभी नरभक्षी दिखाई देने लगे। वह आम इंसानों से शारीरिक तौर पर बड़े हैं, उन्होंने आम वस्त्र और गहनों की स्थान पर बहुत सुंदर पत्थर धारण किए हैं। यह राक्षस एक साथ चंद्रवादन पर टूट पड़े।

मैत्रेय उनके समीप पहुँची, उसने एक नरभक्षी पर प्रहार किया, जो प्राणघाती था। वह कराहता हुआ पीछे गिरा, मैत्रेय ने अपना चाकू उस नरभक्षी के पेट से बाहर निकाला, ऐसा करना ही मैत्रेय के लिए बहुत कष्ट जनक था। मैत्रेय ने अभ्यास के समय तो ऐसे कई प्रहार किए हैं, किन्तु वास्तविकता में किसी के प्राण नहीं लिए थे।

यहाँ चाकू उनके बहुत काम आया, किन्तु इससे दूर खड़े व्यक्ति पर प्राणघाती प्रहार सरल नहीं है। यह बात मैत्रेय को समझ आई, जब उसके सामने एक नरभक्षी आ खड़ा हुआ।

यह बाकी राक्षसों से विशाल कद काठी का है। उसकी आंखें सुनहरी हैं, जो अग्नि की रोशनी में चमक रही है। मैत्रेय उसे देख कर भयभीत हो गई।

वह राक्षस, अपने साथी राक्षस का बदला लेने मैत्रेय के पास आया था, किन्तु उसके सूडोल शरीर की सुंदरता देख कर वह रुक गया।

"मैत्रेय, आप क्या कर रही है? अगर आप सहायता ही करना चाहती हैं, तो यहाँ से भागिए, किसी से मदद लाइए।" चंद्रवादन ने चिल्लाया।

उस राक्षस ने जैसे ही चंद्रवादन की आवाज सुनी, जैसे वह होश में आ गया हो।

मैत्रेय, चंद्रवादन की बात तो समझी किन्तु वह स्वयं को उस नरभक्षी के सामने बेबस महसूस करने लगी। वह अब अगर भागने का प्रयत्न करेंगी तो वह नरभक्षी उन्हें एक झटके में पकड़ लेगा।

मैत्रेय का भय समझ कर नरभक्षी मुस्कराया, मैत्रेय पीछे हटी। वह राक्षस उनके और समीप आया। मैत्रेय ने अवसर देख कर उस पर वार करने का प्रयत्न किया, किन्तु राक्षस ने उसका हाथ पकड़ कर, हाथ से चाकू छुड़ाने का प्रयत्न करते हुए, मैत्रेय का हाथ एक वृक्ष पर मारा।

मैत्रेय दर्द से कराह उठी, किन्तु मैत्रेय ने चाकू अपने हाथ से नहीं छोड़ा।

यह देख कर चंद्रवादन, मैत्रेय की ओर बढ़े, उनका ध्यान भटकते ही नरभक्षियों ने उन पर वार किया। यह प्रहार घातक था। चंद्रवादन अपना नियंत्रण खो बैठे और लड़खड़ा कर भूमि पर गिर पड़े, इस अवसर का लाभ उठा कर एक नरभक्षी ने भाले से वार किया।

जब मैत्रेय के हाथ से चाकू नहीं छुड़ा पाया, तो उस विशाल राक्षस ने मैत्रेय को अपने कंधे पर उठा लिया। मैत्रेय उस पर चाकू से वार ना कर पाए, इस बात का उस नरभक्षी ने पूरा ध्यान रखा। मैत्रेय ने स्वयं को छुड़ाने का पूरा प्रयत्न किया।

एक राक्षस ने चंद्रवादन को उठाया, उन्होंने अपने राक्षस मित्रों की सहायता की जिन्हें घाव आया था। जिसे मैत्रेय ने मारा था, उसे वही छोड़ कर यह राक्षस। वादन राज्य के राजकुमार और जीतवंश की राजकुमारी को अपने साथ ले गए।

पाठ - 2

द्वन्द युद्ध

राजकुमारी के हाथ पैर रस्सी से बंधे हुए हैं। वह रोते हुए स्वयं को छुड़ाने का प्रयत्न कर रही हैं। दंडक नाम का नरभक्षी, जिसने मैत्रेय पर हमला किया था। वह अपने साथियों के बीच बैठा है। वह उन राक्षसों का सिर दार लग रहा है। वह जब से मैत्रेय और चंद्रवादन को गुफा में लाया है। वह दूर बैठ मैत्रेय को देख रहा है।

चंद्रवादन, मैत्रेय से थोड़ा दूर बेहोश हैं। उनके भी हाथ पैर बंधे हुए हैं। राजकुमार चंद्रवादन अपने सुध में आएंगे, उन्होंने आस पास देखने का प्रयत्न किया, उनका सिर दर्द से फट रहा है। अपने सिर को छूने के प्रयत्न में उन्हें समझ आया की उनके हाथ बंधे हुए हैं। यह देख के उन्हें सब स्मरण आया।

मैत्रेय की दृष्टि चंद्रवादन पर गई, "चंद्र"

"अरे देखो राजकुमार उठ गए" दंडक ने अपने साथियों को दर्शाते हुए कहा।

दंडक, मैत्रेय के पास गया। मैत्रेय उसके सामने बहुत नाजुक लग रही हैं। उसने नरमी से मैत्रेय का चेहरा स्वयं ओर किया, किन्तु मैत्रेय ने उसे झटक दिया। यह देख कर दंडक मुस्कराया।

"डरो नहीं, आपको हमसे कोई खतरा नहीं है सुंदरी।" दंडक ने मैत्रेय से धीमी आवाज में कहा।

मैत्रेय उस पर हंसी, यह व्यंगपूर्ण हंसी देख कर दंडक थोड़ा चिढ़ा।

"इतना दुस्साहस, दूर रहो राजकुमारी से। हमारे हस्त खोल दो नीच, आपकी मौत इन हाथों से होगी" चंद्रवादन ने स्वयं को छुड़ाने का प्रयत्न करते हुए कहा।

वही राजकुमार के पास खड़े रस्यमुख नाम के नरभक्षी ने राजकुमार को एक लात मारी, जिससे चंद्रवादन चिल्ला उठा, वहां खड़े सभी नरभक्षी हंसने लगे।

"नीच नरभक्षी, अपनी मौत स्वयं बहुत शीघ्र लिख ली है। अब अगर आप हमें खा भी लेंगे तो बच नहीं पाएंगे" मैत्रेय ने दंडक की आँखों में देखते हुए घमंड से कहा।

दंडक, मैत्रेय की बात पर मुस्कराया। उसने अपने साथियों को देखा वह भी मैत्रेय की बात पर मुस्कराया जैसे उसने मासूमियत में कोई परिहास किया हो "सुंदरी, आपके बदन का स्वाद, भोजन से अधिक जीवित रहने पर है।"

"नीच" मैत्रेय चिल्लाई "हम जीतवंश की राजकुमारी हैं, आपने बहुत बड़ा अपराध किया है।" मैत्रेय ने धमकी दी।

"इस समय आप हमारी बंदी हैं, जीतवंश की राजकुमारी जी। हम जो चाहे कर सकते हैं, हमें विवश नहीं करिए।" दंडक ने भी उतने ही घमंड से कहा, किन्तु उनका स्वर खतरनाक होता जा रहा है।

"एक बार हमारे हाथ खोलिए, आपके दुस्साहस का ऐसा सबक सिखाएंगे, आपकी पीढ़ियाँ स्मरण करेंगी प्राणभक्षी।" चंद्रवादन ने चिल्लाया।

"आज हम प्रसन्न है, आपकी इच्छा पूर्ण होगी, परंतु एक शर्त में। दंडक ने कहा।

"कैसी शर्त?" चंद्रवादन ने पूछा।

"अगर हम जीते, जो की हम जीतेंगे ही, तो आपकी यह मंगेतर हमारी होंगी।"

"आप जानते हैं हम दोनों मंगेतर हैं, आप कौन हैं, आपने हमें बंदी क्यों बनाया है?" मैत्रेय ने प्रश्न करने शुरू किए।

"अगर हम जीते तो आप हम दोनों को यहाँ से जाने देंगे।" चंद्रवादन ने मैत्रेय के प्रश्न को अनसुना करते हुए कहा।

"तो आप स्वयं स्त्री को दांव पर लगाने के लिए तैयार हैं?" दंडक ने यह बात चंद्रवादन से पूछने से अधिक मैत्रेय को सुनते हुए कहा।

"राजपूत।" रस्यमुख के स्वर में व्यंग है।

"एक नीच, जंगली, नरभक्षी राक्षस हमसे प्रश्न करने का स्तर नहीं रखता।"

"अब द्वन्द युद्ध में हरा कर, इस सुंदरी के साथ हमारे विवाह के भोज में इस वादन का ही माँस बनेगा" दंडक उठ और अपने साथियों से कहा।

वहां उपस्थित सभी नरभक्षी प्रफुल्लित हो कर चिल्लाने लगे।

"एक नीच से विवाह" मैत्रेय कहते हुए हंस पड़ी. "हमारे परिवार को एक बार सूचना मिलने दो, तुम्हारी खाल नुचवा ली जाएगी" मैत्रेय ने फिर धमकी दी।

"एक रात अगर आप हमारे साथ बिता बस लें, तो आपका परिवार क्या यह आपका प्रेमी आपको कभी नहीं अपनाएगा" दंडक

ने निंदा के स्वर में कहा, फिर वह मुस्कराया "और रात तो आपकी हमारी साथ ही बीतेगी राजकुमारी जी"

"बस, बहुत बोल लिया राक्षस, खोलो मेरी रस्सी"चंद्रवादन ने चिल्लाया।

चंद्रवादन के चिल्लाने पर वहां सब हँसने लगे। दंडक ने रस्यमुख से चंद्रवादन को खोलने का संकेत किया, किन्तु वह अभी भी मैत्रेय को देख रहा है।

मैत्रेय ने भी स्वयं दृष्टि नीचे नहीं की, वह भी दंडक को वैसे ही घूरती रही। उसे पता है, चंद्रवादन उसे नहीं बचा पायेगा। इसी बात का भय दंडक उसकी आँखों में देखने का प्रयत्न कर रहा है। किन्तु मैत्रेय उसे वह भय दिखा दे, वह उसे ऐसे तो जीतने नहीं दे सकती। यह सोच कर ही मैत्रेय मुस्कराई।

दंडक को चिढ़ हुई, चंद्रवादन तैयार है। दंडक उसके पास गया, सारे नरभक्षियों ने मैत्रेय, चंद्रवादन और दंडक के इर्द गिर्द घेरा बना लिया।

चंद्रवादन कद काठी में बलवान है, किन्तु दंडक उससे कहीं अधिक शक्तिशाली है। चंद्रवादन, तलवार केवल अपने बचाव के समय उठाता है, उसके सामने खड़ा दंडक स्वाद के लिए चंद्रवादन जैसे इंसान का भोज करता है। चंद्रवादन समझ चुका है की दंडक उससे बहुत अधिक प्रबल है, किन्तु युद्ध से पीछे वह नहीं हट सकता।

दंडक ने पहले चंद्रवादन पर हमला किया, चंद्र फुर्ती से दंडक के सामने से हट गया, और स्वयं को उस वार से बचा लिया। फिर दंडक ने वार किया और फिर चंद्र ने स्वयं को बचा लिया। चंद्र की फुर्ती दंडक के विशाल शरीर को मात दे रही थी, यह देख कर दंडक चिढ़ गया। उसने तलवार के लिए संकेत किया, दोनों को तलवार दी गई।

तलवार चंद्र की तलवार से अधिक वज़नी है। चंद्र को वज़न सँभालते देख कर दंडक के चेहरे पर मुस्कराहट आ गई, उसने चंद्र पर वार किया। चंद्र ने उस वार को स्वयं तलवार से रोका, दंडक ने और शक्ति लगा कर उसे गिराने का प्रयत्न किया। चंद्र भी पीछे नहीं हटे, उन्होंने अपना पूरा दम लगा कर दंडक को धक्का दिया, वह सीधे खड़ा हुआ, दंडक अपना नियंत्रण खो कर पीछे जाकर गिरा।

चंद्र, दंडक के पास गया और इस बार उसने वार किया। चंद्र, दंडक पर भरी पड़ने लगा, उसने दंडक पर वार पर वार किये। दंडक को सँभलने का कोई अवसर ना देते हुए, चंद्र उस पर वार करता गया।

यह देख कर सारे नरभक्षियों के बीच सन्नटा सा फैल गया। मैत्रेय के चेहरे पर उम्मीद की एक लहर आई, किन्तु उन्होंने कुछ कहा नहीं, उसकी आवाज़ से चंद्र अपना ध्यान खो सकता था। किन्तु मैत्रेय ने मन ही मन चंद्र की जीत ईश्वर से मांगनी शुरू कर दी।

दंडक जब स्वयं को बिलकुल संभल ना सका, चंद्र ने मौके का लाभ उठा कर, उस पर एक आखरी वार किया। वह इतना घातक था की दंडक का उससे अपने प्राण बचाना असंभव था। चंद्र के हमला करते ही दंडक ने पूरा बल लगा कर अपना बचाव किया, चंद्र को पीछे धकेल कर वापस अपने पैरो पर खड़ा हो गया।

जब चंद्र को लगा था, वह जीत सकते है, तभी दंडक उनके सामने पहाड़ की ओर खड़े हो गए। उसने बिना रुके चंद्र पर वार करने शुरू कर दिए। जिन्हे चंद्र संभाल नहीं पाए। राजकुमार की तलवार उसके हाथ से छूट कर धरती पर जा गिरी, चंद्र ने वह उठाने के प्रयत्न किया किन्तु दंडक की तलवार उसके गले पर थी। वह किसी भी क्षण, चंद्र के सिर को धड़ से अलग कर सकता है, चंद्र रुका।

दंडक ने चंद्र की तलवार को अपने पैर से दूर किया। फिर वह मुड़ा, उसने मैत्रेय की ओर देखा, वह मैत्रेय के चेहरे पर भय देखना चाहता था। वह दिखाना चाहता था, वह कितना बलवान है।

इस बात का लाभ उठा कर, चंद्र ने दंडक के हाथ पर प्रचंड से वार किया। जिससे उसकी तलवार छूट जाये, वह झुका उसने स्वयं तलवार उठाने का प्रयत्न किया, परंतु इतनी देर में वहां उपस्थित दो नरभक्षियों ने चंद्रवादन को पकड़ लिया।

दंडक ने स्वयं तलवार संभाली और क्रोध से चंद्रवादन को देखा, वह राजकुमार के पास गया।

"हम सबने सुना था, राजपूत सामने से वार करते हैं। हारने के बाद छल नहीं करते"दंडक ने चंद्रवादन का उपहास किया।

"आप जैसे तुच्छ, राजपूतो की बात करते हुए अच्छे नहीं लगते। अब अगर हमें मारना चाहते हो तो अभी यह कार्य पूर्ण कर लो। नीच व्यक्तियों के साथ और घड़ी खड़े नहीं हो सकते"चंद्र ने चिल्लाया।

"तो अब राजकुमारी हमारी हुई"दंडक ने दोनों को सुनाया।

"राजकुमारी को ऐसे अवसर पर क्या करना चाहिए, वह इस बात से परिचित हैं। जिसे आप जैसे जंगली समझ नहीं सकते। किन्तु इतना वचन देते हैं, वह आपके हाथ तो कभी नहीं आएगी"चंद्र ने यह दंडक के कुछ समीप जाकर, उसकी आँखों में देखते हुए कहा।

दंडक समझ नहीं पाया किन्तु उसे कुछ संदेह हुआ। उसने पलट के मैत्रेय की ओर देखा, मैत्रेय के चेहरे पर एक मुस्कराहट है।

इसे मारो जब इसकी यह अकड़ी हुई गर्दन झुक ना जाये। कुछ खाने पिने के लिए नहीं देना, और राजकुमारी को अंदर ले जाओ।

"क्या हुआ नरभक्षी, स्वयं मारने का साहस नहीं है क्या?" चंद्रवादन ने दंडक को ललकारा।

"मार देते, किन्तु हमारी योजना आपके प्राण लेने से अधिक सुखमय है। पहले इसका मुँह तोड़ो, बड़बोला कहीं का।" दंडक ने कहा।

"बस।"यह स्वर गुफा में बाघ की गर्जन के समान गुंजा।

इस आवाज़ ने सबका ध्यान खींचा। चंद्रवादन के चेहरे पर मुस्कान आई, मैत्रेय के चेहरे पर उमीद जगी।

"मित्र भालेन्द्र।"दंडक और चंद्रवादन ने एक समय में कहा।

दंडक के मुंह से भालेन्द्र के लिए मित्र शब्द सुन कर, चंद्रवादन और मैत्रेय के चेहरे का रंग उतार गया। उन्हें समझ नहीं आया, वह इस बात से क्या समझे।

भालेन्द्र के कंधे पर एक नरभक्षी है। मैत्रेय को अच्छे से स्मरण है, उसने उस नरभक्षी को घायल किया था। और बाकी नरभक्षी उसे मरा समझ कर वही छोड़ आए थे। भालेन्द्र ने उस घायल नरभक्षी को दीवार से टिकाया।

"दंडक, इन्हें आपकी आवश्यकता है।" भालेन्द्र ने कहा।

"हमें लगा, धनुष ने प्राण त्याग दिए हैं, धन्यवाद राजकुमार भालेन्द्र।" रस्यमुख ने उस नरभक्षी को उठाते हुए कहा, जिसे भालेन्द्र अपने साथ लाए हैं।

दंडक, धनुष के समीप गए, एक और राक्षस कुछ जड़ी बूटियाँ लेकर धनुष के समीप गया। उसने वह जड़ी धनुष के पेट पर लगे घाव पर लगाया। गुफा में आने के बाद मैत्रेय ने इस राक्षस को उन सब राक्षसों के घावों में यह दवा लगाते देखा था।

पर धनुष अपने मृत्यु की ओर है, उसे अब जड़ी बूटियों से नहीं बचाया जा सकता है। मैत्रेय यह साफ देख सकती थी।

दंडक ने अपने गले में बंधा, सुंदर लाल रंग का पत्थर निकाला और धनुष के घाव पर लगाया।

दंडक ने कुछ मंत्र पढ़ने शुरू किए, चंद्रवादन और मैत्रेय यह सब आश्चर्य से देख रहे थे। राक्षसों की तंत्र विद्या के बारे में तो पूरे भारतवर्ष ने सुन था, किन्तु ऐसे सामने देखना, आम अवसर नहीं था।

दंडक ने आंखें खोली और पत्थर को वापस अपने गाले में धारण किया। "अब यह प्राण के खतरे से बाहर हैं, किन्तु आराम की आवश्यकता है" दंडक ने रस्यमुख से कहा।

"मित्र भालेन्द्र, आपका बहुत धन्यवाद, आप बिल्कुल समय पर आए हैं, आपके मित्र का विवाह होने वाला है।" दंडक ने कहा।

"चंद्र, यह पड़ोसी राज्य का नाम जो आपने हमें बताया नहीं था वह रघुवंश है? राजकुमार भालेन्द्र, महाराज भूपति के पुत्र हैं?" मैत्रेय ने चिढ़ कर पूछा।

भालेन्द्र को मैत्रेय का अपने पिता के लिए बात करने का ढंग पसंद नहीं आया।

"रघुवंशी, राक्षसों के मित्र। चंद्र आपके मित्र महाराज भूपति के पुत्र हैं?" मैत्रेय ने पूछा।

मैत्रेय ने जिस तरह भालेन्द्र के पिता का जिस तरीके से नाम लिया, उन्हे अच्छा नहीं लगा। अब चंद्रवादन भी उन्हें संदेह से देख रहे हैं।

"रघुवंश या हमारे पिता कभी किसी स्त्री के साथ बल का प्रदर्शन बर्दाश्त नहीं कर सकते। चंद्रवादन हमारे मित्र हैं, आप इन दोनों को अभी मुक्त करेंगे।"भालेन्द्र ने एक राजा की भांति निर्देश देते हुए ऐसा कहा जैसे उन्होंने मैत्रेय की बात सुनी ही नहीं।

"आपके राज्य या पिता ने कभी दुश्मन का साथ भी नहीं दिया।" दंडक ने अकड़ में कहा।

"जहाँ तक हम जानते हैं, आपके पिता सरदार गिरिराज हमारे पिता के साथ विचार-विमर्श किए बिना, ऐसा कुछ नहीं करेंगे। हमारे पिता इन राज्यों के साथ शांति चाहते हैं, युद्ध नहीं। तो आपकी बात का कोई तर्क नहीं है"

"आप, काफी समय से अपने राज्य से दूर हैं राजकुमार" दंडक ने भालेन्द्र को मित्र नहीं कहा, उसने राजकुमार कहने में एक घृणा है "किन्तु हम यहाँ आपको उत्तर देने नहीं आये हैं, यह वादन कही नहीं जाएगा, और इस सुंदरी से हम विवाह करेंगे। राजकुमारी को अंदर लेकर जाओ।"दंडक ने अपने साथियों से कहा, किन्तु उनके स्वर में भालेन्द्र के लिए चुनौती थी।

"आपकी सोचने की शक्ति समाप्त हो गई है? यह कोई आम स्त्री नहीं हैं, जो आप ऐसे ही उठा ले जायेगे। हम अभी भी आपको आपकी भूल सुधारने का अवसर दे रहे हैं, अभी भी समय है यहाँ से चले जाइये, अथवा" भालेन्द्र ने क्रोध में कहा।

"अथवा? राजकुमार भालेन्द्र आप इनके लिए लड़ेंगे" दंडक ने चंद्रवादन की ओर संकेत किया, फिर मैत्रेय के समीप गए "या इनके लिए" दंडक से मैत्रेय के केश को सूंघते हुए कहा। जो उन जड़ियों से सुगंधित हैं, जो चंद्रवादन ने मैत्रेय के सिर पर लगाई थी।

भालेन्द्र का शरीर क्रोध से काँप उठा। दंडक मुस्कराया, उन्हें उनका उत्तर मिल गया था।

"ऐसी सुंदरता इंसान को कुछ भी करने पर विवश कर सकती है। आज आप हमारे सामने तलवार लेकर खड़े हैं, जब तलवार उठ ही गई है, तो निर्णय भी युद्ध से होगा। हमारे प्राण आपके, और यह राजकुमारी भी आपकी, किन्तु अगर हम विजय हुए।" दंडक ने मैत्रेय के गाल स्पर्श करते हुए कहा, मैत्रेय ने उसे झटका।

"उत्तेजना में मूर्खता करना आपकी सदैव की आदत है, दंडक। राजकुमारियां ऐसे द्वन्द युद्ध से नहीं जीती जाती, जब तक, वह युद्ध उन्होंने स्वयं अपने स्वयंवर के लिए ना रखा हो। इसका अर्थ है, आप या हम उनके विवाह का निर्णय नहीं ले सकते।" भालेन्द्र ने स्वयं तलवार घुमाते हुए ऐसे बताया जैसे वह दंडक को पढ़ा रहे हो।

"क्या यह नियम हर राजपूत के साथ बदल जाता है? कुछ समय पहले ही, आपके मित्र ने स्वयं मंगेतर हमसे हारी है।" दंडक ने भी स्वयं तलवार तानी।

"आप जैसे तुच्छ राक्षस को हम सीखना नहीं चाहते थे।" चंद्रवादन ने चिढ़ कर कहा।

"आपकी मित्रता का स्तर गिरता जा रहा है, भालेन्द्र। यह कर्म से अधिक बोलने पर विश्वास करते हैं।"

"तब तो हमारा स्तर सदैव से ही कमजोर था। आप भी काम नहीं बड़बड़ाते।"

भालेन्द्र की बात पर राक्षस हंसने लगे, दंडक ने चिढ़ कर भालेन्द्र पर वार कर दिया। भालेन्द्र पीछे हटे।

दंडक ने उन पर फिर आक्रामक हमला किया, इस बार भालेन्द्र वहां से पीछे नहीं हटे अपितु उन्होंने उस वार को स्वयं तलवार से रोका, दंडक विशाल और शक्तिशाली है।

वह कोई आम इंसान नहीं बल्कि असुर गुरु शुक्राचार्य का वंशज है। उसके पूर्वज अग्नि कुल कई सदियों पहले धरती पर आकार बस गए थे।

किन्तु भालेन्द्र भी दंडक से कमतर योद्धा नहीं था। भारतवर्ष में कई सदियों से रघुवंशी योद्धाओं से शक्तिशाली कोई नहीं था। आज के समय में भी, युद्ध में उनके पिता से सर्वश्रेष्ठ योद्धा पुरे

भारत में कोई नहीं था। अब उनसे कही अधिक अपेक्षा उनके राज्य वासियों को भालेन्द्र से है।

भालेन्द्र को गुरुकुल, शिक्षा का आचरण करने नहीं बल्कि अन्य राज्यों के राजकुमार और ऋषियों से मेल जोल बढ़ाने के लिए भेजा गया था। जो उन्होंने श्रेष्ठतम निभाया, दंडक ने विचार किया। सूर्यवादन जो रघुवंश राज्य के सबसे बड़े दुश्मन रहें है, उससे भालेन्द्र की मित्रता है। या तो भालेन्द्र घोर मूर्ख हैं, या उन्होंने भी राजनीती सीख ली है।

भालेन्द्र ने दंडक को पीछे धकेला, इस बार भालेन्द्र ने वार किया। दोनों की तलवारें टकराई, उनके स्वर से गुफा कांप उठी। दंडक पीछे हटा, उसने फिर एक भयानक वार, भालेन्द्र पर किया। दोनों को पूरी गुफा कम पड़ रही है और उनकी तलवारों के टकराने बस से गुफा कप रही है। भालेन्द्र ने उस वार को रोका नहीं, अपितु स्वयं ऐसा वार किया की उनकी तलवार, दंडक के कंठ पर आकार रुकी, एक वार और वह उनके प्राण ले सकते हैं।

दंडक ने तलवार को देखा। भालेन्द्र ने दंडक से संकेत में, उनकी तलवार मांगी। दंडक ने उन्हें घूरा, फिर तलवार दी। भालेन्द्र ने तलवार अच्छे से जाँची।

"अब यह तलवार हमारी हुई।" भालेन्द्र ने कहा।

"आपको लगता है, आप इन्हे, सुरक्षित इनके परिवारों को सौंप देंगे और वह आपसे प्रसन्न होंगे। जब तक इसका बाप जीवित है, किसी राज्य में शांति नहीं रह सकती"दंडक ने चंद्रवादन की ओर संकेत करते हुए कहा।

"किसी और पर कीचड़ उछालने से पहले स्वयं अपने कर्म देखिए, हमारे राज्य के निर्दोष व्यक्तियों के प्राण लिए हैं आपने।" मैत्रेय ने कहा।

"हमने किसी के प्राण नहीं लिए, हम अपने पुजारी को ढूंढने आए थे। हमें विश्वास है, उनका अपहरण इस वादन के पिता ने किया है।" रसयमुख ने कहा।

"इतने दिनों से, हमारे राज्य वासियों का जंगल में शिकार कर रहे हो, उसका क्या?" मैत्रेय ने पूछा।

"हमने कोई शिकार नहीं किया" दंडक ने कहा।

उसके साथ ही बाकी नरभक्षी राक्षस भी मैत्रेय की बात से अचंभित हैं। किन्तु मैत्रेय उन सब को अचंभित देख कर मान नहीं पा रही। उसके राज्य में कई दिनों से सफर कर रहे व्यक्तियों पर, हमला हो रहा है। जो जानवर नहीं इंसानों द्वारा ही हो रहा है।

"यहाँ परिस्थिति हमारी जानकारी से अधिक अनैतिक हैं। राजकुमार जितना शीघ्र हो सके, इस दलदल से बाहर निकलिये"दंडक ने मैत्रेय की नजर पढ़ते हुए कहा, फिर उनसे नजरे मिलाई "आपके जिस साहस से हमें प्रेम हुआ, उसे आप स्वयं बर्बादी नहीं बना लेना राजकुमारी, फिर भेंट होगी"

मैत्रेय ने दंडक को घृणा से देखा।

भालेन्द्र अपने मित्र चंद्रवादन और राजकुमारी मैत्रेय को वहाँ से सुरक्षित लेकर चले गए।

दंडक भी वहाँ से अपने रास्ते चला गया।

पाठ - 3
नरक की शक्तियां

रात के अंधेरे में, एक भीमकाय नरभक्षी, भय में छुपते छिपाते, कुछ सिपाहीयों से भाग रहा हैं, जो उसका पीछा कर रहें हैं।

नरभक्षी ने कुछ मंत्र उच्चारण किए और सिपाहियों पर प्रहार किया। दोनों सिपाही, उससे बहुत दूर जा कर गिरे, किन्तु और सिपाही उसके समीप आ गए।

वह नरभक्षी, इतना थक चुका था, की शक्तियों का उपयोग भी नहीं कर पा रहा था। परंतु उसने सिपाहियों को भयभीत करने का प्रयत्न किया, एक राक्षस की तरह। कुछ सिपाही भय से पीछे भी हटे परंतु तब तक उसे जाल में बांध लिया गया था।

नरभक्षी को बलपूर्वक एक शमशान में ले गए। रात के इस समय, कई मृत शरीर जल रहें हैं। उस नरभक्षी की दृष्टि कुछ अघोरियों पर पड़ी, जो राख हो चुकी चीता में कुछ ढूंढ रहें हैं।

उसकी दृष्टि वहाँ हो रहे एक यज्ञ पर गई। जहां एक व्यक्ति रंगीन वस्त्रों में रात्रि के इस अंधेरे में नेत्रों को भा नहीं रहा। नरभक्षी अपने जीवन में उस दुष्कर्मी से कभी मिलना की इच्छा नहीं रखता था। जिसने, उसके कबीले को कई वर्षों से परेशान कर रखा है।

भारत में, असत्य फैलाया जा रहा है, कि नरभक्षी आम व्यक्तियों का शिकार कर रहे हैं। परंतु सत्य यह है कि, सूर्यवादन ने नरभक्षियों के कबीले, उनके जंगल पर हमले किए हैं। जैसे उनके सैनिक ने इस नरभक्षी का अपहरण किया।

अपने सरदार गिरिराज को यह सूचना पहुँचाने का प्रयत्न वह राक्षस कर रहा था, किन्तु जैसे उसकी शक्तियां छीन ली गई थी। वस्तुतः इस शमशान में आकार उसे अनुभव हुआ की किसने उसकी शक्तियां छीनी हैं।

सूर्यवादन के सामने, काले वस्त्रों में एक तांत्रिक बैठ है। जो अनुष्ठान कर रहा है, उसके और समीप पहुँचने के बाद नरभक्षी विचलित हो उठा। वह उन मंत्रों को जानता था, आखिर वह स्वयं कबीले का पुजारी है और कई तांत्रिक शक्तियों का स्वामी है। किन्तु यह मंत्र आम मंत्र नहीं थे।

सूर्यवादन के मुख्यमंत्री सुखदेव ने सिपाहियों को संकेत किया, वह उस नरभक्षी को बलपूर्वक सूर्यवादन और तांत्रिक के बीच लाए। तांत्रिक ने सूर्यवादन को एक चाकू दिया और राक्षस के कलाई की ओर संकेत किया।

सूर्यवादन ने उस चाकू की धार भाँपी, अतः नरमी से उस नरभक्षी का गला चीरता गया। नरभक्षी की चीख बहुत दर्दनाक थी।

"कलाई काटने से भी कार्य पूर्ण हो जाता, महाराज।" तांत्रिक ने कहा।

"इस अनुष्ठान से बुलाई हुई शक्तियों, हम महाराज सूर्यवादन आपको निमंत्रण देते हैं। हमारी बली स्वीकार करिए।" सूर्यवादन ने आसमान की ओर हाथ फैलाए।

वहाँ धुआं बढ़ने लगा, उस धूम्र ने नरभक्षी को जकड़ना शुरू किया, उसके कंठ से बहते रक्त को ग्रहण करना शुरू किया।

नरभक्षी में अभी प्राण बचे थे, उसकी चीखें सुन कर अघोरी वहाँ एकत्रित होने लगे, उस भयानक किन्तु शक्तिशाली दृश्य को देखने के लिए।

"अनुष्ठान से वास्तविकता में आई शक्तियों, मेरी बली का मुझे फल दो। उन राक्षसों की शक्ति, मुझे लाकर दो, वह पौधा जो उनके पूरे कबीले को शक्ति देता है, वह मुझे लाकर दो।"

"तुमने हमें, अपने आदेश में बांध तो लिया महाराज सूर्यवादन। परंतु हम ऐसे तो उस कबीले में नहीं जा सकते। हमें शरीर दो, उसका जिस में शक्ति हो, तुम्हारा वफादार हो।" उस धूम्र कर्कश आवाज आई।

सूर्यवादन ने कोई क्षण नहीं गवाए, अपने सिपाहियों की ओर संकेत किया। सिपाही घबरा गए, उस धूम्र ने उन्हें घेर लिया। किन्तु सिपाही, धूम्र से निकलने का प्रयत्न नहीं कर रहे। उस शक्ति ने पहले तो उन सिपाहियों के साथ क्रीड़ा की, उनका भए उसे और आनंद दे रहा था। सिपाही उससे भय छुपाने का प्रयत्न कर रहे हैं, किन्तु वह शक्ति उनके भय से प्रसन्न हो रही है।

"आप इन शक्तियों की हर बात नहीं मान सकते महाराज, देखिए कैसे मनुष्य शरीर से खेल रही हैं। आप कहें तो हम इन्हें वश में करें।"

"आवश्यकता नहीं, अब यह शक्ति हमारी सिपाही है और हमारे सिपाही जो चाहे वह कर सकते हैं। वह जितना हमसे प्रसन्न रहते हैं, उतना ही अंधी वफादारी हमें देते हैं। हमारा एक सिपाही उस धूमल से बाहर आने का प्रयत्न नहीं कर रहा।" कहते हुए सूर्यावदान मुस्कराया।

तांत्रिक ने धूम्र की ओर ध्यान दिया, सूर्यवादन सही कह रहा था। धूम्र की शक्ति कुछ देर खेलने के बाद तीन सिपाहियों के अंदर चली गई। धूम्र पूरी तरीके से छट गया, वह तीन सिपाही

धरती पर गिर गए, जैसे शरीर में प्राण ना हो, परंतु वह तड़प रहे थे, जैसे उन्हें विष दिया हो। कुछ देर में उन सिपाहियों ने अपने प्राण त्याग दिए।

एक ओर नरभक्षी का मृत शरीर पड़ा था, जिस शरीर में एक बूंद रक्त ना बचने के कारण पूरा सफेद हो चुका था। अब सामने तीन सैनिकों के मृत शरीर पड़ें है, जो ऐसे काले हो गए थे, जैसे उन्हें विष दिया गया हो।

"यह क्या हुआ?" सूर्यवादन ने तांत्रिक से पूछा।

"हमने कहा था, इन शक्तियों की बाते नहीं मान सकते" तांत्रिक ने घबराते हुए कहा।

सूर्यवादन ने तांत्रिक को ऐसे देखा, जैसे वह कोई तुच्छ हो, फिर अपना ध्यान उन शक्तियों पर केंद्रित किया "हमने आपको बली दी है, जितनी मांगी उतनी दी। अब आप हमारे आदेश का पालन करने के लिए बाध्य हैं"

"केवल एक आदेश के लिए बाध्य" उस में से एक सिपाही उठा।

उसके पीछे बाकी दो भी उठे, उनका शरीर वैसा ही काला पड़ा है, उनकी आत्मा ने उनके शरीर को छोड़ दिया हैं। अब वह शरीर इन शक्तियों के वश में हैं। जब तक यह शक्तियां चाहेंगी।

"आदेश आप जानते हैं, जाइए और हमें पौधा लाकर दीजिए।" सूर्यवादन ने पुनः आदेश दिया।

उन सिपाहियों ने कुछ देर सूर्यवादन को देखा। उसका घमंड देख कर वह मुस्कराए, उन शक्तियों का चेहरा देख कर कई सिपाही घबरा गए। सब के हृदय में भय बैठ गया। उन शक्तियों के अधीन एक सिपाही महाराज के समीप आया उसने महाराज से दृष्टि मिलाई।

"क्रूरता, हमें प्रिये है।" उस सिपाही ने कहा।

जिन सिपाहियों का शरीर लिया था, उन्ही के घोड़ों पर तीनों शक्तियां ने वहाँ से अपनी मंजिल के लिए प्रस्थान किया।

"तांत्रिक का मुख और मस्तिष्क बहुत चलता है, इसे शमशान का स्थायी सदस्य बना दो।"

सूर्यवादन का आदेश सुन कर सुखदेव ने अपने सैनिकों को संकेत दिया। तांत्रिक अपने प्राण बचाने के लिए वहाँ से भाग पाता उसके पहले ही सिपाहियों ने उसके प्राण हर लिए। तांत्रिक और राक्षस का शरीर, अघोरियों को सौंप दिया। अघोरी बहुत प्रसन्न हो गए।

महाराज इंद्रजीत, सिंहासन पर विराजमान हैं, उनके मुख से क्रोध की किरणें गर्मी की धूप की तरह प्रतीत हो रही हैं। उनके समीप, उनके पुत्र राजकुमार अमरजीत हैं, साथ ही महारानी रक्षसामर्दानी हैं।

उनके सामने मैत्रेय, चंद्रवादन एवं भालेन्द्र सिर झुकाए खड़े हैं, उनके वस्त्र बदल चुके हैं।

मैत्रेय ने नीले और हरे रंग की धोती और चोली धारण की है। भालेन्द्र को वह किसी मोर के समान लग रही हैं। उनके गहने इतने सुन्दर हैं या मैत्रेय के धारण करने भर से वह इतने आकर्षित लगने लगें हैं, चंद्रवादन इसी विचार में हैं।

"राजकुमार चंद्रवादन, हम नहीं जानते थे आपके राज्य में स्त्री राज्य के बाहर असुरक्षित घुमती हैं"

"जीजा साहब, हम स्वयं की भ्रष्ट बुद्धि से हुई भूल के लिए अतिशय शर्मिंदा हैं। हम स्वतः इस विचारहीन कुमार्ग में ले जाने वाले क्षण को क्षमा नहीं कर पाएंगे। हमारे दूषित चित ने राजकुमारी के प्राण संकट में डाल दिए" चंद्रवादन ने शीश झुका कर कहा।

"अब आपके जटिल शब्दों का प्रयोग किसी काम का नहीं राजकुमार। यह दोष, यह मिथ्या बुद्धि, आप सब की है। जिसके उपलक्ष एक राज्य नहीं अपितु तीन राज्यों को कठनाई में डाल दिया" महारानी ने कहा।

महारानी एक तेजस्वी स्त्री हैं, उन्होंने चंद्रवादन के शब्दों को बिना हँसे, हंसी में उड़ा दिया है। भालेन्द्र समझ गए, क्योंकि चंद्रवादन जीतवंश की महारानी के नाम से ही इतना चिढ़ क्यों जाते हैं। चंद्रवादन की वाणी से सभी प्रभावित रहते हैं। यही कारण है जिसके कारण भालेन्द्र स्वयं को कमतर समझते रहते हैं। किन्तु महारानी के समक्ष जैसे किसी तरह का प्रभाव बनाना सरल नहीं।

"माँ, राजकुमार भालेन्द्र का कोई दोष नहीं, वह इस प्रकार जाने के हित में नहीं थे। हमारी इच्छा का सम्मान करते हुए वह हमें अपने साथ ले गए।"मैत्रेय ने कहा।

मैत्रेय के विचारों का सुन कर भालेन्द्र ने उन्हें आशा से देखा। उन्हें अपेक्षा नहीं थी कि मैत्रेय उनके प्रश्न को बुझी थीं।

चंद्रवादन ने भालेन्द्र को घुरा, महारानी, अमरजीत और इंद्रजीत ने, इस अनजान राजकुमार को आदर से देखा।

"हम ने सुना, आपने किस वीरता से हमारी पुत्री और राजकुमार चंद्रवादन की रक्षा की। उस संदर्भ में हम आपका जितना भी धन्यवाद् करें उतना कम है।"महाराज ने कहा।

"बीच में बोलने के लिए क्षमा चाहते हैं महाराज, किन्तु हम ऐसा बार-बार कर सकते हैं। ये दोनों तो प्रेम में हैं, परंतु हमें तो सुध थी, हमने कैसे राजकुमारी की बात मान ली। हम, आप से क्षमा का अनुरोध करते हैं"भालेन्द्र ने हाथ जोड़ कर कहा।

"आप क्षमा के लिए हाथ मत जोड़िए..." महारानी को उनका नाम स्मरण नहीं आया।

"भालेन्द्र" मैत्रेय ने उत्तर दिया।

"राजकुमार भालेन्द्र, हमारी पुत्री की कही टालना तो, यहाँ के महाराज के बस की भी बात नहीं" महारानी की बात पर सब मुस्कराए।

"हम भी आपके कृतज्ञ हैं, कि आपने उस राक्षस, उस नरभक्षी से राजकुमारी की सुरक्षा की।" चंद्रवादन ने कहा।

जैसे ही माहौल अच्छा होने लगा था, तभी चंद्र की बात ने सभी को पुनः क्रोधित कर दिया। महारानी ने चंद्र को घुरा।

"वह यहाँ वापस नहीं आएंगे" भालेन्द्र ने सब को आश्वासन दिया।

"उन्हें जाने नहीं देना चाहिए था राजकुमार" इंद्रजीत के स्वर में क्रोध था।

"महाराज वह भालेन्द्र के मित्र थे, भालेन्द्र क्या करते?" चंद्रवादन ने विनम्रता से कहा।

"केवल यह बात नहीं है चंद्र, आपके पिता कई वर्षों से दंडक के कबीले को परेशान करते आ रहे हैं। वह उसी बात का प्रतिशोध आपसे लेना चाहते थे।" भालेन्द्र ने चिढ़ कर कहा।

"तो हमसे प्रतिशोध लेते, उन्होंने राजकुमारी को स्पर्श करने का साहस कैसे किया?" चंद्र ने भी क्रोध में कहा।

"यह तो हमारे समझ से भी बाहर है, उनके कबीले में महिलाओं का सम्मान राजस्थली से भी अधिक है" भालेन्द्र ने विचार करते हुए कहा।

"आप उन नरभक्षियों का साथ दे रहे हैं। अपितु आपने उन्हें जाने नहीं दिया होता, तो हम उन्हें इन्हीं हाथों से मारते। उन

राक्षसों ने हमारे राज्य के असंख्यक व्यक्तियों के प्राण ले लिए"
अमरजीत ने क्रोध से कहा।

"दादा, किन्तु उस नरभक्षी दंडक ने कहा, की उसने और उसके
कबीले वालों ने हमारे राज्य के किसी व्यक्ति को नहीं मारा। वह
केवल चंद्र के लिए आए थे।" मैत्रेय ने कहा।

मैत्रेय की इस समझदारी पर भालेन्द्र चकित थे। चंद्रवादन का
प्रेम उनसे कहीं अधिक समझदार है। वह हृदय से इस आकर्षित
स्त्री का सम्मान करने लगे।

मैत्रेय की बात सुन कर महारानी ने महाराज को घूरा, किन्तु
महाराज ने उन पर ध्यान ना देने का निर्णय लिया।

मैत्रेय ने लंबी सांस ली "हम जानते हैं यह सुनने पर शायद
आप सब विश्वास ना करें, पर हमे उस दुष्ट नरभक्षी की बात पर
विश्वास है।"

सबकी दृष्टि मैत्रेय पर रुक गई, वह यह जानती थी, इस
कारणवश वहाँ अकड़ के खड़ी हो गई।

"ऐसा आपको क्यों लगा, पुत्री?" महाराज ने पूछा।

"उस दुष्ट एवं राजकुमार भालेन्द्र के युद्ध के समय भी हमे
विश्वास हैं, इन दोनों ने अपने पूरे बल का प्रयोग नहीं किया था।
अतः जब उस राक्षस ने चंद्र पर वार किया, उसने अपने बल का
उपयोग नहीं किया, ऐसा क्यों?"

"क्योंकि वह सच कह रहे थे" चंद्रवादन ने कर्कश स्वर में कहा।

"हमारे गुप्तचरों की खबर सत्य थी।" महारानी ने चंद्रवादन को
देखते हुए फिर महाराज को देखा।

"बस, हमें आगे कुछ नहीं सुनना, आज हमारी पुत्री सुरक्षित
हमारे पास है। पुरोहित जी को बुलाइये महारानी, उनसे कहिये

हमें हवन करना है। समक्ष देवताओं का धन्यवाद दिया जायेगा। अमरजीत सभी राज्यों के राज्य नरेश को न्योता भेजो।" महाराज ने कहा।

"राजकुमार भालेन्द्र के पिता को हम स्वयं न्योता भेजेंगे। जब तक, आप दोनों राजकुमार यहाँ हमारे मेहमान हैं।" महारानी ने कहा।

भालेन्द्र, चंद्रवादन, मैत्रेय, सभा से चले गए। अतः वह सिपाही सभा में आए, जिन्हे मैत्रेय की सुरक्षा का उत्तरदायित्व सौंपा गया था।

सभा से बाहर आते ही मैत्रेय ने भालेन्द्र को रोका। "आपने हमें सुरक्षा दी, हमने आपको और आपके उस दुष्ट मित्र को दी। अब हमारा हिसाब बराबर राजकुमार भालेन्द्र।"

भालेन्द्र, दृष्टि राजकुमारी के मुस्कराते मुख से हटा ही नहीं पा रहे थे। चंद्रवादन का ध्यान इस बात पर गया।

"आपने सुना नहीं, आपके पिता को वचन दिया है, राजकुमार बार-बार ऐसा करेंगे। कितने हिसाब बराबर करेंगी आप?" चंद्रवादन ने मैत्रेय का हाथ अपने हाथों मैं लेते हुए, उनकी आँखों में देखते हुए कहा।

मैत्रेय शरमाई, भालेन्द्र को ज्ञात था, चंद्रवादन मैत्रेय से कितना प्रेम करते हैं। गुरुकुल में उनके पत्र की कितनी प्रतीक्षा किया करते थे। तब भालेन्द्र हँसा करते थे। परंतु अब उनकी स्थिति भी कुछ ऐसी ही हो गई है। अपने मित्र की प्रेमिका के बारे में ऐसे विचार आते देख भालेन्द्र परेशान थे, किन्तु वह एक इंसान हैं, उनका हृदय अब उनके नियंत्रण में नहीं रहा।

उन्होंने, वहां से जाने का चुनाव किया, वह उन दोनों को एकांत में छोड़ कर बाहर की ओर निकले, परंतु एक आखिरी बार उन्होंने पुनः राजकुमारी को देखा।

यह सब महारानी देख रही हैं, उनके मुख पर एक मुस्कान खिल आई, वह वापस दरबार में गई।

"मैत्रेय आप अभी तक यहाँ हैं, शीघ्र चलिए" महारानी ने कहा।

"माँ, कितने दिनों बाद मिले हैं, चंद्र से"

"जाइये राजकुमारी, कुछ दिवस और। जैसे ही हमारा विवाह होगा, हम आपको सदैव के लिए आपने साथ ले जायेंगे" चंद्र ने धीरे से कहा।

परंतु महारानी ने सुना, वह मुस्कराई, महारानी और चंद्र एक दूसरे को अत्यधिक पसंद नहीं करते, परंतु दोनों ही यह बात खुल कर नहीं दिखाते।

महारानी जानती हैं, चंद्र उनके सामने मैत्रेय पर अपना अधिकार जान बुझ कर दिखा रहे हैं। वस्तुतः महारानी को यह नापसंद है, उन्होंने अपनी पुत्री के लिए यह भविष्य नहीं देखा। उनकी पुत्री ने राज्यों पर शासन करने के लिए जन्म लिया है, ना की किसी महाराज के पुत्र को जन्म देने का साधन।

परंतु मैत्रेय केवल अपने चंद्र के प्रेम की इच्छा रखती हैं। अपितु चंद्रवादन भी पृथ्वी पर जन्म लेने वाली इस अप्सरा को पाने के लिए कुछ भी कर सकते हैं। ऐसा नहीं है उन्होंने और स्त्री नहीं देखी, वह कई स्त्री के साथ सुखमय समय बिता चुके हैं। किन्तु वह सचेत हैं, की मैत्रेय की सुंदरता राज्यों के बीच युद्ध करा सकती है। ऐसी अतुलनीय सुंदरता केवल उनके अधिकार में हो सकती है, और किसी के पास नहीं।

वह जानते हैं उन्हें मैत्रेय की माँ से सतर्क रहने है। उनके पिता सूर्यवादन ने यह बात कई बार समझाई है। परंतु अब उनका धीरज समाप्त हो रहा है। उनके पिता जैसे ही हवन के लिए आएंगे, वह उनसे अपने विवाह की बात करेंगे, अब उसे महारानी का कोई भय नहीं।

तंत्र विद्या से जन्मी शक्तियां, राक्षसी कबीले के राज्य की सीमा पर पहुंची। उनके घोड़ों ने, वहाँ से आगे प्रस्थान का बहिष्कार कर दिया। अत्यंत प्रयत्न करने पर भी घोड़ों को सीमा से आगे, नहीं ले जा सके।

नरक की शक्तियां इस चुनौती से आनंदित हुई। इतने दिनों में उन सिपाहियों का शरीर और भयानक दिखने लगा था। वह पैदल जंगल के भीतर जाते हुए किसी की दृष्टि स्वयं पर अनुभव कर रहा हैं, हर क्षण।

एक सिपाही पर हमला हुआ, उसने भी पलट वार किया। आम बाघ से कही अधिक शक्तिशाली ये बाघ फिर हमले के लिए तैयार है। नरक की शक्तियों को उस वन की शक्ति पहले ही प्रतीत होने लगी थी बाघ बस एक उदाहरण है। वहाँ हर पौधा अधिक फूल दे रहा है, वृक्ष अधिक घने और शक्तिशाली हैं, मिट्टी उपजाऊ है।

बाघ ने उन इंसानी रूप में आई शक्तियों को कुछ देर के लिए अच्छा प्रतिद्वन्द दिया। परंतु वह तीन थे, और बाघ एक, उन्होंने शक्तियों से उस बाघ पर वार किया। बाघ ने उनकी शक्ति के समक्ष वीरता से लड़ाई की किन्तु उसे स्वयं के प्राण गवाने पड़े।

सिपाही आगे बढ़े, उनकी मंजिल, वन के बीचों-बीच खड़े पहाड़ पर है, वह असामान्य तेजी से आगे बढ़े और उन्होंने पहाड़ चढ़ना

शुरू किया। सिपाहियों के पहाड़ को स्पर्श करते ही वन में हर ओर अफरातफरी मचने लगी। वृक्षों से हु हु की आवाज़ आने लगी। उनकी ओर कोई असीम शक्ति आ रही है इस बात से सचेत उन्होंने शीघ्र चट्टान चढ़ना शुरू किया।

एक नरभक्षी उनकी ओर बढ़ा, उसने एक सिपाही को पैरों से पकड़ा और नीचे खींचा और उठा कर, उसे भू पर पटक दिया। अतः उसके पीछे कूदा, कोई भी आम मानव, ऐसे चट्टान से गिरने से बचता नहीं, परंतु उस सिपाही को क्षण नहीं लगे अपने पैरों पर खड़े होने में।

नरभक्षी हैरान रह गया, किन्तु राक्षस ने सिपाही पर पुनः प्रहार करने में क्षण नहीं लिया। सिपाही और नरभक्षी के बीच द्वयंद शुरू हो गया। नरभक्षी ने अत्यधिक प्रयत्न के बाद, सिपाही का सिर धड़ से अलग किया। सैनिक के शरीर से रक्त के स्थान पर काला धुआं बाहर आया। यह देख कर वह नरभक्षी घबरा कर पीछे हटा।

"यह आम मनुष्य नहीं हैं, यह तंत्र से यहाँ आए हैं" उस नरभक्षी ने चिल्लाया।

जो नरभक्षी, बाकी 2 सिपाहियों के पीछे थे, गंभीरता को समझे, अतः शीघ्रता से ऊपर जाने लगे।

वह शैतानी सिपाही, चट्टान के बीच, एक गुफा तक पहुँचे। वहाँ एक बूढ़ी स्त्री खड़ी है। उसके पीछे गुफा में वह पौधा है, जिसके लिए सूर्यवादन ने इन शक्तियों को बुलाया है।

"हमारे रक्त की बली से जन्मी शक्ति, हमारे पवित्र स्थल को अपवित्र नहीं कर सकती।" उस बूढ़ी औरत ने कहा।

सिपाही मुस्कराये एवं उस बुढ़िया की ओर बढ़े। कुछ नरभक्षी वहाँ पहुँचे, और सिपाहियों को पकड़ने का प्रयत्न किया।

"बली ने तो हमें शक्ति दी, परंतु तुम्हारे इस पवित्र स्थल की शक्ति असीम है। अब हमें कोई नहीं रोक सकता" एक सिपाही ने कहा।

वह सिपाही और शक्ति से प्रहार करने लगें। उन्हें किसी भी तरह पहाड़ से हटाना होगा, अन्यतः उनकी शक्ति पर नियंत्रण आसान नहीं। किन्तु अब जैसे इन दोनों सिपाहियों को रोकना असंभव होता जा रहा है, जिस कारण नरभक्षी स्वयं प्राण गंवा रहे हैं।

बूढ़ी औरत ने मंत्रों की शक्ति से उन सिपाहियों पर प्रहार किया। उनकी शक्ति कम करने का प्रयास किया, परंतु इससे उसकी ही शक्ति कम होने लगी। वह औरत मूर्छित हो गई, जिस कारण, एक सैनिक उस पौधे तक पहुँच गया।

एक राक्षस ने अपने त्रिशूल को, बहुत शक्ति के साथ उस गुफा की भूमि पर मारा। जिससे उस गुफा में भूचाल आ गया। वह सिपाही अपना संतुलन खो बैठे।

त्रिशूल धारी राक्षस, कबीले के सिर दार, दंडक के पिता, गिरिराज ने अपने त्रिशूल को उन सिपाहियों की ओर किया। इससे पहले की वह स्वयं को संभाल पाते, गिरिराज ने उन्हें पहाड़ से दूर फेंक दिया। दोनों चट्टान से नीचे वन में जाकर गिरे।

नरभक्षी उनके पीछे गए, उन्हें जंगल में पकड़ कर उनके शरीर के टुकड़े-टुकड़े कर दिए। उनके शरीर से धूम्र निकला।

कबीले के पुजारियों ने धूम्र को नियंत्रण करके कैद कर लिया।

"किसने भेजा है आपको?" बुढ़िया ने पूछा।

काले धूम्र ने गोल आकार ले लिया है, वह अपने आप में ही घूम रहे हैं, जैसे वह गोले से बाहर निकलने का द्वार ढूंढ रहे हों।

"जिसने हमें बली दी।" धूम्र से आवाज़ आई।

"अपने मालिक का नाम बताओ।" उस बूढ़ी औरत ने कहा।

"हमारा कोई मालिक नहीं, तेरे रक्त की बली हमें यहाँ ले आई। तू जानती है ना, जितना तू हमें कैद करने का प्रयत्न करेगी, हम तेरी शक्ति को छीनते जाएंगे" धूम्र इंसानी आकार में नहीं था, अपितु लगा वह हंस रहे हैं।

गिरिराज ने बूढ़ी महिला की दशा देखी।

"कही हमें कैद करते-करते, तू हम में कैद ना हो जाए" उस धूम्र का संकेत उन सिपाहियों के मृत शरीर पर था।

"इन्हें छोड़ दीजिए, यह हमारी दुनिया में रहने के योग्य नहीं।" गिरिराज ने बूढ़ी औरत से कहा।

"राक्षस हम तेरे नरक की शक्ति हैं। हम तो तेरे साथ ही रहने योग्य है। हमें केवल बली चाहिए, वह तू दे ही सकता है, नरभक्षी" उस धूम्र ने बहुत ही प्रसन्नता से कहा।

"यह जहां से आई है, वही वापस भेज दो।" गिरिराज ने कहा।

बूढ़ी औरत ने हामी भारी, मंत्र पढ़ने शुरू किए। धूम्र ने स्वयं को छुड़ाने का अत्यधिक प्रयत्न किया, परंतु बूढ़ी औरत के साथ मिल कर और स्त्रियों ने मंत्र पढ़ कर उन तांत्रिक शक्तियों को वापस नरक की आग में भेज दिया।

पाठ - 4

राक्षस

मैत्रेय के सामने कई जेवर रखे हैं। महारानी सेविकाओं को कुछ समझा रही हैं। सेविकाएं वहां से बाहर गई। मैत्रेय ने वही गहना उठाया, जो उनकी माँ ने नापसंद आने के कारण एक ओर रख दिया था।

"पुत्री, आप जानती हैं, सत्य का महत्व समय के साथ होता है, मैत्रेय। आज अनजाने में ही एक मित्र बना लिया अपने" महारानी ने मैत्रेय को दूसरा हार दिया।

मैत्रेय ने ऐसा प्रतीत होने दिया की उन्होंने अपनी माँ को देखा ही नहीं "एक रघुवंशी राजकुमार से, एक राज्य जो राक्षसों से मित्रता रखता है?"

"मैत्रेय समय आ गया है, आप राजनीति में और ध्यान दें। रघुवंशियों और राक्षसों की मित्रता के कारण, बाकी राज्य उन्हें तुच्छ नहीं समझते, यह तो रघुवंशियों को एकछत्र राज्य ना करने देने का षड्यंत्र है। वह भी अभी से नहीं, जब से रघुवंशियों ने स्वयं को पुनः संभाला है, तब से।"

"ताकि रघुवंशी फिर भारत की असीम शक्ति ना बन पाए जैसे वह कई सौ साल पहले थे?"

"जी हाँ, रघुवंश और सोमवंश। बताइए रघुवंश के बारे में क्या स्मरण है?" महारानी ने मैत्रेय से किसी शिक्षक की तरह प्रश्न किया और पुनः उनकी ओर दूसरा हार किया।

"रघुवंश, श्री राम चंद्र के वंशज। एक समय में सम्पूर्ण पृथ्वी पर सबसे शक्तिशाली राज्य था। उनके आखिरी सम्राट 'मार्तण्ड' के पुत्र 'महीपति' को दुश्मन राज्य, 'सोमवंश' के सम्राट की पुत्री, राजकुमारी 'अदर्शनी' से प्रेम हो गया। राजकुमार महीपति ने अपना प्रेम पाने के लिए, दोनों राज्यों की दुश्मनी समाप्त करवाई। परंतु राजकुमारी की अकाल मृत्यु ने सोमवंश का पतन तो किया ही, साथ ही पूरे रघुवंश को भी पतन की ओर भेज दिया। राजकुमारी की मृत्यु का बदला लेने राजकुमार महीपति गए। किन्तु उनके राज्य के बाकी राजाओं के पुत्र, जो महीपति के मित्र थे, वह भी चले गए। रघुवंश को उस पतन के समय सहायता की एक राक्षसी कबीले ने। कोई नहीं जनता की, वह कबीले उनकी सहायता के लिए क्यों आया, कैसे आया, बस वह उस समय आया, जब रघुवंश को सबसे अधिक आवश्यकता थी।" मैत्रेय ने किसी रटूँ तोते की तरह सब बोला "हमें सब स्मरण है माँ" मैत्रेय ने उत्साह के साथ कहा और हार एक ओर रखा।

"और रघुवंश की सहायता के लिए सामने आने से पहले यह राक्षस कहाँ थे?" महारानी ने पूछा।

मैत्रेय विचार करने लगी, महारानी मुस्कराई, जैसे वह जानती थी की मैत्रेय को उत्तर नहीं ज्ञात। मैत्रेय को खोया देख उन्होंने वह हार मैत्रेय के सामने से हटा दिया।

"माँ, इस बारे में अधिक पढ़ने के लिए है ही नहीं।"

"बैठिए, आपको ये कथा सुनते हैं" महारानी ने कहा।

मैत्रेय में उत्सुकता आ गई।

"एक ऋषि थे 'रामदेव', वह विष्णु जी से कई सिद्धि पा चुके थे। इतनी की, अब वह अमर होने का वरदान मांगते, तो उन्हें शायद वह भी मिल जाता"

"किन्तु, देवराज इंद्रा से यह देखा नहीं गया" मैत्रेय ने मुस्कराते हुए कहा।

"बिलकुल सही, उनके तप को रोकने के लिए, इंद्र ने लावण्या नाम की अप्सरा को पृथ्वी पर भेजा। लावण्या ने अपना कर्तव्य उत्तम निभाया। ऋषि रामदेव, उसके रूप के सामने, स्वयं पर नियंत्रण नहीं रख पाए और गृहस्थ जीवन में लग गए। उन्हें बहुत सुंदर पुत्री हुई, जिसका नाम मोहिनी रखा, विष्णु जी के अप्सरा रूप पर नाम रखा।"

"फिर लावण्या उन्हें छोड़ कर चली गई, ऋषि रामदेव तो बहुत ही क्रोधित हुए होंगे" मैत्रेय ने उदास हो कर पूछा।

"नहीं" कहते हुए महारानी मुस्कराई।

"लावण्या, उन्हें छोड़ कर नहीं गई?" मैत्रेय ने अचंभित हो कर प्रश्न किया।

"लावण्या उन्हें छोड़ कर गई, परंतु ऋषि क्रोधित नहीं हुए। वह पुत्री से इतना प्रेम करते थे की उनके लिए उसका ख्याल रखना उनके तपो के बराबर था। यह देख कर त्रिदेव बहुत प्रसन्न हुए। उन्होंने फूलो की वर्षा भी की थी" महारानी ने कहा।

"शांतनु हो या दशरथ, सबने अपने पुत्रों से बलिदान मांगा। पिता का बलिदान यह तो कुछ नया है।" मैत्रेय कहते हुए मुस्कराई।

"ये तो हमने भी विचार नहीं किया था"

"जब इस कथा में राक्षस तो आए ही नहीं।"

“सुनिए, रामदेव अब इंद्रदेव के लिए खतरा नहीं थे, तो लावण्या के अपनी पुत्री से मिलने पर इंद्रदेव को भी कोई आपत्ति नहीं थी। रामदेव ने जहाँ उसे शास्त्र और शस्त्रों का ज्ञान दिया, वहीं लावण्या ने हृदय विजय करना सिखाया” महारानी की आँखों में शैतानी दिखी।

“उस समय, असुर गुरु शुक्राचार्य के एक वंशज अग्निकुल, दंडक वन में ऋषियों को परेशान करने के लिए बहुत ही प्रसिद्ध था। उससे राजा भी काँपते थे। आखिर वह शुक्राचार्य का वंशज था। रामदेव ने एक राजा से सहायता मांगी, राजा ने प्रयत्न किया, परंतु अग्निकुल बहुत शक्तिशाली था, उसके सामने कोई नहीं टिक पाया”

“देवताओं ने उनकी सहायता नहीं की?” मैत्रेय ने पूछा।

“देवताओं की आवश्यकता मोहिनी ने पड़ने ही नहीं दी” महारानी ने कहा।

“मोहिनी ने उन्हें हराया?” मैत्रेय बहुत अचंभित हुई।

“हाँ, जब कोई नहीं बचा, और अग्निकुल रामदेव पर प्रहार करने वाला था, उनके बीच मोहिनी आ गई। वह अपने पिता से बहुत प्रेम करती थी, वह जानती थी, जब राजा के सैनिक नहीं बचा पाए तो वह उनके सामने कुछ नहीं, पर फिर भी वह सामने आई” महारानी, अपने स्थान से उठ कर, कक्ष के छज्जे के समीप गई और पक्षियों के लिए रखे दानों को और बिखराया। मैत्रेय, संयम दिखाने का बहुत प्रयत्न कर रहीं थी।

“आगे क्या हुआ माँ?” मैत्रेय ने संयम तोड़ कर पूछा।

“अग्निकुल उसकी सुंदरता के सामने एक बुत बन गया” महारानी ने और शैतानी से कहा।

“क्या? तो क्या वह उसे उठा कर ले गया, जैसे यह असुर करते थे?” मैत्रेय ने पूछा।

"आप बिल्कुल उतना ही सोचती हैं जितना आप पढ़ती हैं" महारानी कहते हुए हंस दी। "नहीं, उसने अपने साथियों को रोका, युद्ध से पीछे हट कर वह जाने लगा। उसके मित्रों ने उसे समझाया की, अगर वह चाहे तो, अप्सरा जितनी आकर्षित स्त्री को अपने साथ ले जा सकते हैं। अग्निकुल, इतना क्रोधित हो गया की उसने अपने साथी पर प्राण घातक प्रहार कर दिया। जब से अग्निकुल वहां से गया, कोई भी राक्षस वहां नहीं आया, रामदेव अपने यज्ञ हवन आराम से करते रहे। एक बार रामदेव एक राजा के हवन के लिए गए" महारानी ने कहा।

"तब वह पुनः आया?"

"अग्निकुल वहां से कभी गया ही नहीं था।"

"उसे इसी अवसर की प्रतीक्षा थी?" मैत्रेय ने पूछा।

"नहीं, मोहिनी को थी।" महारानी ने मुस्कराते हुए कहा और मैत्रेय को भी कुछ दाने दिए, पक्षियों को डालने के लिए।

"अर्थात?" मैत्रेय ने दाने हाथ में ले तो लिए पर उम्मीद से महारानी को देखने लगी।

"मोहिनी जानती थी की अग्निकुल वहां से कभी नहीं गया। जब वह भोजन के लिए, लकड़ियाँ ढूंढ़ने जाती थी, अचानक से उसे सारी लकड़ियाँ एक ही स्थान पर मिल जाती थी। जब वह घर से पानी भरने जाती थी, और रास्ते भर ना कोई कंकड़ होते थे, ना कांटे। सुबह की कड़ी सर्दी में, जब उसके रास्ते पर आग जाली मिलती थी। कई बार उसे अपने रास्ते पर फूल भी मिलते थे।" महारानी ने कहा।

"एक असुर मोहिनी के लिए यह सब कर रहा था?" मैत्रेय ने शीघ्रता से दाने पक्षियों को देते हुए, महारानी की बात पर संदेह करते हुए पूछा।

“कम तो मोहिनी भी नहीं थी, जब उसे प्रतीत होता अग्निकुल वहीं हैं, वह भी उसे रिझाने के प्रयत्न करती। उसने अधिक श्रृंगार शुरू कर दिया था। वह अधिक मुस्कराने लगी थी”

“मोहिनी को उस असुर से प्रेम हो गया था?” मैत्रेय को अपने कान पर भरोसा नहीं हुआ।

“उससे भी कहीं अधिक, मोहनी उसे पाना चाहती थी” महारानी ने कहा।

यह सुन कर मैत्रेय शर्मिंदा हो गई। वह अपनी माँ से दूर कक्ष में चली गई, जैसे उसे महारानी की बात समझ ना आई हो।

“असुर कोई देवताओं से कम नहीं होते पुत्री। दोनों एक ही पिता की संतान हैं। अग्निकुल तो असुर गुरु शुक्राचार्य का वंशज था, वह एक आकर्षित असुर था, जो प्रेम में था। परंतु उसे अपना प्रेम, किसी मनुष्य या किसी देव की तरह, जताना नहीं आता था। वह बस मोहिनी को देखना चाहता था। वह उसे सुरक्षित देखना चाहता था, उसका प्रेम पवित्र था” महारानी ने कहा।

“पर मोहिनी को आता था” मैत्रेय हल्का मुस्कराई, उसने अपनी मुस्कान अपनी माँ से छुपाने का प्रयत्न किया।

“जी हाँ, पुरुष इंसान हो, देव हो, या असुर, वह स्त्रियों के सम्मोहन के सामने बेबस होते हैं। जब उसके पिता गए, मोहिनी अपने कुटिया में अकेली थी, वर्षा शुरू हुई, मोहिनी को वर्षा बहुत पसंद थी। वह उन बूंदों को गले लगाने अपने कुटिया से बाहर आई, वह किसी तितली की तरह ख़ुशी से झूम रही थी। अतः उसे अनुभव हुआ, वह रुकी और उसने कहा, ‘हमें पता है आप यहीं हैं, बाहर आइये, हम आपको देखना चाहते हैं’ फिर वह सामने आया। मोहिनी की धोती उसके शरीर से ऐसे चिपक चुकी थी, जैसे उसके अंग का हिस्सा हो। अग्निकुल पूरा प्रयत्न कर रहा था, वह मोहिनी को ना देखे। परंतु, मोहिनी की मुस्कान उसे खींच रही थी, फिर भी

उसने स्वयं को रोका और कहा 'हमे क्षमा कर दीजिये ऋषि पुत्री, हम असुर हैं, हम आपके लायक नहीं, हमे यहाँ से जाना चाहिए'

"एक राक्षस एक असुर, किसी अप्सरा जितनी आकर्षित स्त्री के सामने नियंत्रण कैसे रख पाया?" मैत्रेय ने पूछा।

"यही बात तो मोहिनी को और भा गई। मोहिनी ने कहा 'आज हमारे सामने असुर नहीं अग्निकुल, हमारे सामने वह पुरुष है, जो छुप कर ऋषियों की सहायता करता है, जो एक स्त्री की सहायता करता है। जो इस समय एक स्त्री के सामने से मुड़ कर जाने के लिए तैयार है। जब देवताओं में भी इतना साहस नहीं होता' मोहिनी की बात सुन कर अग्निकुल को समझ नहीं आया वह क्या कहे।"

"फिर?" मैत्रेय ने पूछा।

"मोहिनी ने अग्निकुल से विवाह किया, जिसका कड़ा विरोध हुआ, परंतु मोहिनी ने सब संभाला। अग्निकुल वहीं रह कर ऋषियों की सहायता करने लगा। किन्तु वह थे तो असुर ही, इंसानी रक्त उन्हे चाहिए था। उनके भी अपने तौर तरीके थे, जिस में उन्हे इंसानी मांस का भोजन आवश्यक था। उन्हे मोहनी का साथ मिल पर बाकी किसी का नहीं। जो असुर इंसानी जीवन व्यतीत करना चाहते थे, वह अग्निकुल से जुड़ने लगे। उन्होंने अपना छोटा सा राज्य बसा लिया। मनुष्य उनसे भयभीत होते थे, ना उन्हें पसंद करते थे। परंतु अग्निकुल ने कहा की जैसे महादेव एक देवता है, जो उन्हें सम्मान देते हैं, वैसे ही एक व्यक्ति भी उन पर भरोसा करें, उन्हें उसकी उम्मीद पर खरा उतरना है"

"ऐसे सुन कर तो हम कभी उनकी निंदा नहीं कर सकते" मैत्रेय ने कहा।

"यह घटना सब जानते भी नहीं, पुत्री"

"आप कैसे जानती हैं?"

"हमें, हमारी मित्र, लावण्या ने बताया" महारानी ने घमंड से कहा।

महारानी को देख कर मैत्रेय को सब स्मरण हुआ। मैत्रेय भाग कर अपनी माँ के समीप गई।

"लावण्या मासी? जो हमारे बचपन में आती थी, हमें पढ़ाने। वह मोहिनी की माँ हैं? देवलोक की अप्सरा?" मैत्रेय ने हैरान हो कर पूछा।

"बिलकुल राजकुमारी, आपको लगता है, ऐसे ही हर पुरुष आपके सामने दीवाना हो जाता है। आप सुंदर तो हैं, पर शिक्षा आपको देवलोक की अप्सरा से मिली है"

मैत्रेय ने देखा, महारानी की दृष्टि कहा है। राज्य महल के बागान में चंद्रवादन और भालेन्द्र हैं।

"आप उन्हें कैसे जानती हैं?"

"हमारी बड़ी बहन के विवाह में उनसे मिले थे"

"माँ, महाराज सूर्यवादन, राक्षसों को क्यों परेशान कर रहे हैं?"

मैत्रेय के एक दम से आए इस प्रश्न से महारानी कुछ असहज हुई।

"हो सकता है, राक्षसों को कोई गलत सूचना हो।" महारानी ने ही बात को टाला।

"माँ, हमने उस हार में लिखी सूचना पढ़ ली है। सब समझ तो नहीं आया परंतु आपके गुप्तचर क्या कहना चाहते हैं, वह समझ गए।"

"तो आप शिक्षा पर ध्यान दे रहीं हैं।"

"हम जानते हैं, अगर हम ध्यान नहीं देंगे तो आप हमारा विवाह नहीं होने देंगी।" मैत्रेय की बात में ताना है, उसने आंखे छोटी करके अपने माँ को देखा "अब हमारे प्रश्न का उत्तर भी दीजिए।"

"सत्ता के लिए पुत्री, महाराज सूर्यवादन लोभी प्रवृत्ति के व्यक्ति हैं। आपको लगता है, जब भारत में हर राज्य चोरी छुपे ही सही रघुवंशियों से मित्रता करना चाहता है, तो यह मित्रता चंद्रवादन के मन की उपज है?" महारानी ने बागान की ओर संकेत किया।

"रघुवंशियों को ज्ञात होगा, उनके बारे में सब क्या विचार रखते हैं, अगर वह इतने ही सक्षम हैं, तो कुछ करते क्यों नहीं? महाराज सूर्यवादन का सत्य क्या उन्हे नहीं पता? फिर उनका पुत्र, वादनवंश के अंश के साथ क्यों है?" मैत्रेय ने आंखें छोटी करके भालेन्द्र की ओर देखते हुए कहा, वह अपनी माँ को जताना चाहती थी की, अगर वह उनके चंद्र को कुछ कहेंगी तो वह भी पीछे नहीं रहेंगी?

महारानी मुस्कराई "रघुवंशी राजनीति पर भरोसा नहीं करते। हाँ सूर्यवादन ने सामने चुनौती दी तो रघुवंश पीछे नहीं हटेगा।

मैत्रेय ने चिढ़ का भालेन्द्र को देखा, वह सभा में ही अपने माँ को देख चुकी थी। कैसे वह भालेन्द्र को गर्व से देख रहीं थी। जो उसके लिए नहीं आता, भालेन्द्र कुछ ही समय में हर तरीके से दुर्बल अनुभव करा चुका था।

महारानी अपनी पुत्री को ऐसे शांत देख कर थोड़ी अचंभित हुई। मैत्रेय, उनसे बहस कभी नहीं छोड़ती, जब तक वह संतुष्ट ना हो जाए और संतुष्ट होने जैसी कोई बात महारानी ने की नहीं।

"हो सकता है, रघुवंश में बहु से ही बदलाव लिखा हो। जो रास्ता सोमवंशी राजकुमारी अदर्शनी ने बनाया था, उस पर चलने की भाग्य किसी और राजकुमारी का हो।"

मैत्रेय अपनी माँ का संकेत समझी, "माँ, हम चंद्र से विवाह करेंगे।" उन्होंने सीधे उत्तर दिया।

महारानी फिर मुस्कराई "हमने आपकी बात कब की, काशी की राजकुमारी की आजकल बहुत चर्चा है।"

"राजकुमारी तारा?" मैत्रेय ने हैरान हो कर पूछा।

"जी, आपके चंद्र के पिता जी का काफी आना जाना है वहाँ। कदाचित आपका तैयार होने का समय आ गया है। उस राक्षस, रघुवंशी राजकुमार का किस्सा नहीं हुआ होता, तो हमें सुध ही नहीं आती।"

"हम समझे नहीं।" मैत्रेय ने उलझन में पूछा।

महारानी, जानती थी, जो वह मैत्रेय से चाहती हैं, वह मैत्रेय से करवाना, इतना सरल नहीं। उन्हें मैत्रेय को तैयार करना है, परंतु अपना असली लक्ष्य बताये बिना।

"आज आप सुंदर स्त्री हैं, जिसके सामने हर पुरुष बेबस होने लगे है। दंडक जिसके कबीले में स्त्रियों का इतना सम्मान है, वह आपकी कामुकता के समक्ष अपने असुर को नियंत्रण ना कर सका। भालेन्द्र और चंद्रवादन का हाल तो सभा में सबने देखा। परंतु कुछ वर्ष बाद ऐसा वह किसी और के लिए अनुभव करने लगेंगे। चंद्रवादन के पिता ने कितने विवाह किया हैं, आप जानती हैं ना?"

"चंद्र ऐसा नहीं करेंगे, वह हमसे प्रेम करते हैं।" मैत्रेय ने समझदारी से बाकी दोनों पुरुषों की बात हटा दी। "आप शिक्षा के नाम पर हमसे जो भी करती हैं, हम सुनते हैं ताकि आपको कोई और तथ्य ना मिल जाए, हमे चंद्र से दूर रखने का।" मैत्रेय ने कहा और वहाँ से चली गई।

पाठ - 5

कटार

नरभक्षी कबीले के सिपाही महाराज भूपति के स्वागत के लिए, जंगल के बाहर प्रतीक्षा कर रहे हैं।

रघुवंश की सेना वहाँ पहुँची। महाराज भूपति का स्वागत हुआ, फिर वह कबीले के सैनिकों के साथ कबीले के राज्य तक पहुँचे।

राक्षसों के कबीले में वृक्ष शक्तियों से सराबोर हैं। भवन बराबर विशाल वृक्ष, परदे की तरह लपटी लताएं उन्हे और सुंदर बना रहीं हैं, रंगीन पुष्पों से सराबोर पौधे पूरे रास्ते पर ऐसे लगे हैं, जैसे पुष्पों को स्वागत में बिछाया हो।

केवल पर्यावरण की सुंदरता नहीं। पृथ्वी की शक्तियां भी उसी चाव से वहाँ घूम रही हैं। बलशाली बाघ, हाथी जैसे कई जानवर वहाँ भ्रमण कर रहे हैं। बड़ों की निगरानी में राक्षसों के बच्चे उनके साथ क्रीडा कर रहें हैं।

कबीले के रहवासी क्षेत्र में खतरनाक जानवरों को आने की अनुमति नहीं। परंतु, मोर, हिरण और पक्षी स्वतंत्र विचरण कर रहे हैं। वहाँ शक्ति और कोमलता की सुंदरता का असीम मिश्रण है। रघुवंशी कितनी बार भी देख लें, उनका मन नहीं भरता।

महाराज भूपति अपने हाथी से उतरे, उनके लिए एक नाव तैयार है। रघुवंशी सैनिक अब यही उनकी प्रतीक्षा करेंगे।

भूपति नांव में बैठे, जिस में बैठ कर वह गिरिराज के भवन तक पहुँचेंगे, जो नदी के बीच है। उस नाव को चलाने के लिए कोई व्यक्ति नहीं है। विशाल मगरमच्छ पानी से थोड़ा बाहर आया, नाव में लगी रस्सी को अपने मुख से पकड़ा और असामान्य गति से, उस नांव को उरेह कर ले गया। महाराज भूपति ने संभलने के लिए नांव को अच्छे से पकड़ा।

मगरमच्छ ने गिरिराज के भवन के सामने नाव रोकी। नदी के बीच द्वीप है, जिस पर चट्टान के पत्थरों को जोड़ कर यह आकर्षित भवन बना है। गिरिराज अपने भवन के बाहर आए, महाराज भूपति नाव से उतरे।

"धन्यवाद।" भूपति ने मगरमच्छ से कहा और नाव में रखा मांस का टुकड़ा उसकी ओर फेंका। मगरमच्छ रस्सी छोड़ कर उस टुकड़े के लिए कूदा उसका विशाल शरीर जब पानी में गिरा तो बहुत बड़ी लहर उठी, भूपति को स्वयं को संभालना पड़ा।

"यह कभी अपने शरीर के हिसाब से कार्य नहीं करता।" गिरिराज कहते हुए मुस्कराये।

"इंसानों को नदी पार कराना तो इसके प्रवृति से ही विपरीत है। अपितु कर रहा है और क्या चाहते हो, इस बेचारे से?" भूपति कहते हुए अपने मित्र के समीप गए।

"बेचारा? यहाँ आने से पहले, पता है कितना कहर मचाया हुआ था, इसने" गिरिराज कहते हुए हंसा।

गिरिराज और भूपति ने एक दूसरे को गले लगाया। उन दोनों में भी वैसा ही अंतर था जैसे भालेन्द्र और दंडक में। भूपति और गिरिराज अपने पुत्रों के वयस्क रूप दिख रहे हैं।

"मित्र, मनुष्य के जलने पर इतनी दुर्गंध आती हैं। आप, भोज कैसे कर पाते हैं?" भूपति ने नाक ढकते हुए कहा।

"स्वाद मित्र भूपति, स्वाद।" गिरिराज मुस्कराए।

दोनों मित्र, गिरिराज के भवन के अंदर गए। जहां सुगंधित फूलों की सुगंध, इंसानी शरीर के जलने की बदबू को छुपा रही है। उस भवन में समान से अधिक पौधे हैं।

गिरिराज अपने सिंहासन पर बैठा, जो उसके जंगल की खदान के काले हीरो से बना है। भूपति उनके सामने बैठे, वहाँ के हर आसान किसी ना किसी कीमती पत्थर से बना था। जिसकी विदेशों में बहुत कीमत है, परंतु यहाँ गिरिराज के राज्य में बहुत आम हैं।

"इन मनुष्यों की बदबू तो, हम भी सहन नहीं कर पा रहे, महाराज।" गिरिराज ने कहा।

भूपति को उनके स्वर में क्रोध सुनाई दिया। "फिर कोई घुसपैठ?"

"हमारे पवित्र स्थल पर, नरक की शक्तियों को मनुष्य वेश में भेजा गया। हमारी शक्ति का स्रोत चुराने के लिए!" गिरिराज के स्वर में और क्रोध है।

"इतने समय से जो हमले और घुसपैठ चल रही हैं, उनका मुख्य कारण आपकी शक्तियां हैं, सरदार गिरिराज?" भूपति ने पूछा।

"जी भूपति, हम भी अब समझे। अपने पुत्र की गलती पर उन्हें इतनी कड़ी सजा दी है। वह हमारे इस शक्तिशाली जंगल से दूर, उन मनुष्यों के बीच, बिना किसी शक्ति के, आम जीवन व्यतीत करने गए हैं। अब हमें भय है, कोई उन तक पहुँच कर हम पर प्रहार का विचार ना बना लें।"

"आपके पुत्र ने गलती तो की थी, गिरिराज।" भूपति ने कहा।

"आपके राजपूताना में तो, अक्सर स्त्रियों को उठा कर ले जाने का चलन है। आपके हिसाब से तो यह गलत नहीं होना चाहिए था।" गिरिराज ने चिढ़ कर कहा।

"रघुवंश ऐसी क्रूर मानसिकता को बढ़ावा नहीं देता। ना ही आपका कबीला, सरदार गिरिराज। आपकी तो स्त्री इतनी शक्तिशाली हैं। हमें स्मरण है, दंडक के जन्म पर अपने कैसे दुख: किया था। सब उसकी सुंदरता की प्रशंसा कर रहे थे और आप बेमन से घूम रहे थे, यह कहते हुए कि, सुंदरता स्त्री में अच्छी लगती है, इसका मैं क्या करूँ" भूपति कहते हुए हँसे।

गिरिराज भी मुस्कराए "अच्छा हुआ, वयस्क होकर वह बलवान बने, हमें तो भय था, उसके सुंदर चेहरे से।"

"दंडक के विवाह के लिए तो, आपके पास स्त्रियों की कतार होगी।" भूपति ने कहा।

"हाँ, पता नहीं उसने, उस मनुष्य स्त्री में क्या देख लिया, जो उससे विवाह के लिए ऐसा दीवाना हो गया। मनुष्य।" गिरिराज ने ऐसे कहा, जैसे मनुष्य कितनी छोटी चीज हो।

"हम भी मनुष्य हैं और भूलिए नहीं, इस कबीले के सभी सरदार एक मनुष्य स्त्री की संतानें हैं"

"जी नहीं, हमारी पूर्वज माँ मोहिनी, केवल एक मनुष्य नहीं बल्कि एक अप्सरा की पुत्री थी।" गिरिराज ने घमंड से कहा।

"आप और आपका घमंड।" भूपति कहते हुए हसा।

"मनुष्य जब हमे हमारी वास्तविकता नहीं भूलने देते, तो हम क्यों भूले?"

"यह भी सत्य है।" भूपति ने सहानुभूति दी।

"मित्र भूपति, हमारे जंगलों में इन घुसपैठ को, हम अधिक दिन नहीं सहेंगे।" गिरिराज कहते हुए बहुत खतरनाक लग रहा है।

"हमें महाराज इंद्रजीत के राज्य से, नवग्रहों के पूजन का न्योता आया है। स्वयं महारानी रक्षसामर्दानी से।"

"महारानी रक्षसामर्दानी, उस राज्य की असल महाराज" गिरिराज मुस्कराये।

"हाँ, महाराज इंद्रजीत तो मूर्ख और डरपोक हैं। हमने कभी उनसे मिलने की चेष्टा भी नहीं उठाई। परंतु, जो गलती हमारे पुत्र ने की है, उसके लिए अब हमें वहाँ जाना पड़ेगा। भालेन्द्र इतने सहज हैं, समझदार हैं। उन पर इतना गर्व था। उन्होंने ऐसी मूर्खता की, इस विचार से ही हमारा रक्त खौला जा रहा है, मित्र।" भूपति के शरीर से भी बहुत क्रोध झलक रहा है।

"आपके मित्र की मित्रता उस दुरात्मा सूर्यवादन के पुत्र के साथ है। कुमार्ग पर जाना तो निश्चित है, मित्र।"

"हमें भी यही भय खाए जा रहा है, मित्र। हमने ही उन्हें मित्रता बढ़ाने के लिए कहा। अब हम, उस सूर्यवादन की संगति से दूर रखने के लिए, कोई उपाए निकाल ही लेंगे।"

गिरिराज ने हाँ में सिर हिलाया। भूपति ने ध्यान दिया, गिरिराज के चेहरे पर चिंता है। वह समझ गए, उन्हें भी अपने पुत्र की चिंता है।

"हमें भी भालेन्द्र को दंड देना ही है" भूपति ने ऐसे कहा, जैसे कितनी आम बात हो "हम उन्हें दंडक के पास भेज देंगे। भालेन्द्र, दंडक पर कोई विपत्ति नहीं आने देंगे मित्र।" भूपति ने अपने मित्र के कंधे पर हाथ रखा।

गिरिराज के चेहरे में कुछ धैर्य आया "कभी-कभी तो हमे विचार आता है, की काश हमारे पुत्र भी, भालेन्द्र की तरह, समझदार होते।"

"मित्र, दंडक भले बहुत समझदार नहीं, परंतु वह अपने कबीले की मान मर्यादा जानते हैं। गलती हमारे पुत्र ने भी की है। अब हम वहाँ जाकर ही समझ पाएंगे की सूर्यवादन, चंद्रवादन और वह राजकुमारी कितने पानी में हैं।"

"एक मनुष्य राजकुमारी।" गिरिराज ने पुनः मुख चढ़ा कर कहा।

भूपति अपने मित्र पर खुल कर हंसे।

महाराज इंद्रजीत के द्वारा रखे गए हवन के लिए बहुत से राज्यों के महाराज, राजकुमार, राजकुमारियाँ, मंत्री और पंडितों का आना शुरू हो गया, महारानी, अमरजीत की पत्नी और राजकुमारी ने मिल कर हवन की तैयारी में लगे हैं।

महल किसी दुल्हन की तरह सुसज्जित है। समूचे महल को गेंदे के फूल से सजाया गया है। कई तरह की सुन्दर रंगोली महल के हर कोने में बनाई गई है।

मैत्रेय और उसकी भाभी अभी भी रंगोली बनाने में लगी हैं।

"जानकी आप अभी तक यही हैं? एक ही बात आपको कब तक सिखानी पड़ेगी, आपकी मस्ती से अधिक आपके पति महत्वपूर्ण हैं। अब यह काम मैत्रेय और उनकी सखियाँ कर लेंगी, आप अपने महल में जाइये" महारानी ने डाटते हुए कहा।

महारानी दूसरे काम देखते हुए, वहां से चली गई। मैत्रेय ने क्रोध में महारानी को जाते हुए देखा।

"भाभी आप कहीं नहीं जा रही, अब माँ आएगी, तो हम उनसे बात करेंगे। वह सदैव आपको डांटती रहती हैं। आपको रंगोली बनाना इतना पसंद है और वह" मैत्रेय ने चिढ़ कर रहा।

जानकी मुस्कराते हुए उठी "आपकी और हमारी सखियाँ आगे संभल लेंगी, आप हमारे साथ चलिए, हमें आपसे काम है" जानकी ने कहा।

"हम आपकी ओर से माँ से लड़ने के लिए तैयार है, और आप हमें दूसरा काम बता रही हैं। हमें भी तो रंगोली पसंद है"

"चलिए मैत्रेय, हम आपसे कोई दुश्मनी नहीं निकाल रहे। चलिए उठिये" जानकी उनका हाथ पकड़ कर अपने साथ ले गई।

दोनों एक बगीचे से होते हुए अमरजीत और जानकी के महल के ओर जा रहे हैं।

"मैत्रेय अब आप बड़ी हो गई हैं, शीघ्र ही आपका विवाह होगा" जानकी ने बोलना शुरू किया।

"हाँ भाभी, वह भी आपके भाई चंद्र से, फिर हम आपकी भाभी हो जायेंगे और आप हमारी ननद। आपको हम किस नाम से बुलाएंगे?" मैत्रेय ने जानकी की बात काट कर बोलना शुरू कर दिया।

"इसका विचार हम कभी और कर लेंगे। अभी हमें आपसे महत्वपूर्ण बात करनी है" जानकी ने कहा।

जानकी को ऐसे गंभीर देख कर, मैत्रेय शांत हो गई। जानकी बिना कारण कभी नहीं बोलती।

"जी भाभी"

"महारानी, हम सब के साथ सख्त हैं, इस बात को लेकर आप सदैव उनसे क्रोधित होती हैं" जानकी ने कहना शुरू किया।

"हमें लगा आप हमें, कुछ महत्वपूर्ण बताने वाली हैं। परंतु आप जानकी माँ, सीता की तरह, सास का साथ देने लगी"

"आप हमारी बात सुनेगी" जानकी ने कहा, पर उसे कुछ आवाज़ आई, उसने मैत्रेय को पीछे किया और शांत रहने का संकेत किया।

जानकी ने झाड़ियों के पीछे से छुप कर कुछ देखा, फिर मैत्रेय समीप आई।

"आप हमारी बात नहीं सुन रही थी ना, अब आप हमारे साथ आगे चलेंगी और बिना शोर किए, वह देखेंगे जो हमने देखा है" जानकी ने कहा।

मैत्रेय समझ नहीं पाई, वह जानकी के पीछे गई और झाड़ियों के पीछे छुप कर, उस ओर देखा, जहाँ जानकी ने संकेत किया।

वहां उनके दादा अमरजीत हैं। वह किसी से बात कर रहे हैं। मैत्रेय ने जानकी को देखा, जानकी ने केवल देखते रहने का संकेत किया। जानकी ने फिर देखा, और वृत्तांत पर भी ध्यान दिया।

वह जिससे बात कर रहा हैं। वह किसी राज्य की राजकुमारी दिख रही हैं। जो हवन में आई है, वह अमरजीत से मुस्करा कर बात कर रही हैं।

"हम किसी सेवक से कह देते हैं। वह आपको यह महल बहुत ही अच्छे से दिखाएंगे। हमें अभी कुछ काम है।" अमरजीत ने कहा।

"अंतिम बार, जब आप हमारे राज्य में आये थे। हमने स्वयं आपको पूरा महल दिखाया था। आप हमें सेवक के हाथ छोड़ रहे?" उस राजकुमारी ने बहुत ही हक़ से झूठा क्रोध करते हुए कहा।

"किन्तु" अमरजीत ने कहने का प्रयत्न किया।

"किन्तु, आपको हमसे अधिक महत्वपूर्ण कार्य हैं। आप उस दिन भी, ऐसे ही चले गए थे।" उस राजकुमारी ने अमरजीत के समीप आकर, उनका अंगवस्त्र सही करते हुए कहा।

राजकुमारी ने अमरजीत का सीना छुआ। अमरजीत ने उसकी उंगलियों को देखा। राजकुमारी ने अपने होंठों को अपने दन्त से दबाया। मैत्रेय यह सब देख नहीं पाई। वह क्रोध में आगे बढ़ी, परंतु जानकी ने उन्हें रोका। मैत्रेय ने उसे संदेह से देखा, जानकी की आँखों में भी क्रोध है, परंतु उसने रुकने का संकेत किया।

राजकुमार ने आस पास देखा। कोई उन्हें देख तो नहीं रहा, फिर राजकुमारी को देखा।

"हम उस दिन भी इसलिए गए थे, क्योंकि हम नहीं चाहते, आप हमारे साथ ऐसा कुछ करें" अमरजीत ने राजकुमारी की उंगलियों को देखते हुए कहा।

यह बात सुन कर वह राजकुमारी मुस्कराई। फिर राजकुमार के गाल पर हाथ रखा, उनके और समीप, उनके होंठों के पास गई।

"सच में आप ऐसा कुछ नहीं चाहते? परंतु हम तो बस यही चाहते हैं" राजकुमारी ने कहा।

राजकुमार अमरजीत का ध्यान उस राजकुमारी के होंठों पर है। वह चाहे कितना नाकार दे, परंतु वह भी, उस राजकुमारी से स्वयं को दूर नहीं कर पा रहे थे। वह भी, उनके होंठों को छूना चाहते हैं, चूमना चाहते हैं। इतना उस राजकुमारी के लिए पूर्ण था। वह हल्का सा मुस्कराई और राजकुमार के होंठों को चूमने के लिए आगे बढ़ी। जानकी ने स्वयं को सँभालने के लिए मैत्रेय का हाथ सख्ती से पकड़ा। मैत्रेय और नहीं देख पाई, वह अपने दादा कि यह गलत बात नहीं देख सकती थी, यह उनकी माँ ने नहीं सिखाया था।

अचानक से राजकुमार पीछे हट गए। यह देख कर मैत्रेय रुकी और जानकी की सांस में सांस आयी, वह राजकुमारी हैरान दिखी।

"जीत" उस राजकुमारी ने बड़े प्रेम से कहा।

"हमें जाना होगा" राजकुमार ने कहा, और वहां से मुड़ कर अपने कक्ष के ओर चले गए। जानकी ने मैत्रेय का हाथ छोड़ा।

"आप इसे संभालिए, हम आपसे कुछ देर बाद आपके कक्ष में मिलेंगे" जानकी ने कहा और वह भी अपने महल में चली गई।

मैत्रेय उस राजकुमारी की दिशा में गई। जो कुछ क्षण पहले ही, उसके दादा को रिझाने का प्रयत्न में, सारी मर्यादा भूल गई थी।

"बुलबुल आप यहाँ क्या कर रही हैं, कितनी कामचोर हो गई हैं, आप" मैत्रेय कहते हुए उसके पास आई।

राजकुमारी ने उसे हैरान हो कर देखा। स्वयं को दासी समझे जाने पर उसका आश्चर्य, क्रोध में बदलने लगा।

"हम बुलबुल नहीं तारा हैं, राजकुमारी तारा। आप कौन हैं, जिन्हे दासी और राजकुमरी में अंतर नहीं पता" उसने मैत्रेय को उत्तर दिया, परंतु मैत्रेय पर दृष्टि पड़ते ही वह उनकी सुंदरता पर ठहर सी गई।

मैत्रेय को यह नाम स्मरण हुआ। वही नाम जिसके लिए उनकी माँ ने उन्हे सचेत किया था। मैत्रेय ने तारा की दृष्टि पढ़ी।

"अपने, हमें नहीं पहचाना, जितना हमारी सुंदरता के किस्से भारत में फैले हैं। हमें लगा, हमें सब जानते होंगे। लोग तो यह भी कहते हैं, की इतनी सुंदरता के साथ शास्त्रों और शस्त्रों का ज्ञान रखने वाली स्त्री, उन्होंने कभी नहीं देखी" मैत्रेय ने मुस्करा कर घमंड में कहा।

मैत्रेय घमंड से ऐसे खड़ी हुई, कि आगे की प्रशंसा उनके शब्द नहीं, उनका मुख, उनका शरीर करें। उनका आकर्षक शरीर किसी अप्सरा सी सुंदरता किसी आईने की तरह, दिखने लगा। तारा भी मैत्रेय की सुंदरता से दृष्टि नहीं हट पा रही थी। लावण्या की इस

शिक्षा का उपयोग, मैत्रेय ने कभी किसी पुरुष पर भी नहीं किया था। जो आज, इस मर्यादाहीन स्त्री पर किया। उनके चेहरे का उड़ा रंग देख कर, मैत्रेय को जितनी प्रसन्नता हुई, शायद ही उन्हे किसी पुरुष की दृष्टि ने दी थी।

"राजकुमारी मैत्रेय" राजकुमारी तारा का स्वर काम हो गया।

"तो आप हमें पहचानती हैं, अब हमारी बात ध्यान से सुनिए। अगली बार, हमारे दादा के आस पास दिखने का प्रयत्न भी नहीं करियेगा" मैत्रेय ने उसे धमकी देते हुए कहा।

"जब हम आपकी भाभी बन कर यहाँ आएंगे ना, तब देखिएगा" तारा जो अपना पूरा आत्मविश्वास खो बैठी थी, उन्होंने स्वयं को संभालते हुए कहा।

"वह सपना, तो अब, हम पूरा नहीं होने देंगे, अब अगर आप नहीं चाहती, की आपके यह दुष्कर्म, मिर्च मसाला लगा कर, हम हर स्थान पर फैला दें, तो आप हमारे दादा से दूर रहेंगी, अपितु यह बात फैलने के बाद, हमारे भाई साहब क्या कोई राजकुमार आपसे विवाह नहीं करेगा"

तारा बहुत कुछ कहना चाहती थी, परंतु वह बिना कहे वहां से चली गई।

"अरे आप आ गए, हम अभी आपके कपड़े निकालते हैं। क्षमा करिये, हमें देरी हो गई। माँ, सही कहती हैं। हम अपने पति का ख्याल ही नहीं रखते" जानकी ने कक्ष में आते हुए कहा।

अमरजीत ने उससे दृष्टि चुराई, "नहीं आप बिलकुल समय पर आई हैं" अमरजीत ने कहा।

"आते समय, हमें आपकी मित्र तारा दिखी थी। हमें पता होता, आप यहाँ हैं, तो हम उन्हें, अंदर बुला लेते।" जानकी ने बड़ी मासूमियत से कहा।

अमरजीत उसकी बात सुन कर घबरा गए, "ऐसे कोई, अपने पति को किसी और स्त्री से मिलवाता है?" अमरजीत ने बात बदलते हुए कहा।

"हमें आप पर पूरा भरोसा है। यह लीजिये आज आप पीला पहनिए, पीला आप पर बहुत अच्छा लगता है।"

"आप हम पर, इतना भरोसा क्यों करती हैं, जानकी" अमरजीत ने उसे काम से रोक कर कहा।

"आखिर, आप अपने पिता के तरह हैं, उन्होंने आपकी माँ के सिवा, किसी स्त्री से सम्बन्ध नहीं रखा" जानकी ने अमरजीत की आँखों में देखते हुए कहा।

अमरजीत के आँखों में शर्मिंदगी है, उन्होंने जानकी को आलिंगन में ले लिया।

"क्या हुआ?" जानकी ने पूछा।

"आपके हाथ बता रहे हैं, आप रंगोली बना रही थी"

"जी, थोड़ी बन गई, आगे सेविकाएं कर लेंगी।"

"परंतु, आपको तो रंगोली बनाना बहुत पसंद हैं ना।"

"आपसे अधिक नहीं।"

जानकी की बात सुन कर, अमरजीत को जितना स्वयं पर क्रोध आ रहा था, उतना ही अपनी पत्नी पर प्रेम आ रहा है। उन्होंने जानकी के गाल छूए और उनके माथे को चूमा।

"चलिए, फिर हम भी आपके साथ चलते हैं। हम साथ रहेंगे, तो आपको हमारे लिए बार-बार यहाँ नहीं आना होगा।"

"आप वहाँ स्त्रियों के बीच जायेंगे, लोग क्या बात करेंगे।"

"एक दिन तो, हम भी अपनी पत्नी की खुशी के लिए विचार कर सकते हैं।"

महारानी अपने कक्ष के छज्जे पर बने कुंड के किनारे बैठी हैं। जहां कुछ मछलियाँ निरंतर उनके पैरों पर चिपकी हुई हैं। परंतु उनका पूरा ध्यान, सेविका की बात पर है, जो अपना सिर धक कर, उनके पास बैठी है और पक्षियों को उन मछलियों से दूर रखने का प्रयत्न कर रही है।

"वादन राज्य के सैनिक, जिस स्त्री को उठा ले जाए, उनसे उनका विवाह कर दिया जाता है और उनकी पत्नियों का खर्चा, वादन राज्य उठता है। इस कारण वादन सैनिक बहुत मनमानी करते रहे हैं।"

"यह हम जानते हैं।" महारानी ने कहा।

"जी, परंतु वही वादन महाराज के खास सैनिक जो इतनी मन की करते हैं, इस बार वैशयाघर में छुपे बैठे हैं।"

"अच्छे से बताइए?" महारानी ने गंभीरता से पूछा।

"वह एक बात को दोहरा रहे हैं की हम अपने राजा के सदैव निष्ठावान हैं। ऐसा लगता है जैसे वह स्वयं को समझा रहे हैं।" दासी ने कहा।

"हम्म" महारानी ने अपने कुछ ऊपर किए, सभी मछलियाँ जो उनके पैरो के साथ ऊपर आ गई थी, उन्होंने पानी में छलांग लगाई।

"केवल इतना ही नहीं, पिछले कई वर्षों से यह सिपाही हमेशा एकसाथ रहे हैं। पहली बार है, जब कुछ सिपाही उनके साथ नहीं हैं। "दासी ने महारानी के पैरो को कपड़े से पोंछा।

"उनकी मौत हो गई है, और बचे हुए सिपाहियों ने वह मौत देखी है। पता करो, इस समय सूर्यवादन कुछ बड़ी योजना कर रहे हैं। वेश्याओं से कहिए, उन सैनिकों को मदिरा के नशे में डूबा दें, इतना कि वह अपनी सारी सच्चाई उगल दें।" रक्षसामर्दानी अपने स्थान से उठी।

मैत्रेय बड़ी तेजी से अपने माँ के कक्ष में आई। उनकी आहट से महारानी शांत हो गई। दासी भी संकेत को समझी, और कुंड को देखते हुए अपने काम दर्शाने लगी।

महारानी ने, मैत्रेय की आँखों की बेसब्री देखी, वह समझ गई, उसे कुछ महत्वपूर्ण बात करनी है।

"हमारा कहा काम हो जाना चाहिए" रक्षसामर्दानी ने दासी के वेश में आई उनकी गुप्तचर से कहा।

वह अपना काम समेटकर, कक्ष से बाहर चली गई। जब तक वह बाहर नहीं चली गई, महारानी ने प्रतीक्षा की। अतः स्वयं, पुत्री की ओर देखा।

"कहिये" महारानी ने पूछा।

"जब आप जानती हैं, भाई साहब, भाभी के सिवा किसी और स्त्री से आकर्षित हो रहे हैं, तो अपने उस स्त्री को यहाँ क्यों बुलाया?" मैत्रेय ने पूछा।

"हम, आपके भाई साहब को स्त्री के भय से कैद तो नहीं रख सकते" महारानी ने मुस्करा कर कहा।

"तो आपने भाई साहब से कुछ कहा क्यों नहीं?" मैत्रेय के स्वर में अकड़ है।

मैत्रेय की अकड़ में कुछ नयापन है, एक नया आत्मविश्वास है। जिसे महारानी कुछ क्षण देखती रह गई "जब हम आपकी पसंद नहीं बदल पाए, तो आपके भाई साहब तो एक पुरुष हैं।" महारानी ने मुस्कराते हुए मैत्रेय को ताना मारा। पर उनका ध्यान अपनी पुत्री के बदलाव पर ही है।

मैत्रेय, उनका ताना समझी और क्रोधित हो गई। उसकी माँ अपने बिस्तर पर रखे, पत्रों को देखने लगी। मैत्रेय, उन्हे कुछ बुरा बोलना चाहती थी, परंतु उसे कुछ और समझ आया।

"शुरू में भाई साहब भी, भाभी के बिना एक क्षण नहीं बिता पाते थे। उनके रूप के दीवाने थे, अब अगर वह ऐसा करते हैं, तो चंद्र भी" मैत्रेय ने बिस्तर पर बैठते हुए कहा।

"आप मासूमियत में कई ऐसे काम करती हैं, जो हमें पसंद नहीं। परंतु आप सदैव सही को समझ लेती हैं। भले वह कितना जटिल हो। किन्तु, हमारे रहते, ना कभी आपकी भाभी के साथ ऐसा होगा, ना आपके साथ।" महारानी ने मैत्रेय को सुंदर लहंगा लाकर दिया।

"कैसे माँ?" मैत्रेय ने उदासी में पूछा।

"आपको क्या लगता है, आपके पिता इतने शरीफ हैं? पुरुषों को वश में केवल प्रेम से किया जा सकता है" महारानी ने मैत्रेय को शीशे में देखते हुए कहा।

"इसे वश में करना कहते हैं, या वक्ष में?" मैत्रेय ने अपनी चोली देख कर हंसते हुए कहा। परंतु अपनी माँ के सामने ऐसा बोलने पर वो बहुत शर्मिंदा हो गईं।

"नहीं, शर्मिंदा होने की आवश्यकता नहीं पुत्री, आप पर वही आत्मविश्वास जाँचता है, जिसे लेकर आज आप कक्ष में आई थी।"

सूर्यवादन, महाराज इंद्रजीत के रखे हवन के लिए आने से पूर्व, जंगल में रुके और गुफा में गए, जहाँ से उनके पुत्र को कैद किया गया था।

"उन राक्षसों ने, हमारे पुत्र को हाथ लगाने का साहस किया। इसका हर्जाना उन्हें देना होगा।" सूर्यवादन ने क्रोध में कहा।

"महाराज, नरक की शक्ति उस गिरिराज से हार गई। जब तक उनका, पवित्र पौधा उनके पास है। उन्हें कोई छू नहीं सकता, हम अकेले उन पर प्रहार नहीं कर सकते।"

"उन नरभक्षियों के विरुद्ध हमने कितना विष घोलने का प्रयत्न किया है। परंतु वह रक्षसामर्दानी इंद्रजीत को कुछ करने नहीं देती। और रघुवंशी तो उन राक्षसों के मित्र हैं।" सूर्यवादन ने चिढ़ कर कहा।

"परंतु, अब राजकुमार चंद्रवादन और उस रघुवंशी में भी तो मित्रता है। जितना हमने सुना है, वह रघुवंशी राजकुमार, हमारे राजकुमार के वश में हैं।" मंत्री कहते हुए मुस्कराया।

"हमारे चंद्र की बात ही अलग है। वह हमारे सपने पूरे करेंगे, वह हमारे सारे बदले लेंगे।"

"किन्तु राजकुमार की एक गलती से, हमारा रहस्य सब के सामने आ सकता था। भावुकता, व्यक्ति से भूल कराती हैं। हमें तो आभार है, इंद्रजीत को इस बात का आभास नहीं हुआ की वह नरभक्षी सत्य कह रहे थे।" सुखदेव ने कहा।

"महाराज तो मूर्ख हैं, किन्तु महारानी नहीं" सूर्यवादन ने कहा।

"ऐसी स्त्री से विवाह होना, केवल सफलता की राह पर ले जाता है। महाराज इंद्रजीत को इतना शक्तिशाली बनाने में हाथ तो महारानी का ही है। फिर भी हमें लगता है, आप महारानी को बहुत

महत्व देते हैं। एक स्त्री हमारी योजना के बीच नहीं आ सकती।" सुखदेव ने कहा।

सूर्यवादन मुस्कराये, "काश सही समय पर महत्व दिया होता, तो वह आज यहाँ नहीं होती" सूर्यवादन ने कहा।

सुखदेव अपने महाराज की बात समझे, वह जानते थे महाराज जो चाहते हैं उसे पाकर रहते हैं। केवल महारानी रक्षसामर्दानी ही वह हैं, जो उन्हे कभी नहीं मिल पाई।

महाराज अपने रथ की ओर चले गए, अब राज्य के अंदर जाने का समय आ गया है।

सभी हवन के बाद हो रहे समारोह में पहुंचे। दुनिया भर के नरेश वहां आये हैं। सब की दृष्टि का केंद्र, एक ही स्त्री है, राजकुमारी मैत्रेय, जिसे महारानी ने किसी अप्सरा की तरह सजाया है। उनकी सुंदरता के किस्से, अभी तक लोगों ने सुने थे, आज उन्हें ऐसे सामने देख कर, सब उनके सम्मोहन में खोये हुए है।

"सब की दृष्टि आपकी पुत्री पर हैं, परंतु एक व्यक्ति की दृष्टि केवल आपके लिए है।" महारानी की दासी ने कहा।

वह स्त्री एक साधारण महिला लगने का प्रयास कर रही थी, अपितु उनकी अदाएं दिव्य हैं। महारानी की मित्र, अप्सरा लावण्या ने सिर ढंका है, केवल उनके लाल होंठ दिखाई दे रहे हैं, जिनके समीप थोड़ा नीचे एक काला तिल उनकी सुंदरता को और कामुक बना रहा है।

महारानी ने सूर्यवादन को देखा, जो महाराज इंद्रजीत के साथ बाते कर रहे हैं, परंतु दृष्टि इंद्रजीत की पत्नी पर है।

“सूर्यवादन का पुत्र तो उनसे भी अधिक आकर्षित है, साक्षात कामदेव का रूप। अपितु रघुवंशी भी कुछ कम नहीं हैं, साक्षात देव कार्तिक, ऐसी ताकतवर भुजायें जब स्पर्श करती हैं” लावण्या ने आह भरी।

“लावण्या?” महारानी ने उन्हें घूरा।

“क्या लावण्या, आप बूढ़ी हो गई हैं, हम नहीं।”

“उनमें से कोई एक, हमारी पुत्री के होने वाले पति है। जिनके लिए अप्सरा, आप आहें नहीं भर सकती”

“जैसे आपकी कभी, चंद्र के पिता से होने वाली थी। सूर्यवादन की जवानी में उससे सुन्दर पुरुष कोई नहीं था। वह आपसे, अभी भी प्रेम करते हैं, महारानी” लावण्या ने छेड़ा।

“प्रेम करना और किसी को पाने की इच्छा रखना अलग बाते हैं। लावण्या हमारी पुत्री का भविष्य आम राजकुमारी की तरह नहीं होना चाहिए। हम चाहते हैं, आप उन्हें वह सब सिखाये, जिसकी उपयोगिता उन्हें पड़ेगी, हम उनका नाम अमर करना चाहते हैं। वह सब हासिल करेगी, जो एक स्त्री के भाग्य में भी होना चाहिए।”

लावण्या ने हाँ में सिर झुकाया।

महारानी ने फिर सूर्यवादन को देखा, जिनकी दृष्टि अभी भी उन पर है। रक्षसामर्दानी वहां से दूसरी ओर गई, उन्होंने इस बात का ध्यान रखा, की सूर्यवादन उन्हें अच्छे से देख सके। वह महाराज भूपति के पास जाकर रुकी, जो अपने पुत्र भालेन्द्र के साथ बाते कर रहे हैं।

“महाराज, आप यहाँ ऐसे अकेले क्यों हैं?” महारानी ने पूछा।

महाराज भूपति, जो यहाँ आये तमाम राजाओं में सबसे ऊंचे कद काठी और शक्तिशाली नज़र आ रहे हैं। महारानी को उनकी

बनावट में कुछ आकर्षित सा लगा, जैसे पुराने किस्से कहानियों के नायक को सामने देख रही हो। भगवान विष्णु ने जिस वंश में जन्म लिया, वह आम हो भी नहीं सकते। उनके तौर तरीके आज कल के समय के राजपूताना के सामने और कीमती लग रहें हैं। रक्षसामर्दानी को बात भालेन्द्र में दिखी।

"इस हवन में बुला कर हमारा सम्मान बढ़ाया है, महरानी। उसके लिए हम आपको धन्यवाद् करते हैं।" महाराज ने हाथ जोड़ कर कहा।

"हमें शर्मिंदा नहीं करिये महाराज, आपके पुत्र ने, हमारी पुत्री के लिए जो किया, उसके लिए हम आपको लाख बार भी धन्यवाद कर दे, वह कम है।" महारानी ने भी वैसे ही हाथ जोड़ कर कहा।

"यही बात हम भी, आपसे कहना चाहते हैं, महाराज भूपति" सूर्यवादन ने भी अपने हाथ जोड़ कर कहा।

वह अपने पुत्र चंद्रवादन, महाराज इंद्रजीत के साथ आये और महारानी के समीप खड़े हुए। महारानी अपने स्थान से नहीं हटी। उन्होंने अपनी सखी को देखा और दोनों मुस्कराई।

"बस, महाराज आप और महाराज इंद्रजीत हमें पहले ही इतना धन्यवाद कह चुके हैं।" भूपति ने अपना हाथ जोड़ कर कहा।

भूपति के हाथ जोड़ कर झुकने के बाद भी, उनके शरीर की अकड़ वैसी ही है। यकीनन वह अभी भी कसरत करते है, और वह इन राजाओं की मधुर बातों से ऊब चुके हैं।

"हमारे पुत्र तो पहले से ही मित्र हैं, हमें भी अब देरी नहीं करनी चाहिए" सूर्यवादन ने कहा।

"मित्रता कहने से नहीं, साबित करने से होती है।" भूपति ने सीधा उत्तर दिया।

भूपति की बात सब को बुरी लगी, बस महारानी को नहीं। सूर्यवादन की खोटी मिठास का उत्तर देने वाला, अभी तक कोई नरेश नहीं था।

भूपति ने, जब से बाकी राज्यों से अच्छे सम्बन्ध बनाने शुरू किए, तो महारानी ने समझा, अब वह भी राजनीति की ओर मुड़ गए हैं। किन्तु राजनीति उनकी विचार में है, फितरत में नहीं, यह देख कर महारानी बड़ी प्रसन्न हुई। सूर्यवादन ने महारानी को मंद-मंद मुस्कराते देखा।

"महाराज भूपति, अब आपके मित्र वह नरभक्षी कैसे हैं?" इंद्रजीत ने कहा।

इंद्रजीत ने अपने मित्र के अपमान के लिए, भूपति को नीचा दिखाने का प्रयत्न किया था। महारानी ने यह देख कर तुरंत अफ़सोस किया। एक उनकी पुत्री जो चंद्रवादन के खिलाफ नहीं सुनती और उनके पति, सूर्यावदान के खिलाफ नहीं सुनते।

"सरदार गिरिराज, अपने पुत्र के बर्ताव के लिए बहुत शर्मिंदा हैं। उन्होंने अपने पुत्र को कड़ी सजा दी है" भूपति ने सबसे दृष्टि मिला कर उत्तर दिया।

भूपति ऐसे सवाल के लिए तैयार हैं, यह महारानी ने उनकी आँखों में देखा।

"उन नीच वनवासियों ने हमारा अपहरण किया, राजकुमारी से दुर व्यवहार किया। उन्हें सजा देने का अधिकार हमारा है।" चंद्रवादन ने उत्तर दिया।

"बिलकुल सही, जैसे आपको और भालेन्द्र को, हमारी पुत्री को इतनी रात में जंगल में बुला कर, उनके प्राण खतरे में, डालने की सजा मिलनी चाहिए।" महारानी ने चंद्रवादन को क्रोध में कहा।

उनकी बात सुन कर, पुनः वैसे ही सब को बुरा लगा।

"राजकुमार भालेन्द्र को इसकी सजा मिलेगी।" भूपति ने भालेन्द्र को क्रोध से देखते हुए कहा।

भूपति की बात सुन कर, सब उनकी ओर देखने लगे, भालेन्द्र ने दृष्टि नीचे कर ली।

"इस राज्य से बाहर कदम रखते ही, इन्हें 2 वर्ष के लिए वनवास पर जाना है। जहां इन्हें, क्षत्रिय सुख नहीं मिलेंगे। उसके पश्चात ही, यह वापस महल में कदम रख पाएंगे" भूपति ने कहा।

"परंतु महाराज, उन्होंने हमारे कहने पर, यह सब किया।" चंद्रवादन ने कहने की प्रयत्न किया।

"आपको सजा देने का अधिकार हमें नहीं राजकुमार। किन्तु हमारे राज्य के, भावी महाराज ऐसी बचकानी हरकतें करते फिरे, यह बहुत शर्मिंदगी की बात है।" भूपति ने कहा।

भूपति के उत्तर से, महारानी समझी, यह सब उतना सरल नहीं, जितना वह समझ रहीं थी। भूपति, भले ही राजनीति में नहीं हैं, परंतु वह बेवकूफ तो बिलकुल नहीं हैं और उनके पुत्र पर उनका पूरा नियंत्रण है। भालेन्द्र ने बड़ों के बीच, एक शब्द तक नहीं कहा है। बल्कि उनकी झुकी दृष्टि बता रही हैं, वह शर्मिंदा हैं और अपने पिता की कही हर बात मानेंगे। भूपति भी जानते हैं, ऐसे समारोह में, इतनी कठोर तरीके से बाते नहीं कर सकते, परंतु अगर वह कर रहे हैं, तो वह जतलाना चाहते हैं, उन्हें कम प्रचंड ना समझा जाए।

"महाराज भूपति, क्षमा करिये, आपके पुत्र के लिए निर्णय लेने का अधिकार आपका है। परंतु उन्होंने हमारी पुत्री का सम्मान बचाया है। इसकी इतनी बड़ी सजा, उन्हें कैसे मिल सकती है?" महाराज इंद्रजीत ने कहा।

"बिलकुल, भालेन्द्र ने हमारे पुत्र के प्राण बचाए हैं" सूर्यवादन ने कहा।

“इतनी रात में, एक स्त्री को, ऐसे अकेले, राज्य से बाहर ले जाकर, उनके प्राण और सम्मान को जोखिम में डालने वाले भी, वहीं हैं, महाराज। हम घाव लगने के बाद, उस पर मरहम लगाने की जगह, ज़ख़्म लगने ही नहीं देते। परंतु, आपके पुत्रों और पुत्री को बचा कर, भालेन्द्र ने स्वयं को भी बचाया है। अगर वह, इस में असफल होते, तो उन्हें एक महीने भोजन नहीं दिया जाता। उसके बाद हमारे राज्य के अखाड़े में, उन्हें 5 दिन तक, हर दिन एक खूंखार जानवर से लड़ना पड़ता। पहला दिन एक जंगली भैंसा, दूसरे दिन 5 भेड़िये, तीसरे दिन हाथी, चौथे दिन एक भालू और पाँचवें दिन एक शेर” भूपति ने कहा।

उनकी बात सुन कर, वहां उपस्थित हर व्यक्ति, कंप गया। महारानी ने अपना हाथ, भालेन्द्र के सिर पर रखा। जैसे उन्हें उनकी चिंता हो, क्या इस राज्य में अपनी पुत्री को देना सही होगा, उन्होंने फिर विचार किया।

“महारानी, हम पंद्रह की उम्र में, यह सब कर चुके हैं।” भालेन्द्र ने महारानी का हाथ, अपने दोनों हाथों में लेकर, उन्हें संभालते हुए कहा।

भूपति की मुस्कराहट बता रही है,कि उन्हें उनके पुत्र पर गर्व है।

“क्षमा करिये, परंतु क्या हम, बड़ों के बीच में बोल सकते हैं?” मैत्रेय ने सबसे कहा।

उनके हाथ जुड़े हैं, सिर झुका है, परंतु चेहरे पर एक आकर्षक मुस्कराहट है। उनकी आवाज़ सुन कर, भालेन्द्र ने भी ऊपर देखा। बाकी सब भी उन्हें देख कर प्रफुल्लित हुए।

“हमें तो लगा था, आपके राज्यों में, बच्चों को बड़ों के बीच बात करने के संस्कार है ही नहीं” भूपति का संकेत चंद्रवादन की ओर है।

सब भूपति का ताना समझे, चंद्रवादन ही बस बीच में बोल रहे थे। जबकि भालेन्द्र सब के बीच शांत थे। अब मैत्रेय ने भी बोलने से पहले अनुमति ली, किसी ने बीच में कुछ नहीं कहा।

"हमने देखा हवन से लेकर यहाँ समारोह तक हर कार्य को बारिके से देख रहीं राजकुमारी। आपकी पुत्री की केवल सुंदरता नहीं, इनके संस्कार का भी गुणगान होना चाहिए, हमारे पास आइये पुत्री" भूपति ने कहा।

मैत्रेय ने महारानी को देखा, उन्होंने आगे जाने का संकेत किया, तब मैत्रेय आगे गई।

"आपकी सारी अभिलाषा पूरी हो पुत्री।" भूपति ने मैत्रेय के सिर पर हाथ रख कर, उसे आशीर्वाद दिया।

अचानक से मिले इस आशीर्वाद से मैत्रेय बहुत प्रफुल्लित हुई। उनका मुख खिल उठा। उन्होंने, हाथ जोड़ते हुए, झुककर आशीर्वाद लिया।

यह देख कर महारानी बहुत आनंदित थी। उनकी शंका फिर समाप्त हो गई। यहाँ आये राजकुमारों के साथ, बूढ़े महाराजाओं की दृष्टि भी उनकी सुन्दर पुत्री पर है और वह अभिलाषा कर रहे हैं, यह पूजा स्वयंवर में बदल जाये। वहीं भूपति की हर बात में, एक पिता की तरह आदर है। यह परिवार, उनकी पुत्री के लिए सही है। महारानी इस बात से अनजान हैं कि, सूर्यवादन उनकी मन की हर बात पढ़ चुके है।

भूपति का मैत्रेय की ओर बर्ताव और आशीर्वाद देख कर इंद्रजीत भी अपना पूरा क्रोध भूल गए और मुस्कराए।

भूपति ने अपने हाथ में पहनी, सभी मुद्रिका उतारी, मैत्रेय के चारों ओर फेरी और मैत्रेय की दासियों की ओर संकेत किया।

दासियाँ, भूपति के पास आई, उन्होंने सारी अंगूठियाँ उन्हें दान कर दी। दासियाँ, प्रफुल्लित हो कर पीछे हट गई।

यह देख कर, सब और चकित हो गए, परंतु भूपति अभी भी निश्चित नहीं हुए थे। उन्होंने अपनी कमर से एक कटार निकाली, जो उन्होंने मैत्रेय को दी।

उस कटार को देखकर, सब के नेत्र बड़े हो गए। यह कोई आम कटार नहीं है। यह भूपति के परिवार की पुश्तैनी कटार है। जो रघुवंश के बस राज्य परिवार के पास होती है, जिसके पास, यह कटार है, उसे नुकसान पहुँचना, अर्थात उनके राज्य सिंहासन को नुकसान पहुँचाना। जिससे सीधे युद्ध छिड़ सकता हैं। मैत्रेय ने महारानी रक्षसामर्दानी की ओर देखा, वह अभी भी हैरान दिख रही हैं।

"महाराज भूपति यह तो" महारानी ने कहने का प्रयत्न किया।

"हमारे पुत्र के कारण, राजकुमारी का सम्मान खतरे में आया। हमारे मित्र के पुत्र ने उनके साथ दुस्साहस का प्रयत्न किया। इतनी सुरक्षा तो, हम दे ही सकते हैं।" भूपति ने मैत्रेय की आँखों में देख कर कहा।

"परंतु इसका अर्थ तो।" सूर्यवादन कहते हुए रुक गए।

"जी हाँ महाराज, राजकुमारी मैत्रेय को नुकसान पहुँचने वाला, अब हमारे राज्य का दुश्मन होगा। हमें नहीं लगता, कोई ऐसा चाहेगा।" भूपति ने सूर्यवादन से दृष्टि मिला कर कहा।

महारानी ने भूपति की नज़रों को देखा। भूपति जरूर सूर्यवादन के बारे में कुछ जानता हैं, यह देख कर महारानी की मुस्कान बढ़ी। "उपहार स्वीकार करिए पुत्री।"

"परंतु जितना दोष, राजकुमार भालेन्द्र और चंद्र का था, उतना ही हमारा भी था। फिर उन्हें सजा और हमें उपहार क्यों?" मैत्रेय ने पूछा।

फिर प्रश्न, इसका उत्तर महारानी एकांत में भी दे सकती थी, परंतु उतना संयम उनकी पुत्री में कहाँ।

"हम एक राजकुमारी हैं, आगे चल कर, हम महारानी बनेंगे। हमारी एक गलती, पूरे राज्य को मुश्किल में डाल सकती है। हम स्त्री होने का, ना ही लाभ उठान चाहते हैं, ना दया, महाराज। हमारे इस दुःसाहस के लिए, हमें क्षमा करें। मैत्रेय ने वैसे ही हाथ जोड़ कर कहा"

महारानी, जिस बात को अपनी पुत्री की गलती समझ रही थी। उसी बात से महारानी का गौरव बढ़ गया। उनकी परवरिश रंग ला रही है। मैत्रेय ने बेवकूफी नहीं की, उन्होंने अपनी समझदारी एक योद्धा के सामने दिखाई है। भूपति जो, अपने पुत्र के कारण इतना शर्मिंदा हैं। अब वह मैत्रेय को सम्मान दिए बिना नहीं रह सकते। मैत्रेय ने उनका हृदय विजय कर लिया।

"इसे एक बुजुर्ग का आशीर्वाद समझ कर स्वीकार कीजिए राजकुमारी" भूपति ने कहा।

भूपति की बात सुन कर मैत्रेय ने फिर अपनी माँ को देखा। मैत्रेय ने भी, सभी को जताया, की यहाँ बस भालेन्द्र नहीं है, जो अपने पिता की सारी बाते मानता है। बल्कि मैत्रेय भी अपनी माँ को उतना सम्मान देती हैं। महारानी ने अपनी पुत्री को कटार स्वीकार करने की अनुमति दी। मैत्रेय ने वैसा ही किया।

पाठ - 6

योग्य

चंद्रवादन अपने पिता के कक्ष में गए। सूर्यवादन वहाँ बेसब्री से इधर-उधर घूम रहे हैं। सूर्यवादन के पलंग पर दो स्त्री सो रही हैं। उनके बदन के वस्त्र कुछ उन्हें धक रहे हैं और कुछ धरती पर रंग बिखेर रहे हैं।

"आपकी एक भूल ने हमारी पूरी योजना नष्ट कर दी, पुत्र" सूर्यवादन ने चिल्लाते हुए कहा।

"हमें नहीं जानते थे, ऐसा होगा।" चंद्रवादन अपने पिता के क्रोध को नजरंदाज करते हुए, आसान पर बैठ गए और सामने रखे अंगूर खाने लगे।

"आज जो हुआ, उसकी गंभीरता समझते हैं, आप। ऐसा लगता है, जैसे रक्षसामर्दानी को हर वस्तु उपहार में मिल जाती है।"

"हम उनसे नफरत करते हैं, पिताजी" चंद्रवादन के स्वर में अब वह चिढ़ आई। उसने अंगूर एक ओर फेंके "हम जानते थे, वह सदैव की तरह, कोई ना कोई बहाना निकाल लेंगी, हमारी मैत्रेय को हमसे दूर रखने का। अपितु हमने, उन्हें वहाँ ऐसे रात में बुलाया था" चंद्र अपने पिता के समीप आए "वह हमें कभी मना नहीं कर सकती। हम उन्हें, अपना बनाने ही वाले थे। एक रात ही तो व्यतीत करनी थी, फिर उनकी वह माँ, कुछ नहीं कर पाती" चंद्र मुस्कराये

"कोई कुछ नहीं कर पता, उन्हें शीघ्र अति शीघ्र अपनी पुत्री का हाथ, हमें देना पड़ता।"

"यह योजना थी आपकी?" सूर्यवादन ने अपने पुत्र का कंधा थपथपाते हुए कहा।

"हाँ पिताजी, हम इतने भी मूर्ख नहीं हैं, जो ऐसे ही राजकुमारी को जंगल में बुलाएं। जब की, हम जानते हैं, कि उनकी माँ, बस प्रतीक्षा करती हैं, कि हमसे कोई गलती हो। और वह भालेन्द्र, आश्रम में सब सीख कर आए थे। उनके कारणतः हम सदैव दूसरे अंक में रहे। हम उन्हें दिखाना चाहते थे, की वह हमसे हर चीज में बेहतर हैं, परंतु हमारे पास दुनिया की सबसे सुंदर स्त्री है। जो उन्हें कदाचित नहीं मिल सकती, हम उन्हें नीचा दिखाना चाहते थे।" चंद्र मुस्कराये।

"रक्षसा तो अब, उनसे ही मैत्रेय के विवाह के स्वप्न देख रही है।"

"वह ऐसा नहीं कर सकती, मैत्रेय हमसे प्रेम करती हैं।" चंद्र के स्वर में हठ है।

"हम, मैत्रेय की लिए चिंतित नहीं, वह तो आपके नियंत्रण में हैं। हम व्याकुल है, महारानी और भूपति की बढ़ती मित्रता के लिए।"

"अच्छा है, रघुवंशी महाराज को पत्नी की आवश्यकता है और रक्षसामर्दानी को एक शक्तिशाली पुरुष की, उनकी पति तो..." इतना कह कर चंद्र मुस्करा दिए।

"चंद्र।" सूर्यवादन चिल्ला दिए।

चंद्रवादन ने अपने पिता को गंभीरता से देखा "हमें मैत्रेय चाहिए, अगर किसी ने हमारे प्रेम को, हमसे छिनने का प्रयत्न किया, तो हम उसका सिर धड़ से अलग कर देंगे।"

"उस रघुवंशी राजकुमार के पास जाइए, उन्हें बताइए की उस रात, आप दोनों ने हर सीमा पार कर दी थी। विवाह तो केवल नाम का बचा है।"

"अगर महारानी ने विवाह की बात की भी, तो कोई ऐसी स्त्री को नहीं अपनाएगा, जो किसी और पुरुष के साथ सो चुकी है। यह बात तो वह राक्षस भी जनता था।" चंद्रवादन मुस्कराया।

चंद्रवादन ने अपने पिता के पैर छूए और उनके कक्ष से बाहर चले गए।

सूर्यवादन ने एक पेटी खोली, उसमें से एक चित्र निकाला, वह चित्र उन्होंने खोला। "नहीं पुत्र, जब आपको प्रेम हो, तो कोई अंतर नहीं पड़ता। हाँ कुछ समय के लिए, आप स्वयं को समझा लेते हैं, परंतु, सदैव के लिए, एक खालीपन रह जाता है। जो नहीं मिला, अकसर उसकी ही चाहत होती है।"

सूर्यवादन ने रक्षसामर्दानी के चित्र को नरमी से स्पर्श किया, फिर उन्हें, वापस पेटी में बंद कर दिया।

भूपति और भालेन्द्र, जीतवंश से जा रहे हैं। दोनों अलग घोड़ों पर हैं। भालेन्द्र बहुत दुखी लग रहे हैं।

"गिरिराज बहुत दुखी थे, उनके पुत्र ने एक मनुष्य को पसंद किया" भूपति वह क्षणभर के लिए मुस्करा दिए। "हमें तो, यहाँ राजकुमारी को देख कर समझ आया, ऐसी दिव्य सुंदरता, किसी से भी गलती करवा सकती है।" भूपति ने अपने पुत्र का मन जाँचने का प्रयास किया।

"दंडक को मनुष्य रूप में, मनुष्यों के बीच भेज कर, उसे किसी भी तरीके की हिंसा का मना कर देना। इससे बड़ा दंड, दंडक के

लिए, कोई हो ही नहीं सकता" भालेन्द्र कहते हुए हंसे, परंतु उनकी हंसी उनकी नैनों तक नहीं पहुँच पाई।

"क्या आपने अभी, हमारी बात को बदलने का प्रयत्न किया, पुत्र। आपको उस सूर्यवादन के मूर्ख पुत्र के साथ, शिक्षा के लिए भेजना ही नहीं चाहिए था"

"तो हम क्या करें पिताजी, जब से आपने राजकुमारी को देखा है, आप हर बात में, उनकी ही चर्चा निकाल लेते हैं।" भालेन्द्र ने मुंह बना कर कहा। "आपने उन्हें अपनी कटार भी दी, आपको लगा हम समझेंगे नहीं?"

"तो इस में भूल क्या है, क्या आपको वह पसंद नहीं। हमें जितना स्मरण है, आप उनसे दृष्टि भी नहीं हटा पा रहे थे।"

भालेन्द्र ने अपने पिता को तिरछी दृष्टि से देखा, फिर आगे राह पर देखने लगे। उन्होंने बहुत प्रयत्न किया, कि उनके पिता, उनसे आगे बात ना करें, परंतु जैसे उनके पिता समझना ही नहीं चाहते थे।

"हम आपसे यह चर्चा नहीं करना चाहते, आप हमारे पिता हैं।"

"हम नए समय के पिता हैं। हमने सदैव आपको मित्र माना है।"

"केवल, जब आपको स्वयं कोई बात मनवानी हो" भालेन्द्र ने घूरा।

भूपति ने कुछ देर अपने पुत्र को घूरा "यह तो अपने सही कहा" फिर वह हंस दिए।

"पिता जी, वह किसी और की हैं" भालेन्द्र के स्वर में बहुत दर्द है।

भूपति ने अपने घोड़े को रोका, उन्हें देख कर भालेन्द्र भी रुके। सेनापति ने सभी को हाथ दिखा कर, रुकने का संकेत किया। भूपति रास्ते से हट कर जंगल की ओर गए। भालेन्द्र भी उनके पीछे गए। काफी आगे निकालने के बाद, उन्हें सामने मोर दिखाई दिए। उन्हें देखने के लिए, भूपति रुक गए, भालेन्द्र भी उनके साथ रुके।

भूपति शांति से मोर को देखते रहे, फिर उन्होंने चिढ़ कर हाथ हवा में फेंके "बहुत विचार कर लिया, कि एक बाप या बूढ़ा व्यक्ति, ऐसी बात पर क्या उत्तर देगा। परंतु हम बूढ़े नहीं हैं। वह किसी और की हैं, तो क्या हुआ?" भूपति के चिल्लाने पर वहाँ से सारे मोर घबरा कर चले गए। "आप उन्हें पसंद करते हैं, या नहीं?"

"पिता जी, हम उन्हें बहुत पसंद करते हैं। परंतु वह चंद्र से प्रेम करती हैं, वह अब इतने नजदीक हैं, उन्हें कोई दूर नहीं कर सकता"

"मतलब?" भूपति ने हैरान हो कर पूछा।

"वही जो आप समझ रहे हैं, वह दोनों उस रात सदैव के लिए एक हो गए।"

"कैसे? अपने हमें पूरी घटना सुनाई है, इतने कम समय में संभव नहीं।" भूपति ने बिना समय गवाये कहा।

"पिता जी, आप यह क्या बाते कर रहे हैं?"

"यह बात स्वयं आपको उस राजकुमार ने बताई है? और अपने भरोसा कर लिया।"

"बस करिए पिताजी, हम इस बारे में और बात नहीं करना चाहते। वैसे भी हम राजकुमारी के लायक नहीं। चंद्रवादन जैसा मोहन हम में नहीं" भालेन्द्र ने कहा।

"अगर, आपको लगता है, आप किसी स्त्री के लायक नहीं, तब तो आपसे अधिक कोई उस स्त्री के लायक नहीं, पुत्र। हमने

आपको ऐसे पीछे हटना नहीं सिखाया, आप तो उनके लिए बिना लड़े ही पीछे हट रहे"

"वह कोई संपत्ति या भूमि नहीं, जिसके लिए हम लड़े, पिताजी।"

"ठीक है पुत्र, जैसा आपको सही लगे। परंतु यहाँ से आप वनवास नहीं जा रहे। अब 2 वर्ष आप, अपने मित्र दंडक के साथ बिताएंगे। उन्हें आपकी आवश्यकता है।"

"हमारी आवश्यकता?"

"जी, कोई निरंतर गिरिराज के जंगलों में घुसपैठ कर रहा है। वह उनकी, पवित्र शक्तियों के पीछे हैं। कुछ समय पूर्व, उनके पवित्र पौधे को चोरी करने के लिए, नरक की शक्तियों को भेजा गया था। गिरिराज को अपने पुत्र की चिंता है। मनुष्य रूप में दंडक ऐसी शक्तियों से स्वयं को नहीं बचा सकते।"

"परंतु दंडक हमसे क्रोधित होंगे"

"दंडक से भोला पुरुष, हमने अपने जीवन में नहीं देखा। जब तक वह, अपने जंगलों में, अपने कबीले के पास सुरक्षित नहीं पहुँच जाते। तब तक, आप उन्हें सुरक्षित रखेंगे, यह आपका कर्तव्य है पुत्र।"

"जी पिता जी"

भालेन्द्र ने अपने पिता के पैर छूए और वह दूसरे रास्ते निकल गया।

पाठ - 7

धोखेबाज की सहायता

सूर्यवादन की दूसरी पत्नी, महारानी पंछीरूप, अपने आकर्षित रथ पर जीतवंश के बाजार पहुंची। उनका रथ एक सोनार की दुकान के सामने रुका।

उस सुंदर रथ को देखने के लिए व्यक्ति आस-पास एकत्र होने लगे। सैनिकों ने उन्हे दूर किया और महारानी पंछीरूप के लिए राह बनाई।

दुकान का मालिक और कारीगर, महारानी के स्वागत में बाहर आकार हाथ जोड़ कर उपस्थित हो गए।

महारानी, रथ से उतरी, एक वयस्क पुरुष की माँ होने के पश्चात भी महारानी के सौन्दर्य में कोई कमी नहीं आई थी। उन्होंने जीतवंश की प्रजा के सामने हाथ जोड़ा, फिर वह दुकान में अंदर चली गई।

दुकान में, जहां आम कुलीन खरीदारी करते थे। दुकान का मालिक, उन्हे उससे भी अंदर लेकर गया। सामने, जीतवंश का मुख्य व्यापारी वृश्चिक खड़े हैं।

वृश्चिक ने झुककर हाथ जोड़े और महारानी को नमस्ते किया। फिर उन्होंने दुकान के मालिक को वहाँ से जाने का संकेत किया।

मालिक वहाँ से दूसरे कक्ष में चला गया। बाहर के व्यक्तियों के लिए मालिक, महारानी को आभूषण दिखा रहा है।

वृश्चिक ने महारानी को एक आम बग्गी की ओर संकेत किया, महारानी ने वह बग्गी देखकर थोड़ा मुँह बनाया। परंतु वह बग्गी में जाकर बैठी।

वह बग्गी, महारानी को बाजार से दूर वन में लेकर गई। एक स्थान पर पहुँच कर बग्गी रुकी। बग्गी का द्वार खुला, महारानी रक्षसामर्दानी अंदर आई।

"नमस्ते।" पक्षीरूपी ने कहा।

"नमस्ते पक्षी, आपको देख कर खुशी हुई।" रक्षसामर्दानी ने कहा।

"हमे भी होती, अगर आप हमारे लिए इस बदसूरत चीज को नहीं भेजती"

रक्षसामर्दानी मुस्कराई "आपके लिए राजनीति की बाते हमेशा दुख:बन जाती हैं।"

"इन दुखों के बाद जब आप असली खुशी देती हैं, हमे वो अधिक पसंद है। कहिए इस बार आप हमसे क्या चाहती हैं?" पक्षीरूपी ने कहा।

"हम चाहते हैं, वादन वंश का अगला उत्तराधिकारी आपका पुत्र योगवादन हो"

यह सुन कर पक्षीरूपी थोड़ा घबरा गई, उन्होंने जंगल में आस-पास देखा। सुनिश्चित किया कि कोई उन्हे सुन ना लें।

"हमारे पति को इसकी सूचना भी हुई तो, हमारे प्राण खतरे में आ जाएंगे।"

"आप, उनकी प्रिये पत्नी के?"

"उनका प्रेम तो हमेशा रूप बदलता रहता"

"पक्षी, आप सूर्यवादन से विवाह करने की इच्छा रखती थी, हमने सहायता की। आप अपने पति को केवल अपने नियंत्रण में रखना चाहती थी, हमने सहायता की। आपकी पुत्री के सिवा हमारा पुत्र किसी स्त्री को ना देखा, हमने यह भी सुनिश्चित किया, अब आपका पुत्र सिंहासन में बैठेगा, हम यह दिन भी आपको दिखाएंगे। आपको केवल साहस दिखाना है।"

"हमे नहीं पता आप इतना साहस कहाँ से लाती हैं?"

"पक्षीरूपी, इतने समय वादन राज्य में, प्रिय रानी के स्थान पर जीवन बिता कर, अगर आपको पीछे हटना अच्छा लगेगा, तो हम भी आपके लिए खुश ही होंगे।" रक्षसामर्दानी, ने पक्षीरूपी के हाथ पर हाथ रख के कहा।

"क्या कहना चाहती हैं आप?" पक्षीरूपी घबराई।

"क्यों, आपने कभी इस विषय में विचार नहीं किया? किसी और का पुत्र जब सिंहासन में विराजेंगे, उनकी माँ को राजमाता का दर्ज मिलेगा और पत्नी को महारानी का, आप कहाँ रह जाएंगी कहानी में?"

"रक्षसा, आपने हमे कहा की अपने पुत्र को महाराज से दूर रखें। हमने वही किया, अब वह हमारे पुत्र से इतना प्रेम नहीं करते।"

"हमारे विवाह के समय, आप हमारे होने वाले पति के साथ सो गई। जिसने आपको उस रात के पश्चात त्याग दिया। हमने आपकी सहायता की उनसे विवाह करने में, अपने पति को मुट्ठी में रखना सिखाया। आपके पुत्र को उस काले हृदय के पुरुष से दूर रखा, ताकि वह इतना निर्दय और आयाश ना बने, आज वह एक काबिल पुरुष है तो इसका श्रेय तो आप हमे दें नहीं रहीं, पर दोष देने में क्षण नहीं लगाया।"

रक्षसामर्दानी की बात सुन कर पक्षीरूपी शर्मिंदा हो गई।

"आपने प्रश्न किया था ना, हमें इतना साहस कहाँ से आता है। अपने बच्चों का भविष्य सोच कर, हम केवल अपने बच्चों के बारे में विचार नहीं करते।"

"रक्षसा, हम आपको दोष नहीं दे रहे थे।"

"दे रहीं थी, आप कमजोर हैं और कमजोर हमेशा दूसरे पर दोष डालता है"

"हमने, योगवादन को उनके पिता से दूर रखा। परंतु, वह पिता और भ्राता भक्त हैं। उन्हे मानना मुश्किल है।"

"अगर, आपके पुत्र सिंहासन में बैठेंगे तो उनका विवाह, हमारी पुत्री से होगा।"

"आपकी पुत्री, राजकुमारी मैत्रेय।"

"जी, हमारी पुत्री की सुंदरता, किसी में भी साहस पैदा कर सकती है। परंतु अभी नहीं, अभी केवल आपको, आपकी सभा और राज्य में, अपने पुत्र के लिए स्थान बनाना है। वह बनने के पश्चात, आपके पुत्र से हमारी पुत्री की बात करेंगे" रक्षसामर्दानी मुस्कराई।

जानकी, अपने महल के बागान में बेचैन घूम रही है। आई तो वह अपने पुत्र के साथ क्रीडा करने हैं, परंतु कमलजीत को उसकी बुआ के समक्ष छोड़ कर, जानकी, राजमंदिर के पुजारी त्रिमूर्ति की पुत्री सुमन से अपने पति अमरजीत के सुरक्षा के लिए मंत्र जाप के लिए बात कर रही है।

अमरजीत और इंद्रजीत, युद्ध में गए हैं। विदेशियों के आक्रमण रोकने, 2 माह हो गए, उन्हे गए, तब से एक क्षण नहीं हुआ की

जानकी ने अपनी हर सांस में अपने पति की दीर्घ आयु की कामना ना की हो।

एक दासी आई और उसने, जानकी को माँ के आने की घोषणा की। जानकी अपनी माँ को देख कर बहुत उत्साहित हुई अपितु बिना क्षण गवाये, जाकर उनके गाले लग गई।

"कैसी हैं आप?" पक्षीरूप ने अपनी पुत्री का सिर सहलाते हुए कहा।

"हम ठीक हैं, माँ।" जानकी ने उत्तर दिया।

"नमस्ते, महारानी जी।" मैत्रेय, कमलजीत के साथ आई और उसने पक्षीरूप को आदर दिया।

"खुश रहिए, राजकुमारी मैत्रेय।" पक्षीरूप ने मैत्रेय के सिर पर हाथ रख कर कहा, फिर उन्होंने अपने नाती को गोद में लिया और उसे ढेर सिर लाड़ किया।

"अच्छा किया आप आ गई महारानी, अब भाभी को कुछ अच्छा लगेगा। हम तो समझा-समझा कर थक गए की, दादा सुरक्षित महल आएंगे। आप दोनों बात करिए, हम आपके लिए कुछ भिजवाते हैं।" मैत्रेय ने कहा और वहाँ से चली गई।

"आपके पिताजी ने संदेश भिजवाया था, युद्ध में सब सही है।" पक्षीरूप ने कहा।

"एक बार बस, यह आ जायें।" जानकी ने कहा।

"राजकुमारी मैत्रेय कैसी हैं?"

अपनी माँ का प्रश्न जानकी समझ नहीं पाई, वह कुछ देर के लिए माँ को देखती रह गई।

"आप उन्हे बचपन से तो जानती हैं।"

"जानते हैं, परंतु ऐसे किसी का असल चेहरा तो नहीं दिखता।"

"हम आपकी बात समझ नहीं पा रहे, माँ"

"राजकुमारी, हमारे राज्य की बहु बनेगी, इस कारण हम जानना चाहते हैं।"

"अच्छा, आप चंद्र के लिए बात कर रही हैं। मैत्रेय तो बहुत ही प्यारी हैं और समझदार हैं। यह जो हार अपने पहना है, यह उन्ही ने तो बनाया है और दुगनी कीमत में आपको बेचा है।" कहते हुए जानकी मुस्करा दी।

"यह हार तो.." पक्षीरूप कहते हुए रुकी।

"अपने कुछ माह पहले ही जीतवंश से खरीदा था। हमारी सास का शिक्षा देने का तरीका अलग है। उन्होंने मैत्रेय को हर काम में निपुण किया है,। उसके वेदों, शास्त्रों और शस्त्रों के ज्ञान के बारे में तो सब जानते हैं, किन्तु उनके व्यापारिक और शूद्र गुण को कोई नहीं जनता। कभी-कभी तो हमे लगता है, अच्छा है हम उनकी बहु हैं बेटी नहीं।"

"चंद्रवादन और उनके बीच जो कुछ माह पहले हुआ क्या वह बाते सत्य हैं? बस विवाह की ही देरी है?" पक्षीरूपी ने थोड़ा झिझकते हुए कहा।"

जानकी यह सुन कर अपनी माँ को, दासियों से कुछ दूर लेकर गई। जानकी की खास दासी सुशील ने बाकी दासियों को दूसरे कार्य में व्यस्त किया।

"माँ, हमे क्या करना, उन दोनों के बीच क्या हुआ है।"

"हम, हम योगवादन और मैत्रेय के विवाह के बारे में विचार कर रहे हैं।"

"नहीं माँ, चंद्र यह बिल्कुल झेल नहीं पाएंगे, हमे तो संदेह है, उनके और मैत्रेय के बीच संबंध का असत्य भी उन्होंने फैलाया है, ताकि हमारी सास, मैत्रेय के लिए कोई और रिश्ता ना ढूंढ पाए।"

"चंद्र, यह सब कर सकते हैं?"

"जी माँ, वह मैत्रेय के लिए दीवाने हैं। अपनी बहन से मिलने तो वह कभी आते ही नहीं।"

पक्षीरूपी, और संदेह में चली गई। उन्होंने कुछ समय अपनी पुत्री और नाती के साथ बिताया। उनके जाने से पहले ही।

युद्ध विजय करके सब जीतवंश वापस आए, अपनी पुत्री को उनके पति के साथ खुश देख कर, महारानी पक्षीरूपी अपने पति के साथ पुनः वादन राज्य चली गई।

पाठ - 8

हत्या

सुखदेव घनी आबादी वाले बाजार में पालकी में बैठे हैं। पिछले कई दिनों से, वह के लोहार की दुकान पर दिन भर निगरानी रखते हैं।

लोहार की दुकान में कई लड़के काम कर रहे हैं। परंतु सुखदेव की दृष्टि हर दिन की तरह केवल एक लड़के कुंडल पर है, जिस में वह, अपना उत्तर ढूंढ रहे हैं।

वह आम सा दिखने वाला लड़का, सदैव की तरह आस पास के हर व्यक्ति से शिकायतें कर रहा है। उसे कभी कोई पसंद नहीं आता। वह हर समय शिकायतें करता रहता है। जैसे वह इस दुनिया का हो ही नहीं। इतने माह से सुखदेव, उन पर दृष्टि रख रहे हैं, किन्तु कुछ नहीं बदला, ना कुंडल की सच्चाई का अंदेशा हुआ, ना ही उसकी शिकायतें बंद हुई। जैसे वह अभी कर रहा है।

सुखदेव जानते हैं, कुंडल फिर कोई लड़ाई शुरू करने वाला है। सुखदेव की दृष्टि कुंडल के भाई को ढूंढ ने लगी।

कुंडल का भाई, जो कद काठी में उससे विशाल है, वह भी कम नहीं है। वह कुंडल की मूर्खता को बढ़ावा देता है और फिर उस पर हँसता है, सदैव हँसता है।

सुखदेव यह हर दिन, दिन भर देख-देख कर थक गए हैं। उन्हे लगने लगा है, जैसे वह एक समय में अटक गए हैं, हर दिन एक ही घटना देखते हैं।

परंतु यह कार्य, वह किसी और को दे भी नहीं सकते। महाराज सूर्यवादन ने उन्हे, यह कार्य दिया है। अनुष्ठान ने इस लड़के का पता बताया है, और अनुष्ठान कभी गलत नहीं होता।

लड़ाई गंभीर हो गई, कुछ गुंडों ने कुंडल पर हमला किया। सुखदेव जानते थे, यह दिन जरूर आएगा। वह कई दिन से विचार कर रहे थे की, यह शिकायती कुंडल अभी तक बचा कैसे है। एक गुंडे ने कुंडल पर हाथ उठाया, हवा की रफ्तार से कुंडल का भाई आया और उस गुंडे को उठा कर धरती पर पटक दिया, जैसे कोई धोबीघाट में कपड़े पटकता है।

सुखदेव उत्साहित हुए, आज कुछ नया होने वाला है। दूसरे लड़के को पंजा मार और तीसरे लड़के को केवल धक्का देने से, वह पीछे दीवार पर जाकर टकरा गया।

सुखदेव की उत्सुकता, हैरानी में बदलने लगी। उस लड़के को थोड़ा भी प्रयत्न नहीं करना पड़ा, उस लड़ाई में और वह गुंडे ढेर हो गए।

उन गुंडों ने और गुंडों को बुला लिया। उस लड़के के समक्ष कुछ 20 व्यक्ति आकर खड़े हो गए। कुंडल के भ्राता के मुख से वस्त्र हटा। जिस से वह, हमेशा अपने मुख को धक कर रखता था। उसकी मुस्कान इतनी तेजस्वी थी, जैसे वह यही चाहता था। उसने अपना चेहरा फिर ढका, फिर उन गुंडों पर प्रहार किया।

एक आम लोहार में शक्ति हो सकती है, परंतु इस लड़के की असीम शक्ति और लड़ाई के तरीके देख कर सुखदेव हैरान था। कुंडल एक तरफ, आराम से बैठ कर, गुंडों को और ललकार रहा है।

वह जनता है, उसका भाई एक क्षत्रिय की तरह, ताकत का मालिक है। इस विचार से ही सुखदेव को वह मुख स्मरण हुआ। सुखदेव को स्मरण हुआ, उसने इस लोहार रूपी व्यक्ति को पहले कहाँ देखा था। उसने, अपने सिपाहियों को तुरंत वहाँ से चलने का निर्देश दिया।

महारानी रक्षसामर्दानी और महाराज इंद्रजीत मंदिर में शाम की आरती कर रहे हैं। आरती में पूरे समय महाराज इंद्रजीत का ध्यान कही और ही था। जो महारानी को समझ आ रहा था। आरती के बाद, दोनों ने शिव पिंडी की सामने, माथा टेका। महाराज इंद्रजीत ने आज, कुछ अधिक समय, ईश्वर के सामने सिर झुका कर रखा।

महारानी और महाराज, साथ में मंदिर से बाहर आए। महारानी ने पालकी में ना जाने का संकेत किया। उनके मुख्य सुरक्षा अधिकारी समझ गए, महारानी पैदल ही महल तक जाना चाहती हैं। महाराज और महारानी, अकसर मंदिर से महल तक पैदल जाते हैं। जब उन्हें, कुछ बात करनी होनी होती हैं। सुरक्षा अधिकारी, बाकी सैनिकों के साथ महाराज और महारानी से इतनी दूरी में थे, की उनकी बाते ना सुन पाए और इतने समीप थे, की अगर कोई हमला हो, तो उन्हें बचा पाए।

महारानी ने, अपने पति को समय दिया, ताकि वह सोच समझ कर स्वयं बात कह सके।

“1 वर्ष से अधिक हो गया है, मैत्रेय और चंद्र के बारे में बाते होते हुए, महारानी। हमें उनका विवाह करवा देना चाहिए।”

“हमें चंद्रवादन से कोई आपत्ति नहीं, महाराज। परंतु, हम चाहते हैं, सूर्यवादन उन्हें राजा बना दें” महारानी ने कहा।

“सूर्यवादन अभी जीवित हैं, यह कैसी बात कर रही हैं आप?”

“तो केवल घोषणा कर दे, जैसे महाराज भूपति ने कहा है, अपने पुत्र भालेन्द्र के लिए”

इंद्रजीत ने कुछ देर अपनी पत्नी की ओर देखा “हम जानते हैं, आपने उस रघुवंशी राजकुमार को मैत्रेय के लिए पसंद कर लिया है। पर हमारी पुत्री के जीवन का निर्णय वह स्वयं लेंगी, आखिर अपने उन्हें राज्य करने की शिक्षा दी है, तो यह निर्णय तो वह ले सकती हैं”

“इसलिए, हमने कभी उनके विवाह की बात नहीं की। परंतु, हम मैत्रेय का विवाह जब तक नहीं होने देंगे, जब तक चंद्रवादन के राजा बनने की घोषणा नहीं हो जाती”

“सूर्यवादन ने जब अमरजीत से अपनी पुत्री का विवाह कराया, उन्होंने तो हमसे ऐसा नियम नहीं रखा।”

“क्योंकि अमरजीत के सिवा, इस राज्य के सिंहासन का कोई और उत्तराधिकारी नहीं है महाराज। परंतु सूर्यवादन के 4 पुत्र हैं।”

“सब जानते हैं, वह चंद्रवादन को ही राजा बनाएंगे”

“तो फिर इस बात की घोषणा करने में क्या आपत्ति है?”

“आप इस बात के पीछे क्यों पड़ गई हैं, महारानी”

“क्योंकि हमारे गुप्तचर ने बताया है, की उनकी दूसरी रानी। जो सूर्यवादन की प्रिय पत्नी हैं” कहते हुए रक्षसामर्दानी थोड़ा हँसी “वह अपने पुत्र के लिए राज्य में माहोल बना रही हैं। सूर्यवादन के दूसरे पुत्र योगवादन, अपने बड़े भाई की तरह पूरा समय कविताओं और कहानियों में नहीं बिताते, अपितु वह एक राजकुमार की तरह राज्य के कार्यों में हाथ बटाते हैं। मंत्री मण्डल में भी बहुत तारीफ है उनकी।”

राजकुमार अमरजीत, मुख्यमंत्री प्रभुदेव के साथ महाराज के कक्ष के बाहर ही प्रतीक्षा कर रहे थे। महाराज और महारानी के आते ही, वहाँ राजकुमारी मैत्रेय भी पहुंची।

"आप सब को रात के भोजन के लिए पहुँचना चाहिए था, आप सब यहाँ कैसे?" महारानी ने पूछा।

"कुछ आवश्यक आ गया माँ, क्या हम अंदर बात कर सकते हैं?" अमरजीत ने कहा।

महारानी ने, सब को कक्ष के अंदर चलने का संकेत किया। वहाँ काम कर रहे सेविकाओं को कक्ष से बाहर जाने का संकेत किया, फिर अपने पुत्र और मुख्यमंत्री की ओर देखा।

"कहिए" महाराज ने कहा,।

"पिता जी, वह विदेशी हम पर हमला करने की तैयारी कर रहे हैं।"

"खबर पक्की है?" महाराज ने संदेशवाहक से पूछा।

"जी महाराज, वह हमसे कुछ 10 दिन की दूरी पर हैं। कुछ 50 हजार सैनिकों के साथ, वह हम पर आक्रमण करने वाले हैं"

"बस 50 हजार, इतने कम सैनिक?" मैत्रेय ने पूछा।

"वह बर्बरता से युद्ध करते हैं, पुत्री" इंद्रजीत ने बहुत प्रेम से कहा। "वह फिर हमसे हारने आ रहे हैं, सूर्यवादन को संदेश भिजवा दीजिए, उनके सैनिकों की उपयोगिता पड़ेगी"

मुख्यमंत्री ने हामी भारी और सभी कक्ष से बाहर चले गए। परंतु मैत्रेय वही रुकी।

"पिता जी, यह तो वही हैं ना, जिन्हें आपने कुछ समय पहले हराया था। जब उन नरभक्षियों ने हमारा अपहरण किया था, उसके बाद?"

"हाँ पुत्री हम उन्हें पुनः हराएंगे।"

मैत्रेय ने कुछ देर कुछ कहा नहीं, वहाँ विचार में थी।

"आप क्या सोच रही हैं पुत्री?"

"हमें समझ नहीं आ रहा, की उनमें इतना साहस है या वह इतने मूर्ख हैं। उतने ही सैनिक लेकर वह पुनः हम पर हमला कर रहे हैं। जबकि वह इतने ही सैनिकों के साथ हारे थे। इतनी समझ तो, किसी में भी होगी, की हम इतने महीनों में और तैयार हो चुके होंगे"

महारानी को मैत्रेय की बात सही लगी, परंतु वह अभी पिता और पुत्री के बीच बोलना नहीं चाहती। जब भी मैत्रेय स्वयं शासन की बात में अभिरुचि लेती हैं, महारानी शांत रहती हैं, क्योंकि मैत्रेय को अपनी माँ का हर समय सिखाते रहना पसंद नहीं।

"पुत्री, यह विदेशी बहुत कठनाई में जीते हैं। बंजर जमीन, पानी की किल्लत, इसलिए यह हमारे राज्य, इस भारत में आना चाहते हैं। उनके पास और कोई उपाय नहीं है।"

"अगर हम जानते हैं, कि वह इतनी विपत्ति में हैं, तो हम उनकी सहायता क्यों नहीं करते पिता जी?"

"दुश्मन की सहायता?" इंद्रजीत हंस दिए और पुत्री के सिर पर हाथ रखा।

"हँसिए नहीं पिता जी।" मैत्रेय ने कठोरता से कहा।

"ठीक है नहीं हँसते, अगर हम उन्हें दुश्मन भी ना समझे, तो भी उनके राज्य की सहायता हम नहीं कर सकते। उन्हें हम भारत में नहीं आने दे सकते। यह खतरनाक हो सकता है, और हमें उससे कोई लाभ नहीं होगा।"

"पिता जी, अगर उन राक्षसों ने भी, ऐसा ही सोचा होता, की रघुवंश जो पतन के कगार में है, उनकी सहायता करने से, हमें कोई लाभ नहीं, तो आज उनके पास इतना शक्तिशाली मित्र नहीं होता।"

महारानी मैत्रेय की बात पर मुस्कराईं।

"रघुवंश और राक्षस, हम देख रहे हैं, आप कुछ महीनों से इनकी ही बाते कर रही हैं।" महाराज ने पूछा।

"क्योंकि हम इनके बारे में पढ़ रहे हैं। कमाल की कथाएं हैं, इनके बारे में। और हमारे पास तो सुझाव भी है, उन विदेशियों के लिए"

"कैसा सुझाव?"

"हम नदियों के समीप रहते हैं, परंतु पश्चिम में, समुद्र के पास वाली भूमि खाली हैं। वहाँ कोई नहीं बसता, अगर हम उन्हें यह भूमि दें" मैत्रेय ने कहा परंतु महाराज कुछ बोलना चाहते थे, उसने उन्हें थोड़ा रुकने संकेत किया और स्वयं बात आगे राखी "एक शर्त पर, उन्हें अपने हथियार त्यागने होंगे। सैन्य बाल भी उन्हें, हम उपलब्ध कराएंगे। वह बस अपनी जीवन शैली सुधारने पर ध्यान देंगे।"

"यह तो बहुत अच्छा सुझाव है।" महारानी ने कहा।

महाराज को भी यह पसंद आया, उन्होंने मैत्रेय से कुछ नहीं कहा। कुछ भी निर्णय लेने से पहले वह अपने मित्र से बात करना चाहते थे।

सुखदेव, वादन राज्य पहुंचे और सीधे सूर्यवादन के समीप उनके कक्ष में गए। सूर्यवादन के हाथ में एक पत्र है।

"हमें समझ आ गया, कि अनुष्ठान में हम बार- बार उस आम लोहार की ओर क्यों पहुँच रहे हैं।" सुखदेव ने कहा।

सूर्यवादन ने कुछ उत्तर नहीं दिया, केवल आगे बोलने का संकेत किया।

"हम उस नरभक्षी की, सबसे प्यारी चीज, जानना चाहते थे। वह लड़का कुंडल, गिरिराज का पुत्र दंडक है।" सुखदेव ने कहा।

"दंडक, चंद्रवादन ने हमें बताया था, दंडक बहुत विशाल था। यह कुंडल तो एक कमजोर लड़का है।" सूर्यवादन ने कहा।

"क्योंकि वह, यहाँ सजा भुगत रहा है। हमने पढ़ा था, जैसे राजपूताना में वनवास का दंड दिया जाता है, वैसे ही यह राक्षस अपने कबीले के व्यक्ति को, मनुष्य रूप में, इंसानों के बीच भेज देते हैं।"

"पर इस बात का प्रमाण कहाँ है कि वह दंडक है।"

"उसका मित्र।" सुखदेव ने मुस्करा कर कहा।

"अब मित्र कौन है?" सूर्यवादन ने चिढ़ कर पूछा।

"राजकुमार भालेन्द्र, हमने उन्हे कुंडल के साथ देखा" सुखदेव की मुस्कराहट बढ़ गई।

सूर्यवादन अपने स्थान से उठे "भूपति ने सब को कहा, वह अपने पुत्र को वनवास में भेज रहे हैं। दूर तो उन्हें भेजा, परंतु अपने मित्र के पुत्र की रक्षा के लिए भेजा"

"रघुवंशी जानते थे, की कोई गिरिराज के पुत्र को नुकसान पहुँचा सकता है।"

सूर्यवादन मुस्कराया "और अगर, उस राक्षस के पुत्र को बचाने के चक्कर में रघुवंश का एक अकेला चिराग भी बुझ जाए, फिर घमंडी भूपति क्या करेगा?"

"आप दोनों को अगवाह करने का विचार कर रहे हैं?"

"नहीं हम दोनों को खत्म करने का विचार कर रहे हैं। अगर गिरिराज के लिए सबसे प्रिये, उनका पुत्र है, तो उसकी मौत के

शोक में टूट जाएंगे। टूटेगा तो भूपति भी, अपने एक राजकुमार की मृत्यु पर। तब सबसे सही समय होगा पूरी शक्ति से उन पर वार करेंगे।"

"बहुत ही अच्छा महाराज, हम इस काम में लगते हैं।"

"नहीं, यह हम संभालेंगे, आपको शीघ्र अति शीघ्र इंद्रजीत के पास जाना है। वरना वह हमारी योजना खराब कर देंगे।" सूर्यवादन ने सुखदेव को पत्र दिया, जो उनके आने से पहले पढ़ रहे थे। "शांति और अमन की बाते, यह उपाय तो उससे भी अच्छे हैं, जो हमने उन विदेशियों को इंद्रजीत पर आक्रमण करने के लिए दिए हैं।"

"यह राजकुमारी की सलाह है, तो वह भी अपनी माँ की तरह, राजनीति में सक्षम होने लगी हैं" सुखदेव ने कहा।

"इसलिए इन्हें अभी रोकना होगा, बहुत धैर्य रख लिया हमने, तीनों राज्य अब हमारी मुट्ठी में होंगे।"

महाराज इंद्रजीत, महारानी रक्षसामर्दानी, राजकुमार अमरजीत, राजकुमार मैत्रेय उनके सेनापति और मुख्यमंत्री सभा में बैठे हैं।

"चार दिन तो ऐसे ही व्यर्थ हो गए हैं, महाराज। हमें शीघ्र ही कोई निर्णय लेना होगा।" सेनापति, उग्रपति ने कहा।

"सूर्यवादन के पत्र में लिखा था, की सुखदेव आ रहे हैं, हमारे सुझाव पर बात करने। उनकी प्रतीक्षा तो करनी ही होगी।" महाराज ने कहा।

"हमें नहीं लगता, महाराज सूर्यवादन भी इस सुझाव को स्वीकृत करेंगे, महाराज। हमें युद्ध के लिए तैयार रहना चाहिए।" मुख्यमंत्री ने कहा।

"जी पिता जी, वह जितना हमारे समीप आएंगे, हमारी प्रजा असुरक्षित होगी।"

अपने सुझाव के लिए, सब को विरोध में देख कर, मैत्रेय थोड़ी उदास हो गई, जो इंद्रजीत ने देखा।

"अगर सूर्यवादन, हमारे सुझाव के लिए नहीं मानेंगे, तो हम उनसे, सही वजह पूछेंगे, क्योंकि यह सुझाव अच्छा है।"

इंद्रजीत ने बिना पुत्री की ओर देखे कहा। वह जताना नहीं चाहते थे, की वह बस उन्हें प्रसन्न करने के लिए कह रहे हैं। इसलिए महारानी, पुत्री और पिता के बीच कुछ नहीं कहती थी। इंद्रजीत भले सख्त निर्णय में कमजोर हो, और वह अभी भी अपने मित्र के बिना, कुछ ना सोच पाते हो। किन्तु जब भी अपने परिवार की बात आती है, वह किसी से भी लड़ जाते हैं। जैसे वह आज कल, रोज अपनी पत्नी से अपनी पुत्री के विवाह के लिए लड़ते हैं, क्योंकि उनकी पुत्री चंद्रवादन को पसंद करती हैं।

हर दिन की बहस में, महारानी ने यह तो जांचा है, की रघुवंश के राजकुमार से विवाह के लिए इंद्रजीत के मन में आता है। राजकुमार भालेन्द्र की शक्ति का वर्चस्व हर राज्य में फैल चुका है। हरेक राजा अपनी पुत्री के लिए भूपति से बात कर रहे हैं, किन्तु राजकुमार भालेन्द्र, अभी वनवास में हैं, अपितु भूपति कोई निर्णय नहीं ले रहे।

जिस पर महारानी ने उन्हें समझाया भी, की महाराज भूपति ने मैत्रेय को स्वयं कटार दी है। हो सकता है, वह राजकुमारी मैत्रेय से, अपने पुत्र का विवाह करने की इच्छा रखते हों। क्योंकि भारतवर्ष में राजकुमार चंद्रवादन और राजकुमार भालेन्द्र दोनों ही प्रसिद्ध हैं। परंतु, सुंदरता में मैत्रेय से बढ़ के कोई नहीं।

भूपति भी अपने पुत्र के लिए सबसे सुंदर बहु चाहेंगे। जो विचार कर कई बार, इंद्रजीत के मन में लालच आता है। सूर्यवादन कि पुत्री

से, अपने पुत्र का विवाह करके, एक बार मित्रता को संबंधों में वह बदल ही चुके हैं। जानकी इस राज्य में बहुत प्रसन्न भी है। परंतु स्वयं, पुत्री से प्रेम छीनने का मन में आते ही इंद्रजीत रुक जाते हैं।

"वादन राज्य के मुख्यमंत्री सुखदेव जी पधार चुके हैं।" एक सिपाही ने सभा में आकार संदेश दिया।

"बहुत बढ़िया, बिना समय गवाये उन्हें अंदर बुलाइए।" महाराज ने कहा।

सुखदेव अंदर आया, वह सफर से थोड़ा थके लग रहें हैं। महारानी की दृष्टि सुखदेव के कुछ खास सिपाहियों पर गई। यह वही हैं, जो कुछ समय पहले ही अजीब सी बात कर रहा था। इस बार जब यह, उनके राज्य की वैश्या के पास जाएगा, तो उससे सारी बातें निकालनी है, महारानी ने ठान लिया।

"आप थके लग रहे हैं, आपको थोड़ा आराम करना चाहिए था" मुख्यमंत्री ने कहा।

"हमें वैसे भी बहुत देरी हो गई है। आपके द्वार में दुश्मन हैं और हमारे कारण आपका इतना समय बर्बाद हो गया।" सुखदेव ने इंद्रजीत के सामने हाथ जोड़ कर कहा।

"तो क्या निर्णय है आपके महाराज का?" रक्षसामर्दानी ने घमंड से कहा।

उनके ऐसी बात करने पर सब चौक गए, परंतु सुखदेव उनकी चिढ़ बहुत अच्छे से समझ सकते हैं। उनके रहते, उनके पति, सूर्यवादन के निर्णय की प्रतीक्षा कर रहे हैं।

"जी महारानी, हमारे महाराज के अनुसार सुझाव अच्छा है। परंतु, यह विदेशी बहुत बर्बर हैं, इन पर भरोसा नहीं किया जा सकता।"

"उनके अस्त्र जब्त करने के बाद भी?" मैत्रेय ने पूछा।

सुखदेव मुस्कराए "एक बार वह हमारी सीमा के अंदर आ गए, फिर उन पर नियंत्रण करना सरल नहीं, राजकुमारी। वह शिकार के लिए तो अस्त्र की मांग करेंगे ना। अब उनके भोजन की व्यवस्था तो हम नहीं कर सकते।"

"और वह सब मांसाहारी हैं, वह केवल मांस का ही भोजन करते हैं।" अमरजीत ने कहा।

"वहाँ हमारे सैनिक होंगे, इसलिए नियंत्रण हमारा होगा। यह प्रश्न तो उठना ही नहीं चाहिए था, सुखदेव जी" इंद्रजीत ने कहा।

"हमारे महाराज को यह भी भय है, की उन विदेशियों को हमारे राज्य में भूमि देना, अर्थात यह संदेश देना है, की हम युद्ध से भयभीत हैं। ऐसे तो कोई भी हमारे सामने मजबूरी लेकर आएगा।" सुखदेव ने कहा।

"किसी की सहायता करना, कमजोरी नहीं होती" मैत्रेय ने कहा।

"महाराज सूर्यवादन और महाराज इंद्रजीत का वर्चस्व सब जानते हैं। वह दोनों साथ में, इस बात को अगर, भारतवर्ष के बाकी राजाओं को समझने का प्रयत्न करेंगे, तो सब मानेंगे। परंतु प्रश्न है, की क्या महाराज सूर्यवादन, अपने मित्र की सहायता करना भी चाहते हैं?" महारानी ने पूछा।

महारानी के प्रश्न से सब शांत हो गए।

"अगर महाराज सूर्यवादन, अपने मित्र की सहायता करना नहीं चाहते, तो आज आपके राज्य में हमारे तीस हजार सैनिक, आपके राज्य को सुरक्षित करने के लिए उपस्थित नहीं होते, महारानी।"

"आप सैनिकों के साथ आए हैं?" सेनापति ने पूछा।

"जी सेनापति, आपके महाराज का एक आदेश हमारे लिए बहुत है" सुखदेव ने कहा।

वहाँ सभी, उसकी इस मधुर बात से प्रसन्न हो गए। मैत्रेय भी अपने पिता के सम्मान में प्रसन्न हुई।

सुखदेव के आने से पहले से महारानी जानती थी, सूर्यवादन इस शांति प्रस्ताव को नहीं मानेंगे, क्योंकि यह सुझाव अच्छा था, और हर बड़ी चीज वह अपने नाम पर करना चाहते हैं।

इंद्रजीत जो अभी शक्ति में उसके बराबर हो गया है। उसकी यह कृपालुता भारतवर्ष में उसे और सम्मान दिला देगी, जो सूर्यवादन कभी नहीं होने देंगे। वह इंद्रजीत को सदैव, एक चमचे की तरह देखना पसंद करते हैं।

"युद्ध की तैयारी करिए, दुश्मन को और समीप नहीं आने दे सकते।" महाराज ने कहा।

सभी महाराज की बात सुन कर अपने काम के लिए निकल गए। महाराज इंद्रजीत, मैत्रेय के पास गए। उन्हें रोका।

"मैत्रेय।" इंद्रजीत ने कहा।

"जी पिता जी?" मैत्रेय ने रुक कर पूछा।

"पुत्री, आपका सुझाव बहुत अच्छा था। परंतु एक राजा को सदैव स्वयं को शक्तिशाली दिखाना पड़ता है। तभी कोई उसका सम्मान करता है। देखो आप जब से महाराज भूपति से मिली हैं, आप केवल उनकी शक्तियों की बाते करती हैं" इंद्रजीत ने कहा।

"महाराज भूपति आज शक्तिशाली हैं, क्योंकि किसी ने उनकी सहायता की थी। सहायता से शक्तिशाली कुछ नहीं, पिताजी।" मैत्रेय ने कहा और अपने पिता की बात सुने बिना वहाँ से चली गई।

महारानी अपने पुत्र के कक्ष में हैं। जानकी सब के लिए भोजन लगवा रही है और महारानी अपने पोते कमलजीत को पढ़ा रही हैं।

"उम्र कुछ भी हो पुरुषों को बस युद्ध ही चाहिए" महारानी ने अपने पोते के गाल खींचते हुए कहा।

जानकी हँसने लगी, "आ जाइए माँ, भोजन लग गया है।"

महारानी उठी, एक सेविका ने कमलजीत को गोद में लिया और उनकी माँ और दादी के साथ भोजन की मेज पर बिठाया।

"युद्ध चलते कई दिन हो गए ना, माँ?" जानकी ने चिंतित होते हुए पूछा।

"उनकी संख्या की गलत जानकारी दी गई थी। इसलिए अधिक समय लग रहा है।" महारानी ने कहा।

"आपको भय नहीं लग रहा?" जानकी ने पूछा।

"नहीं पुत्री पहले भी तो हमारे योद्धाओं ने उन्हे पराजय दिखाई थी।" महारानी ने जानकी को दिलासा दिया।

महारानी ने जानकी की खास दासी सुशीला को बाहर जाने का संकेत किया। सुशीला, सभी सेविकाओं को लेकर कक्ष से बाहर चली गई।

"क्या हुआ माँ?" जानकी ने पूछा।

"जानकी, आप जानती हैं ना, आप हमे हमारे अपनी संतानों की तरह प्रिय हैं।"

"जी माँ, हम जानते हैं।"

"जानकी, हम चाहते हैं, आप हमारे बाद जीतवंश को संभाले, महिलाओं का योगदान जितना दिखता है, उससे अधिक होता है।"

"माँ, आपके बिना हम इस राज्य में कुछ सोच ही नहीं सकते, इसलिए ऐसी बात ना करें आप।"

"पुत्री, समय बदल रहा है, कुछ दिनों में राज्यों के रिश्तों में और बदलाव आएंगे। अब आप चाहें या ना, आप हमारी बहू हैं, आपको ही हमारे बाद सब संभालना है। हम आपको राज्य के बड़े निर्णय से और दूर नहीं रख सकते, हमारे पास कोई उपाय नहीं।"

"माँ, हमने केवल अच्छे पति और संतान की कामना की थी। जो हमारी पूरी हो गई, यह आपके बिना नहीं हो सकता था, हम आपके आभारी हैं। आप जो कहेंगी, हम करेंगे माँ।"

"जानकी, हम मैत्रेय के विवाह के विषय में आपसे बात करना चाहते हैं, आप क्या सोचती हैं इस बारे में?"

जानकी, यह सुन कर थोड़ा घबरा गई। "वह, चंद्रवादन से प्रेम करती हैं और चंद्र भी उनसे"

"क्या आपको भी, चंद्रवादन हमारी पुत्री के लिए योग्य लगते हैं?"

जानकी ने फिर समय लिया, उन्हे समझ नहीं आ रहा था, वह किस बात में फँसती जा रहीं हैं।

"हम नहीं जानते हैं, माँ।"

"हमने, उनके लिए बेहतर वर सोचे हैं, हम आपकी राय जानना चाहते हैं, पुत्री। आप मैत्रेय से अधिक बड़ी नहीं हैं। आप हमे सही बाता सकती हैं।"

"जी माँ, हम जानते हैं, आप ने रघुवंशी राजकुमार के बारे में विचार किया है। जब वह, यहाँ रुके थे, हम मिले थे उनसे, हमे वह अच्छे लगे।"

"ठीक है, आपके भाई, योगवादन के बारे में आप क्या विचार रखती हैं?"

"माँ, योगवादन तो बहुत अच्छे हैं। परंतु, यह विवाह वादन राज्य को तोड़ कर रख देगा।"

"वो तो हम संभाल लेंगे, पुत्री। अच्छा, आपका इनके बारे में क्या विचार है।"

महारानी ने एक चित्र जानकी के समक्ष रखा। जानकी ने ध्यान से देखना शुरू किया। वह एक आकर्षक पुरुष है, लंबी कद काठी, गठीला शरीर, पर सबसे महत्वपूर्ण उनकी सुनहरी आंखें, वह देख कर जानकी ने हैरान हो कर महारानी को देखा।

"यह तो कोई"

"दंडक, राक्षस कबीले के सरदार का पुत्र।" रक्षसा ने जानकी को उत्तर दिया।

"मैत्रेय का विवाह एक राक्षस से?"

"यह अपने राज्य के सरदार हैं, आकर्षक हैं, मैत्रेय को पसंद करते हैं। इनकी शक्ति से सब डरते हैं, अगर यह हमारे संबंधी होंगे तो विचार करिए, कोई हम पर प्रहार का विचार भी नहीं करेगा।"

जानकी ने दंडक का चित्र पुनः देखा, वह आकर्षक पुरुष हैं। परंतु जानकी को हर रिश्ते में युद्ध ही दिखाई दे रहा है। अगर योगवादन से विवाह हुआ तो चंद्रवादन से युद्ध, अगर भालेन्द्र से विवाह हुआ तो भी चंद्रवादन से युद्ध, अगर दंडक से विवाह हुआ तो, भालेन्द्र से युद्ध।

भोजन के बाद महारानी, जानकी के कक्ष से बाहर निकली। जानकी से मैत्रेय के विवाह का हर सच बता कर महारानी और चिंता में आ गईं। वे जानती हैं, जानकी आम स्त्री हैं, जो अपने

परिवार से आगे कुछ नहीं सोच पाती, परंतु अब समय आ गया है की उनकी बहू कुछ सीखे। यह बस उनकी चिंता का कारण नहीं है, युद्ध की चिंता भी उन्हे खाई जा रही है, जो उन्होंने अपनी बहू से तो छुपा लिया, परंतु वह खुद से कितना असत्य कहेंगी।

रक्षसा, सीधे अपने कक्ष में गई। उन्होंने एक सेविका को छज्जे पर देखा, वह कुंड के पास खड़ी है।

“हम कुछ देर आराम करेंगे, आप सब बाहर जाइए।” महारानी ने सभी सेविकाओं को कहा।

महारानी छज्जे पर गई और कुंड में पैर डाला, सारी मछलियाँ उनके पैर पर आकार चिपक सी गईं।

“कहिए।” महारानी ने कहा।

“महाराज सूर्यवादन तंत्र विद्या करते हैं। जिसके लिए वह कई बलि दे चुके हैं। अकसर उनके सिपाहियों की बलि चढ़ती है। नरक की शक्तियां इन सिपाहियों के शरीर को स्वयं की कठपुतली बना कर, अपने कुकर्म करती हैं।”

“कैसे कुकर्म?” महारानी ने अपने सीने पर हाथ रखते हुए पूछा।

“वह तो सैनिक नहीं बता पाया, क्योंकि आज तक, जो भी सैनिक, उन शक्तियों के साथ गया है, वह कभी वापस नहीं आया।”

“उस सैनिक को कुछ तो पता होगा, सूर्यवादन की योजना क्या है?”

“नहीं, वह बस इतना जनता है, की सूर्यवादन किसी शक्ति के पीछे है, उसे एक बार वह मिल गई, तो पूरी दुनिया उसके मुट्ठी में होगी।”

"हे प्रभु, यह किस तरीके के काम कर रहे हैं, सूर्यवादन। तंत्र विद्या, नरक की शक्तियां, क्या मिलेगा इन्हें? पता करो, हमारे गुप्तचरों को काम पर लगाओ, उन्हें सूर्यवादन पर कड़ी नजर रखने को कहो, अब उन्हें सूर्यवादन पर पूरे समय दृष्टि रखनी होगी।"

राजकुमार भालेन्द्र और कुंडल रूप में दंडक, हर सुबह की तरह, नदी में स्नान करके मंदिर गए हैं। दंडक मंदिर के बाहर बैठा है। उससे कुछ ब्राह्मण भोजन मांग रहे हैं। जिनका जीवन दक्षिणा से ही चलता है, दंडक उन पर चिढ़ रहा है।

"सामने कुछ दूर पर ही जंगल है, वहाँ जाओ शिकार करो और अपना भोजन स्वयं बनाओ।" दंडक ने कहा।

"हे प्रभु क्षमा करें, शिकार की बात सुनने से पहले, हमारी सुनने की शक्ति क्यों नहीं ले ली आपने, हे ईश्वर।" कहते हुए वह ब्राह्मण, वहाँ से जाने लगा।

भालेन्द्र ने उस ब्राह्मण की झोली में कुछ पैसा डाले और उसे प्रसाद दिया। फिर उसने वहाँ बैठे और भी ब्राह्मणों और गरीबों को प्रसाद दिया। दंडक, उसे वैसे चिढ़ कर देख रहा था। जब भालेन्द्र ने प्रसाद बाट दिया, वह दोनों साथ में वहाँ से निकले।

"अपनी पूरी कमाई, आप इन ब्राह्मणों पर लगा देते हैं, क्या यह स्वयं अपना भोजन नहीं ढूंढ सकते?"

"ब्राह्मण दान पर ही जीते हैं, मित्र। यही रीति है।"

"अच्छा दबाव है, यह ब्राह्मण बस धौंस जमाते हैं। और हमारी कमाई मांगते हैं, फिर हमें ही नरक जाने की धमकी देते हैं।"

"हम सरलता से समझाते हैं, ब्राह्मण को धरती पर प्रभु रूप माना गया है। ऐसे तो धरती की हर वस्तु पर, उनका अधिकार हो जाएगा, परंतु उन्हें वह अधिकार नहीं दिया गया। बल्कि वह, बाकी मनुष्य के दान दक्षिणा पर जीते हैं। अर्थात, जितना हमें ईश्वर की उपयोगिता है, उतनी ही ईश्वर को हमारी उपयोगिता है। इससे घमंड नहीं बढ़ता और संतुलन बना रहता है।"

"घमंड की तो बात ही ना करें आप। ब्राह्मणों से घमंडी कोई और तो हमने देखे ही नहीं। जिसे देखिये श्राप की धमकी, नरक की धमकी, स्वर्ग का लालच देते हैं।"

भालेन्द्र अपने मित्र की बात पर हंसे, दोनों घाट पर चल रहे थे। राजकुमार भालेन्द्र को कुछ आभास हुआ, वह मुड़े और उन्होंने एक व्यक्ति पर वार किया। दंडक पीछे हटा, उस पर भी एक व्यक्ति वार करने आया, परंतु भालेन्द्र ने उसे पकड़ के पीछे धकेला। उसकी तलवार ली और दंडक की सुरक्षा के लिए तैयार हुए। कई आदमी उनकी ओर आए, भालेन्द्र ने एक पर वार किया और उसकी अंतड़ियाँ बाहर निकाल दी। फिर दूसरे व्यक्ति के चाकू से उसकी गर्दन काट दी।

एक व्यक्ति ने भालेन्द्र पर, चाकुओं से वार शुरू किया, भालेन्द्र ने दंडक को पकड़ा और एक चबूतरे के पीछे छिपाया। जब दंडक सुरक्षित हुए, भालेन्द्र एक स्त्री की ओर भागे, उससे आरती की थाल छीनी।

"सुरक्षित स्थान पर जाइए।" भालेन्द्र ने उस स्त्री पर चिल्लाया।

तभी एक चाकू भालेन्द्र की ओर आया, उसने उस थाली से स्वयं को बचाया। उस थाल को कवच बना कर, भालेन्द्र आगे बढ़े। हमलावर के समीप पहुँच कर, भालेन्द्र ने उस व्यक्ति पर वार किया, पर वह आदमी कोई आम हत्यारा नहीं था। वह भालेन्द्र से कहीं अधिक बलवान था, उसने भालेन्द्र पर प्राण घातक वार किया।

भालेन्द्र ने स्वयं को संभाला और उस व्यक्ति पर वार करने का प्रयत्न किया, परंतु वह फिर विफल हुए। उस हत्यारे के वार से भालेन्द्र का हाथ कट गया, भालेन्द्र पीछे हटे।

दंडक पर दूसरे हत्यारों ने वार किया, वह स्वयं को बचाने का पूरा प्रयत्न कर रहे हैं, किन्तु वह इस रूप में बहुत दुर्बल हैं। दंडक घाट के नीचे, पानी के पास पहुँचा। भालेन्द्र ने देखा, अगर उन्होंने अभी दंडक को नहीं बचाया, तो वह अपने मित्र को खो देंगे। भालेन्द्र उस हत्यारे से स्वयं को बचा कर, अपने मित्र के पास पहुँचे, और उन आदमियों पर वार किया, जो दंडक पर वार कर रहे थे। एक के पैर पर वार किया, फिर चाकू उसके सीने में घुसा दिया। दूसरे आदमी की गर्दन काट दी।

"भालेन्द्र" दंडक चिल्लाया।

वह हत्यारा भालेन्द्र के समीप पहुँचा और उस पर वार किया। भालेन्द्र का पैर फिसला, उसने स्वयं को संभाला और उस व्यक्ति से बचाने का पूरा प्रयत्न करने लगा। वह व्यक्ति, बहुत शक्तिशाली था, परंतु उसमें कुछ असामान्य सा था, वह सोचने का समय भी नहीं ले रहा था, और लगातार भालेन्द्र पर वार कर रहा था।

भालेन्द्र को एक अवसर मिला, उसने उस व्यक्ति के पेट पर वार किया। भालेन्द्र ने तलवार बाहर निकाली, उस व्यक्ति का रक्त काला था। भालेन्द्र थोड़ा घबराया, किन्तु जैसे उस व्यक्ति को, इस प्राण घातक वार से कोई फर्क नहीं पड़ा। उसने फिर उसी असामान्य तरीके से, भालेन्द्र पर वार किया।

"यह आम इंसान के रूप में तंत्र विद्या है, भालेन्द्र" दंडक चिल्लाया।

इस बार भालेन्द्र स्वयं को संभाल नहीं पाए। भालेन्द्र नदी में गिरा, वह घाट बहुत ही गहरा है। भालेन्द्र पानी की गहराई में चले गए। उन्होंने स्वयं को संभाला और ऊपर आए, वह जैसे ही पानी

की सताह पर पहुँचे, वह व्यक्ति, पानी के ऊपर खड़ा था। उसने भालेन्द्र पर हमला किया, भालेन्द्र पानी के आदर चले गए।

भालेन्द्र ने उस व्यक्ति से दूर तैरना शुरू किया, पर वह व्यक्ति, नदी के ऊपर चलता हुआ, भालेन्द्र का पीछा करता रहा। उसने धनुष से पानी के अंदर तीर चलाने शुरू किए। भालेन्द्र बचने का प्रयास करने लगे, कई तीर उनके बहुत समीप से निकले। भालेन्द्र अधिक समय पानी के भीतर नहीं रह सकते। उन्हें सांस लेने के लिए ऊपर आना ही पड़ा। जिस पर, उस हत्यारे ने भालेन्द्र को पकड़ लिया। उसने भालेन्द्र का गला दबाना शुरू किया और भालेन्द्र को गले से पकड़ कर ऊपर उठा लिया।

दंडक यह देख कर पानी में कूदा और तैर कर अपने मित्र को बचाने गया। तभी एक मगरमच्छ भी दंडक को अपना शिकार बनाने आगे बढ़ा।

भालेन्द्र ने उस व्यक्ति पर वार किया और स्वयं को छुड़ाया। भालेन्द्र नदी में गिरे, उन्होंने किनारे की ओर देखा, वे उस ओर तैर कर जाने लगे। वह मगरमच्छ दंडक को अपना शिकार बना पाता, उससे पहले ही दंडक किनारे पर आया।

वह हत्यारा फिर भालेन्द्र की ओर बढ़ा, वह किनारे पर पहुँचा, उसने भालेन्द्र पर वार किया। दंडक ने भालेन्द्र की ओर एक तलवार फेंकी।

भालेन्द्र ने समय पर वह तलवार पकड़ी और स्वयं को प्राणघाती वार से बचाया। पर जैसे उस व्यक्ति से बचना संभव ही नहीं था। दंडक अपने मित्र को बचाने आया, परंतु के पहले ही, उस हमलावर ने भालेन्द्र की गर्दन काट दी।

भालेन्द्र का शरीर नदी में गिरा, वह नदी के पानी को लाल रंग से ढकते हुए नदी की गहराइयों में विलीन हो गए। दंडक अपने मित्र को ढूंढने पानी में कूदा, भालेन्द्र ने उसे, इन हत्यारो से बचाने

का प्रयत्न किया था। परंतु नदी में फिर कदम रख कर दंडक ने स्वयं को मौत के मुख में डाल दिया। एक मगर ने उस पर वार किया, दंडक न स्वयं को बचा पाया, ना अपने मित्र के शरीर को ढूंढ पाया। वह मगरमच्छ दावत के साथ नदी की गहराइयों में चले गए।

लोग वहाँ एकत्रित होने लगे, पूरा घाट रक्त से लाल हो रहा है।

सूर्यवादन, यह सब, एक साधु के वेश में देख रहा था।

"रक्षसामर्दानी, अब आपको हमारे सामने झुकना ही पड़ेगा" सूर्यवादन मुस्करया।

वह कई दिन तक घाट पर रुका, अपने सिपाहियों को नदी के हर किनारे पर तैनात किया। उसने सुनिश्चित किया, की उसके दो दुश्मन अब तबाह हो गए हैं। अब वह, अपने तीसरे दुश्मन की लिए तैयार है।

इंद्रजीत रात के समय विचलित, अपने कक्ष में घूम रहे हैं। उन्हें मैत्रेय की बाते स्मरण हो रही हैं। इस युद्ध में उनका बिल्कुल मन नहीं लग रहा है। वे चाहते थे, की वह शांति और अमन लाए।

उन्हें प्रतीत हुआ, की उनके कक्ष में कोई घुसपैठ करने का प्रयत्न कर रहा है। उनके सिपाहियों पर वार हुआ, वह भी इस तरीके से, की उनकी आवाज भी किसी को सुनाई नहीं दी। विदेशी सैनिक इंद्रजीत के शिविर में घुस आए, इंद्रजीत तलवार के साथ तैयार थे। उन्होंने उन विदेशियों पर प्राण घातक हमला किया और उन्हें मौत के घाट उतार दिया, परंतु एक के बाद एक, कई दुश्मन उनके शिविर में घुसते चले आए, उन पर प्रहार करने। तभी कुछ अनजान व्यक्ति, जिनके वस्त्रों से वह व्यापारी लग रहे हैं, वह शिविर में आए और उन दुश्मनों को मौत के घाट उतार दिया।

जब सारे दुश्मन मौत के घाट उतार दिए गए, वह अनजान व्यक्ति महाराज इंद्रजीत के आस-पास घेरा बनाए खड़े हो गए। वह प्रतीक्षा करने लगे, की कहीं कोई और तो नहीं आने वाला। महाराज भी तलवार लिए खड़े थे। जो व्यक्ति शिविर के द्वार पर था, वह महाराज की ओर मुड़ा।

"हमें लगता है, वह चले गए, महाराज।" उस व्यक्ति ने कहा।

"हमें भी ऐसा ही लगता है, किन्तु आप कौन हैं? आप हमारे सिपाही नहीं" महाराज इंद्रजीत ने पूछा।

उस अनजान रक्षक ने अपने चेहरे से वस्त्र हटाया, और महाराज के सामने घुटने के बल बैठ गया।

"महाराज हम हैं वृश्चिक।" उस व्यक्ति ने कहा।

"आप, आप तो महारानी के गहनों के व्यापारी हैं?"

"महाराज, महारानी ने आपके लिए संदेश भेजा है।" वृश्चिक ने महाराज को पत्र दिया।

महाराज ने तलवार नीचे की, परंतु उसे हाथ से नहीं छोड़ा, उन्होंने पत्र पढ़ना शुरू किया। उसे पढ़ कर उनकी आंखें बड़ी हो गई, उन्हें भरोसा नहीं हुआ, वह क्या देख रहे हैं। वह अपने बिस्तर पर बैठ गए, जैसे उन्हें कुछ समझ नहीं आ रहा।

इंद्रजीत ने भी एक पत्र लिखना शुरू किया, वह लिखते हुए, उनके आँसू बहने लगे। वह पत्र उन्होंने वृश्चिक को दिया।

"परंतु महाराज?" वृश्चिक ने कहा।

"जाइए।" महाराज ने आदेश दिया।

प्रातः काल के समय तेज हवाएं चल रही हैं। जिसके कारण हर ओर धूल उड़ रही है, सैनिकों के शिविर धरती पर टिके रहने के लिए प्रयत्न कर रहे हैं। बादलों ने जैसे युद्ध भूमि को ढक लिया है।

महाराज इंद्रजीत और राजकुमार अमरजीत, विदेशी सरदार युश्वा से मिलने के लिए स्वयं की सेना से कुछ दूर, एक पहाड़ पर आए हैं।

"यह तो सत्य है, इस बार हमे थोड़ा समय लगा। किन्तु आपका हारना निश्चित है। परंतु आपके मित्र ने जो वचन आपको दिए हैं, हम उससे अधिक आपके लिए कर सकते हैं।" इंद्रजीत ने कहा।

"मित्र?" युश्वा ने पूछा।

"वही, जिसने आपकी इतनी बुरी हार के बाद भी, एक वर्ष बाद ही, आपको पुनः रण भूमि में बुला लिया, आत्महत्या के लिए" इंद्रजीत हँसे।

"महाराज सूर्यवादन हमारे ससुर हैं। वह हमें तो आपके हाथ नहीं मरने देंगे। उनकी पुत्री, विधवा हो जाएगी, फिर उन्होंने आपको, हमसे युद्ध के लिए क्यों उकसाया होगा?" अमरजीत ने कहा।

"क्योंकि वह केवल आपकी तबाही चाहते हैं" इंद्रजीत ने कहा।

"यह आप हमें क्यों बता रहे हैं?" युश्वा ने पूछा।

"क्योंकि यहाँ से जाने के बाद, हम अपनी पुत्री को एक दुखः देने वाले हैं। इसलिए उनके हर्ष के लिए कुछ और करना चाहते हैं।" इंद्रजीत ने मुस्कराते हुए कहा।

"क्या करना चाहते हैं? युश्वा ने पूछा।"

"हम बिना किसी युद्ध के अपने राज्य की भूमि आपके लोगों को देंगे। जहां आपकी प्रजा, एक सामान्य जीवन जी सके। जहां बच्चे और स्त्री सुरक्षित हो। आपको एक सुरक्षित जीवन व्यतीत करने का अवसर मिलेगा। केवल सेना बल हमारे राज्य का होगा।" इंद्रजीत ने कहा।

"आप हम पर शासन करेंगे?" युश्वा ने पूछा।

"हाँ, आपको हमें महाराज का मान तो देना होगा। हमारी सेना, आपकी सुरक्षा भी करेगी। इससे हम भी सुनिश्चित होंगे की आप हमारे लिए आगे खतरा ना बने।"

"यह आपकी पुत्री चाहती है?" युश्वा ने पूछा।

"जी हाँ, हम तो यह सुझाव आपके सामने पहले ही रखना चाहते थे। परंतु आपके मित्र सूर्यवादन ने हमें मना कर दिया।" इंद्रजीत ने कहा।

"पर यही सुझाव तो, उन्होंने हमें कुछ दिन पहले दिया, और इससे कहीं अधिक। जिस विश्वसुंदरी ने सुझाव दिया है, वह भी हमें देने का वचन दिया गया है।" युश्वा मुस्कराया।

हल्की बारिश शुरू हो चुकी थी, परंतु यह बुंदे इंद्रजीत और अमरजीत के क्रोध में कोई ठंडक नहीं ला पाई। उन्होंने तलवारें निकाल ली। कुछ दूर से सैनिकों का समूह आता दिखाई दिया, सैनिक एक-एक ओर होते हुए बीच में रास्ता बनाने लगे, उनके बीच से सूर्यवादन सामने आया।

सूर्यवादन और युश्वा के सैनिकों ने बिना कोई अवसर दिए, इंद्रजीत के सैनिकों की गर्दन काट दी। वहाँ बस इंद्रजीत और अमरजीत बचे।

"अच्छा हुआ हम समय पर आ गए, हम तो कभी विचार भी नहीं कर सकते थे, कि आप अपनी पत्नी के बिना, इतनी समझदारी दिखा सकते हैं" सूर्यवादन ने हँसते हुए कहा।

इंद्रजीत बहुत ही क्रोध में सूर्यवादन को देख रहे हैं। "हमारी पत्नी, महारानी रक्षसामर्दानी ने ही आपका काला चिट्ठा हमारे सामने खोला है। कल रात ही, उनके गुप्तचर ने सब बता दिया।"

"रक्षसा और उनके गुप्तचर" सूर्यवादन ने कहा।

"हमारी पत्नी का नाम, अपने मुख से नहीं लीजिए।" इंद्रजीत ने क्रोध में कहा। "आप हमारी पुत्री का सौदा कर रहे थे? नीच दुष्कर्मी।"

"आप अपनी पुत्री के ससुराल के साथ ऐसा कर रहे हैं। आपको, आपकी पुत्री का स्मरण नहीं हुआ।" अमरजीत ने क्रोध में पूछा।

"इसीलिए पुत्री के जन्म पर इतना दुख:होता है। पुत्री ना जाने कितने भार के साथ आती हैं। अब हम अपने राज्य का विचार करें, या उनके विधवा होने का। वैसे कोई विपत्ति नहीं, विवाह के पहले भी वह हमारे महल में पल रही थी, आपकी मृत्यु के पश्चात भी पल जाएंगी।"

सूर्यवादन ने अमरजीत पर वार किया। अमरजीत और इंद्रजीत पर सूर्यवादन और युश्वा दोनों के सैनिकों ने हमला कर दिया। युश्वा ने अमरजीत के पेट में तलवार घुसा दी, यह देख कर इंद्रजीत चिल्लाया।

"आप कभी सफल नहीं होंगे, आप कितने कुकर्म कर लीजिए, आप कभी सफल नहीं होंगे। जानते हैं क्यों, क्योंकि हमारी पत्नी, जीतवंश की महारानी बहुत शक्तिशाली हैं, आप उनके सामने कुछ नहीं। वह आपको, आपके घुटनों पर ला देंगी।"

सूर्यवादन और कुछ कर पाते उसके पहले ही इंद्रजीत ने अपने पुत्र का गला काट कर उसे शीघ्र दर्द से मुक्त किया।

फिर स्वयं की बली देने के लिए तलवार उठाई, किन्तु सूर्यवादन ने उन्हे यह सुख नहीं दिया। उनकी तलवार एक तरफ फेंक दी,

सूर्यवादन के सैनिकों ने इंद्रजीत को दोनों हाथों से पकड़ा, उन्हे घुटने के बल बिठाया।

"इतने वर्षों से हर समय इसी क्षण की प्रतीक्षा की है, हमने। रक्षसा के लिए अब कोई उपाय नहीं बचेगा, उन्हें हमारे सामने झुकना पड़ेगा, स्वयं को समर्पित करना होगा।" सूर्यवादन ने इंद्रजीत की आँखों में देख कर कहा।

इंद्रजीत मुस्करा दिया, उनकी दृष्टि सूर्यवादन को नीचा दिखा रही हैं। सूर्यवादन ने तलवार उठाई और एक वार में इंद्रजीत का सिर धड़ से अलग कर दिया।

इंद्रजीत के प्राण जाने के पश्चात भी उनके चेहरे की मुस्कान कम नहीं हुई। सूर्यवादन ने अपने सिपाहियों को संकेत किया, उन्होंने युश्वा और सैनिकों को भी मौत के घाट उतार दिया।

सूर्यवादन, इंद्रजीत के सेनापति के पास गया।

"उस विदेशी ने धोखे से, हमारे मित्र, आपके महाराज और हमारे दामाद के प्राण ले लिए। अगर हम कुछ देर पहले आ जाते, तो हम उन्हें बचा सकते थे।" सूर्यवादन की आँखों में आँसू आ गए।

"महाराज इंद्रजीत, राजकुमार" सेनापति आगे कुछ बोल नहीं पाया।

"हर एक विदेशी को, हमारे अपनो के प्राण का बदला चुकाना होगा। हम किसी को नहीं छोड़ेंगे, सेना को तैयार करो, सेनापति आज एक दुश्मन नहीं बचेगा" सूर्यवादन ने चिल्ला कर कहा।

पाठ - 9

विजय रस

सूर्यवादन सेना के साथ राज्य में आए। सब उनके स्वागत के लिए बाहर आए। सब के चेहरे पर एक दुख: है। उनके महाराज और राजकुमार की मृत्यु हो गई है। परंतु उनके राज्य का बदला लेकर सूर्यवादन वापस आया है, अपितु सब उसके स्वागत में हैं।

सूर्यवादन दरबार में पहुँचा। महारानी के साथ मैत्रेय और जानकी बैठे हैं। सब दुख: में विलाप कर रही हैं। जानकी ने अपने पिता को देखा।

"पिता जी" कहते हुए वह अपने पिता के गले लग गई।

"दूर हो जाइए पुत्री, वह आपके पिता नहीं, आपके पति के हत्यारे हैं।" महारानी ने चिल्लाया।

उनकी आंखें लाल हो रही हैं। उनका मुख, इतना खतरनाक लग रहा है, जैसे वह अभी सूर्यवादन की हत्या कर देंगी।

"माँ" मैत्रेय ने महारानी को संभालने का प्रयत्न किया।

"हम जानते हैं, अगर हम कुछ देर पहले पहुँच जाते, तो हम अपने मित्र की रक्षा कर सकते थे। अपनी पुत्री को विधवा होने से बचा सकते थे" सूर्यवादन के आँसू बहने लगे।

सभी ने दरबार में उन्हें सहानुभूति से देखा।

"परंतु हमने बदला लिया, उन विदेशियों को हमने अपने हाथ से मारा। किसी को नहीं छोड़ा। उन्हे ऐसी मौत दी है की, उनकी दस पीढ़ियाँ हमारी भूमि की ओर नहीं देंखेंगे।" सूर्यवादन ने कहा।

"कितने नीच हो सकते हैं सूर्यवादन, थोड़ी भी शर्म नहीं आई आपको, सब से झूठ बोलते हुए।" रक्षसामर्दानी ने कहा।

"बस करिए माँ, आप अगर शोक में हैं, तो हम भी हैं" जानकी ने चिल्लाते हुए कहा।

"जी महारानी, महाराज सूर्यवादन ने इस राज्य को उन विदेशियों से बचाया है।" मुख्यमंत्री, प्रभुरूप ने कहा।

"माँ, आपको स्वयं को संभालना होगा, जब तक कमलजीत राज्य के लायक नहीं हो जाते, आपको ही तो सब कुछ संभालना है।" मैत्रेय ने अपनी माँ को संभाला।

"हाँ, हाँ, हमने उस विदेशी को मारा, जिसने महाराज इंद्रजीत का वध किया था। हम, यह राज्य अपने नाती को देते हैं।" सूर्यवादन ने कहा।

"देते हैं से क्या संदर्भ है, वादन महाराज? यह राज्य उन्हीं का है। आपने हमारे सेनापति जी के साथ युद्ध लड़ा है। हम आपके बहुत आभारी है, महाराज।" मैत्रेय ने सूर्यवादन की बात काटते हुए कहा।

मैत्रेय की दृष्टि सूर्यवादन को ऐसी प्रतीत हुई, जैसे वह उनके हृदय तक पहुँच गई हो। उन्होंने अपनी दृष्टि नीचे की। वह नहीं जानते थे, मैत्रेय का इतना मुंह चलता है। वह तो यही जानते थे की माँ-बेटी में नहीं बनती और अब रक्षसा की सहायता के लिए महल क्या पूरे भारतवर्ष में कोई नहीं बचा।

"पुत्री, आप अभी छोटी हैं, स्त्री राज्य पाठ की बात को इतना नहीं समझ पाती। जब तक, कमलजीत राज्य करने की उम्र के

नहीं हो जाते। हम और राजकुमार चंद्रवादन इस राज्य की सहायता करेंगे। बल्कि चंद्र, यही रह कर राज्य पाठ में, सहायता करेंगे। उनकी बहन को भी उनकी आवश्यकता है।"

सूर्यवादन ने चंद्रवादन की ओर संकेत किया, वह दरबार में आए। चंद्रवादन अपनी बहन के समीप आए, उन्हे गले लगा कर संभाला।

"धन्यवाद पिता जी, आपने हमारे लिए बहुत कुछ किया है" जानकी ने कहा।

महारानी ने मैत्रेय को देखा, जो चंद्रवादन को देख कर जैसे सब भूल गई। वह कमजोर पड़ने लगी। सब सूर्यवादन को सम्मान से देख रहे थे। महारानी समझ गई, सूर्यवादन की योजना सफल रही, अब कोई उनकी बात नहीं मानेगा।

एक वर्ष बीत गया, इंद्रजीत और अमरजीत की बरसी पर, पूरा परिवार मंदिर में हैं।

महारानी को अपने ही महल में, किसी कैदी की तरह प्रतीत होने लगा था। उन पर हर समय दृष्टि रखी जाती थी। उनके गुप्तचर भी अपने प्राण बचाने के लिए सबसे छुप कर रह रहे हैं। महारानी की हर शक्ति छिन चुकी हैं, उनके जीवन का महत्व केवल दिन बिताने तक रह गया है।

चंद्रवादन सभा में उनकी कोई बात नहीं सुनता, ना उन्हें बैठने देता है। हर समय उनका अपमान करता है। महारानी ने सभा में जाना बंद कर दिया।

जानकी, जो अब राजमाता थी। उन्हे भी सभा में बैठने का कोई हक नहीं दिया गया। जानकी केवल अपने पुत्र के लिए जी रही हैं, उनके जीने की हर वजह समाप्त हो चुकी हैं।

दोनो विधवा, जीतवंश के हर कार्य से दूर हो गई। पूजा के पश्चात भी रक्षसा मंदिर में बैठी। मैत्रेय भी अपनी माँ के समक्ष बैठी, किन्तु कुछ देर में चंद्रवादन उन्हे वहाँ से ले गए।

मुख्य पंडित की पुत्री सुमन ने रक्षसा को अकेले बैठे देखा तो वो उनके साथ बैठ गई। उसने रक्षसा से कोई बात नहीं की, बस शाम की आरती के लिए मालाएं बनाने का काम करने लगी।

“हम सहायता कर सकते हैं?” रक्षसा ने पूछा।

“जी महारानी, यह भी पूछने की बात है।” सुमन ने कहा।

“अब हम महारानी नहीं हैं।” रक्षसा ने बिना किसी भाव के कहा।

उन्हे सुन कर सुमन को थोड़ा अजीब लगा, परंतु उसने कुछ कहना सही नहीं समझा। दोनों ने मिल कर शाम की आरती के शृंगार की तैयारी की।

शाम की आरती के पश्चात, महारानी ने अपने सुरक्षा अधिकारी को संकेत किया। वह समझ गए, महारानी पैदल महल जाना चाहती हैं। उन्होंने महारानी से दूरी बना ली, महारानी महल के अंदर जाने के अपेक्षा बागबान में चली गई। उनकी दृष्टि मैत्रेय और चंद्रवादन पर गई।

चंद्रवादन, मैत्रेय के बहुत समीप बैठे हैं।

“चंद्र हमें लगता है, यह वस्त्रों के व्यापारियों का काम बहुत अच्छा चल रहा है, हमारे राज्य में। हमें इन्हें प्रोत्साहन देने के लिए बुलाना चाहिए।”

“हम्म” चंद्र का ध्यान मैत्रेय की बातों में नहीं है, वह बस उनकी सुंदरता में खोया हैं।

“बताइए ना चंद्र, क्या यह सही रहेगा?”

"यह कोई बड़ी बात नहीं मैत्रेय, आप चाहती हैं, तो हम उन्हें बुला लेंगे।"

"हम स्वयं विचार नहीं कर सकते चंद्र। जब पिताजी युद्ध पर जा रहे थे, हमने उनसे अच्छे से बात भी नहीं की थी। हमें लगा था, पिताजी ने हमारी इतनी अच्छी योजना पर कोई प्रयत्न ही नहीं किया। परंतु, अब हमें लगता है, हमारे पिताजी उस नीच विदेशी से हमारे कारण ही बात करने गए थे। अपितु वह उससे, ऐसे अकेले मिलने क्यों जाते। सब हमारी गलती है।" मैत्रेय और रोने लगी।

चंद्रवादन ने मैत्रेय को बाँहों में भर लिया, मैत्रेय जी भर कर रोई। चंद्रवादन ने उनके आँसू पोंछे, फिर उनके गालों को चूमा और उनके होंठ के समीप आए।

"चंद्र" मैत्रेय कहते हुए पीछे हो गई।

मैत्रेय की दृष्टि अपनी माँ पर गई। वह थोड़ा घबराई, परंतु महारानी ने कुछ नहीं कहा। वह, वहाँ से चली गई।

"मैत्रेय, आपको किसी से डरने की आवश्यकता नहीं, हमारा विवाह होने वाला है।" चंद्रवादन ने कहा।

"परंतु हुआ तो नहीं है ना, चंद्र। हमने माँ के कारण आपको नहीं रोका, पर विवाह से पहले यह सब ठीक नहीं।"

"तो अपनी माँ को समझाइए, हमारे पिता जी से हमारे विवाह की बात करें। हम कब तक, आपसे दूर रहेंगे, हम प्रेम करते हैं आप से। आपके पिता की मृत्यु को एक वर्ष से अधिक बीत गया है, और कितना समय चाहिए हमारे विवाह में?" चंद्रवादन ने पूछा।

"आप, अपने पिता से कहिए ना, की वह माँ से बात करें। वह, इस समय, यही महल में हैं" मैत्रेय ने कहा।

"ठीक है" चंद्र ने कहा।

चंद्रवादन, मैत्रेय को वही छोड़ कर सीधे अपने पिता के पास गए। उनके पिता अपने कक्ष में सुखदेव से कुछ बात कर रहे हैं। चंद्रवादन सिपाहियों के रोकने पर भी सीधे अंदर चले गए।

"उन्हे नियंत्रण में रखने के लिए, काशी जाना आवश्यक है, सुखदेव।" सूर्यवादन ने कहा।

"काशी के महाराज ने बहुत प्रतीक्षा की है, उनका धैर्य तो सम्मान का पात्र है।" सुखदेव ने कहा।

"अब भारत में वादनवंश के ऊपर कोई नहीं सुखदेव। जीतवंश समाप्त, वह राक्षस और घमंडी रघुवंशी जिस तरीके से अपने पुत्रों की मौत पर टूट गए हैं, वह देख कर हमे आनंद मिलता है।" सूर्यवादन ने कहा।

"उन्होंने यह खबर पूरे भारतवर्ष से छुपा रखी है। दोनों, पागल हाथियों की तरह अपने पुत्रों के कातिल को ढूंढ रहे हैं। परंतु, इसमें हमारा हाथ है, इसका आभास किसी को नहीं होना चाहिए, वरना सहानुभूति उनकी ओर चली जाएगी" सुखदेव ने कहा।

"कुछ समय बाद, सहानुभूति का भी कोई महत्व नहीं बचेगा। केवल कुछ समय की बात है।"

"ऐसा क्या हुआ है?" चंद्रवादन ने अंदर आकर पूछा।

चंद्रवादन ने देखा, सूर्यवादन के कक्ष में दो नई वैश्या हैं। जीतवंश की वैश्या सूर्यवादन को बहुत पसंद हैं, यह तो चंद्र ने बचपन से देखा है। यह दोनों भी बहुत सुंदर हैं, उन्होंने राजकुमार को कामुकता से देखा।

चंद्र को देख कर सुखदेव शांत हो गया, सूर्यवादन ने चंद्रवादन को घूरा।

"चंद्र, हम आपसे कुछ देर में मिलेंगे।" सूर्यवादन ने चंद्रवादन को बाहर जाने का संकेत किया।

"हमें भी बताइए पिता जी, अगर बात शासन की है, तो वह हमारे लिए भी आवश्यक है। अब तो हम इस राज्य को भी संभाल रहे हैं।"

"लोगों को आदेश देना और मैत्रेय से विवाह की बात के अलावा, आपने इस एक वर्ष में किया क्या है चंद्र?" सूर्यवादन ने पूछा।

"तो आप ही तो हमारा विवाह नहीं करा रहे।"

"उनकी माँ ने, हम पर आरोप लगाया की हमने उनके पति का वध किया है। जब तक, वह हमसे क्षमा नहीं मांग लेती, हम उनकी पुत्री को बहू कैसे बना लें। आपको शर्म नहीं आती, आप अपने पिता के सम्मान के लिए कुछ नहीं कर रहे।"

सूर्यवादन की बात पर चंद्र को थोड़ा बुरा लगा, "वह रक्षसा, हमारे जीवन में हमेशा एक नागिन की तरह विष घोलती रहती हैं"

सूर्यवादन, रक्षसामर्दानी के लिए जो भी विचार रखें, किन्तु चंद्र जिस तरीके से बात करता है। सूर्यवादन को कभी पसंद नहीं आता।

"राजकुमार, हम आज रात्रि को काशी जा रहे हैं।" सुखदेव ने सूर्यवादन का मुख पढ़ते हुए कहा।

"हम काशी क्यों जा रहे हैं?" चंद्र ने एक वैश्या को अपनी गोद में बिठा कर कहा।

"आप इन्हें अपने कक्ष में ले जा सकते हैं, रात्रि में तैयार रहिएगा।" सूर्यवादन ने चंद्रवादन को बाहर जाने का संकेत किया।

चंद्रवादन को अपने पिता की बात पसंद नहीं आई परंतु वह वैश्या को लेकर वहाँ से चले गए। सूर्यवादन ने द्वार बंद होने की प्रतीक्षा की।

"काशी की सूचना, रक्षसा को तोड़ने का आखिरी प्रहार है। ना सम्मान बचा है ना ताकत, अपनी एक आखिरी करीबी व्यक्ति को

भी जब वह तड़पता देखेगी। हमारे सामने झुकने के सिवा कुछ नहीं बचेगा" सूर्यवादन ने कहा।

सूर्यवादन और चंद्रवादन का काशी में बहुत स्वागत हुआ। इतने सत्कार से चंद्रवादन बहुत हर्षित हुए थे। काशी के महाराज त्रिमूर्ति स्वयं सूर्यवादन और चंद्रवादन के स्वागत के लिए आए और चंद्रवादन को कई आशीर्वाद से सुशोभित किया।

चंद्रवादन अपने कक्ष में पहुँचे, सूर्यवादन भी उनके साथ गए। कुछ सेवक, वहाँ काम कर रहे थे। सूर्यवादन ने उन्हें कुछ सिक्के दिए, सेवक बहुत प्रसन्न हो गए और कक्ष से बाहर चले गए।

चंद्रवादन के कक्ष में वस्त्र और गहने रखे हैं। सूर्यवादन ने उन में से एक वस्त्र अपने पुत्र के लिए चुना।

"शीघ्रता से स्नान करके, आप तैयार हो जाइए।" सूर्यवादन ने कहा।

"कोई समारोह हैं पिताजी?" चंद्रवादन ने पूछा।

"जी पुत्र, आज आपका विवाह है।"

"विवाह, यहाँ काशी में? मैत्रेय कहाँ है? उनकी माँ ने आपसे क्षमा मांग ली?" चंद्रवादन ने अचंभित हो कर पूछा।

"वह घमंडी स्त्री, हमसे एक दिन क्षमा के लिए गिड़गिड़ाएंगी, परंतु आपका विवाह, काशी की राजकुमारी तारा के साथ हो रहा है।"

"हमें किसी और से विवाह नहीं करना पिताजी।"

"मैत्रेय और उसका राज्य आपके पास है पुत्र, हमें अपने और मित्र बढ़ाने हैं। राजकुमारी तारा, सुंदर और संस्कारी हैं। उनके मन में उनकी माँ ने राज्य पाठ संभालने की मूर्खता नहीं भरी है"

"पिता जी हम मैत्रेय से ही विवाह करेंगे" चंद्रवादन ने कहा।

"बस, पिता हम हैं, हम जो कहेंगे आप करेंगे। आपकी होने वाली पत्नी आपकी प्रतीक्षा कर रही हैं। अपने पिता को शर्मिंदा करने का मन ना हो तो विवाह के लिए पहुँच जाइए।"

कह के सूर्यवादन कक्ष से बाहर चल गया।

विवाह के पश्चात, चंद्रवादन तारा के कक्ष में गए। जहां राजकुमारी तारा उनकी प्रतीक्षा कर रही थी। चंद्रवादन ने राजकुमारी के चेहरे से घूँघट हटाया, वह राजकुमारी तारा की सुंदरता से प्रभावित हुए। चंद्रवादन के संबंध कई स्त्रियों से थे, केवल मैत्रेय ने विवाह से पहले समीप आने की निंदा कर दी थी।

"हमारा उपहार कहाँ है?" राजकुमारी तारा ने पूछा।

चंद्रवादन ने इस विषय में विचार ही नहीं किया था। परंतु उनके पिता ने सब तैयारी कि थी। उन्होंने वह बक्सा राजकुमारी तारा को उपहार के तौर पर दिया। जिस में सोने के कड़े हैं, तारा ने उनकी सुंदरता को देखा।

राजकुमारी तारा, आकर्षक स्त्री हैं, एवं चंद्रवादन कलाकार हैं, जो भावनाओं से दूर नहीं रह सकते।

राजकुमारी तारा ने चंद्रवादन को उसकी सुंदरता में खोया हुआ पाया। वह मुस्कराई, उन्होंने कुछ कहा नहीं और अपने गहने उतारने शुरू किए। सबसे पहला अपना भारी हार उतारा, ताकि चंद्रवादन उनके मुख से अधिक भी कुछ देखे।

राजकुमारी तारा को पुरुषों को रिझाना बहुत ही अच्छे से आता है। पिता जी, जितना समझते हैं तारा उतनी भी संस्कारी नहीं है। चंद्रवादन ने विचारा और अपनी पत्नी को बाँहों में भर लिया। उस

रात ही नहीं अगले कई दिन और रातें चंद्रवादन अपनी पत्नी के साथ रहे। फिर उन्हे लेकर अपने राज्य गए, जहां उन्होंने पूरा समय अपनी पत्नी को दिया। जब तक उन्होंने, माँ बन ने की खुशखबरी नहीं दे दी।

पाठ - 10

पक्षी और खुला आसमान

मैत्रेय अपना पूरा समय उन परिवारों को दे रही हैं, जिन्होंने अपने घर का कोई पुरुष, महाराज इंद्रजीत के युद्ध में खो दिया। उन परिवारों को सुविधा मिले, राज्य में सम्मान मिले, मैत्रेय ने इस बात का अधिक ध्यान रखा है।

सूर्य की किरणें, आकाश से पूरी तरीके से समाप्त हो चुकी हैं। मैत्रेय की पालकी रुकी, ऐसे अचानक पालकी थमने से मैत्रेय कुछ परेशान सी हुई, उनकी सेविका ने बाहर देखा। बाहर किसी के चिल्लाने की आवाज आई। मैत्रेय को कुछ पल नहीं लगे, यह आवाज पहचानने में, उनकी आँखें नम हो गई। जो आँसू वह अकेले अपने कक्ष में बहाती थी। वह आज उनकी सेविकाओं के सामने आ गाए। मैत्रेय के नेत्र नीचे हो गए।

"आप दूसरी पालकी में जाएं, हम राजकुमारी के साथ अकेले जाएंगे।" चंद्रवादन ने कहा।

सेविका पालकी से उतर गई। मैत्रेय के सैनिकों ने फिर महल की ओर बढ़ना शुरू किया।

मैत्रेय की आंखें सूजी हैं, उनकी नम आँखों ने चंद्रवादन को जैसे तोड़ दिया। चंद्रवादन, मैत्रेय को संभालने उनके समीप गए, तो मैत्रेय ने उन्हें धक्का दे दिया।

"दूर रहिए हमसे।" मैत्रेय ने चिल्लाया पर उनकी स्वर जैसे दब सा गया।

"हम आपकी यह दशा नहीं देख सकते, मैत्रेय" चंद्रवादन ने कहा।

मैत्रेय ने कोई उत्तर नहीं दिया, वह निरंतर खिड़की से बाहर देखती रही।

"सुना है, बाप बनने वाले हैं आप, बधाई हो।" आखिरकार मैत्रेय ने कहा।

"अगर आपकी माँ इतनी घमंडी नहीं होती, तो हमारा विवाह आपसे होता। हमारे पिता ने आपके पिता और भ्राता के वध का बदला लिया। आपकी माँ ने उन्हें ही अपराधी ठहरा दिया। हमें अपने पिता के सम्मान के लिए, विवाह करना पड़ा और पति का पत्नी की ओर कर्तव्य होता है, जो हमें पूरा करना ही था। आपको दिख नहीं रहा, आपकी माँ के दोषों का दंड हम भुगत रहे हैं। हमारे पिताजी बस इतना चाहते हैं, की महारानी अपने आरोप वापस ले लें। उनका सम्मान लौट आए, इससे अधिक कुछ नहीं"

जब चंद्र ने देखा की उसके प्रति मैत्रेय का क्रोध कम हो रहा है, वह उनके समीप गए। "मैत्रेय अपनी माँ को समझाइए। वह हमारे प्रेम की सदैव से दुश्मन थी, देखिए आज उन्होंने हमें कैसे अलग कर दिया।"

मैत्रेय क्रोध में सीधे रक्षसामर्दानी के कक्ष की ओर बढ़ रही है। उन्होंने ठान ली है, अगर अब उनकी माँ, महाराज सूर्यवादन पर लगाए आरोप, वापस नहीं लेंगी तो, मैत्रेय स्वयं वह कार्य करेंगी। मैत्रेय को अपना वर चुनने का अधिकार है, उसकी माँ ने उसे कभी कुछ उसके मन का नहीं करने दिया।

मैत्रेय, अपने ही विचारों में थी, तब उन्होंने देखा, उनकी माँ के कक्ष के पास, उनके कोई पहरेदार नहीं हैं। थोड़ा दूरी में सूर्यवादन के पहरेदार खड़े हैं, उन्हें यह बात अजीब लगी, क्योंकि सूर्यवादन तो राज्य में थे ही नहीं। मैत्रेय को कुछ समय में ही, सूर्यवादन का अपने राज्य में, इतना रहना अजीब लगने लगा था। जब महाराज ने चंद्रवादन को सहायता के लिए कहा है, वह क्यों एक वर्ष बाद भी यही रहते हैं।

मैत्रेय, उन सिपाहियों से छुप कर, चोर दरवाजे से अपनी माँ के कक्ष में गई। जहां से चिल्लाने की आवाज आ रही है, वह छुप गई।

"आपका विवाह हमसे होना था, परंतु आपने हमें धोखा दे कर, उस इंद्रजीत से विवाह कर लिया। अब वही दर्द, जब आपकी प्यारी मासूम पुत्री को मिल रहा, तो कैसा प्रतीत कर रही हैं, रक्षसा" सूर्यवादन चिल्लाया।

"आप सदैव यही कहते हैं, कि हमने आपको धोखा दिया। दुनिया को सत्य क्यों नहीं बताते, हमसे विवाह का कह कर, आप किसी और स्त्री के साथ सो रहे थे। आपका पुत्र भी, आपकी तरह निकला। खोखले वचन।" महारानी ने चिल्लाया।

"आप हमें, कभी अपने समीप नहीं आने देती थी। हमारी भी कुछ इच्छाएं थी। अगर हम किसी और स्त्री के साथ, सो भी गए तो कुछ गुनाह नहीं किया, हम क्षत्रिय हैं, बहु विवाह की अनुमति है।"

"तो हम भी क्षत्रिय हैं। हमें भी, अपना वर चुनने की स्वतंत्रता है। परंतु, आप जैसे पुरुष स्त्रियों को केवल संभोग का रास्ता समझते हैं। मना करने का साहस, कोई स्त्री कैसे कर सकती है। हमने आपसे विवाह नहीं किया, तो आपने हमसे, हमारा परिवार, हमारा राज्य छीन लिया।"

"इस में दोष तो आपका है, आपके गुप्तचर ने उन्हें हमारी योजना बात दी थी। आप वहाँ नहीं थी, फिर भी आप अपने पति

की रक्षा कर रही थी। आखिरी समय तक, आपने उनके लिए सहायता भेज दी थी। परंतु, आपके मूर्ख पति, हमसे बदला लेना चाहते थे। जानती हैं, प्राण त्यागने से पहले क्या कहा था उन्होंने, उन्हें गर्व था, अपनी अर्धांगिनी पर, वह जानते थे, की आप अपनी पुत्री का विवाह, हमारे पुत्र से नहीं होने देंगी। कैसा लग रहा होगा आपके पति की आत्मा को, आप उनके हत्यारे के पुत्र से ही अपनी पुत्री के विवाह के लिए गिड़गिड़ा रही हैं। हाथ जोड़ रही हैं" सूर्यवादन मुस्कराया और महारानी के समीप गया "पर हम आपकी पुत्री का विवाह चंद्र से नहीं करेंगे।"

"आपके पुत्र, कितने समय रोक पाएगा स्वयं को?"

"अभी एक विवाह हुआ है तो महीनों उन्हें, आपकी पुत्री का स्मरण नहीं आया। कुछ समय में और विवाह करा देंगे। वह भूल जाएंगे मैत्रेय नाम की कोई स्त्री भी थी। परंतु हम निश्चित करेंगे, कि इसका दोष आप पर आए। आपकी पुत्री, जीवन भर आपको दोषी ठहराए।"

"आप हमें तोड़ना चाहते थे, जब हम स्वयं आपके सामने भीख मांग रहे हैं, तो आप हमारी पुत्री का जीवन क्यों बर्बाद कर रहे हैं?"

"क्योंकि आप हमे गलत समझ रहीं हैं रक्षसा। आपको घुटनों में लाने जैसी बाते तो हम दुनिया को दिखाने के लिए करते हैं। हम तो केवल आपको चाहते हैं"

"सूर्यवादन" रक्षसामर्दानी ने चिढ़ कर कहा और उनसे दूर हो गई।

"इतने वर्षों से, हम जब भी इस महल में आते। आप अपनी अदाओं से हमे यह नहीं भूलने देती की हमने क्या खोया है। आप भी हमसे प्रेम करती हैं। परंतु हमारी एक गलती के कारण, हमे जीवन भर आपको किसी और के साथ देखने पड़ा, और कितनी सजा देंगी आप हमे। हम भी थक गए हैं, आपसे लड़ कर, क्या

आप हमे क्षमा नहीं कर सकती। क्या हम फिर एक साथ नहीं हो सकते?"

"हम आपको कोई सजा नहीं दे रहे, हम अपने परिवार और राज्य के साथ खुश थे। परंतु, आपके लिए यह सब खेल है।"

"ऐसा नहीं है, रक्षसा अगर आपको समाज का डर है, तो हम यह किसी को पता नहीं चलने देंगे। हमारे बच्चों का विवाह हो जाएगा, आप यह राज्य संभालना, सब पहले जैसे हो जायेगे" कहते हुए सूर्यवादन ने रक्षसामर्दानी को अपनी बाँहों में भरने का प्रयत्न किया।

रक्षसा ने उन्हे धक्का दे दिया "आपकी यह नीच सोच हम कभी पूरी नहीं होने देंगे।"

"बहुत हुआ रक्षसा, हमने आपके सामने अपना ह्रदय खोल कर रख दिया। अब हम कहेंगे नहीं।" सूर्यवादन ने रक्षसा के साथ जबरदस्ती करने का प्रयत्न किया।

महारानी ने कटार निकाली और सूर्यावदान के पैर पर घुसा दिया, सूर्यावदान चिल्ला कर पीछे हटे।

"निकल जाइए, अन्यथा हम आपको मारने से पीछे नहीं हटेंगे। वैसे भी सब के विचार से, हम अपने पति और पुत्र की मृत्यु से पागल हो गए हैं। उसी पागलपन की अवस्था में, हमने आपको मौत के घाट उतार दिया, ऐसा ही लगेगा सबको। निकल जाइए।"

सूर्यवादन क्रोध में बाहर निकले, उन्होंने अपने सिपाहियों को महारानी पर दृष्टि रखने के आदेश दिए, और वहाँ से चले गए।

सूर्यवादन के जाते ही, मैत्रेय अपनी माँ के समीप गई। उन्हें संभालने का प्रयत्न किया, परंतु जैसे ही महारानी को समझ आया की, वह मैत्रेय हैं, उन्होंने उसे दूर ढकेल दिया।

"माँ यह हम हैं।"

"जानते हैं, कौन हैं आप। जिनके कारण हम इस परिस्थिति में हैं।"

यह बात मैत्रेय के हृदय को चीर गई।

"आप हमें जीवन भर अपना दुश्मन समझती रही, हमने आपको ऐसे व्यक्ति से दूर रखा, जिसकी रीढ़ की हड्डी नहीं है। यह सब आपका दोष है, जिसे बस अपना प्रेम दिखा। आपके पिता का दोष है, वह सुरक्षित आ सकते थे, परंतु उन्हें बदला लेना था। उन्होंने तो यह पत्र भेज कर, अपना कर्तव्य पूरा कर दिया। दोष आपके भ्राता का है, जिसे ना माँ, बहन, बीवी या बच्चा स्मरण रहा। बस स्मरण रही तो क्षत्रिय वीरगति। हमने इस राज्य को क्या से क्या बनाया, और आज इस राज्य ने हमें कहाँ लाकर खड़ा कर दिया। एक आदमी ने हमारे सम्मान पर हाथ डालने का विचार कर लिया।"

मैत्रेय ने वह पत्र लिया, जो उसके पिता ने लिखा था।

"रक्षा, हमें क्षमा कर दीजिए, हमने सूर्यवादन के विरुद्ध, आपकी चेतावनी कभी नहीं सुनी। हमें यह पछतावा था, की हमने अपने मित्र की प्रेमिका से प्रेम किया। सूर्यवादन हमसे अधिक आकर्षित, बलवान और समृद्ध राज्य के राजकुमार थे। अपितु आपने हमें चुना। आपने केवल हमसे बराबरी में राज्य संभालने का उपहार मांगा। तब हम समझे, यही है जो सूर्यवादन आपको नहीं दे सकते, परंतु हम दे सकते हैं। इस राज्य को आपने सूर्यवादन के स्तर पर लाकर खड़ा कर दिया। राज्य के साथ अपने बच्चों की परवरिश में भी कोई कमी नहीं छोड़ी। उनकी प्रशंसा, जब हम हर व्यक्ति से सुनते हैं, हमारी छाती गर्व से फूल जाती है। माना आपकी सटीक बाते, कई बार हमारे अहम को ठेस पहुँचा देती थी। पता नहीं, हम पुरुषों में इतना अहम किस बात का होता है। आपने दो से अधिक संतान के लिए, यह कह के मना कर दिया, की आप दोनों की ऐसी

परवरिश करेंगी, की वह जहां रहेंगे शासन करेंगे। जब हम अपनी पुत्री के राज्य करने की बात पर, यह कह कर हंस दिए थे, कि एक स्त्री कैसे राज्य करेगी, तो आपने हमें, एक महीने के लिए जबरदस्ती शिकार पर भेज दिया, और सभा को अकेले संभाला। जैसे राज्य को हमारी आवश्यकता थी ही नहीं। सूर्यवादन ने हमें हर समय जताया, कि हमने उनके साथ धोखा किया है, अगर हम उनके मित्र ना होते, तो वह हमारा पूरा राज्य उजाड़ देते। हम सदैव स्वयं को दोषी मानते रहे। बात जब उनके पुत्र की आई, आप मैत्रेय का विवाह उनसे नहीं करना चाहती थी। जो हमारी समझ के बाहर था। हम समझ ही नहीं पाए, की आप सूर्यवादन को कितने अच्छे से समझती थी। वह एक नीच इंसान है, जो स्वयं क्षत्रिय हो कर युद्ध में हमें नींद में खतम करना चाहता थे। ऐसे समय पर भी आप ही हमें बचाने आई महारानी। परंतु हम आपके गुप्तचर के साथ वापस नहीं आ सकते। अपनी पुत्री का विवाह उस सूर्यवादन के पुत्र से, हम अब नहीं होने देंगे। परंतु एक खुशी तो उन्हें हम दे सकते हैं। उन विदेशियों को अपने राज्य में सुरक्षित लाकर। अगर हम ऐसा ना कर पाए, तो हमे वचन दीजिए। आप हमारी पुत्री को बचाएंगी, आप स्वयं को बचाएंगी। आप अपनी पुत्री को वह राज्य सिंहासन दिलाएंगी, जिसके लिए आपने उन्हें पाला पोसा है। आप हार नहीं मानेंगी, हमे वचन दीजिए, आप इस धोखे का बदला लेंगी।"

अपने पिता का पत्र पढ़ कर मैत्रेय स्वयं को संभाल नहीं पाई। उनके पिता को उनकी माँ पर इतना भरोसा था, जो भरोसा किसी को बस पुरुषों पर होता है। और मैत्रेय कभी अपनी माँ को समझ नहीं पाई।

"माँ आपको पिताजी की मौत का, हमारे भाई साहब की मौत का बदला लेना होगा।"

"हम अब कुछ नहीं कर सकते, हम बस अपने प्राण दे सकते हैं, ताकि हम उस राक्षस के हाथ ना लगे।"

"हर व्यक्ति जिसके साथ, उसने अन्याय किया है। अगर वह मर जाएगा, तो यह तो सूर्यवादन की जीत है, माँ। हम उन्हें जीतने नहीं दे सकते, हम उनसे सब छीन लेंगे। माँ जो सपने आपने हमारे लिए देखे थे, उन्हें पूरा करने का समय आ गया है। आप हमारी सहायता करिए, हमें सब के लिए लड़ना है, हमारे सम्मान के लिए, हमारे पिता और भ्राता के लिए।"

"कैसे लेंगी आप बदला, हमारे पास बचा ही क्या है?"

"आपके पास हम हैं माँ।"

मैत्रेय की बात से महारानी का भरोसा बढ़ा, इतने दिनों बाद उन्होंने अपनी पुत्री को गले से लगाया। दोनों साथ में खूब रोई यह आखिरी बार जो रोना था।"

सूर्यवादन शिव मंदिर में ध्यान लगा रहे हैं। वह अपने ध्यान के बाद बाहर आए। वह तंत्र विद्या के कारणवश शारीरिक तौर पर दुर्बल होते जा रहे हैं, परंतु, रक्षसामर्दानी के प्रहार के कारण, उन्हे चलने में बहुत मुश्किल हो रही है।

चंद्रवादन, मंदिर के बाहर ही उनकी प्रतीक्षा में दिखे, उनकी बेसब्री देख कर सूर्यवादन ने अपने सैनिकों को दूर जाने का संकेत किया और अपने पुत्र के साथ मंदिर में ही थोड़ा दूर आए।

चंद्रवादन ने बिना पल गवाये, अपने पिता के सामने मैत्रेय का पत्र पढ़ना शुरू किया। जो मैत्रेय ने स्वयं, महल से भागने से पहले लिखा था।

"आपकी बात मान कर, हम सदैव दोष माँ को देते रहे। परंतु सत्य यह है, की आपके पिताजी, हमारा विवाह कभी करना नहीं चाहते थे। हमारी माँ ने उन पर जितने भी आरोप लगाए, वे सत्य थे। आपके पिता का असली रूप तो हमने देख ही लिया। आपके पिता जीत गए और हम हार गए। हम माँ को लेकर जा रहे हैं। आप समझना हम मर गए। आपको, आपके राज्य और वैवाहिक जीवन की ढेर सारी शुभकामनाएँ।"

"यह सब झूठ है।" सूर्यवादन ने चिल्ला कर कहा। "हमने उनके पिता और भाई की मौत का बदला लिया था।"

"मैत्रेय ने पहले कभी, इस तरीके से बात नहीं की, पिता जी। हमारे आगे उन्होंने कभी, अपनी माँ की नहीं सुनी, फिर अब कैसे?"

"हम नहीं जानते, वैसे भी पुत्री तो, यह उस रक्षसामर्दानी की ही है। इनके तो रक्त में ही धोखा है। किन्तु पुत्र हम वचन देते हैं, हम उन दोनों को ढूंढ निकालेंगे।"

"हमें बस मैत्रेय से मतलब है, पिताजी। महारानी उन्हें रघुवंश लेके जाएंगी, मैत्रेय और राजकुमार भालेन्द्र। नहीं पिता जी, हम मैत्रेय को किसी और के साथ नहीं देख सकते।"

"वह रास्ता तो हमने उनके लिए, कब का बंद कर दिया है पुत्र। महारानी को रघुवंश में अब कुछ नहीं मिलेगा" सूर्यवादन मुस्कराया।

"अपने क्या किया है पिताजी?" चंद्रवादन के मन में शंका पनपी।

"आपके मित्र भालेन्द्र का वनवास समाप्त हुए काफी समय हो चुका है। आपने उनके बारे में कुछ सुना?"

"नहीं पिता जी, वह तो जैसे छू मंतर हो गए हैं।"

सूर्यवादन खुल कर मुस्कराए "उनकी और उनके प्यारे मित्र, उस राक्षस की अकाल मृत्यु हो गई है।"

चंद्रवादन कुछ देर सन्न खड़ा रह गया, उसे भरोसा नहीं हुआ, वह क्या सुन रहे है।

"आपने उनकी हत्या की?"

"हमारे पुत्र के रास्ते में कोई नहीं आ सकता। रक्षसामर्दानी को हमारे पास ही वापस आना पड़ेगा। हमारे सिवा अब उनके पास कोई नहीं है।"

सूर्यवादन ने अपने पुत्र के कंधे पर हाथ रख कर कहा।

चंद्रवादन ने अपने पिता का हाथ, कंधे से हटाया "यह सब आपने किया पिता जी, मैत्रेय के पत्र में सत्य लिखा है। आपने उस रक्षसा से बदल लेने के लिए यह सब किया"

चंद्र की दृष्टि में प्रश्न देख कर सूर्यवादन हैरान रह गया। उसने अपने पुत्र से दृष्टि हटाई "केवल एक काम था आपका, एक स्त्री को काबू में रखना, उतना भी नहीं कर पाए और हमसे प्रश्न कर रहे।"

"वह हमारे काबू में थी।" चंद्र ने स्वयं के बचाव में कहा।

"यह तो देख लिया हमने। खेलिए आप अब राज्य शासन, क्योंकि स्त्री तो संभलती नहीं आप से।" सूर्यवादन ने क्रोध में कहा और वहाँ से चले गए।

चंद्रवादन का ध्यान, सुमन पर गया।

"हमें क्षमा कर दीजिए, हमें नहीं पता था यहाँ कोई है।" सुमन ने कहा।

उसने तांबे का लोटा पीछे किया, जिससे वह सूर्य को जल चढ़ाने आई थी। चंद्रवादन ने उस स्त्री को देखा, वह ब्राहमण पुत्री

है। उसके हल्के वस्त्र, कोमल कपूर से सफेद त्वचा इस बात की निशानी हैं।

चंद्रवादन की ठहरी दृष्टि सुमन ने समझी, उसके गीले बालों से उसकी सफेद धोती भी गीली हो रही है। सुमन बिना क्षण गवाये मंदिर के अंदर जाने लगी, अपने परिवार की सुरक्षा में, परंतु चंद्रवादन ने उसे पकड़ा।

"हम एक ब्राह्मण स्त्री हैं, आप हमे ऐसे नहीं छू सकते, हाथ छोड़िए हमारा।" उस स्त्री ने कहा।

"हम एक राजकुमार हैं, भावी राजा, हम जो चाहेंगे वह करेंगे।" चंद्रवादन ने उस स्त्री को गोद में उठाया।

उस स्त्री ने स्वयं को बचाने का प्रयत्न किया। परंतु, चंद्रवादन ने उसे अपने घोड़े पर बिठाया और बलपूर्वक उसे अपने साथ महल ले गया।

पाठ - 11

सम्मोहन

रघुवंश की सेना, राक्षसों के वन से अपने राज्य की ओर जा रही है। रात्रि में विश्राम करने के लिए उन्होंने पंडाल डाला।

भालेन्द्र को नींद नहीं आ रही, सुबह होने ही वाली है। उन्हे अपने शिविर के बाहर से कुछ आवाज आई, उन्होंने अपनी तलवार उठा ली। जब कोई अंदर नहीं आया तो भालेन्द्र शिविर से बाहर निकले।

उनके अंगरक्षक कड़ी निंद्रा में हैं, जो भालेन्द्र को कुछ अजीब लगा। उन्हे जंगल से आवाज आई, भालेन्द्र ने सतर्कता से चारों तरफ दृष्टि घुमाई। उनकी दृष्टि खूबसूरत बरासिंघा पर गई, अब भालेन्द्र को खुशी हुई की उनके अंगरक्षक निंद्रा में हैं।

घाट पर हमले के पश्चात कई महीने तक भालेन्द्र की आँख नहीं खुली, जैसे उनकी आत्मा शरीर छोड़ चुकी हो। भालेन्द्र के प्राण बचना नामुमकिन था, परंतु राक्षसी कबीले के जंगल में रहने के कारणवश उस पवित्र पौधे की शक्ति से भालेन्द्र स्वस्थ होने लगा।

तब से भूपति ने भालेन्द्र की सुरक्षा का खास ध्यान रखा, जो भालेन्द्र को कैद सी लगने लगी है। दंडक और स्वयं पर हुआ हमला वह भुलाये नहीं भूल पाते। उन्होंने अपना कंठ छुआ जिस पर वह प्राणघाती निशान का दाग अभी भी है।

वह उनकी विफलता का परिणाम है, भालेन्द्र की पहली हार। अगर गिरिराज ने अपने सेवक मगरमच्छ को उन पर दृष्टि रखने ना भेजा होता तो भालेन्द्र, दंडक को सुरक्षा देने के कर्तव्य में तो विफल होते ही साथ ही अपने मित्र और अपने प्राण गंवा देते।

भालेन्द्र ने धनुष बाण उठाया, घोड़े को तैयार किया और आखिरी बार सैनिकों की ओर देखा, जो गहरी निंद्रा में हैं, भालेन्द्र उस बरासिंघा के पीछे चले गए।

जिसने भी उन हथियारों को भेजा था, उन्हें यही प्रतीत होने दिया गया,कि उस प्रहार में भालेन्द्र और दंडक के प्राण चले गए। सब को यही मानने दिया गया की महाराज भूपति और सिर दार गिरिराज को अपने पुत्रों पर हमले के समक्ष कोई जानकारी नहीं।

अपने पुत्रों पर, प्रहार का बदला ना लेना। अपितु यह जताना की उन्हें कुछ नहीं पता है। गिरिराज के लिए तो सरल था, क्योंकि उन्हें किसी से मिलना ही नहीं था, परंतु भूपति के लिए बहुत कठिन था, उन्हे दुनिया के सामने ढोंग जो करना था।

बहुत प्रयत्नों के पश्चात भी हमलावर की कोई जानकारी नहीं मिलने से दोनों ही नरेश क्रोध में हैं। जिसका हर्जना उनके पुत्रों को उनकी स्वतंत्रता गंवा कर भरना पड़ रहा है।

बरासिंघा, नदी के समीप पानी पीने के लिए रुका। भालेन्द्र ने घात लगाई। कुछ ध्वनि सुनाई दी, भालेन्द्र ने देखा बरासिंघा ने भी उस स्वर पर ध्यान दिया। भालेन्द्र सतर्क हुए, यह कोई जाल हो सकता है। उन्हे स्मरण हुआ की शिविर में कैसे उनके सिपाही कड़ी निंद्रा में थे, और भालेन्द्र अपनी सुरक्षा से दूर जंगल में बहुत ही अंदर आ गए हैं। भालेन्द्र ने अपने हथियार तैयार किए।

वह ध्वनि, किसी स्त्री के संगीत की आवाज में बदल गई। उस मधुर स्वर से जैसे पूरा जंगल मंत्रमुग्ध हो गया। केवल भालेन्द्र ही नहीं बल्कि वह बरासिंघा भी उस संगीतकार के स्वर के समीप

बढ़ने लगा। कुछ दूर जाकर, एक झरना आया, जिस पर एक स्त्री स्नान कर रही है, वही गाना भी गा रही है।

स्त्री को इस अवस्था में देख कर, भालेन्द्र ने अपने अस्त्र नीचे किए और वहाँ से वापस जाने लगे। परंतु, जैसे उनका घोड़ा भी, उस स्त्री का संगीत सुनना चाहता है। भालेन्द्र को बहुत प्रयत्न करना पड़ा, उसे वापस ले जाने के लिए। किन्तु उस स्त्री की हंसी ने भालेन्द्र को फिर रोक लिया, उसकी स्वर की खनक जंगल में सभी को स्वयं की ओर आकर्षित कर रही है।

भालेन्द्र समझ नहीं पा रहे थे, किसी के स्वर ने केवल कुछ पल में उन्हे इतना मंत्रमुग्ध कैसे कर लिया। तंत्र विद्या का एक प्रहार वह देख चुके थे, जहां कुछ उनके बस में नहीं था। इस क्षण भी वह कुछ वैसा ही शक्ति अनुभव कर रहे हैं। जो उन्हे जाने से रोक रही है, उन्होंने रुक कर, उस स्त्री को दूर से देखने का निर्णय लिया।

भालेन्द्र अपने घोड़े से उतरे और नदी में तैरते हुए झरने के थोड़े समीप गए। वह पानी में इतने अंदर तैर के गए, की ऊपर किसी को उनके होने का ज्ञान ही ना हो। उन्होंने पानी से हल्का सा बाहर आकार, उस स्त्री को देखा।

सुबह हो गई है, सूर्य जैसे अपनी किरणों से उस आकर्षित स्त्री के बदन को छू रहे हैं, उसके वस्त्र, उसके तन से चिपक गए हैं। जिससे उस स्त्री का सुडौल शरीर दृश्य में आ रहा है। उस स्त्री का शरीर कमनीय हैं, जिससे दृष्टि हटाना, किसी पुरुष के बस की बात नहीं। उस पर उसकी आवाज इतनी मधुर है, की भालेन्द्र ने स्वयं को उस में खोया अनुभव किया।

भालेन्द्र, उस स्त्री को और समीप से देखना चाहता हैं। जिसके लिए वह और आगे बढ़े, जिससे उनका अंगवस्त्र, जिससे उन्होंने अपने शरीर को ऊपर से ढँका का हुआ था, वह पानी में बह गया।

उस सुंदरी को स्पर्श करने की भावना, उसे स्वयं बाँहों में भरने की बेचैनी, भालेन्द्र में बढ़ती जा रही है। कुछ दूर से देखना भी, भालेन्द्र के लिए भारी पड़ने लगा है, उसके अंदर एक विचित्र सा दर्द होने लगा है।

भालेन्द्र के मन में प्रश्न आने लगे हैं, वह स्वयं को क्यों रोक रहें हैं। उनका पूरा अधिकार है, इस स्त्री को स्वयं की बाँहों में भरने का। आखिर वह इस राज्य के राजकुमार हैं, वह किसी भी स्त्री पर अधिकार जता सकते हैं।

मैत्रेय जो पानी के साथ खेलते हुए गा रही थी, वह मुड़ी। उसकी दृष्टि भालेन्द्र पर गई, जो उसे देखते हुए पानी से पूरा बाहर आ चुका है। मैत्रेय, भालेन्द्र को देखने से स्वयं को नहीं रोक पाई। भालेन्द्र इतने वर्षों में और आकर्षित हो गए हैं, उनका शरीर पानी से गीला होने के कारण और आकर्षित लग रहा है।

जो आग भालेन्द्र में लगी है, उसी आग में मैत्रेय स्वयं को अनुभव कर रही हैं। परंतु, वह यहाँ शिकार करने आई हैं, स्वयं शिकार बनने नहीं। मैत्रेय ने स्वयं को समझाया और भालेन्द्र से दृष्टि हटाई।

"हमें क्षमा कर दीजिए राजकुमार, हमें यहाँ नहीं आना चाहिए था।" कहते हुए मैत्रेय वहाँ से जाने लगी।

भालेन्द्र उसे जाते देख नहीं पाया, उसके दिल में अजीब सा दर्द हुआ "रुकिए, कौन हैं आप?"

"कोई नहीं राजकुमार, हम कोई नहीं हैं।" मैत्रेय ने नीचे देखते हुए कहा।

भालेन्द्र को बहुत दुख:हुआ, कैसे उन्होंने इतनी आकर्षित सुंदरी को उदास कर दिया। किन्तु उसे अपनी बाँहों में भरने की भावना, भालेन्द्र में बढ़ती जा रही है। भालेन्द्र उसके और समीप गए "हमारी ओर देखिए।"

मैत्रेय ने भालेन्द्र से नजरे मिलाई, भालेन्द्र को विश्वास नहीं हुआ, वह इस अप्सराओं से सुंदर मुख को कैसे भूल सकते हैं। यह तो वही सूरत थी, जो आज तक उनके स्वप्न में आती है, जिनके कारण भालेन्द्र फिर कभी किसी और स्त्री को देख ही नहीं पाए।

"राजकुमारी मैत्रेय" भालेन्द्र ने बहुत प्रेम से कहा।

मैत्रेय ने उन्हे उम्मीद से देखा "हमें जाने दीजिए राजकुमार, और दया कर के चंद्रवादन को हमारे बारे में कुछ नहीं बताइएगा।"

चंद्रवादन का नाम सुन कर, भालेन्द्र कुछ सुध में आए। उन्हें स्मरण हुआ, मैत्रेय तो उनके मित्र चंद्रवादन की मंगेतर हैं। भालेन्द्र, मैत्रेय से नजरे हटाना चाहते हैं।

मैत्रेय समझी, भालेन्द्र उनसे दूर होने का प्रयत्न कर रहे हैं। उन्होंने स्वयं को स्मरण कराया, उन्हे अपनी माँ की गलती नहीं करनी है। भालेन्द्र को ऐसा नहीं लगना चाहिए, की उन्होंने अपने मित्र को धोखा दिया है। वह जानती थी, भालेन्द्र को जैसे ही उनकी मित्रता स्मरण आएंगी, वह उनसे दूर जाने का प्रयत्न करेंगे, और यही मैत्रेय को नहीं होने देना है।

मैत्रेय ने अपने केश एक ओर से आगे किए। केश से पानी हटाया, जिससे भालेन्द्र की दृष्टि फिर मैत्रेय के शरीर पर गई। उनकी कोमल त्वचा पर पानी की बूँदे, हीरे की तरह चमक रही हैं। भालेन्द्र के बस में नहीं है की वह मैत्रेय से दृष्टि हटा लें।

"आप यहाँ क्या कर रही हैं?" भालेन्द्र, स्वयं पर नियंत्रण करते हुए, बस इतना ही कह पाए।

"वह सूर्यवादन हमारे परिवार के हथियारे हैं। जैसे ही हमें पता चला, हम वहाँ से भाग आए" मैत्रेय की आँखों में आँसू हैं, जैसे वह कितना दुर्बल अनुभव कर रही हों।

यह आँसू भालेन्द्र पहले भी नहीं देख पाए थे "हमने सुना था, आपकी माँ ने, यह आरोप लगाया था। परंतु, महाराज सूर्यवादन का कहना है की उन्होंने आपके राज्य को बचाया था" भालेन्द्र ने स्मरण करते हुए कहा।

यह सब तब हुआ था, जब भालेन्द्र जीवन और मृत्यु के बीच कहीं शून्य की दुनिया में थे। जैसे वह दिन उनके जीवन में कभी आए ही ना हो।

"उन्होंने सब को यही जताया, परंतु हमारी माँ सही थी। उन्होंने हमसे संबंध के बारे में भी कैसी असत्य बाते फैलाई, की विवाह से पहले हम... हम" कहते हुए मैत्रेय ऐसे रुक गई, जैसे कितनी तुच्छ बात की गई हो।

मैत्रेय ने भालेन्द्र की ओर देखा की वे उनकी बात समझ पाए हैं या नहीं। भालेन्द्र कुछ हैरान से लगे, मैत्रेय ने आगे बोलने का निर्णय लिया।

"तब भी हमने उन्हें क्षमा कर दिया, परंतु अपने परिवार के हत्यारे के पास हम वापस कभी नहीं जाना चाहते। अपितु हम उनसे छुपते- छुपते फिर रहे हैं" मैत्रेय ने और रोते हुए कहा। "हम कितने मूर्ख थे भालेन्द्र"

"नहीं, आप बस प्रेम में थी, जैसे हम आपसे करते हैं" भालेन्द्र ने मैत्रेय के केश पीछे किए। जो उनके गुलाबी होंठों पर ठहर कर भालेन्द्र का पूरा ध्यान अपनी ओर खींच रहे थे। जिससे भालेन्द्र केवल उन्हें चूमने के अतिरिक्त कुछ विचार नहीं कर पा रहे थे। "आप को एक बार देखने के बाद, कोई भी आपको पाने के लिए, किसी भी सीमा तक जा सकता है। जैसे पहली बार हमने देखा था, हम आपको अपनी बाँहों में भर लेना चाहते थे।"

"हम अंधे थे, हमारी माँ ने आपका प्रेम देखा था, वह चाहती थी, हम आप से विवाह करें। हम ही नहीं देख पाए।" मैत्रेय ने भालेन्द्र से दूर जाते हुए कहा।

"चंद्रवादन हैं ही इतने मोहक की उनके सामने आप हमें कैसे देखती।"

इस बात पर मैत्रेय हल्का मुस्कराई, उन्होंने भालेन्द्र की ओर देखा। मैत्रेय को भालेन्द्र बहुत ही मासूम लगे। "आप समझते हैं, आप किसी भी स्तर में कम नहीं हैं। आज तक, किसी के सामने, हमने स्वयं को इतना बेबस अनुभव नहीं किया" मैत्रेय ने भालेन्द्र के होंठों को देख कर कहा, जैसे वह भी उन्हें चूमना चाहती हों।

मैत्रेय ने भालेन्द्र के सीने को अपने नरम हाथों से स्पर्श किया। उनके शरीर को छूते ही, मैत्रेय के शरीर में वह तपन फिर से फैल गई। वह भालेन्द्र को अपने समीप चाहती हैं।

भालेन्द्र भी उन्हें पाना चाहते हैं। परंतु, मैत्रेय फिर उनसे दूर हो गई, जैसे वह स्वयं पर नियंत्रण करने का प्रयत्न कर रही हो।

किन्तु भालेन्द्र स्वयं पर नियंत्रण नहीं कर पाए। उन्होंने ने मैत्रेय का रास्ता रोका "क्या आप हमसे विवाह करेंगी?"

मैत्रेय ने कोई उत्तर नहीं दिया, वह भालेन्द्र से दृष्टि चुरा कर, नीचे देखने लगी। भालेन्द्र समझ गए, उन्होंने अधिक मांग लिया है, राजकुमारी ने कभी उनसे प्रेम नहीं किया।

"आपके पास हमारे राज्य की कटार है। आपकी सुरक्षा करना हमारा धर्म हैं। आप हमसे विवाह नहीं करना चाहती तो हम आप पर दबाव नहीं डालेंगे।" आखिरी बात कहते हुए भालेन्द्र के दिल में दर्द हुआ, जैसे कुछ टूट गया हो। इतना दर्द तो उन्हें कभी घायल होने पर भी नहीं हुआ था। उन्हें स्वयं को संभालने के लिए सहारे की आवश्यकता अनुभव होने लगी।

"विवाह कर के, आप हम पर दया कर रहे हैं, इतना बड़ा उपकार हम कभी वापस नहीं कर पाएंगे, राजकुमार।"

मैत्रेय की आवाज में घमंड सुन कर भालेन्द्र को स्मरण आया, कैसे मैत्रेय ने अपने पिता के सामने भालेन्द्र की प्रशंसा कर के उन्हें बचाया था। ताकि वह भालेन्द्र का उपकार वापस कर सके। उनके इस घमंड, इस साहस से ही तो भालेन्द्र उनके प्रेम में और फँसते गए थे। वह एक साहसी राजकुमारी हैं, जिनकी परिस्थिति ने उन्हें ऐसे झुकने पर मजबूर कर दिया है।

"आप समझ क्यों नहीं रहीं। हम प्रेम करते हैं, आपसे।" भालेन्द्र ने इस बार अपना सारा नियंत्रण खो दिया और मैत्रेय को स्वयं बाँहों में भर कर, उनके होंठों को चूमा।

मैत्रेय ने भी भालेन्द्र को कस कर पकड़ा, जैसे वह उससे दूर नहीं जाना चाहती। जितना भालेन्द्र इस समय उन्हे पाना चाहते थे, उतना ही मैत्रेय उसकी बाँहों में रहना चाहती थी। फिर भी मैत्रेय ने भालेन्द्र को रोका, भालेन्द्र बिल्कुल रुकने के समर्थन में नहीं थे, मैत्रेय जबरदस्ती उनसे दूर हुई।

"आप हमारी माँ से बात कर सकते हैं।" मैत्रेय ने कहा और शरमाते हुए वहाँ से भाग कर चली गई।

रक्षसामर्दानी, मैत्रेय और लावण्या, रघुवंशी रथ पर हैं।

भालेन्द्र ने बिना क्षण गवाये, अपने पिता से विवाह की बात कही। महाराज भूपति ने भी अनुमति देने में कोई समय नहीं लिया। उन्होंने रक्षसामर्दानी के समक्ष संदेश भेज कर, उन्हे रघुवंश में आने का आमंत्रण दिया। केवल, विवाह तक भालेन्द्र और मैत्रेय का मिलन निषेध कर दिया।

महारानी बहुत ही खुश हैं, "हम आपका धन्यवाद कैसे करें लावण्या, जो आप वहाँ कामदेव को ले आई और भालेन्द्र हमारी पुत्री के लिए इतने विवश हो गए।"

लावण्या मुस्कराई, "कामदेव ने अपनी शक्तियों से केवल भालेन्द्र को झरने की राह दिखाई थी। फिर तो हम और कामदेव वहाँ केवल दर्शक थे। वह राजकुमार तो आपकी पुत्री के रूप के सामने बेबस थे।" लावण्या ने मैत्रेय के नाजुक तन को छू कर कहा।

मैत्रेय को भालेन्द्र का स्पर्श स्मरण हुआ, वह शर्मा गई।

"वह भी तो आपने ही सिखाया है।" रक्षसामर्दानी ने कहा

"हमने इन्हें पुरुषों को अपने बस में करना सिखाया है। परंतु, इन्हें देख कर लग रहा था, जैसे यह उन्हें क्षण भर में सब सौंप देंगी।" लावण्या ने कहा।

मैत्रेय बहुत लज्जित अनुभव करने लगी। वह माँ के सामने यह चर्चा नहीं करना चाहती थी। उनकी माँ इसके लिए क्षमा नहीं करेंगी। बड़ी कठिनाई से तो उन्होंने भरोसा करना शुरू किया था, और मैत्रेय का भालेन्द्र के सामने कमजोर होना, योजना में नहीं था।

"जो चंद्रवादन इतने वर्षों में नहीं कर पाए, वह भालेन्द्र ने कुछ क्षणों में कर दिया।" रक्षसामर्दानी मुस्कराई। "हम जानते थे, उस लड़के में पुरुषार्थ है।"

रक्षसामर्दानी ने यह लावण्या से कहा, जिस पर लावण्या ने उन्हें एक शरारती मुस्कराहट दी। मैत्रेय को सुकून आया था की उनकी माँ उनसे क्रोधित नहीं हैं, पर माँ और अप्सरा को ऐसी बाते करता सुन कर, वह उस रथ से ओझल हो जाना चाहती थी।

"यह सब इतना सरल था, हमे तो भय लग रहा है, लावण्या" महारानी के स्वर में भय है।

"हमे भी महाराज भूपति का उद्देश्य समझ नहीं आया। जैसे वह तैयार ही थे, इस विवाह के लिए।" लावण्या ने कहा।

"मैत्रेय, अब आप भालेन्द्र के सामने कमजोर नहीं पड़ेंगी, जब तक वह आपको राज्य संभालने में बराबरी नहीं दे देते। आप स्वयं को उनके नियंत्रण में नहीं देंगी" रक्षसामर्दानी ने बहुत सख्त हो कर कहा।

मैत्रेय ने हाँ में सिर हिलाया, वह अपनी माँ को फिर शर्मिंदा नहीं कर सकती। प्रेम में पहले भी धोखा मिला है, जो नहीं बदला, वह उनकी माँ का प्रेम। मैत्रेय, अब वह सब करेगी जो उनकी माँ कहेंगी।

मैत्रेय अपने खयालों में थी की उनका रथ रुका। वह रघुवंशी महल में पहुंचे। वह, बहुत ऊंचे पहाड़ में बना है। महल में विवाह की तैयारी शुरू हो गई हैं, यह देख कर रक्षसामर्दानी और प्रभावित हुई।

"जीतवंश की महारानी और राजकुमारी, आपका रघुवंश में स्वागत है" मुख्यमंत्री परास ने दोनों के सामने हाथ जोड़ कर कहा।

रक्षसामर्दानी और मैत्रेय ने भी उनके सामने हाथ जोड़ा।

"राजकुमारी आपके आराम के लिए सभी व्यवस्था कर दी गई है। अशदेवी, आपको रानीनिवास में लेकर जाएंगी। महाराज को आपकी माँ से कुछ बात करनी है।" मुख्यमंत्री पारस ने कहा।

यह सुन कर रक्षसा और मैत्रेय कुछ शंका में आए। रक्षसा ने लावण्या को देखा, अब भूपति उनसे क्या बात करना चाहते हैं, ऐसे ही किसी बात कर भय था रक्षसा को। उन्होंने लावण्या को संकेत किया मैत्रेय के साथ जाने के लिए फिर वह मुख्यमंत्री पारस के साथ महाराज से मिलने गई।

महाराज भूपति, महल में विवाह के कार्यों को देख रहे हैं।

"नमस्ते महाराज भूपति" रक्षसामर्दानी अपने हाथ जोड़ कर कहा।

"नमस्ते महारानी" भूपति ने भी अपने हाथ जोड़ का कहा।

उन्होंने, पारस को वहाँ से जाने का संकेत किया। महाराज भूपति और महारानी रक्षसामर्दानी को वहाँ अकेला छोड़ दिया गया। महाराज ने रक्षसामर्दानी को साथ में चलने का संकेत किया।

"आपको धन्यवाद कहने का मौका ही नहीं मिला हमे, महाराज। हमारी पुत्री को बहु बना कर, आपको कोई राजनैतिक लाभ नहीं हुआ, अपितु आपने उन्हें अपनाया, उसके लिए, हम जितना भी धन्यवाद कहे कम है।" रक्षसामर्दानी ने अपने हाथ जोड़ कर महाराज से कहा।

"राजनीति के नाम पर यह सब करना, हमारे लिए बहुत जटिल है। जैसे जब हम आपके राज्य में आए थे, कितने प्रयास के बाद, हम वह मधुर बाते कर पाए थे।"

रक्षसामर्दानी खुल कर हंसी "हमारी बात मानिए वह बाते, केवल आपको ही मधुर लगी थी।"

भूपति ने हवा में अपने हाथ झटके, "उससे अधिक हम कर भी नहीं सकते।"

रक्षसा, विचार करने लगी की वह इतना खुल कर कब हंसी थी।

"जब हमारे दुश्मन, हमारे पुत्रों की हत्या का जश्न मना रहे थे। गिरिराज के सेवक मगरमछ, भालेन्द्र और दंडक के लिए सुरक्षित तट ढूंढ रहे थे। तब वहाँ, आपके गुप्तचरों ने हमारे दुश्मनों को दूर रखा और हमारे पुत्रों के प्राण बचाए।" भूपति ने कहा।

भूपति की बात सुन कर रक्षसामर्दानी चौक गई। परंतु, उन्होंने अपने मुख पर कुछ प्रतीत नहीं होने दिया। उन्होंने अपने चेहरे पर एक मासूम मुस्कराहट के साथ महाराज को देखा "हम समझे नहीं"

"कोई नहीं जनता था, हमारे पुत्र कहाँ है। जैसे ही वह गिरिराज के सुरक्षा से बाहर निकले, वह आपकी पुत्री से मिल गए। जैसे उनका मिलन, किसी ने स्वयं लिखा हो" भूपति ने महारानी की आँखों में देख कर कहा।

"आप जानते थे?" रक्षसा ने भूपति से दृष्टि मिला कर पूछा।

"जितनी प्रशंसा आपकी सुनी थी, हमें विश्वास था, आप अपने पति की मौत पर शांत नहीं रहेंगी। आपके पास केवल हमारी कटार नहीं थी बल्कि अपने बिना मांगे रघुवंश की सहायता भी की थी। आपके पास कई मौके थे, हमसे सहायता लेने के। फिर भी अपने वो नहीं किया, आप स्वयं सूर्यवादन ने शिकंजे से भाग निकली।"

रक्षसामर्दानी की दृष्टि झुक गई। "हमारे पति और पुत्र की मृत्यु के पश्चात, हम अपना राज्य नहीं बचा सके, हम किसी प्रशंसा के काबिल नहीं।"

"हमारे पुत्र को आपकी पुत्री के पूर्ण नियंत्रण में करने के पश्चात भी आप स्वयं पर संदेह कर रही हैं?" भूपति कहते हुए हंसे।

भूपति की हंसी से रक्षसामर्दानी समझ नहीं पाई, उन्हें अब क्या कहना चाहिए। परंतु, वह महाराज की बात सीधे मान भी नहीं सकती। उन्हें स्वयं का बचाव करना होगा, ऐसे तो भूपति उन पर हावी हो जाएंगे और वह अपने पुत्र को भी भड़का सकते हैं।

"महाराज" रक्षसामर्दानी ने कहने का प्रयत्न किया।

"हमें बहलाने का प्रयत्न भी ना करें, अगर हमारे पुत्र की रक्षा करने के बदले, अपने सहायता मांगी होती। तो हम बराबर हो जाते, आपका उपकार नहीं बचता। अगर हमारे पुत्र, रघुवंशी कटार के बदले सुरक्षा देने के नाम पर आपकी पुत्री से विवाह करते, तो आपकी पुत्री को आभारी होना पड़ता। परंतु, आपने इस बात का खास ध्यान रखा की हमारे पुत्र आपकी सुरक्षा और आपकी पुत्री के प्रेम के कर्ज में दबे।"

रक्षसामर्दानी को समझ आया की भूपति पहले किस मिठास की बात कर रहे थे। ऐसे तो वह अपने प्रतिद्वंदी को बातों से ही उकसा कर कमजोर कर देते होंगे। अब रक्षसामर्दानी को उनके सामने अनजान बनने की आवश्यकता नहीं। भूपति शक्तिशाली है और वह शक्ति को ही सम्मान देता है, हर रघुवंशी की तरह।

"सूर्यवादन ने आपके पुत्र पर प्राणघाती प्रहार किया। इस कारण, हमारा सत्य जानते हुए भी, आपने उनसे बदला लेने के लिए अपने पुत्र का विवाह होने दिया।" रक्षसामर्दानी ने भूपति से दृष्टि मिला कर कहा, वह उनकी आँखों में सच देखना चाहती थी।

भूपति ने कुछ कहा नहीं, परंतु उनकी आँखों का क्रोध उनके हृदय की हर बात, बता रहा है।

रक्षसामर्दानी जानती थी, सूर्यवादन के विरोध में किसी के पास कोई सबूत नहीं है। इसी कारणवश वह अपने राज्य से भाग कर आई और यह महान रघुवंशी राजा भी बेबस बैठे हैं।

"यह विवाह हमारे पुत्र की खुशी के लिए हुआ है। उस सूर्यवादन को तो अभी हिसाब देना है। आप चाहती हैं, आपकी पुत्री राज करें, हमें कोई आपत्ति नहीं" महाराज ने कहा।

उनकी बात से रक्षसामर्दानी थोड़ी हैरान हुई, किन्तु वह शांत रही, उन्होंने सुनने का निर्णय लिया।

"यह तो रघुवंश में बहुत वर्ष पहले ही शुरू हो चुका होता, अगर रघुवंश ने वह प्रलय ना देखा होता।" भूपति की आंखें गंभीर हो गई। "आपने भी मैत्रेय को अच्छी शिक्षा दी है। राजकुमारी अदर्शनी, इस पुरुष प्रधान राज्य को बदलने की पहली उम्मीद थी, किन्तु अब रघुवंश को फिर अवसर मिला है। हम देखना चाहते हैं, कि आप और आपकी पुत्री यहाँ के विचार में अंतर कैसे लाती हैं।"

रक्षसामर्दानी, रघुवंशी राजकुमार महीपति और सोमवंशी राजकुमारी अदर्शनी की कहानी जानती थी। किन्तु उन्होंने भूपति को कहने दिया, वह जानना चाहती हैं, की भूपति के मन में क्या चल रहा है।

"आपकी पुत्री, हमारे पुत्र का खयाल रखे, जो स्वप्न उन्होंने हमारे पुत्र को दिखाया है, उसे पूरा करें। अपना पत्नी धर्म निभाए, हम केवल यही चाहते हैं। अगर उनका पुराना प्रेम, उनके जीवन में आया, तो आपकी पुत्री को हमारे पुत्र के जीवन से कैसे निकालना है, हम भली भांति जानते हैं"

भूपति की चेतावनी से महारानी घबरा गई। भूपति उनकी हर इच्छा, हर कदम भाप चुके हैं।

पाठ - 12

विवाह

भालेन्द्र और मैत्रेय का विवाह रघुवंश में धूम-धाम से हुआ। मैत्रेय के परिवार को उपलब्ध करने के अलावा, भालेन्द्र ने कोई कमी नहीं छोड़ी थी।

भालेन्द्र और मैत्रेय का विवाह हुआ। विवाह की सभी रस्में समाप्त करने के पश्चात, भूपति ने, अपने पुत्र को कक्ष में बुलाया।

भालेन्द्र शीघ्र अति शीघ्र मैत्रेय के पास जाना चाहते हैं। किन्तु, इस समय उनके पिता ने बुलाया है, जब वह मदिरा ग्रहण कर रहे हैं। अब उनकी बाते समाप्त नहीं होने वाली।

"जब हमने आपसे मैत्रेय से विवाह का कहा था। आपने कहा था, आप उनके योग्य नहीं।"

"हम अभी भी उनके योग्य नहीं।" भालेन्द्र का स्वर बहुत धीमे है।

"अच्छा तो उन्होंने आपसे विवाह करके आप पर उपकार किया है।" भूपति बहुत तेज हंसे।

"अगर चंद्रवादन के पिता ने, मैत्रेय के परिवार का वध ना किया होता, तो क्या वह हमारे पास होती? नहीं पिताजी, उनके पास कोई उपाय नहीं था, हमने तो ऐसा महसूस होता है, जैसे हमने

उनकी हालात का लाभ उठाया है।” भालेन्द्र के स्वर में अफसोस है। “पर हमारी नियत अच्छी है, पिताजी।”

“वह विश्व सुन्दरी हैं। ऐसी सुंदरता जब राजमहल से दूर सड़कों पर घूमती है, तो हर पुरुष उसे पाने का चेष्टा करता है। आपने विवाह करके, किसी बड़ी अनहोनी से बचाया है, उन्हें।”

“स्वयं को समझाने के लिए बाते अच्छी हैं। किन्तु अगर उन्होंने हमें स्वयं चुना होता, तो हमें असल प्रसन्नता होती। पर अब जब उन्होंने ने हमें चुन ही लिया है, तो हम उनके इस निर्णय को सही करके दिखाएंगे।”

भूपति बस प्रयत्न कर रहे थे, ताकि वह अपने पुत्र को थोड़ा समझा सके। भालेन्द्र नहीं जानते,कि किसी स्त्री को स्वयं से अधिक समझना ही, एक पुरुष को उसके लिए सही बनाता है। इसलिए पहले दिन से, जब से भालेन्द्र ने स्वयं को मैत्रेय के काबिल नहीं समझा था, वह उनके काबिल बन गए थे। क्योंकि वह हर मुमकिन प्रयत्न करेंगे, अपनी पत्नी को प्रसन्न करने की और इससे अधिक एक स्त्री क्या चाह सकती है। किन्तु भालेन्द्र को समझाने का कोई लाभ नहीं, भूपति ने मान लिया। आखिर उनकी परवरिश में स्त्री को सम्मान देना है।

“आज रात, वह आपको समीप नहीं आने देंगी, पुत्र।” भूपति ने अपने पुत्र की व्याकुलता देख कर कहा।

अपने पिता से ऐसी बात सुन कर भालेन्द्र चकित रह गए। उन्हें समझ नहीं आ रहा, उन्होंने ऐसा क्यों कहा। शायद अब मदिरा बात कर रही है।

“उन्हें सुरक्षा नहीं चाहिए, उन्हें राज करना है। वह आपको तब तक समीप नहीं आने देंगी, जब तक आप उन्हें यह राज्य नहीं दे देते।”

"वह यहाँ की होने वाली रानी हैं।"

"वह बराबरी में राज्य करेंगी। किन्तु अगर आपने उन्हें वह दे दिया, तो आपसे विवाह का उनका लक्ष्य पूरा हो जाएगा, फिर उनको आपकी कोई आवश्यकता नहीं।"

यह बात सुन कर भालेन्द्र का हृदय फिर टूट गया।

"वह अच्छी रानी बनेगी। संभव है, इस राज्य को इतना बढ़ाएंगी, जितना हमने विचार भी नहीं किया होगा। उनके दुश्मनों को समाप्त करने में आपको शीघ्र अति शीघ्र उनकी सहायता करनी चाहिए। पहला प्रेम भुलाना, इतना सरल नहीं और मैत्रेय के परिवार का नाश चंद्रवादन ने नहीं किया। उन्हें मारना आवश्यक है।"

"वह हमारे मित्र हैं।"

भूपति और तेज हंसे "जब हम यज्ञ में गए। सूर्यवादन की दृष्टि, पूरे समय महारानी पर थी। महारानी सुंदर हैं, किन्तु अपने मित्र की पत्नी पर ऐसी दृष्टि, हमें समझ नहीं आई। हमने, पता करवाया, सूर्यवादन कई बार महारानी के समीप आने का दुःसाहस कर चुके हैं, किन्तु महारानी ने उन्हे समीप नहीं आने दिया और अपने पति को भी कुछ नहीं बताया। सोचो उन्होंने ऐसा क्यों किया होगा पुत्र?"

"वह डरती थी उनके पति उन पर भरोसा नहीं करेंगे, क्योंकि वह दोनों इतने अच्छे मित्र थे।"

"मित्र, सही कहा, पर यह इतनी सी बात नहीं। महारानी ने बहुत मेहनत की है, अपनी स्वतंत्रता के लिए। जहां वह पुरुष प्रधान समाज में काम कर सके। उनके पति, किसी पुरुष को रोकने से पहले पत्नी को रोकते। उन्हें समझाते की समाज खराब है, इसलिए स्त्री को अपने इतने पंख नहीं फैलाने चाहिए। अब स्त्री के साथ कुछ गलत हो, उससे अच्छा है, स्त्री सोच समझ कर काम करें।

यह सोचना तो सबसे सही बात मानी जाती है। किन्तु महारानी ने अपना नसीब ऐसा नहीं सोचा था। इसलिए वह पराए मर्द के दुष्कर्म, अपने तरीके से संभालती गई। यह भय हमारी बहु में नहीं होना चाहिए, पुत्र। उन्हें अपनी स्वतंत्रता खोने का भय नहीं होना चाहिए।"

"जी पिताजी।"

"जिस दिन हमें आपके मित्र के पिता के विरुद्ध कोई सबूत मिल गया। उस समय, उस राज्य का विनाश हम इन्हीं हाथों से करेंगे। उन्होंने हमारे पुत्र के प्राण लेने का साहस किया।" भूपति ने कहा।

"हम भी सत्य जानना चाहते हैं, पिताजी। क्या हमारी मित्रता इतनी निर्बल थी।"

"हमें आज आपसे यह बाते नहीं करनी चाहिए थी। वैसे मुंह दिखाई के लिए, कुछ लिया है आपने?"

"जी, भारत के सर्वश्रेष्ठ जोहरी से, उनके लिए रत्नों का हार बनवाया है। उनकी पसंद की कुछ पुस्तकें, विदेशी मिट्टू भी मँगवाए हैं। समय कम था, इसलिए।"

"और आपको लगता है, आप उनके लायक नहीं, जाइए अब।" भूपति हँसने लगे।

अपने पिता की कही बात पर विचार करते हुए, भालेन्द्र अपने कक्ष में पहुँचे। वह उनकी बात मानना नहीं चाहते थे। परंतु वह जानते हैं, उनके पिता सही हैं, उनके पिता सदैव सही होते हैं। भालेन्द्र को मैत्रेय का मासूम चेहरा स्मरण आया, उन्होंने थान लिया, भले मैत्रेय उन्हें अपने समीप ना आने दे। किन्तु वह उनके सामने तो होंगी, सुरक्षित। भले मैत्रेय ने भालेन्द्र को सुरक्षा के लिए नहीं चुना। किन्तु वह तो सदैव मैत्रेय को सुरक्षित देखना चाहते हैं।

भालेन्द्र अपने कक्ष में पहुँचे।

“हमें तो लगा, आपकी राह देखते-देखते हमारी आँख ही लग जाएगी।” मैत्रेय उन्हें देख कर अपने स्थान से उठ कर, भालेन्द्र के पास बहुत तेजी से बढ़ीं।

भालेन्द्र के साथ कई सेवक, उपहार लेकर उनके पीछे ही कक्ष में आए। उन्हें देख कर मैत्रेय रुक गई, और अपने पति के समीप नहीं आई।

“आपकी मुंह दिखाई, राजकुमारी।” भालेन्द्र ने कहा।

“आप यह सब यहाँ रख दीजिए”

मैत्रेय ने एक ओर संकेत किया और सेवकों ने वहाँ उपहार रखे। मैत्रेय ने भालेन्द्र को कुछ संकेत किया, भालेन्द्र एक बार में समझ नहीं पाए। फिर मैत्रेय ने संकेत किया तो उन्हें समझ आया, की मैत्रेय सेवकों कुछ देने के लिए कह रही हैं। भालेन्द्र ने अंगूठियाँ उतारकर, उन सेवकों को दी। सेवक बहुत प्रसन्न हो कर वहाँ से गए।

परंतु मैत्रेय ने एक बार भी उपहार देखने की चेष्टा नहीं की, यह देखकर भालेन्द्र को दुख:हुआ। उनके पिता सही थे, मैत्रेय के लिए उपहार का कोई महत्व नहीं है। उन्हें क्रोध आया की पत्नी के समीप जाने के लिए, उन्हें कीमत चुकानी पड़ेगी। मतलब भालेन्द्र की स्वयं की कोई प्रतिष्ठा नहीं, उन्होंने ठान लिया, भले आज उन्हें मैत्रेय से दूर सोना पड़े, वह मैत्रेय की बात नहीं स्वीकारेंगे, यह खयाल आते ही भालेन्द्र को बुरा लगा।

“बिना मुंह देखे, मुंह दिखाई। क्या आप इतने शीघ्र हमसे निपटारा करना चाहते हैं।” मैत्रेय ने सेवकों के जाने के बाद अपना घूँघट ऊपर किया।

वह भालेन्द्र के समीप गई और उन्हें गले लगा लिया। उन्होंने भालेन्द्र को इतने कस कर पकड़ा जितना भी उनके बस में था। भालेन्द्र चौक गए।

"क्या हुआ, आपको लगा हम शरमाएंगे, फिर आप यह उपहार देकर हमें रिझाएंगे" मैत्रेय ने भालेन्द्र से दूर होते हुए खिलखिला कर कहा।

"झरने पर तो आपकी दृष्टि ने हमें परेशान कर दिया था। उसके बाद कोई पल नहीं बीता, जब हमने आपके होंठों को, अपने होंठों पर स्मरण ना किया हो। परंतु आप तो विवाह होते ही बदल गए।" मैत्रेय छज्जे के समीप गई और चंद्रमा को देखने लगी।

"तो हमें आपके समीप आने की अनुमति है?" भालेन्द्र के मुख से केवल इतनी ही शब्द निकले।

"अब क्या हमें समझाना पड़ेगा, विवाह के बाद क्या होता है राजकुमार?" कहते हुए मैत्रेय इतनी देर में पहली बार मुस्कराई और भालेन्द्र से नजरे चुराई।

भालेन्द्र, मैत्रेय को शर्माता देख, उनके समीप गए और उन्हें अपने आलिंगन में लेकर उनके होंठों को चूमा। मैत्रेय ने भी वैसे ही भालेन्द्र में स्वयं को खोया पाया।

मैत्रेय रुकी और भालेन्द्र को धक्का दिया "हम बहुत थक गए हैं, कल प्रातःकाल उठ कर मंदिर भी जाना होगा।" मैत्रेय दूर हो गई।

मैत्रेय ने अपने गहने उतारने शुरू किए, और कक्ष में अंदर अपने वस्त्र बदलने चले गई। भालेन्द्र को अपने पिता की बात स्मरण हुई। परंतु, अब भालेन्द्र के बस में कुछ नहीं बचा था। वह समझ गए, अगर उन्होंने शुरू में स्वयं पर नियंत्रण कर लिया

होता, तो वह मैत्रेय के इस नाटक से बच सकते थे। अब उनके पास, मैत्रेय की हर मांग मानने के सिवा, कोई उपाय नहीं बचा। क्योंकि अब वह उनसे दूर नहीं रह पाएंगे। उन्होंने अपनी हार पर, चिढ़ कर बाहर चंद्रमा को देखा।

"काश राजकुमारी मैत्रेय ने हमसे केवल प्रेम किया होता, हम हर चीज उनके कदमों में लाकर रख देते।" भालेन्द्र ने ईश्वर से कहा।

मैत्रेय, अंदर के कक्ष से बाहर आई। भालेन्द्र ने उनकी ओर देखा। मैत्रेय, उन्हीं कपड़ों में है, जैसे भालेन्द्र ने उन्हें झरने में देखा था।

"उस दिन हमें स्वयं पर जितना नियंत्रण करना पड़ा था, आप विचार भी नहीं सकते।" मैत्रेय ने समीप आकार कहा।

भालेन्द्र को अपनी आँखों पर भरोसा नहीं हुआ। इस साधारण रूप में मैत्रेय के रूप का जादू ऐसा है, कि भालेन्द्र अपने अंदर, एक अजीब सी तड़प अनुभव करने लगें हैं, पुनः। जिस में वह हर तरह के संस्कार भूलने लगते हैं, उनके अंदर केवल मैत्रेय को बाँहों में भरने की भावना आती है। जिस खयाल से उन्हें भय लगने लगा है, क्योंकि उन्हें प्रतीत हो रहा है, कि वह स्वयं को रोक नहीं पाएंगे।

मैत्रेय ने अपना आँचल हटाया। झरने के समय मैत्रेय ने महसूस किया था, भालेन्द्र को उस आँचल से बहुत दिक्कत थी। परंतु अब उनके पति का अधिकार है उन पर। मैत्रेय ने भालेन्द्र का हाथ अपने वक्ष पर रखा और स्वयं आंखें बंद कर ली। भालेन्द्र ने मैत्रेय को नर्मी से स्पर्श किया, परंतु उनके अंदर की तड़प उन पर हावी होती जा रही है। भालेन्द्र ने मैत्रेय को कसकर पकड़ा और फिर उनके होंठों को चूमा, जब तक दोनों को सांस लेने के लिए एक दूसरे से दूर नहीं होना पड़ा। भालेन्द्र ने मैत्रेय को बाँहों में उठाया और बिस्तर पर लेटाया। अब किसी तरह के विचार उनके मन में

नहीं आ रहे। वह जैसे मैत्रेय को प्यार करना चाहते थे, उन्होंने वह सब किया, मैत्रेय ने भी वैसे ही उनका साथ दिया। परंतु, मैत्रेय को पूरी तरीके से अपना बनाने से पहले भालेन्द्र रुके। उन्होंने मैत्रेय को कुछ समय दिया की अगर वह उन्हें रोकना चाहती हो तो यही समय है। मैत्रेय ने भालेन्द्र को ऐसे घूरा, जैसे उन्होंने कितना बड़ा गुनाह कर दिया हो। मैत्रेय में जैसे जरा भी धैर्य नहीं था। भालेन्द्र ने पुनः अपनी पत्नी को पूरे तरीके से अपना बना लिया।

मैत्रेय ने भालेन्द्र के सीने पर सिर रखा है। भालेन्द्र हल्की नींद में मैत्रेय का सिर सहला रहे हैं।

"हमें आपसे एक वचन चाहिए।"

मैत्रेय की बात सुन कर भालेन्द्र ने आंखें खोली, वह मुस्कराये, वह तैयार थे, अपनी पत्नी की इच्छा सुनने के लिए और उसे मानने के लिए भी।

"कहिए।"

"हम एक ही कक्ष में रहेंगे, आप चाहे हमसे कितना ही क्रोधित हो, समय कैसा भी हो। रात आप हमारे साथ ही बिताएंगे, बिल्कुल ऐसे ही जैसे आप अभी हैं।"

भालेन्द्र, मैत्रेय की हर बात से बहुत प्रसन्न हो रहे थे, किन्तु उन्हें प्रतीक्षा थी, उस सत्य की जो अभी तक मैत्रेय ने नहीं कहा था। वह शांत रहे और मैत्रेय को समय दिया, किन्तु मैत्रेय ने आगे कुछ नहीं कहा।

"और?" भालेन्द्र ने हारकर पूछा।

मैत्रेय ने कुछ देर विचार किया "और आप हमारे हाथ के भोजन की बुराई नहीं करेंगे"

भालेन्द्र मुस्कराये "और?" कहते हुए भालेन्द्र पुनः मैत्रेय के ऊपर आए।

"और आप हमसे ऐसे ही प्रेम करेंगे।"

भालेन्द्र ने इस बार बहुत नरमी से मैत्रेय के वक्ष को चूमा "और?"

भालेन्द्र, मैत्रेय के पूरे बदन को चूमते गए। मैत्रेय ने आंखें बंद कर ली, जैसे अब वह कुछ कहना नहीं चाहती।

"आंखें खोलिए।" भालेन्द्र ने मैत्रेय को उनसे नजरे मिलाने पर मजबूर किया। "और?"

"बस आपका प्रेम।" मैत्रेय ने भालेन्द्र से दृष्टि मिला कर कहा।

भालेन्द्र कुछ देर उनकी आंखों में देखते रहे। भालेन्द्र ने फिर अपनी पत्नी को प्रेम करना शुरू किया। उनकी पत्नी उनसे प्रेम चाहती हैं, उनके साथ सदैव रहना चाहती हैं, इससे अधिक भालेन्द्र ने मैत्रेय से कुछ नहीं चाहा था। जैसे भालेन्द्र को सब मिल गया।

पाठ - 13
हार का बोध

गिरिराज ने ध्यान लगाया है, उनका त्रिशूल उनके समीप रखा है। सामने एक मनुष्य को नरभक्षियों ने पकड़ा है। गिरिराज ने एक तलवार ली, और एक झटके में उस मनुष्य का सिर धड़ से अलग कर दिया। उसका रक्त बहता हुआ, सामने बनी मंडला पर गया। गिरिराज ने कुछ मंत्र पढ़ने शुरू किए, जिससे रक्त मंडला के अंदर रखे कई रंग के रत्नों के पास गया। 5 रत्नों को छूते ही उस मंडला से बहुत तेज रोशनी ऊपर आसमान की ओर बढ़ी।

सूर्यवादन ने जो योजना चंद्रवादन के विवाह से पहले बनाई थी, उसका समय आ गया है। पहले गिरिराज फिर भूपति, अब यह दो शिकार और करने हैं, फिर पूरा भारत सूर्यवादन के कदमों में होगा।

सूर्यवादन, शमशान में तांत्रिक के साथ पुनः गिरिराज पर वार कर रहा है। किन्तु जो सूर्यवादन ने विचार नहीं किया था कि इस बार गिरिराज तैयार थे। वह हर दिन तैयारी कर रहे थे, जब से सूर्यवादन ने गिरिराज के पुत्र को अपने लालच के लिए बली चढ़ाने का प्रयत्न किया था।

गिरिराज ने सूर्यवादन के तांत्रिक पर पलट वार कर दिया। वह रोशनी तांत्रिक घेरे में आई, जिसे तांत्रिक के अपने और सूर्यवादन के सुरक्षा के लिए बनाया था। वही उनके लिए कैद बन गई। तांत्रिक

का शरीर ऐसे जलने लगा, जैसे अंदर से उसे आग लगने लगी हो, उसका पूरा शरीर पिघलने लगा।

सूर्यवादन पर भी असर शुरू हुआ, यह देख कर सुखदेव और सिपाहियों ने मिल कर सूर्यवादन को उस तांत्रिक घेरे से निकाला। अगर, सूर्यवादन को समय पर उस घेरे से बाहर नहीं निकालते, तो उनकी मौत भी उस तांत्रिक जैसी दर्दनाक होती।

गिरिराज मुस्कराये, किन्तु कुछ ही क्षण में उन्होंने स्वयं को नियंत्रण किया और फिर मंत्र पढ़ने शुरू किए। जिससे वन में एक अदृश्य दीवार बनने लगी। पूरा जंगल इस दीवार से घिर गया।

"कितने दिन अपनी पहचान छुपा पाओगे सूर्यवादन"

"आपने उन्हे देखा पिता जी" दंडक ने पूछा नहीं।

"नहीं, परंतु जो हमला हमने किया है, वह आखिरी क्षण तक नहीं भूल पाएंगे। उनका यह पुत्र, उनका यह रक्त, उन्हे और कमजोर करेगा। आज के पश्चात, हमारे जंगल में कोई शक्ति नहीं आ पाएगी, अगर उन्होंने पुनः अपने रक्त की बली से हमारी शक्तिशाली दीवार भेदने का प्रयत्न किया, तो केवल वह नहीं, उनका हर पुत्र इस दर्द को झेलेगा।"

"अर्थात, वह जितना हम पर प्रहार करेंगे, वह पलट कर उनके पूरे वंश पर होगा?" दंडक ने पूछा।

"हमारे पुत्र को छल से मारने का प्रयत्न किया उस बुज़दिल ने, हम उनके किसी पुत्र को नहीं छोड़ेंगे।" गिरिराज ने क्रोध में कहा।

गिरिराज के क्रोध से उनका त्रिशूल जल उठा, जैसे वह शक्ति गिरिराज के अंदर से आ रही है।

जब से दंडक पर वह हमला हुआ है, तब से अपने पिता का प्रेम देख कर दंडक अचंभित हैं। पूरे जीवन, उन्होंने यह प्रेम नहीं

देखा था, उनके पिता पुरुषार्थ के आदर्श हैं। वह किसी प्रकार की दुर्बलता नहीं दिखाते।

इस प्रेम के कारण दंडक अपने पिता से और समीप आ गए। वह अपने पिता से प्रेम करते थे परंतु स्वयं को साबित करने के लिए कई बार अपने पिता के विरुद्ध जाते थे। किन्तु अपने पिता का यह प्रेम देखने के पश्चात, उन्होंने थान लिया, वह अब केवल अपने पिता के पद चिन्हों पर चलेंगे।

सूर्यवादन को सुखदेव संभाल कर उनके कक्ष में लाए। सूर्यवादन की तबीयत खराब है, उनका शरीर पसीने से ऐसे तरबतर है, जैसे वह पानी के कुंड से बाहर आए हो।

"क्या हुआ पिता जी को?" योगवादन ने कक्ष में आते हुए पूछा और सुखदेव के साथ सूर्यवादन को संभालने लगा।

"आपकी तबीयत खराब है, हम वैद्य को बुलाते हैं।" चंद्रवादन ने सिपाहियों को आदेश दिए, वह पहले से अपने पिता के कक्ष में था।

अपने पुत्रों को कक्ष में देख कर सूर्यवादन थोड़ा चिढ़ने लगा पर सुखदेव ने उन्हें शांत रहने का संकेत किया। सुखदेव ने महाराज को अपने पुत्रों को ध्यान से देखने का संकेत किया। उनके पुत्र भी कुछ दुर्बल से दिख रहे हैं।

"आप दोनों यहाँ क्या कर रहे हैं?।" सुखदेव ने पूछा।

"हम वैद्य के पास थे, तब एक सिपाही ने पिताजी की तबीयत के बारे में बताया।" योगवादन ने कहा।

"आप दोनों की तबीयत कुछ ठीक नहीं लग रही?" सुखदेव ने पूछा।

"मैत्रेय और भालेन्द्र के विवाह की सूचना से और क्या होगा, हमे लगा हमारा शरीर जल रहा है। परंतु, वह अभी आवश्यक नहीं, हमने वैद्य को बुलाया है।" चंद्रवादन ने कहा।

"क्या कहा अपने?" सूर्यवादन ने चौक कर पूछा।

"यह सब बाते बाद में भी हो सकती हैं, महाराज" सुखदेव ने कहा।

"शांत रहिए सुखदेव, मैत्रेय का विवाह उस रघुवंशी, वह रघुवंशी, उसके प्राण हमारे सामने गए थे।"

वैद्य कक्ष में आए, महाराज को देखने उनके पास आए।

"अभी नहीं, आप सब बाहर जाइए" सूर्यवादन ने चिल्लाया।

उसकी दशा और खराब होने लगी, किन्तु वह उपचार कराने के लिए तैयार ही नहीं थे। हार मान कर सुखदेव को वैद्य को बाहर भेजना पड़ा।

"महाराज भूपति ने हर राज्य को इस खुशखबरी के साथ अपने पुत्र के हमले के बारे में जानकारी का पत्र भेजा है" चंद्रवादन ने कहा।

"क्या लिखा है पत्र में?" सूर्यवादन ने पूछा।

"हमारे पुत्र भालेन्द्र का विवाह, स्वर्गवासी महाराज इंद्रजीत की पुत्री से हुआ है। जिस पर हम किसी को न्योता नहीं भजे पाए, क्योंकि कुछ समय पहले ही हमारे पुत्र भालेन्द्र एवं हमारे मित्र गिरिराज के पुत्र पर प्राणघाती प्रहार हुआ था। नरक की शक्तियों से। जी हाँ, भारतवर्ष में कोई कपटी दुरात्मा, अपना राज्य बढ़ाने के लिए पृथ्वी में नरक की शक्तियों को बुला कर, मनुष्य पर प्रहार कर रहे हैं। जिस सिर दार गिरिराज को राक्षस कह कर, मनुष्य उन्हें सम्मान नहीं देते, उनकी शक्तियों ने हमारे पुत्र के प्राण

बचाए। सिर दार गिरिराज के कुछ सेवक मगरमच्छ उस हमले के समय काशी के घाट में उपस्थित थे। जिसने भी यह दुःसाहस किया है, यद्यपि इस कुकर्म में सहायता की है, उसे रघुवंश का प्रकोप सहना होगा।" चंद्रवादन ने पढ़ा।

"किसी राजकुमार की हत्या का प्रयत्न, यह कौन कर सकता है। ऐसा तो कभी नहीं हुआ" योगवादन ने कहा।

सुखदेव की दृष्टि नीचे है, चंद्रवादन लगातार अपने पिता को देख रहे हैं। योगवादन को विश्वास नहीं हुआ की यह उसके पिता का काम है। अपने पुत्र की दृष्टि में यह प्रश्न देख कर सूर्यवादन चिढ़ गया।

"हमने उस रघुवंशी राजकुमार के कान भरने के लिए कहा था ना आपको।" सूर्यवादन ने क्रोध से चंद्रवादन से कहा।

"हमने किया था पिताजी, पर लगता है, उन्हें कोई अंतर नहीं पड़ा।" चंद्रवादन ने भी वैसे ही उत्तर दिया।

"यह कैसे हो सकता है?"

"क्यों नहीं हो सकता पिताजी, क्या किसी और की पत्नी का अपहरण करने वाले रावण को कोई अंतर पड़ा था? क्या पांडवों को कोई अंतर पड़ा था? क्या उन ऋषियों को अंतर पड़ता है, जो अप्सराओं के वश में आ जाते हैं? यह सम्मान का ढोंग बस पुरुष अपनी सुविधा के लिए करते हैं। जैसे अम्बा के प्रेमी ने भीष्म से हार कर किया था। अब तो भालेन्द्र को पता चल गया होगा, की हमने उनसे झूठ कहा था। सत्य यह है की आप मैत्रेय की माँ को पाने चाहते थे।"

"चंद्रवादन" सूर्यवादन ने बहुत तेज चिल्लाया "वह हमारे बीच फुट डालने के लिए, आपके मन में इस असत्य का बीज बो कर गई है।"

"उन्होंने हमसे यह कभी नहीं कहा। यह आपका गुनाह है, इसे आपको सुधारना ही पड़ेगा, हमें मैत्रेय चाहिए।" चंद्रवादन ने कहा।

"आपके पिता जी का स्वस्थ इतनी गंभीर है और आप ऐसे बात कर रहे हैं, राजकुमार। आप दोनों कक्ष से बाहर जाइए।" सुखदेव ने कहा।

चंद्रवादन चिढ़ कर कक्ष से बाहर गया, योगवादन उसके पीछे गया। उसने कुछ देर अपने दादा का पीछा किया। उनके पिता के महल से निकल कर जब वह बागान तक पहुँचे योगवादन ने अपने दादा को रोका।

"दादा सुनिए"

"हम किसी से वार्ता करने के मन में नहीं" चंद्र ने चिढ़ कर कहा।

"दादा सुनिए तो, आपने पिता जी से ऐसे क्यों बात की?"

"इस बात से आपका कोई मतलब नहीं है"

"दादा हो सकता है, हम आपकी सहायता कर सके। हम जानते हैं, आप मैत्रेय से कितना प्रेम करते थे। वह हैं ही इतनी सुंदर"

चंद्रवादन रुके, उन्होंने अपने भ्राता को कंठ से पकड़ा और उन्हें दीवार पर धकेल दिया "हम जानते हैं, आप मैत्रेय के लिए क्या महसूस करते हैं। इसलिए हम आपको पसंद नहीं करते योग, चले जाइए यहाँ से।"

अपने दादा की बात सुन कर योगवादन सन्न रह गए। चंद्रवादन ने उनकी आंखें पढ़ ली और उन्हें वैसे ही छोड़ कर वह, वहाँ से जाने लगे।

"दादा, हमें लगता है पिताजी सच में आपका विवाह मैत्रेय से नहीं कराना चाहते थे।"

योगवादन की बात सुन कर चंद्रवादन के कदम रुक गए।

पाठ - 14

दुनिया की सारी खुशी

मैत्रेय, प्रातःकाल से ही पूजा की तैयारी में लग गई। वह स्वयं सेविकाओं के साथ, राज्य के मुख्य मंदिर में पहुँची। राजमहल की पालकी देख कर ब्राह्मण चकित रह गए। उन्हें इसकी सूचना नहीं दी गई थी। मैत्रेय के आने की घोषणा हुई, ब्राह्मण उनके स्वागत में खड़े हो गए, मैत्रेय मंदिर में गई। उन्होंने हर एक ब्राह्मण के पर छूए, यह देख कर ब्राह्मण भी हैरान हैं।

"अचानक से आने के लिए क्षमा याचना करते हैं, किन्तु आज हमारे लिए इतना बड़ा दिन है, हम स्वयं को रोक नहीं पाए, गुरुजन। कृपया आप हमारे लिए अपना काम ना रोके, हम बस आरती में उपस्थित होने आए हैं"

"देवी, आप आ ही गई हैं तो अंदर आइए। हमारे साथ पूजा करिए।" मुख्य ब्राह्मण ने कहा।

मैत्रेय ने सेविकाओं की सहायता से शिवलिंग सजाया, पूजा के लिए पंडितों ने मैत्रेय को थाल दी।

"क्षमा करिए गुरु जी, यह हमारा स्वभाव है, किन्तु पहली आरती तो ब्राह्मण ही कर सकते हैं।" मैत्रेय ने अपने हाथ जोड़ कर कहा।

उनकी आवाज में प्रार्थना है। पंडितों का सीना गर्व से ऊंचा हो गया, वह आरती करने आगे बढ़े।

मैत्रेय ने उनके साथ आरती गाना शुरू किया, उनकी आवाज सुनकर ब्राह्मणों ने अपना स्वर कम किया। सभी मैत्रेय की मधुर स्वर में मग्न हो गए। लोगों को लगा, मंदिर में कोई संगीतकार आया है, उसकी मधुर स्वर सुनने के लिए मंदिर लोगों से भर गया। सिपाहियों के लिए सब को नियंत्रण में रखना थोड़ा कठिन होने लगा।

आरती समाप्त हुई, मैत्रेय ने सेविकाओं को संकेत किया। उनकी सेविका ब्राह्मणों के लिए उपहार लेकर आई। ब्राह्मण बहुत प्रसन्न हुए, उनके विवाह में भी उन्हें उपहार मिले थे, परंतु अब बिना मांगे उपहार से ब्राह्मण और हर्षित हुए।

“यह हलवा हमने बनाया है, अगर कुछ चूक हुई हो तो हमें क्षमा करिएगा। हमारी नियत अच्छी थी।” मैत्रेय ने हाथ जोड़ कर कहा।

“यह बहुत स्वादिष्ट है देवी, आपको इतना करने की आवश्यकता नहीं थी” मुख्य ब्राह्मण नैनसुख ने कहा।

“हमारा विवाह ऐसी परिस्थिति में हुआ कि हम कुछ कर ही नहीं पाए। यह छोटा सा प्रयत्न है, इस राज्य को धन्यवाद देने का।”

मैत्रेय की सेविकाओं ने मंदिर में आए सभी व्यक्तियों को प्रसाद बांटना शुरू किया। लोगों में उस गायक को देखने की होड सी मच गई। मैत्रेय ने मंदिर से निकालने से पहले अपना सिर ढँका।

“देवी, आप बहुत अद्भुत गाती हैं, क्या आप एक और भजन सुनायेंगी?” एक व्यक्ति ने हाथ जोड़ कर कहा।

उसके कहते ही आस पास उपस्थित, हर व्यक्ति हामी भरने लगे और मैत्रेय से भजन की विनती करने लगा।

"मूर्ख, आप राजकुमार भालेन्द्र की पत्नी के सामने हैं। सैनिकों, बाहर करो इन सब को।" मुख्य ब्राह्मण नैनसुख ने कहा।

मुख्य ब्राह्मण की बात सुनकर वहाँ उपस्थित हर व्यक्ति चकित रह गया और सब अपने घुटनों के बल बैठने लगे। सैनिक उस आदमी के पास गए।

"हमें क्षमा कर दीजिए, हमें क्षमा कर दीजिए।" उस व्यक्ति ने सैनिकों को देख कर कहा।

"रुकिए" मैत्रेय ने सैनिकों को कहा। "उनसे अनजाने यह दोष हुआ है, गुरु जी। उन्हें क्षमा कर दीजिए" मैत्रेय की आवाज सख्त थी।

ब्राह्मण को सख्त आवाज अजीब लगी, पर मैत्रेय ने उन्हें ही निर्णय लेने दिया, इस बात से ब्राह्मण प्रभावित हुए।

"ठीक है।" मुख्य गुरु ने सिपाहियों से कहा।

"हम आप सब के आभारी हैं, जो हमारी भक्ति को आपने सराहा। महादेव, हम सब पर कृपा करें। इस राज्य का शासन सुरक्षित रहे, हमारे ससुर जी महाराजा भूपति की उम्र बढ़े।" मैत्रेय कहा।

"महाराज की जय हो" एक व्यक्ति चिल्लाया।

"राजकुमारी की जय हो।" दूसरा व्यक्ति चिल्लाया।

एक-एक करके वहाँ आए सभी लोगों ने महाराज और राजकुमारी के लिए जय-जयकार करना शुरू कर दिए।

मैत्रेय वहाँ से अपने महल के लिए निकली। वह लोग उनके पीछे महल तक जय-जय कार करते हुए गए। इस शोर से महाराज

भूपति बाहर आए, उसी समय रक्षसामर्दानी भी बाहर आई। रक्षसामर्दानी ने भूपति के सामने हाथ जोड़ा परंतु उनके चेहरे पर चिंता दिख रही है।

"प्रातःकाल से इतना चिंताजनक मुख, क्या हुआ महारानी?" भूपति ने पूछा।

"यह आवाज सुन रहे हैं, यह हमारी पुत्री की मूर्खता है।" महारानी ने निराशा से कहा।

"हमें तो जय-जय कार सुनाई दे रही है। ऐसा लगता है, वह कुछ अच्छा कर के आयी हैं।"

"उन्हें पहले यहाँ के रीति रिवाज सीखने चाहिए। प्रजा के बीच जाकर प्रेम बाटना, उनकी परेशानी सुनने के लिए तो पूरा जीवन है। आम प्रजा का उद्धार भी तब होता है, जब कुलीन लोग साथ हो। ऐसे आम व्यक्तियों के बीच घूमना कुलीन वर्ग पसंद नहीं करता।"

महारानी की बात सुन कर भूपति ने उन्हें गर्व से देखा। वह जानते हैं, भले वह स्वयं कुलीन और आम जनता में भेद भाव नहीं करते, परंतु कुलीन जितना आगे बढ़ते हैं, आम व्यक्तियों के लिए रोजगार, खेती बाड़ी बढ़ती है।

मैत्रेय ने महाज भूपति के पर छूए।

"हम आपकी मुँह दिखाई में आपसे उपहार के साथ मिलना चाहते थे, पुत्री! ऐसे खाली हाथ नहीं।" भूपति ने मैत्रेय का सिर लाड़ से सहलाते हुए कहा।

"हमने तो आपको अपना मुख दिखाया ही नहीं, तो मुँह दिखाई तो अभी भी नहीं हुई। हम अपने उपहार के लिए बहुत उत्साहित हैं, पिता जी।" मैत्रेय ने खिलखिला कर कहा।

उनकी बात पर भूपति जोर से हंसे। रक्षसामर्दानी भी मुस्कराई, वहाँ उपस्थित सैनिक और महल के सेवक भी मुस्कराये।

"आपसे आज्ञा चाहते हैं।" मैत्रेय ने हाथ जोड़ कर कहा।

भूपति ने हाँ में सिर हिलाया। मैत्रेय वहाँ से चली गई।

मैत्रेय अपने कक्ष में पहुँची। भालेन्द्र अभी भी गहरी नींद में हैं। वह अपने पति के समीप गई और उनके माथे को चूमा। इस एहसांस से भालेन्द्र निंद्रा से कुछ बाहर आए और अपनी पत्नी को बाँहों में ले लिया।

"तो कल की रात्रि, केवल सुंदर स्वप्न नहीं थी।" भालेन्द्र ने मैत्रेय को प्रेम करना शुरू किया "आप कहाँ जाने के लिए तैयार हैं, आज ना हम कक्ष से बाहर जाएंगे, ना आपको जाने देंगे।"

"हम जा नहीं रहे, हम वापस आ रहे हैं। हम महादेव का धन्यवाद करना चाहते थे, आखिर उन्होंने हमें, आप जैसा वर दिया। हमने प्रसाद तैयार किया और राज्य के मुख्य मंदिर में आरती कर के आए।"

भालेन्द्र चौक कर उठे, "मतलब आप जरा भी नहीं सोई, यह सब करने की आवश्यकता नहीं थी मैत्रेय। आपका स्वस्थ बिगड़ जाएगा।" भालेन्द्र ने मैत्रेय का सिर सहलाया।

"हमें अच्छा लगता है, यह वैसे भी बहु का कर्तव्य होता है।"

"आपको बहु नहीं महारानी बनना है, मैत्रेय। आपको राज करना है।"

भालेन्द्र की बात सुन कर मैत्रेय चौक गई। वह भालेन्द्र से थोड़ा दूर हुई और उनकी आँखों को देखा। भालेन्द्र, मैत्रेय को ऐसे चौकते देख कर मुस्करा दिए।

"हम आपको वह सब देंगे, जिसकी अपने इच्छा की है राजकुमारी।"

मैत्रेय को भरोसा नहीं हो रहा, जैसा उनकी माँ ने कहा था, वह सब हो रहा है। विवाह के पहले उनकी माँ ने उन्हें समझाया था की वह भालेन्द्र को तब तक अपने समीप नहीं आने देंगी, जब तक वह उन्हें राज करने का अधिकार नहीं दे देते। परंतु, महाराज के मन की बात जानने के बाद, महारानी ने कहा की वह अपने पति को हर तरह से प्रसन्न करेंगी। मैत्रेय को उनकी बात तो समझ नहीं आई, परंतु यह करना उनके लिए अधिक सरल था। भालेन्द्र से दूर रहना उनके लिए कठिन कार्य था। भालेन्द्र को वह अपने समीप चाहती थी, उनसे प्रेम करना चाहती थी, किन्तु जब भालेन्द्र सो गए, मैत्रेय का भय बढ़ने लगा। उन्हें लगा, अब भालेन्द्र उनके लिए कुलीन वर्ग से क्यों लड़ेंगे, उन्हें देने के लिए, मैत्रेय के पास कुछ नहीं बचा। नींद ना आने के कारण वह महादेव के मंदिर गई, केवल मन बहलाने के लिए।

जितनी प्रसन्नता उन्हें अनुभव हुई थी, वह फिर भय में बदलने लगी। आखिर जीवन में सब इतना अच्छा कैसे हो सकता है। सब इतना सरल कैसे हो सकता है।

भालेन्द्र ने मैत्रेय को खोया देखा, वह अपनी पत्नी का मुख समीप लाए और उनके होंठों को चूमा। मैत्रेय ने भी उतने ही उत्सुकता से, अपने पति को चूमा, परंतु भालेन्द्र पीछे हठ गए। जो मैत्रेय को बिल्कुल पसंद नहीं आया।

"अब आपको हमें एक वचन देना होगा।"

मैत्रेय ने भालेन्द्र की बात अनसुनी करते हुए, अपने होंठों को भालेन्द्र के समीप लेकर गई। भालेन्द्र फिर पीछे हट गए, मैत्रेय ने भी उनके साथ बल दिखाना शुरू कर दिया। जिसके लिए भालेन्द्र को थोड़ा सख्ती दिखानी पड़ी। मैत्रेय चिढ़ गई, उन्हें वह पहला दिन स्मरण आया, जब उन्होंने भालेन्द्र को पहली बार देखा था, उस दिन भी, भालेन्द्र के बल के सामने, वह बेबस थी। मैत्रेय को दुर्बलता पसंद नहीं, उन्होंने मुँह बनाया।

"कहिए?" मैत्रेय ने चिढ़ कर कहा।

भालेन्द्र मुस्कराये, "आप इतने वस्त्रों और आभूषणों के साथ हमारे साथ बिस्तर पर नहीं आएंगी" भालेन्द्र ने मैत्रेय की वस्त्र उतरते हुए कहा।

"हमें आपका, हमपर यह बल दिखाना, कतई पसंद नहीं।" मैत्रेय दूर हुई।

किन्तु भालेन्द्र ने उन्हें दूर नहीं होने दिया, उनके हाथ कस कर पकड़ लिया "अच्छा, तो यह आपको पसंद नहीं?" भालेन्द्र ने कहते हुए मैत्रेय के शरीर को चूमना शुरू किया।

मैत्रेय का स्वयं पर पुनः कोई नियंत्रण नहीं बचा। उन्हें समझ नहीं आ रहा था की भालेन्द्र के सामने उनकी पूरी शिक्षा कहाँ चली जाती है। उन्होंने भालेन्द्र को रिझाने की शिक्षा ली थी, किन्तु भालेन्द्र उन्हें अपने सम्मोहन में डूबा देते हैं।

"उन्होंने आपसे केवल आपका साथ मांगा?" भूपति को आपने पुत्र की बात पर विश्वास नहीं हुआ।

"जी पिताजी, इस कारण, आज प्रातः हमने उनसे राज की बात कह दी।"

"क्या किया अपने?" भूपति अपने पुत्र की बात पर मुस्कराये।

"तो रक्षसामर्दानी ने अपना खेल, खेल ही लिया। हमने स्वयं ही उन्हें सचेत जो कर दिया था। अब हमारे पुत्र तो पूरी तरीके से अपनी पत्नी के वश में चले गए। उन्हें लग रहा है, की उनकी पत्नी ने तो उनसे कुछ मांगा ही नहीं। आपको हमारा नमन है महारानी" भूपति ने मन में सोचा।

"क्या हमने कुछ गलत किया पिताजी?" भालेन्द्र ने अपने पिता की प्रतिक्रिया पर सवाल किया।

"अपने बिल्कुल सही किया, किन्तु उन्हें राजनीति में जोड़ने से हमारे राज्य के कुलीन वर्ग, मंत्री और पुजारियों को परेशानी हो सकती है। उनके बारे में क्या विचार है आपके?"

"हम कब से कुलीन वर्गों के बारे में विचार करने लगे। आप राजा हैं और किसी ने मैत्रेय को रोका तो हम उसका सिर धड़ से अलग कर देंगे।"

"अगर आप ऐसा करेंगे तो राज करने लिए कोई सिर ही नहीं बचेगा, पुत्र। मैत्रेय को राह स्वयं बनानी पड़ेगी।"

"हम उनके पति हैं, यह हमारा धर्म है।"

"आपका धर्म है, उन्हें सुरक्षित रखना, उनको सम्मान देना, उन्हें पुत्र देना, एक स्त्री का धर्म है परिवार को पुत्र देना और परिवार को संभालना। इससे अधिक देना आपका धर्म नहीं है, आपकी रुचि है। आपकी रुचि पूरी करने के लिए, यह राज्य नहीं सहेगा। मैत्रेय को अपने शौक पूरे करने के लिए स्वयं को साबित करना होगा।"

"हमें लगा आप उन्हें पसंद करते हैं, पिता जी।"

"जी हाँ, हम बहुत प्रसन्न हैं की वह हमारी बहु हैं। हम वह सब करेंगे, जो एक ससुर का कर्तव्य होता है, परंतु उससे अधिक उन्हें स्वयं करना होगा।"

पाठ - 15
भयभीत सिपाही

"आप हमें क्या दिखाना चाहते हैं?" चंद्रवादन ने अपने भ्राता योगवादन से पूछा।

योगवादन, चंद्रवादन को उनके राज्य के वैशयाघर लेकर आए हैं। चंद्रवादन को समझ नहीं आया, वह क्या करना चाह रहे हैं। दोनों एक कक्ष में हैं, जहां एक बीमार आदमी पड़ा है।

"यह पिताजी के विशेष सिपाहियों में से हैं। पिताजी अपने विशेष सिपाहियों को बहुत प्रेम से रखते हैं। इसे हम इसलिए जानते हैं, चूंकि यह अपने ओहदे का लाभ उठा कर बहुत मनमानी करते थे। परंतु एक वर्ष पहले जब महाराज इंद्रजीत की मौत हुई, उस युद्ध में इनकी मृत्यु हो गई।"

"यह आप क्या कह रहे हैं।"

"हाँ, इन्होंने सब को भरोसा दिलाया, की यह वीरगति को प्राप्त हुए। किन्तु यह भेष बदल कर, तब से यही पड़े हैं। पिताजी से पैसा इतना धन कमाया था कि यहाँ खर्चा चल रहा। इन्होंने हमें बताया, वहाँ क्या हुआ था।"

"और वह आप हमें बताना चाहते हैं?"

“जी दादा, महारानी रक्षसामर्दानी ने सब सत्य कहा था। पिताजी ने महाराज इंद्रजीत और जीजा साहब के प्राण लिए हैं। जो महारानी ने नहीं बताया, वह यह है की पिताजी ने उस विदेशी से मैत्रेय का सौदा किया था।”

“यह नहीं हो सकता, आप इस भगोड़े की बात पर विश्वास कर रहे?”

“दादा, पिताजी के विशेष सिपाहियों को जितनी सुविधा है, उतनी इस राज्य के कुलीन व्यक्तियों को भी नहीं है। वह किसी का धन, संपत्ति, स्त्री पर अपना अधिकार जता सकते हैं।”

“तो यह स्वयं की मृत्यु का नाटक कर के यहाँ क्यों पड़ा है?”

योगवादन ने लंबी सांस ली, उसे समझ नहीं आ रहा था की वह अपने दादा को कैसे बताए।

“बोलिए”

“दादा, पिताजी तंत्र विद्या करते हैं। हमें नहीं पता, वह नरभक्षियों से क्या चाहते हैं। किन्तु वह नरक की शक्तियों का उपयोग करके, उन पर हमला कराते हैं, जिसके लिए उन्हें बली लगती है”

“वह अपने सिपाहियों की बली देते हैं?”

“इसलिए इन सिपाहियों को मनमानी की छूट है। पिताजी की तबीयत भी इसलिए खराब हो रही है, इन खतरनाक शक्तियों को बुलाने से वह भी कमजोर हो रहे हैं। अब तो उनके सभी पुत्रों पर भी असिर होने लगा है”

“कैसा असिर।”

“उस रात्रि जो शरीर में जलन आपको हुई थी, वह पिताजी के सभी पुत्रों को हुई थी, जायज़ नाजायज़ सभी को। परंतु, हमें तो

विश्वास नहीं हुआ था, कि पिताजी किसी राजकुमार पर ऐसे हमला कर सकते हैं।"

"उस राजकुमार ने हमसे हमारा प्रेम छिना है।" चंद्रवादन ने चिढ़ कर कहा।

"मैत्रेय आपसे प्रेम करती थी दादा, अगर पिताजी जी ने भारतवर्ष पर राज्य करने की लालसा से, उनके पिता का वध नहीं किया होता, तो मैत्रेय और आपके मिलन को कोई नहीं रोक सकता था।"

चंद्रवादन कुछ देर शांत हो गए, वह अपने भाई की बात मनना नहीं चाहते थे "अब पिता जी इतने शक्तिशाली होते जा रहे हैं, तब तो वह रघुवंश को हराने की शक्ति रखते हैं। अब तो मैत्रेय हमें मिल ही जाएगी।" चंद्रवादन के अंदर जितना भी क्रोध था, वह प्रसन्नता में बदल गया।

"पिताजी ने हमारी बहन को विधवा कर दिया, आपको इस बात का कोई बोध नहीं, दादा?"

"वह प्रफुल्लित हैं अपने राज्य में" चंद्रवादन ने हवा में हाथ फेंकते हुए कहा "आप हमें बिल्कुल सही स्थान पर लाए हैं, इसकी ही आवश्यकता है हमें।"

चंद्रवादन ने एक सेवक से मदिरा ली एवं सामने दिख रही वैश्या को देखा। जो उन्हें देख कर मुस्करा रही है। वह उसके साथ, उसके कक्ष में चले गए।

"राजकुमारी मैत्रेय के जाने के पश्चात ही यह, अपने पिता का सत्य जान गए थे। तब इन्होंने, अपना क्रोध एक मासूम स्त्री के बलात्कार के साथ निकाला। आज एक वैश्या के साथ, आपके पिता के विशेष सिपाही और इन में केवल नाम का अंतर है।" वृश्चिक ने कहा।

वह कक्ष में छुपा हुआ था।

"शायद उन्हें कुछ समय की आवश्यकता है।"

"महाराज शमशान में तांत्रिकों के साथ समय बिताते हैं। भावी महाराज, ब्राह्मण कन्या का अपहरण करते हैं। हम ऐसे हाथों में अपना भविष्य नहीं दे सकते।" वृश्चिक ने कहा।

मैत्रेय पहली बार रघुवंश की सभा में अकेली है। बिना अपने पति या ससुर जी के। वह अपने राज्य में भी, कभी अकेले नहीं गई। वहाँ उसके साथ सदैव कोई ना कोई रहता, था। किन्तु उनकी माँ इस सभा में, वह काम करने नहीं आ सकती, जो मैत्रेय को करना है। एक बाहरी व्यक्ति की बात सभा में कोई नहीं सुनेगा, वह भी स्त्री की।

महाराज भूपति स्वयं तो अपने मित्र गिरिराज के साथ शिकार पर गए हैं। साथ ही राजकुमार भालेन्द्र को भी लेकर गए हैं। अब उन्हें अकेले पूरी सभा का सामना करना पड़ रहा है।

राजकुमारी को देख कर सभी ने उन्हें सम्मान दिया।

"आज सभा हम लेंगे, महाजनों।" मैत्रेय ने हाथ जोड़ कर कहा, मैत्रेय थोड़ी घबराई हुई हैं।

उनकी माँ थोड़ा दूर, सभा से छुप कर उन्हें देख रही हैं। भूपति ने उन्हें समझाया, क्यों वह राजकुमार भालेन्द्र को भी अपने साथ ले जा रहे हैं। "मैत्रेय राज-पाट संभाले यह उनकी माँ की इच्छा है, एक पुरुष के लिए राजा बनने का कर्तव्य सरल होता है, सभी उनकी सहायता करते हैं। किन्तु एक स्त्री का विरोध कोई भी, केवल स्त्री होने पर ही कर सकता है। स्त्री की अगर स्वयं इच्छा नहीं होगी, तो वह कठिन समय में कुछ संभाल नहीं पायेंगी, अपितु

अन्य व्यक्तियों को दोष देंगी। मैत्रेय ने रघुवंश की उन्नति के लिए जो योजना बनाई है, उस में कोई दोष नहीं, जब महाराज और राजकुमार नहीं होंगे, तभी सभा केवल राजकुमारी मैत्रेय पर ध्यान दे पाएंगे"

रक्षसामर्दानी को महाराज की बात बहुत सही लगी। भूपति के विचार, उनकी शक्ति, उनके परिवार की कई पीढ़ियों की परवरिश को दर्शाता है। जिससे रक्षसामर्दानी को हिम्मत मिलती है।

"आप?" एक व्यक्ति ने पूछा।

"एक स्त्री?" दूसरे व्यक्ति ने पूछा।

"आज जो सभा की चर्चा है, उसे संभालने का दायित्व हमारा है, इसलिए सभा भी हम ही लेंगे।" मैत्रेय ने थोड़ा घबराते हुए कहा।

पूरी सभा में खुसुर फुसिर होने लगी, मैत्रेय सभा को देख रही हैं, पर जैसे कोई शांत होने के लिए तैयार ही नहीं है।

"शांत हो जाइए महाजन, आप राजकुमार भालेन्द्र को जानते हैं ना।" एक व्यक्ति ने कहा।

इस बात पर कुछ सभा जन मुस्कराने लगे। उनके बीच राजकुमार का पत्नी प्रेम छुपा नहीं है।

"राजकुमारी, आप जो कहना चाहती हैं कहिए, सभा अपनी बहु की बात सुनने चाहती है।" तरेश्वर ने कहा।

तरेश्वर, इस राज्य के ऋषि हैं, जिन्होंने राजकुमारी को ब्राह्मणों के लिए बहुत कार्य करते देखा है। वह उनका सम्मान करते हैं।

"हमारे राज्य में एक आयोजन होना है, पहले नवग्रहों का पूजन होगा, जिसमें भारतवर्ष के हर कोने से ऋषियों को आमंत्रण दिया जाएगा" मैत्रेय के स्वर में थोड़ा भरोसा आया है।

"अति उत्तम।" तरेश्वर ने कहा।

सभी सदस्यों ने हामी भारी।

"पूजन के बाद, भारतवर्ष के योद्धाओं के लिए खेल रखे जाएंगे। जिसमें वह ताकत का प्रदर्शन करेंगे" मैत्रेय ने कहा।

"अति उत्तम।" सेनापति वीरगति ने कहा।

"बहुत दिन से कोई लड़ाई नहीं लड़ी है।" दीर्घ ने वीरगति को देख कर कहा।

"हमारे राज्य में यह आयोजन रखने से हमें बाहरी राज्य के व्यक्तियों को यहाँ आने की अनुमति देनी होगी, हम यह नहीं कर सकते, राजकुमारी।" मुख्यमंत्री पारस ने कहा।

"हमारे महाराज बहुत वर्षों से पड़ोसी राज्य से संबंध अच्छे करने का प्रयत्न कर रहे हैं। यह उन प्रयत्नों को मजबूत करेगा।"

"महाराज के प्रयत्न काफी हैं।" विशेष ने कहा जो रघुवंश में वैद्य हैं और मंत्री मण्डल के सदस्य।

"हम बाहरी शक्तियों पर भरोसा नहीं करते।" मुख्यमंत्री पारस ने कहा।

"ऋषियों को हमारे राज्य में बुलाने के लिए सहमति हैं, पर बाकियों को नहीं।" विशेष ने कहा।

मैत्रेय ने उम्मीद से सेनापति वीरगति एवं दीर्घ को देखा। परंतु मैत्रेय जानती थी, क्षत्रिय शक्ति का साथ देते हैं। मैत्रेय को उनकी सहायता केवल दो रूप में मिलेगी, या तो वह स्वयं को निर्बल दर्शा कर उनकी सहानुभूति ले, तब क्षत्रिय का कर्तव्य होगा। अथवा वह स्वयं को इतना दृण दर्शाए कि क्षत्रिय उनके सामने झुकने को तैयार हो जाए।

"महाजनों हम भी बाहरी देश से ही आए हैं।" मैत्रेय ने यह ताने की तरह कहा।

जिसे सुन कर सभी थोड़ा असहज हो गए।

मैत्रेय मुस्कराई, उसने देखा उसकी मुस्कान से वहाँ सभा सदस्यों पर कितना असिर हुआ है। जैसे वह मोहक हो कर देख रहे हैं "यह राज्य सबसे शक्तिशाली है, यथार्थ बाहरी व्यक्ति इससे भयभीत होते हैं"

मैत्रेय की बात सुन कर फिर दीर्घ ने सेनापति वीरगति को गर्व से देखा। जैसे मैत्रेय अपनी बात ना कह रही हो, अपितु उनकी प्रशंसा करने आई हो।

"इस राज्य की मित्रता राक्षसों से है, इतना केवल कोई कह दे, कि हमारी निंदा करना सरल हो जाता है। हमने स्वयं देखा है, कि व्यक्ति रघुवंश से इतना भयभीत हैं, की हमें अपनाने में भयान्वित होते हैं" कहते हुए मैत्रेय सभा के बीच गई, वह थोड़ा रुकी और उन्होंने सब के गर्व भरे चेहरे देखे।

"अपितु, किसी दुष्ट ने इस राज्य के राजकुमार पर, प्राणघाती प्रहार करने का दुस्साहस कर दिया" यह कहते हुए मैत्रेय ने किसी का चेहरा नहीं देखा, वह जानती थी, यह ताना सब के ह्रदय पर घात करेगा।

"वह महापापी इतना चालक है, की आज तक हम उनका नाम पता नहीं कर पाए" अब मैत्रेय ने उन मंत्रियों को देखा, जो उसकी योजना का विरोध कर रहे थे।

मैत्रेय ने पलट कर रघुवंश के सिंहासन की ओर बढ़ना शुरू किया "जब तक उनका नाम हमें पता नहीं चल जाता, हम उन्हें ऐसे विश्राम कैसे प्रदान कर सकते हैं। कोई राज्य अगर, उस भ्रष्ट पापी हत्यारे का साथ देने के विचार भी मन में ला रहा हो, तो वह रघुवंश का बल देख कर, अपने विचारों को पाताल की गहराइयों में छिपा दें। समय आ गया है, दुनिया फिर रघुवंश का सत्य रूप

देखेगी। वह रूप जिसकी आकृति रघुवंशी पूर्वजों ने बनाई थी।" मैत्रेय ने पूरी सभा को देखा।

"हम राजकुमारी के साथ हैं, रघुवंशी शक्ति का प्रदर्शन होगा।" सेनापति वीरगति ने कहा।

वीरगति के साथ ही सभा में उपस्थित सभी क्षत्रिय, मैत्रेय के समर्थन में अपने स्थान पर खड़े हो गए।

ब्राह्मण मंत्रियों ने, क्षत्रिय उत्तेजना देख कर मुँह बनाया। सभा में आए वैश्य और शूद्र सभा जन पहले की तरह ही शांत रहे। केवल रघुवंश ही नहीं भारत में किसी भी राज्य में, उनकी बात को कम ही महत्व दिया जाता है। मैत्रेय यह जानती थी, किन्तु वह अभी उनके हक के लिए नहीं बोल सकती, उन्हें स्वयं का सहारा बनना है।

"राजकुमारी यदि आप महर्षि को अनुष्ठान के लिए मना पाई, तो आपको हमारा समर्थन होगा" मुख्य ब्राह्मण नैनसुख ने कहा।

उनके स्वर में जितना सम्मान था, उतनी ही चुनौती भी है। ब्राह्मणों ने क्षत्रिय की तरह उत्साहत नहीं दिखाई। धैर्य के साथ सभी ने, अपने मुखिया को प्रोत्साहन दिया।

"क्षत्रिय से तो आपको सम्पूर्ण सहयोग है, ब्राह्मणों ने आपसे कुछ निवेदन किया है। किन्तु आपकी कही हर बात, हमारे सिर आँखों पर है राजकुमारी" मुख्यमंत्री पारस ने कहा।

सब ने मुख्यमंत्री पारस के साथ सहमति दिखाई, परंतु जिनके मन में अभी भी संदेह था, उनके चेहरे मैत्रेय ने स्मरण कर लिए।

पाठ - 16

शिकार

महाराज भूपति ने अपने सैनिकों को पीछे छोड़ दिया है। वह अपने पुत्र, मित्र गिरिराज एवं उनके पुत्र दंडक के साथ, जंगल में शिकार करने आए हैं।

एक बाघ जिसने आस-पास के गाँव में कहर मचा रखा है, उसकी खोज में सब थे। वह बाघ अब उनके सामने है। बाघ किसी आम बाघ से शक्तिशाली दिख रही है, जो उसकी जीवन भर की खुराक का सबूत है।

भूपति का निशाना तैयार है। तभी एक आवाज आई और बाघ चौकन्ना हो गया। भूपति रुके, उन्होंने अपने मित्र गिरिराज को घूरा।

गिरिराज वह आवाज निकाल रहा हैं, जैसे वह उस बाघ से बात कर रहा हैं। बाघ स्वयं भूपति की ओर बढ़ने लगा। चारों शिकारी, अपने घोड़े के ऊपर हैं, बाघ की दृष्टि भूपति पर है। वह अकड़ से भूपति के पास आया और दहाड़ा।

"वह आपको चुनौती दे रहा है।" गिरिराज ने मुस्करा कर कहा।

"भड़काया तो अपने ही है।" भूपति ने भी उत्तर दिया।

"आप मनुष्य, पीठ पीछे वार करने को शिकार कहते हो?" गिरिराज ने भूपति को छेड़ा।

भूपति अपने घोड़े से उतरा, उसने धनुष बाण घोड़े पर ही छोड़े और तलवार निकाली। अपने घोड़े को एक ओर रहने का संकेत किया।

"पिता जी?" भालेन्द्र थोड़ा घबराया।

"आपके राक्षस चाचा कुछ अधिक ही उछल रहे हैं, उन्हें मनुष्य की शक्ति दिखानी पड़ेगी।"

बाघ ने कोई समय नहीं गवाया और भूपति पर वार करते हुए छलांग लगाई। परंतु भूपति फुर्ती से एक ओर हुए और बाघ की गर्दन काट दी। बाघ धरती पर गिरा, वह दर्द से तड़प रहा है। भूपति उसके समीप गए, उसके दिल में तलवार घुसाई, उसकी आत्मा की शांति के लिए ईश्वर से प्रार्थना की। फिर वह अपने स्थान से उठे और गिरिराज को देखा।

"आप कुछ कह रहे थे?" भूपति ने पूछा।

जिस पर भालेन्द्र और दंडक दोनों हंसने लगे। रघुवंश के सैनिकों ने बाघ को उठाया, एवं सब रात के भोजन के लिए शिकार करने लगे। चारों ने प्रतियोगिता की तरह शिकार किया और भोजन के लिए तरह-तरह के जानवर एकत्र कर लिए।

रात के समय महाराज भूपति और सिर दार गिरिराज आग के पास बैठे हैं। उनके पुत्र भोजन बनाने में सहायता कर रहे हैं। दोनों पिताओं की दृष्टि उनके पुत्रों पर ही है।

"आप में चेतना है ना, उस स्त्री से आपके पुत्र का विवाह, हमें अच्छा नहीं लगा। वह हमारे पुत्र को पसंद थी।" गिरिराज ने सीधे कहा।

"परंतु हमने बताया था, राजकुमारी मैत्रेय से पहली बार मिल कर ही हमने उन्हें, अपने पुत्र के लिए चुन लिया था।"

"फिर भी भूपति, एक स्त्री के कारण हमारे पुत्रों के मध्य फूट पड़ सकती है। यह बात तो आपको समझनी चाहिए थी।"

भूपति बिल्कुल शांत हो गए, वह जानते थे गिरिराज सही कह रहे हैं। अपने पुत्र का प्रेम पूरा करने के लिए, उन्होंने अपने मित्र के पुत्र को दुखी किया है। जिससे दोनों में खटास पड़ सकती है। उन्हें ऐसे उदास देख कर गिरिराज को समझ आया, की वह अपने मित्र के साथ कुछ अधिक सख्त हो रहे हैं।

"किन्तु उस सूर्यवादन का जो रक्त जला होगा, इस विवाह के श्रवण से, इस विचार से ही, हमें बहुत प्रसन्नता अनुभव होती है।" कहते हुए गिरिराज मुस्कराया।

"हाँ, आज कल भन्नाए विचरण कर रहे हैं। हर राज्य को हमारे विरुद्ध भड़काते है। सुना है, उनका पुत्र भी अब राजपाट पर बिल्कुल ध्यान नहीं देता। केवल स्त्री और नशे में डूबा रहता है। जीतवंश में तो बहुत बदनामी हो रही है, जब से उस दुष्ट चंद्रवादन ने एक ब्राह्मण कन्या के साथ अभद्र व्यवहार किया। सूर्यवादन ने बिना समय गवाये उनका विवाह करवा दिया, अपितु यह बात बहुत बढ़ती गई।"

"जैसी करनी वैसी भरनी।"

"सूर्यवादन के विरुद्ध कोई सबूत मिले आपको?"

"नहीं, बहुत शातिर है, सूर्यवादन। किन्तु अधिक समय तक वह बच नहीं पाएगा। अब अगर उसने हमारे जंगल पर कोई तंत्र विद्या किया, तो सबूत तो मिलेगा ही, साथ हम उसे किसी तंत्र विद्या के काबिल नहीं छोड़ेंगे।"

दंडक की नजर अपने पिता और महाराज भूपति पर है। जिससे उसे ध्यान नहीं रहा, वह बहुत गरम पतिला पकड़ने वाला था, किन्तु भालेन्द्र ने उसे बचा लिया और उसे पीछे धकेला।

"आपका ध्यान कहाँ है, दंडक?" भालेन्द्र ने उस पर क्रोध किया।

"आप सदैव हमें कैसे बचा लेते हैं, भालेन्द्र?" दंडक ने कहा।

वह थोड़ा उदास था, वह भोजन का काम छोड़ कर थोड़ा दूर चला गया। भालेन्द्र उनके पीछे गए।

"यह कैसे स्त्री जैसा बर्ताव कर रहे आप। अब रोने तो नहीं लगेंगे ना आप?" भालेन्द्र ने दंडक को थोड़ा छेड़ा।

"आपके विवाह के कारण हम बहुत क्रोधित हैं, आपसे।"

भालेन्द्र शांत हो गए, उसे समझ नहीं आया, वह अपने मित्र को क्या उत्तर दे। वह दंडक के बारे में भूल ही गए थे। जब तक उनके पिता ने इस शिकार की योजना नहीं बनाई। वह दंडक से मिलने में भी कतरा रहे थे, परंतु दंडक ने मिलते समय ऐसा कुछ जताया ही नहीं, तो वह भी यह बाते नहीं करना चाहते थे, किन्तु अब दंडक ने स्वयं यह वार्ता शुरू कर दी।

"आपकी दृष्टि तो हमने उस दिन, उस गुफा में ही पढ़ ली थी। जो राजकुमारी की सुंदरता में डूबी थी। हमें तो प्रसन्नता थी, की यदि हमसे विवाह नहीं हुआ, तो वह आपको भी नहीं मिलेंगी।"

"वह हमारी पत्नी है दंडक। हम उनके बारे में आपसे बात नहीं करना चाहते। यह जानते हुए की आप भी उनसे विवाह करना चाहते थे।"

"आपने उनसे विवाह किया, यह जानते हुए की हम भी" दंडक ने कहने का प्रयत्न किया।

"हमने जो किया उनकी सहमति से किया।" भालेन्द्र चिढ़ गए थे, परंतु उन्होंने अपने स्वर पर नियंत्रण किया।

"आपने गुफा में हमारे प्राण नहीं लिए, 1 वर्ष हमारी रक्षा की, हम आपके उपकारों के बल से दबे हुए हैं। हमने प्रयत्न किया, किन्तु यह नाटक बस अब हमारे पिताजी के सामने रहना है। अब हम आपके मित्र नहीं, भालेन्द्र।" दंडक ने कहा और वहाँ से चला गया।

मैत्रेय के महल में महोत्सव सा माहौल है। जहां उनके राज्य की हर कुलीन स्त्री उपस्थित हैं। मंत्रियों की पत्नी, व्यापारियों की पत्नी। महल को किसी त्योहार की तरह सजाया गया है। आज मैत्रेय ने भालेन्द्र के दिए हुए, महंगे आभूषण धारण किए हैं। हर स्त्री अपनी प्रतिष्ठा वहाँ दिखा रही है। जैसे पूरे राज्य की अमीरी एक ही स्थान पर एकत्र हो गई हो।

"आपका हार तो बहुत ही सुंदर है, राजकुमारी" मुख्यमंत्री की पत्नी सुखमनी ने कहा।

"धन्यवाद, इन्होंने हमें मुँह दिखाई पर दिया था।" मैत्रेय ने शरमाते हुए कहा।

"आपकी सुंदरता पर तो कोई भी दीवाना हो जाए, राजकुमारी।" शूद्रों के मुखिया की पत्नी राजकली ने कहा, उसके स्वर में प्रशंसा भी है और जलन भी।

"क्या आपके झरने वाली कहानी सत्य है, राजकुमारी?" सृष्टि ने पूछा।

मैत्रेय झिझक गई।

सृष्टि, रघुवंश के व्यापारी संघ के मुखिया की पत्नी है। किन्तु वे अपने पति की तरह शांत रहना पसंद नहीं करती, मैत्रेय ने सदैव सृष्टि को खुले मन के साथ ही देखा है।

"कैसी बात कर रही हैं आप राजकुमारी से, सृष्टि" सुखमनी ने उन्हें डाटते हुए कहा।

"सुखमनी जी, जो सत्य है, वह तो सत्य ही है।" मैत्रेय की सेविका ने मुस्कराते हुए कहा।

सुखमनी ने देखा की मैत्रेय ने ना सृष्टि पर क्रोध दिखाया, ना उनकी सेविका पर, तो उन्होंने भी केवल सृष्टि को घूरा, परंतु उन्होंने सृष्टि को अपनी बात आगे कहने दी।

"आपका विवाह तो चंद्रवादन से तय था ना, भारतवर्ष के सबसे आकर्षित पुरुष के साथ।" सृष्टि ने पूछा।

"उनके पिता ने हमारे पिता और भाई की हत्या की है। हम उनसे विवाह कैसे कर सकते थे?" मैत्रेय ने कुछ क्रोध में कहा।

"तो यह सत्य है?" सेनापति, वीरगति की पत्नी कृष्ण ने पूछा।

"हर एक बात सत्य है। आपके राजकुमार ने तो हमें उन राक्षसों से बचाया है।" मैत्रेय ने कहा।

"यथार्थ हमारे राजकुमार ने आपकी सुंदरता से मोहित हो कर अपने मित्र को धोखा नहीं दिया?" सृष्टि ने बड़े मजे से पूछा और मैत्रेय को आँख मारी।

"आपको राजकुमार भालेन्द्र किसी भी तरीके से कम लगते हैं, सृष्टि?" मैत्रेय ने पूछा।

सबकी दृष्टि, सृष्टि पर रुक गई। यदि वे राजकुमार की प्रशंसा करेंगी, तो भी फँसेगी, नहीं करेंगी तो भी फँसेगी।

"राजकुमारी, आपने तो फंसा ही दिया हमें।" सृष्टि ने आंखें सिकोड़ते हुए कहा।

मैत्रेय शरारती मुस्कराई "चलिए हम ही राजकुमार के बारे में बताते हैं। किन्तु यह बात बाहर नहीं जानी चाहिए"

मैत्रेय की बात सुन कर, सभी स्त्री ने उन्हें घेर लिया। हर स्त्री वहाँ से बाहर जाकर बात करेंगी और मैत्रेय कह रही है, किसी को पता नहीं चलना चाहिए।

"हम राजकुमार से कुछ वर्ष पहले मिले थे।" मैत्रेय ने कहा।

"वह कहानी हम सब जानते हैं, कैसे राजकुमार ने आपको बचाया था।" रातकली ने मैत्रेय को छेड़ते हुए कहा।

"परंतु क्या आप जानती हैं, चंद्रवादन जिसे आप भारतवर्ष का सबसे आकर्षित पुरुष कह रही थी। वह भय में आ गए थे, कहीं हम राजकुमार भालेन्द्र से विवाह ना कर लें?" मैत्रेय ने ऐसे कहा जैसे वह कोई राज़ बता रही हों।

"सच में?" कृष्णा ने पूछा।

"वह तो हम चंद्रवादन को बचपन से मानते थे, अपितु आपके राजकुमार के सामने कोई नहीं टिक सकता।" मैत्रेय ने अपने होंठ काटते हुए कहा।

"यद्यपि आपके और चंद्रवादन में ऐसा कुछ नहीं था, जैसी बात हर राज्य में हो रही थी।" सृष्टि ने पूछा।

"आपको हर राज्य की खबर है, सृष्टि जी?" मैत्रेय ने आंखें सिकोड़ते हुए कहा। "पति व्यापारी हो तो दुनिया के सभी सुख मिलते हैं।" मैत्रेय ने सृष्टि से हँसते हुए कहा।

सब ने सृष्टि को जलन से पर थोड़ी मस्ती से देखा।

"अगर चंद्रवादन की किसी भी बात में सत्य होता, तो राजकुमार को पहली रात में पता चल जाता। पुरुष स्त्रियों को वश में रखने के लिए, कोई भी सीमा पार कर सकते हैं। भले उनकी होने वाली पत्नी का सम्मान ही क्यों ना दांव पर हो। परंतु, आपके राजकुमार ऐसे नहीं हैं। वह हमारा बहुत सम्मान करते हैं। पहले दिन से करते आए हैं।" मैत्रेय ने ऐसे कहा जैसे वह कही खो गई हो।

"वादनवंश के राजकुमार ने ब्राह्मण कन्या के साथ जो किया है, क्या वह सत्य है?" करुणा ने पूछा वह मुख्य ब्राह्मण की पत्नी है।

मैत्रेय ने लंबी सांस ली "जी हाँ, हम नहीं जानते थे, वह इतने नीचे गिर सकते हैं।"

"क्या योद्धाओं के खेल में राजकुमार भालेन्द्र भी हिस्सा लेंगे?" सृष्टि ने पूछा।

सृष्टि का पूरा ध्यान राजकुमार भालेन्द्र पर देख कर मैत्रेय ने उन्हें घूरा "यह तो हम नहीं जानते"

"राजकुमारी ने जब यह बात सभा में रखी तो, वहाँ कोई अधिक प्रसन्न नहीं हुआ। अब उन पुरुषों को कौन बताए, ऐसे शक्तिशाली योद्धाओं के करतब देखने का मौका, हम सब को रोज तो नहीं मिलता" मैत्रेय की सेविका ने कहा।

"यह तो सही कहा आपने" रातकली ने कहा।

"पर क्षत्रियों ने तो पूरा समर्थन दिया है" कृष्णा ने कहा।

"क्षत्रिय ही तो करतब दिखाने वाले हैं, दिखावा वैसे भी क्षत्रियों का पसंदिता काम है" करुणा ने कहा।

"जैसे ब्राह्मणों को मांगना पसंद है, राजकुमारी ने भारतवर्ष के ऋषियों को बुलाने का प्रस्ताव रखा था, ब्राह्मणों ने महा ऋषि की मांग कर दी।" कृष्णा ने करुणा को ताना मारा।

"अगर क्षत्रिय दान देते हैं, तो ब्राह्मण भी उन्हें ज्ञान देते हैं। बिना ब्राह्मण के ज्ञान के क्षत्रिय केवल नियंत्रण से बाहर जानवर की तरह होंगे।"

"एक सभ्य समाज को बनाने के लिए चारों वर्गों की एक बराबर आवश्यकता होती है।" मैत्रेय ने बात संभालते हुए कहा।

किन्तु इस सम्मान से जैसे रातकली और सृष्टि को परेशानी हुई थी। वह ब्राह्मण पत्नी और क्षत्रिय पत्नी के बीच हो रहे निंदा का आनंद ले रहीं थी। क्षत्रिय और ब्राह्मण एक साथ मिल कर सदैव व्यापारियों और शूद्रों को महत्व नहीं देते थे। उन्हे लड़ता देख, रस लेने वाला था।

"हम इस आयोजन से कुलीन घरों में शहनाई के संगीत सुनना चाहते हैं। आप वह योजना सुन ही नहीं रही" मैत्रेय ने कहा।

"विवाह की योजना?" सुखमनी ने पूछा।

"खेल में योद्धा आएंगे तो पूजा में कुलीन महिलायें आएंगी" मैत्रेय की सेविका ने कहा।

"अर्थात इस आयोजन में सब के लिए कुछ ना कुछ है।" सृष्टि ने कहा।

"हम अपने पति को समझाएंगे, राजकुमारी की सुना करें। राजकुमारी उनसे अधिक शास्त्रों में ज्ञानी हैं" कृष्णा ने कहा।

"ऐसा आयोजन इस राज्य में पहली बार होगा, अब हमें इसकी उत्सुकता है।" सुखमनी ने कहा।

"हम भी अपने पति को समझाएंगे, राजकुमार से सीखें की अपनी पत्नी को प्रसन्न कैसे रखते हैं।" सृष्टि ने मैत्रेय का हार देखते हुए कहा।

“हार तो ठीक है, किन्तु जो और खूबियाँ राजकुमारी ने बताई हैं, हमें नहीं लगता, आपके या हमारे पति वह कर पाएंगे।” रातकली ने कहा।

सृष्टि ने रातकली को ताली मारी और दोनों हंसने लगे।

“बस करिए, आप सब हमें लज्जित कर रही हैं। वैसे आप सब के लिए हमने यहाँ और भी व्यवस्था रखी है” मैत्रेय ने ताली बजाई।

संगीत की आवाज आई, उस राज्य की वैशयएं सामने आई और उन्होंने नृत्य शुरू किया।

“यह तो।” सुखमनी ने कहने की प्रयत्न किया।

“वाह राजकुमारी, अब हमें अपने पति से कुछ कहने की आवश्यकता नहीं। अपने हमारे वर्षों की इच्छा पूरी कर दी।” सृष्टि ने कहा।

“पुरषों को ही सारे सुख क्यों मिले?” कृष्णा ने कहा।

सुखमनी को थोड़ा अजीब लगा, किन्तु वह नृत्य में विलीन हो गई। वैश्याका नृत्य कुलीन स्त्रियों को इतना अच्छा लगा कि उन्होंने, उन्हें उपहार भी दिए।

मैत्रेय ने भी उपहार दिए, जिसमें उनकी मुखिया रूपवती ने मना कर दिया। उसका कहना था, कि मैत्रेय ने जो सम्मान उसे दिया, वही बहुत है, उसके लिए।

पाठ – 16

पहला भालेन्द्र

महाराज और राजकुमार के रघुवंश पहुँचते ही मैत्रेय ने यज्ञ और समारोह के बारें में सभी चर्चाएं और आगे के कार्य बताए। मैत्रेय लगभग सभी काम संभाल चुकी थी, जिससे भूपति प्रसन्न हुए।

मैत्रेय बिना कोई समय गवाये, राजकुमार भालेन्द्र के साथ, यज्ञ के लिए भारतवर्ष के ऋषियों को न्योता देने स्वयं गई। उनके साथ भालेन्द्र सदैव रहे। आखिरी में वह महर्षि शैलेन्द्र को न्योता देने गई। जो किसी भी राज्य में नहीं जाते थे।

"हम वहाँ क्यों आए राजकुमारी?" गुरु शैलेन्द्र ने सीधे पूछा।

"ताकि हमारा राज्य आपकी उपस्थिति से और शुद्ध हो सके।" मैत्रेय ने हाथ जोड़ कर कहा।

"आपका रघुवंश पतन से वापस आया है, जिसका हम सम्मान करते हैं। परंतु अब भारतवर्ष में हमारे जैसे ब्राह्मणों के ज्ञान का कोई सम्मान नहीं"

"हमें है गुरु जी, रघुवंश ने बड़ी कठिनाई से स्वयं को संभाला है। आज वह सुरक्षित हैं, तो फिर ज्ञान को महत्व देने में सक्षम हैं। अब अगर, आप जैसे महान ऋषि इसका समर्थन नहीं करेंगे, तो जो ज्ञान के तात्पर्य है, वह कैसे करेगा?"

शैलेन्द्र मुस्कराये "रघुवंश का जब पतन शुरू हुआ, तो उसका दोष भारतवर्ष के महर्षियों को दिया गया था। इसलिए कभी महर्षियों को बुलाना सही नहीं समझा गया। शायद आप यह बात नहीं जानती थी, राजकुमारी"

"हम जानते थे, महर्षि जी। ये विचार, असत्य भी नहीं थे, रघुवंशियों के" मैत्रेय ने यह बात कह कर, आराम से वहाँ बैठे और ऋषियों को भी देखा, वह चिढ़े, कितना ही सब सत्य जानते थे।

"परंतु आज जब हम वापस आपकी चौखट पर आए हैं, तो आप पीछे हट रहे हैं?" मैत्रेय की आवाज में घमंड है।

भालेन्द्र का ध्यान एक व्यक्ति पर गया। जो दिखने में क्षत्रिय था, परंतु उसने वस्त्र ब्राह्मण के तरह धारण किए थे। भालेन्द्र ने

कुछ समय पहले उसे कुछ ऋषियों के साथ साधना करते देखा था। वह अभी भी कुछ तैयारी ही कर रहा।

किन्तु जब से रघुवंश का नाम आया है। वह, वही रुक कर मैत्रेय और ऋषि की बाते सुन रहा है। ऋषियों ने भी उसे वहाँ से जाने के लिए नहीं कहा।

"हमने सुना है, आपको शस्त्र और शास्त्रों का ज्ञान है। अगर आप हमारे प्रश्नों का उत्तर देंगी, तो हम भी आपकी इच्छा पूर्ति कर देंगे"

"राजकुमारी ने सही उत्तर दिया तो ऋषि बस अभी इच्छा पूरी नहीं करेंगे। जीवन भर के लिए राजकुमारी का साथ देंगे" उस व्यक्ति ने भालेन्द्र से कहा।

"यह आप कैसे जानते हैं?" भालेन्द्र ने पूछा।

"कई वर्ष पहले एक महान राजकुमारी ने जन्म लिया था। सब उनके पुनर्जन्म की प्रतीक्षा कर रहे हैं। किन्तु जब तक वह नहीं आती, दूसरी काबिल स्त्रियों को सम्मान दे कर, बस प्रयत्न किए जा रहें हैं। "

"आप कौन हैं, ब्राह्मण?" भालेन्द्र ने पूछा।

"अगर हम आपसे सत्य कहेंगे, तो आप मानेंगे नहीं। परंतु हमें प्रसन्नता है, रघुवंश में स्त्री को अब यह स्थान मिला है कि वह आगे बढ़ कर राज पाट का काम संभाल रही हैं और पुरुष उनके पीछे रह कर उनका साथ दे रहा है।"

"हम उनके हर्ष के लिए कुछ भी कर सकते हैं।"

"तो यह भी प्रेम कहानी है, पहले भी प्रेम ने संभव किया था" वह व्यक्ति मुस्कराया।

"आप हैं कौन?" भालेन्द्र ने फिर पूछा।

"हम राजकुमार भालेन्द्र प्रताप रघुवंशी हैं। या कभी थे, जब हमारा परिवार, महान रघुवंश का एक राजपरिवार था।" कहते हुए वह व्यक्ति वहाँ से जाने लगा।

"महान रघुवंश के पाँच राजकुमारों कुछ 250 वर्ष पहले अपने प्राण गंवा दिए थे। उस तांत्रिक को मारने के लिए, राजकुमार भालेन्द्र ने भी" भालेन्द्र ने कहा।

"हमने कहा था, आप नहीं मानेंगे" वह व्यक्ति कहते हुए और आगे बढ़ा।

"आप बिल्कुल अपने चित्र की तरह लगते हैं, राजकुमार भालेन्द्र। हमें कोई संदेह नहीं, केवल अपने भाग्य पर विश्वास नहीं हो रहा। हमें क्षमा करिए।" भालेन्द्र ने दूसरे भालेन्द्र के सामने झुकते हुए कहा।

"उठिए राजकुमार, आपका दोष नहीं, यह इंसानी नियम के विरुद्ध ही है। हम एक उदेश्य के लिए जी रहे हैं, तब तक हम इसी उम्र में रहेंगे" भालेन्द्र प्रताप ने कहा।

"यह सब जादू है, हमें विश्वास नहीं होता।"

"आपकी मित्रता राक्षसों से है और आपको जादू पर भरोसा नहीं?"

"भालेन्द्र प्रताप रघुवंशी। हमारा नाम आपके नाम पर ही रखा गया है।" भालेन्द्र ने गर्व से कहा। "हमने प्रयत्न किया है, आपके जैसा बनने का।" भालेन्द्र ने हाथ जोड़ कर कहा।

अपने वंश के कई पीढ़ी बाद के इस युवा का नाम उस के नाम पर रखा गया, यह जान कर भालेन्द्र प्रताप को बहुत प्रसन्नता हुई। किन्तु ऋषि अव्यकतेश्वर ने उन्हें बुलाया तो उन्हें जाना पड़ा।

भालेन्द्र ने पुनः अपनी पत्नी पर ध्यान केंद्रित किया।

“भारत के वेद रचनाओं में कई स्त्रियों का योगदान है। वेद नहीं परंतु आप इतिहास में नाम लिखवाने की प्रतिभा रखती हैं। ऋषि गार्गी कौन थी?” महर्षि शैलेन्द्र ने पूछा।

मैत्रेय कुछ समय के लिए शांत हो गई, जैसे वह स्मरण करने का प्रयत्न कर रहीं हैं। “गर्गवंश में वचक्नु नामक महर्षि की पुत्री ‘वाचकन्वी गार्गी’ थी”

“राजा जनक के काल में ऋषि याज्ञवल्क्य एवं ब्रहमवादिनी कन्या गार्गी दोनों ही ज्ञानी थे। बृहदारण्यक उपनिषद में लिखे दोनों के संवाद के बताइए।” महर्षि शैलेन्द्र ने पूछा।

यह सुन कर सभी ब्राह्मण गौर से राजकुमारी को देखने लगे।

“राजा जनक प्रतिवर्ष अपने यहां शास्त्रार्थ करवाते थे। एक बार के आयोजन में याज्ञवल्क्य जी को भी निमंत्रण मिला था। जनक ने शास्त्रार्थ विजेता के लिए सोने की मुहरें जड़ित 1000 गायों को दान में देने की घोषणा कर रखी थी। उन्होंने कहा था कि शास्त्रार्थ के लिए जो भी पधारे हैं, उनमें से जो भी श्रेष्ठ ज्ञानी विजेता बनेगा, वह इन गायों को ले जा सकता है। निर्णय लेना अति दुविधाजनक था, क्योंकि अगर कोई ज्ञानी अपने को सबसे बड़ा ज्ञानी माने तो वह ज्ञानी कैसे कहलाएं?

ऐसी स्थिति में ऋषि याज्ञवल्क्य ने अति आत्मविश्वास से भरकर अपने शिष्यों से कहा, ‘हे शिष्यों! इन गायों को हमारे आश्रम की और हांक ले चलो।’ इतना सुनते ही सब ऋषि याज्ञवल्क्य से शास्त्रार्थ करने लगे। याज्ञवल्क्य ने सब के प्रश्नों का यथाविधि उत्तर दिया। उस सभा में ब्रहमवादिनी गार्गी भी बुलाई गयी थी। सब के पश्चात याज्ञवल्क्य से शास्त्रार्थ करने वे उठी। दोनों के बीच जो शास्त्रार्थ हुआ। गार्गी ने याज्ञवल्क्य से कई प्रश्न किए। याज्ञवल्क्य से शास्त्रार्थ करने के लिए गार्गी उठीं और पूछा कि हे ऋषि वर! क्या आप अपने को सबसे बड़ा ज्ञानी मानते हैं, जो

आपने गायों को हांकने के लिए अपने शिष्यों को आदेश दे दिया? याज्ञवल्क्य ने कहा कि मां! मैं स्वयं को ज्ञानी नहीं मानता, परन्तु इन गायों को देख मेरे मन में मोह उत्पन्न हो गया है। गार्गी ने कहा कि आपको मोह हुआ, लेकिन यह इनाम प्राप्त करने के लिए योग्य कारण नहीं है। अगर सभी सभासदों की आज्ञा हो तो में आपसे कुछ प्रश्न पूछना चाहूंगी। अगर आप इनके संतोषजनक जवाब दे पाएं, तो आप इन गायों को निश्चित ही ले जाएं। सभी ने गार्गी को आज्ञा दे दी। गार्गी का प्रश्न था, 'हे ऋषि वर! जल के बारे में कहा जाता है कि हर पदार्थ इसमें घुल मिल जाता है तो यह जल किसमें जाकर मिल जाता है?' गार्गी का यह पहला प्रश्न बहुत ही सरल था, लेकिन याज्ञवल्क्य प्रश्न में उलझकर क्रोधित हो गए। बाद में उन्होंने आराम से और ठीक ही कह दिया कि जल अन्ततः: वायु में ओतप्रोत हो जाता है। फिर गार्गी ने पूछ लिया कि वायु किसमें जाकर मिल जाती है और याज्ञवल्क्य का उत्तर था कि अंतरिक्ष लोक में। पर गार्गी याज्ञवल्क्य के हर उत्तर को प्रश्न में बदलती गई और इस तरह गंधर्व लोक, आदित्य लोक, चन्द्र लोक, नक्षत्र लोक, देवलोक, इन्द्रलोक, प्रजापति लोक और ब्रह्मलोक तक जा पहुंची और अन्त में गार्गी ने फिर वही प्रश्न पूछ लिया कि यह ब्रह्मलोक किसमें जाकर मिल जाता है? इस पर गार्गी पर क्रोधित होकर याज्ञवल्क्य ने कहा, 'गार्गी, मति प्राक्षीर्मा ते मूर्धा व्यापप्त्त्'। अर्थात गार्गी, इतने प्रश्न मत करो, कहीं ऐसा न हो कि इससे तुम्हारा मस्तक फट जाए। अच्छा वक्ता वही होता है, जिसे पता होता है कि कब बोलना और कब चुप रहना है और गार्गी अच्छी वक्ता थी, इसीलिए क्रोधित याज्ञवल्क्य की फटकार चुपचाप सुनती रही। दूसरे प्रश्न में गार्गी ने अपनी जीत की कील ठोंक दी। उन्होंने अपने प्रतिद्वन्द्वी यानी याज्ञवल्क्य से दो प्रश्न पूछने थे तो उन्होंने बड़ी ही लाजवाब भूमिका बांधी। गार्गी ने पूछा, 'ऋषिवर सुनो। जिस प्रकार काशी या अयोध्या का राजा अपने एक साथ दो अचूक बाणों को धनुष पर चढ़ाकर अपने दुश्मन पर

लक्ष्य साधता है, वैसे ही मैं आपसे दो प्रश्न पूछती हूं।' गार्गी बड़े ही आक्रामक मूड में आ गई। याज्ञवल्क्य ने कहा- हे गार्गी, पूछो। गार्गी ने पूछा, 'स्वर्गलोक से ऊपर जो कुछ भी है और पृथ्वी से नीचे जो कुछ भी है और इन दोनों के मध्य जो कुछ भी है, और जो हो चुका है और जो अभी होना है, ये दोनों किसमें ओतप्रोत हैं? गार्गी का पहला प्रश्न 'अंतरिक्ष' और दूसरा 'समय' के बारे में था। अंतरिक्ष और समय के बाहर भी कुछ है क्या? नहीं है, इसलिए गार्गी ने बाण की तरह पैने इन दो प्रश्नों के जरिए यह पूछ लिया कि सारा ब्रह्माण्ड किसके अधीन है? याज्ञवल्क्य ने कहा, एतस्य वा अक्षरस्य प्रशासने गार्गी।' यानी कोई अक्षर, अविनाशी तत्व है जिसके प्रशासन में, अनुशासन में सभी कुछ ओतप्रोत है। गार्गी ने पूछा कि यह सारा ब्रह्माण्ड किसके अधीन है तो याज्ञवल्क्य का उत्तर था, अक्षर तत्व के! इस बार याज्ञवल्क्य ने अक्षर तत्व के बारे में विस्तार से समझाया। इस बार गार्गी अपने प्रश्नों के उत्तर से इतनी प्रभावित हुई कि जनक की राजसभा में उसने याज्ञवल्क्य को परम ब्रह्मिष्ठ मान लिया। इसके बाद गार्गी ने याज्ञवल्क्य की प्रशंसा कर अपनी बात खत्म की तो सभी ने माना कि गार्गी में जरा भी अहंकार नहीं है। गार्गी ने याज्ञवल्क्य को प्रणाम किया और सभा से विदा ली। गार्गी का उद्येश्य ऋषि याज्ञवल्क्य को हराना नहीं था। गार्गी वेदज्ञ और ब्रह्माज्ञानी थी तो वे सभी प्रश्नों के जवाब जानती थी। गार्गी के प्रश्नों के कारण 'बृहदारण्यक उपनिषद' की रचनाओं का निर्माण हुआ" मैत्रेय ने अपनी बात समाप्त की।

वहाँ उपस्थित हर व्यक्ति उन्हे धैर्य से सुन रहे थे।

महर्षि शैलेन्द्र मुस्कराये, परंतु वह अपने अगले प्रश्न के साथ तैयार हैं। "गार्गी और याज्ञवल्क्य के मध्य ब्रह्मचर्य के संवाद के बारे में बताइए"

मैत्रेय ने सभी पर ध्यान दिया। सभी उनके उत्तर की प्रतीक्षा कर रहे हैं।

"गार्गी ने कहा, ऐसा माना जाता है, स्वयं को जानने के लिए आत्म विद्‍या के लिए ब्रह्मचर्य अनिवार्य है। परन्तु आप ब्रह्मचारी तो नहीं। आपकी तो स्वयं दो पत्नियां हैं, ऐसे में नहीं लगता कि आप एक अनुचित उदाहरण प्रस्तुत कर रहे हैं? याज्ञवल्क्य ने कहा, ब्रह्मचारी कौन होता हैं गार्गी? इस पर गार्गी ने उत्तर दिया, जो परम सत्य की खोज में लीन रहे। फिर याज्ञवल्क्य ने प्रश्न किया, तो ये क्यों लगता हैं, गृहस्थ परम सत्य की खोज नहीं कर सकता। गार्गी ने कहा, जो स्वतन्त्र हैं वही केवल सत्य की खोज कर सकता। विवाह तो बंधन हैं। इस पर याज्ञवल्क्य ने पूछा, विवाह बन्धन हैं? तो गार्गी ने कहा, निःसंदेह। याज्ञवल्क्य ने प्रश्न किया, कैसे? तो गार्गी ने कहा, विवाह में व्यक्ति को औरों का ध्यान रखना पड़ता हैं। निरंतर मन किसी न किसी चिंता में लीन रहता हैं, और संतान होने पर उसकी चिंता अलग। ऐसे में मन सत्य को खोजने के लिए मुक्त कहां से हैं? तो निःसंदेह विवाह बन्धन हैं महर्षि। इस पर याज्ञवल्क्य ने पूछा, किसी की चिंता करना बन्धन हैं या प्रेम? गार्गी ने पूछा, प्रेम भी तो बन्धन हैं महर्षि? फिर याज्ञवल्क्य ने कहा, प्रेम सच्चा हो तो मुक्त कर देता हैं। केवल जब प्रेम में स्वार्थ प्रबल होता हैं तो वह बन्धन बन जाता हैं। समस्या प्रेम नहीं स्वार्थ हैं। इस पर गार्गी ने कहा, प्रेम सदा स्वार्थ ही होता हैं महर्षि। तब याज्ञवल्क्य ने कहा, प्रेम से आशाएं जुड़ने लगाती हैं, इच्छाएं जुड़ने लगती हैं, तब स्वार्थ का जन्म होता हैं। ऐसा प्रेम अवश्य बन्धन बन जाता हैं। जिस प्रेम में अपेक्षा न हो इच्छाएं न हों, जो प्रेम केवल देना जनता हो वही प्रेम मुक्त करता हैं। फिर गार्गी ने कहा, सुनने में तो आपके शब्द प्रभावित कर रहे हैं महर्षि। परन्तु क्या आप इस प्रेम का कोई उदाहरण दे सकते हैं? याज्ञवल्क्य ने कहा, नेत्र खोलो और देखो समस्त जगत निःस्वार्थ प्रेम का प्रमाण हैं। ये प्रकृति निःस्वार्थ का सबसे महान उदाहरण हैं। सूर्य की किरणें, ऊष्मा, उसका प्रकाश इस पृथ्वी पर पड़ता हैं तो जीवन उत्पन्न

होता हैं। ये पृथ्वी सूर्य से कुछ नहीं मांगती हैं। वो तो केवल सूर्य के प्रेम में खिलना जानती हैं और सूर्य भी अपना इस पृथ्वी पर वर्चस्व स्थापित करने का प्रयत्न नहीं करता हैं। ना ही पृथ्वी से कुछ मांगता हैं। स्वयं को जलाकर समस्त संसार को जीवन देता हैं। ये निःस्वार्थ प्रेम हैं गार्गी! प्रकृति और पुरुष की लीला और जीवन उनके सच्चे प्रेम का फल हैं। हम सभी उसी निःस्वार्थता से उसी प्रेम से जन्मे है और सत्य को खोजने में कैसी बाधा। इन उत्तरों को सुन गार्गी पूर्णतः संतुष्ट हो गई और कहती हैं, मैं पराजय स्वीकार करती हूं। तब याज्ञवल्क्य कहते हैं गार्गी तुम इसी प्रकार प्रश्न पूछने से संकोच न करो, क्योंकि प्रश्न पूछे जाते हैं तो ही उत्तर सामने आते हैं। जिनसे यह संसार लाभान्वित होता हैं"

मैत्रेय ने बिल्कुल सही उत्तर दिए जिन्हे सुन कर ऋषि शैलेन्द्र बहुत प्रसन्न हुए।

"पुत्री अपने हमें साबित कर दिया की आपको शास्त्रों का पूरा ज्ञान है। अब हम आपकी इच्छा अवश्य पूरी करेंगे।" ऋषि शैलेन्द्र ने कहा।

मैत्रेय और भालेन्द्र तैयार हैं, ऋषि शैलेन्द्र को अपने साथ ले जाने के लिए। भालेन्द्र प्रताप अपने रघुवंशी राजकुमार से मिलने आए।

"हम अपने रघुवंश के लिए कुछ अधिक तो नहीं कर पाए। किन्तु यह अवश्य आपको दे सकते हैं।" भालेन्द्र प्रताप ने एक अस्त्र भालेन्द्र को दिया, जो पत्थर से बना है।

"यह क्या है? भालेन्द्र, दादा, हमें नहीं पता हम आपको किस नाम से बुलाएं" भालेन्द्र ने कहा।

"दादा ठीक है, यह पत्थर हमें उस राक्षस ने दिया था, जो सुना है अब रघुवंश के मित्र हैं"

"आप सिर दार गिरिराज के कबीले की बात कर रहे हैं?" भालेन्द्र ने पूछा।

"अब कौन उनका मुख्य है, हम नहीं जानते, पर हम शुक्राचार्य के रक्त की बात कर रहे हैं। जब भी आप कठनाई में हो, इसे उनके पास लेकर जाइए, इसका उपयोग बस उनका परिवार कर सकता है"

"अगर इसका उपयोग बस उनका परिवार कर सकता है तो यह आपके पास क्यों है?" मैत्रेय ने पूछा।

"प्रेम, जिसकी बात अपने कुछ समय पहले की। जब हम उस कबीले पर वार करने गए थे, वहाँ की एक स्त्री से हमें प्रेम हो गया था। हम विवाह नहीं कर सकते थे, इसलिए उन्होंने निस्वार्थ, हमें यह दिया ताकि हम उन्हें भूले ना। उन्होंने कहा था की वह हर जन्म में हमें रिझाने का प्रयत्न करेंगी और इस पत्थर के कारण हम उन्हें पहचान जाएंगे।" भालेन्द्र प्रताप ने मुस्कराते हुए कहा।

"तो आप यह हमें क्यों दे रहे हैं?" मैत्रेय ने पूछा।

"क्योंकि हम इस जनम में विवाह तो नहीं कर सकते, और जब भी मौत आएगी हमें भरोसा नहीं की हमारी आत्मा इस दुनिया में वापस आ पाएगी, राजकुमारी।" कहते हुए भालेन्द्र प्रताप की आंखें उदास हो गई।

"आप विवाह क्यों नहीं कर सकते, और आप ऋषि हो कर नरक जाने की कैसे सोच सकते हैं? या आपको लगता है, वह स्त्री राक्षस थी, तो उसकी आत्मा नरक जाएगी?" मैत्रेय ने पूछा।

मैत्रेय के इन प्रश्नों से भालेन्द्र परेशान होने लगे। उन्हें समझ नहीं आ रहा था, वह मैत्रेय को कैसे समझाए की वह किसके सामने खड़ी हैं।

"राजकुमारी, नरक के सिवा भी कई अंधेरी दुनिया हैं, इस संसार में" भालेन्द्र प्रताप ने मैत्रेय से बड़े प्रेम से कहा। "और हम

एक क्षत्रिय हैं ब्राह्मण नहीं, एक रघुवंशी" भालेन्द्र प्रताप के स्वर में घमंड है।

मैत्रेय ने उस पुरुष के स्वर में एक दुख:अनुभव किया। "हमें नहीं पता, यह पत्थर किस तरीके का अस्त्र है। किन्तु यह प्रेम में दिया गया है, हम ह्रदय से प्रार्थना करते हैं, की आपको आपका प्रेम एक दिन जरूर मिले।" मैत्रेय ने उस अस्त्र को अपने दोनों हाथों से धक कर आंखें बंद करके कहा।

उनकी मासूमियत पर दोनों भालेन्द्र मुस्कराये। भालेन्द्र प्रताप वहाँ से चले गए।

मैत्रेय ने भालेन्द्र से कई प्रश्न किए, भालेन्द्र जितना अपने पूर्वज के बार में जानते थे उन्होंने बताने का प्रयत्न किया। परंतु मैत्रेय बहुत कुछ पहले से जानती थी। मैत्रेय अपने पति भालेन्द्र और ऋषि शैलेन्द्र के साथ अपने राज्य के लिए निकली।

गिरिराज और दंडक अपने वन के लिए कुछ जड़ी बूटी लेने गए। उन्हे कार्तिक अमावस्या से पहले अपने वन की सुरक्षा में पहुँचना था। परंतु, उन्हे देरी हो गई, यही बात गिरिराज के मन में घूम रही है।

"मत्स्य राज्य के राजकुमार नीरनाथ, हर वर्ष की तरह अपनी विशालकाय मतस्य के साथ सैर पर जा रहे हैं। आप पिछले 2 वर्ष से नहीं गए, आपको जाना चाहिए।" गिरिराज ने कहा।

"हम तंत्र विद्या पर ध्यान दे रहे हैं, पिताजी। हम आपकी तरह अपने वनों को सुरक्षा देना चाहते हैं।" दंडक ने कहा।

"आप, मनुष्य राज्य से आने के पश्चात बहुत समझदार हो गए हैं।" गिरिराज ने मुस्कराते हुए कहा।

परंतु उनके स्वर में गर्व है।

"समझदार व्यक्ति को ही जीवन में वह मिलता है। जिसकी इच्छा वह रखता है।" दंडक ने कहा।

गिरिराज समझ गए, उनके पुत्र का क्या संकेत है। जब से भालेन्द्र का विवाह उस स्त्री से हुआ है, दंडक थोड़े शांत हो गए हैं। गिरिराज ने विचार था की भालेन्द्र से मिलने के पश्चात शायद यह दूरियाँ कम होंगी। परंतु, दंडक जैसे इन बातों को हृदय से निकालना ही नहीं चाहते।

"आप भी हमेशा भालेन्द्र को देख कर सोचते हैं, काश आपका पुत्र भी वैसा होता।"

दंडक की बात गिरिराज के हृदय पर लगी। दंडक सही कह रहे थे, गिरिराज ने हमेशा भालेन्द्र को अपने पुत्र से अधिक सम्मान और प्रेम दिया। दंडक की हर गलती पर वह भालेन्द्र की बात करते थे। इस में कुछ असत्य नहीं था की गिरिराज कर्मों से सम्मान दे सकते थे, झुठ उनके बस की बात नहीं थी। परंतु, प्रेम वह अपने पुत्र से करते हैं, इसी कारण वह उसे और शक्तिशाली बनाने के लिए सख्त रहते हैं।

गिरिराज, कभी-कभी विचार करते हैं कि काश वह भी भूपति की तरह बर्ताव कर पाते। भूपति का अपने पुत्र के लिए प्रेम भी दिखता है और वह सख्त भी हो जाते हैं। गिरिराज ने लंबी सांस ली, उन्हे प्रयत्न तो करना पड़ेगा, अगर उनका पुत्र इतना प्रयास कर रहा है तो उन्हे भी अपना प्रेम जताना होगा।

"पुत्र, हम" गिरिराज ने कहने का प्रयत्न किया पर उन्हे कुछ अनुभव हुआ।

वह अपने वन के समीप पहुंचे ही थे, उनका भय जैसे सत्य रूप लेने लगा।

जंगलों के बाहर गिरिराज सतर्क हो गए।

"वन की सीमा के अंदर जाओ, शीघ्र।" गिरिराज ने चिल्ला कर कहा।

"पिता जी क्या हुआ है?" दंडक ने पूछा।

"आप अंदर जाइए, पुत्र।" गिरिराज ने फिर आदेश दिया।

गिरिराज भी अपने जंगल के सुरक्षा घेरे के अंदर गए। अमावस्या की रात के घोर अंधेरे में वन की सीमा पर बिजली सी चमकी, आस पास जैसे धमाका सा हुआ।

"क्यों सिर दार, भयलीन हो गए?" सीमा के बाहर से कुछ आवाज आई।

गिरिराज ने मुड़ कर देखा, वह शक्तियां गिरिराज की सीमा पर किसी काले साये की तरह मंडरा रही हैं।

"आपने तो अपने लिए कैद ही बना ली, सिर दार" एक आवाज ने कहा।

"लगता है इन राक्षसों ने यही छुप कर रहने का निर्णय कर लिया है" दूसरी आवाज ने कहा।

"कब तक छुपेंगे, इंसानों के माँस की भूख कभी तो बाहर लाएगी इन्हें।" पहली आवाज ने कहा।

"तब तक हम कोई और रास्ता ढूंढ लेंगे, इस जंगल में प्रवेश का। इन्हें भय से बिल में घुसने दो।" दूसरी आवाज ने कहा।

"हमें कोई भय नहीं हैं" दंडक अपना घोड़ा दौड़ता हुआ सीमा से बाहर निकला।

"दंडक रुको।" गिरिराज चिल्लाता हुआ बाहर गया, उसने अपने घोड़े को और तेज दौड़ाया, इतना की वह अपने पुत्र से आगे निकल सके, गिरिराज पहले सीमा से बाहर आया, उसने अपना त्रिशूल निकाला और सीमा की ओर किया।

दंडक का घोड़ा उस अदृश्य दीवार से टकरा गया और दोनों धरती पर गिर पड़े। अब कोई उस सीमा से बाहर भी नहीं आ सकता। दंडक और उनके कबीले के सिपाही सीमा के अंदर अटक गए और गिरिराज अकेला उन नरक की शक्तियों के साथ सीमा के बाहर रह गया।

"पिताजी, हमें बाहर आने दीजिए" दंडक चिल्लाया।

उन शक्तियों ने रूप लेना शुरू किया, किसी काले साये से बने इन जीवों ने गिरिराज पर प्रहार किया। गिरिराज ने अपने त्रिशूल से उन पर प्रहार किया। उस साये में गिरिराज को सूर्यवादन का चेहरा दिखा।

"तो आज आपका चेहरा दिख ही गया, तुचछ कपटी मनुष्य" गिरिराज चिल्लाया।

उस साये से बना सूर्यवादन घबरा गया। वह गिरिराज से दृष्टि नहीं मिला पा रहा था। गिरिराज ने उस साये पर प्रहार किया, जिस पर उसे सूर्यवादन दिखा था। वह साया दर्द में चिल्लाया, सारे सायों ने मिल कर गिरिराज के आस पास बवंडर बनाना शुरू किया और उस पर हमला करने लगे।

"आप जानते हैं, आज कार्तिक अमावस्या है, आज हमारी शक्ति का कोई मेल नहीं।" एक साये ने गिरिराज पर वार करते हुए कहा, जिससे गिरिराज के हाथ में लगी।

"कुछ क्षणों में जब आपके स्वामी आपको पुनः कैद कर लेंगे, फिर यह अहंकार देखेंगे हम। दुष्ट शक्तियों।" गिरिराज ने कहा।

गिरिराज ने बहादुरी से उन सायों पर हमला किया, परंतु उसने अपना पूरा ध्यान सूर्यवादन पर रखा। सूर्यवादन के साथी, उसे बचाने का प्रयत्न कर रहे हैं। किन्तु गिरिराज ने अपनी शक्ति से

सूर्यवादन की आत्मा को फंसा लिया, जिसके कारणवश सूर्यवादन के साथी भी कुछ नहीं कर पा रहे।

गिरिराज मीलो दूर से सूर्यवादन की आत्मा पर हमला कर रहा है। जिसके कारण, उसके सायों की शक्ति कम हो रही है।

"दीपावली, की इस पवित्र रात के अंधकार का लाभ उठा कर, इन दुष्ट शक्तियों को हमारे वन में भेजा आपने, यह हम क्षमा नहीं करेंगे।" गिरिराज ने चुनौती दी।

गिरिराज ने एक शीशी निकाली और अपने त्रिशूल की शक्ति से, उसने उन साये को शीशी में भरना शुरू किया। धीरे- धीरे वह साये, उस शीशी में कैद होने लगे। बहुत प्रयत्न करने के पश्चात, वह साये गिरिराज के समक्ष शक्तिहीन होने लगे।

जब सारे साये उस शीशी के अंदर चले गए, तभी एक धमाका हुआ। गिरिराज के हाथ की शीशी टूट गई और उन सायों ने साथ में गिरिराज पर हमला कर दिया।

गिरिराज को संभालने का समय नहीं दिया, वह साये उनके प्राण लेने लगे, गिरिराज ने एक आखिरी वार किया और उन सायों को हराकर सूर्यवादन को अधमरा कर दिया।

गिरिराज में शक्ति नहीं बची। जिससे दंडक और उनके कबीले के सिपाही सीमा से बाहर आ पाए। वह स्वयं को संभाल नहीं पाए, अपने घोड़े से नीचे गिरे।

दंडक ने अपने पिता को उठाया। "पिताजी हम अभी आपको वैद्य के पास लेकर जा रहे हैं, आप बस कुछ देर रुकिए।"

गिरिराज के प्राण जा चुके थे, वह अपने पुत्र के गोद पर आने से पहले ही इस मृत्युलोक को छोड़ कर जा चुके थे।

पाठ - 17

जीतवंश

रघुवंश में पूजा की तैयारियाँ चल रही हैं, उनका राज्य किसी दुल्हन की तरह सजा लग रहा है, देवताओं और ब्राह्मणों को प्रसन्न करने के लिए सारी व्यवस्था की गई है। हर राज्य से आई हुई स्त्री और राजकुमारियों को पूजा के काम में लगाया गया है। अपितु कोई स्त्री अपने घमंड में ना भी करना चाहे तो दूसरी स्त्री की मस्ती देख कर वह भी उन कामों में भाग ले रही थी।

स्त्री को ऐसे देवताओं को प्रसन्न करते देख कर, हर व्यक्ति बहुत हर्षित था।

ऋषि शैलेन्द्र ने राजकुमारी मैत्रेय की जो परीक्षा ली थी, उसकी चर्चा पूरे भारतवर्ष में हुई। जिससे हर व्यक्ति उनका सम्मान करने लगा। महर्षियों को ऐसे प्रसन्न करना कोई आम बात नहीं। लोग जितना उनका सम्मान करते हैं, उतना ही उनसे भयभीत होते हैं।

"हमें, हमारा राज्य अपना ही नहीं लग रहा।" भूपति ने महरानी रक्षसामर्दानी से कहा।

"क्यों महाराज?"

"हर ओर हंसी ठिठोली, हर कोने में रंग। योद्धाओं का राज्य ऐसा नहीं होता है, महारानी"

"उसका समय भी आएगा महाराज जब योद्धा अपना प्रदर्शन करेंगे। इसे संतुलन कहते हैं। जब स्त्री प्रवृत्ति और पुरुष प्रवृत्ति साथ मिल कर काम करती हैं, तब दुनिया स्वर्ग बन जाती है, जहां कोई प्रधान नहीं होता, बल्कि संतुलन होता है।"

भूपति ने महारानी के सामने थोड़ा सिर झुकाया।

"हमारे सुख चैन छीन कर, आप दोनों यहाँ हँसी ठिठोली कर रहे हैं?" सूर्यवादन ने उनके समीप आकर कहा।

सूर्यवादन को सामने देख कर, जैसे महरानी आग बाबुला होने लगी। उनकी बात तो भूपति को भी पसंद नहीं आई थी। किन्तु उनका ध्यान सूर्यवादन की हालत ने खींच लिया। सूर्यवादन बहुत ही दुर्बल दिख रहे हैं। जैसे वह किसी गंभीर बीमारी से जूझ रहे हो। सुखदेव उन्हें संभालने के लिए साये की तरह उनके साथ चल रहे हैं।

"अपने मित्र को धोखे से मार कर, उनकी पत्नी पर पापी दृष्टि रखने वाले व्यक्ति का सिर्फ चैन नहीं जीवन छिन जाना चाहिए। परंतु आप तो बेशर्मों की तरह सामने ही खड़े हैं।" मैत्रेय ने अपनी माँ के पास आते हुए कहा।

सूर्यवादन क्रोध में आ गया, किन्तु उसने अपने आस पास देखा कि किसी ने सुना तो नहीं।

"राजकुमारी, अपनी माँ की बातों में आकार बहुत बड़ी गलती की है आपने" सूर्यवादन ने उन्हें धमकी के स्वर में कहा।

"आप कहना चाहते हैं, हमारे पुत्र को चुन कर हमारी बहु ने गलती की थी सूर्यवादन?" भूपति ने अपने और सूर्यवादन के बीच की दूरी कम करते हुए कहा।

सूर्यवादन थोड़ा घबराया "हमारे पुत्र का हृदय तोड़ा गया है, हमसे क्या उम्मीद है आपको भूपति?"

"जब मैत्रेय आपके पुत्र के साथ थी, तब आपने उनका विवाह किसी और स्त्री से करा दिया। अब हमारे सामने अपने पुत्र की प्यारी गुड़िया छिन जाने की शिकायत ना करें, सूर्यवादन। चलिए कुछ पुरुषों वाली बाते करें।" भूपति ने सूर्यवादन के कंधे पर हाथ रखा और उन्हें अपने साथ ले गए।

"यह पलट कर जरूर डसेगा" रक्षसामर्दानी ने सूर्यवादन को देख कर कहा।

जब से सूर्यवादन सामने आया था, यह पहले शब्द थे जो रक्षसामर्दानी के मुख से निकले थे। मैत्रेय ने जानती थी, सूर्यवादन की घिनौनी हरकत ने महारानी को तोड़ दिया था।

"उससे पहले हम उसका सिर कुचल देंगे।" मैत्रेय ने कहा।

"नहीं पुत्री आपको इसके दुष्कर्म के लिए सचेत रहना होगा।" रक्षसामर्दानी ने अपनी पुत्री का हाथ सख्ती से पकड़ कर कहा।

राजकुमार योगवादन, वृश्चिक के साथ, जीतवंश पहुंचे, शाम का समय हो रहा है। वृश्चिक अपने व्यापारी नांव में राजकुमार को लेकर गया। जीतवंश में व्यापारियों की स्थिति बहुत ही उत्तरीन है, यह तो योगवादन जानते थे, इतनी की वहाँ के क्षत्रिय अपनी मनमानी नहीं कर पाते थे। जिसके कारण इस राज्य में शक्ति से दबाना सरल नहीं था और शीत युद्ध इस राज्य के बीच आम बात थी।

जिस समय चंद्रवादन ने इस राज्य पर शासन शुरू किया, सूर्यवादन ने यहाँ के क्षत्रियों को स्वयं की ओर करने का प्रयत्न किया। क्षत्रियों को अधिक शक्ति मिलने पर व्यापारियों ने शासन का साथ छोड़ ही दिया, किन्तु चंद्रवादन का एक ब्राह्मण कन्या से बल के प्रयोग ने ब्राह्मणों को भी विरोध में कर दिया।

शूद्रों की स्थिति किसी भी राज्य में अच्छी नहीं होती। किन्तु सूर्यवादन के सिपाहियों की मनमानियों ने शूद्रों को भी विरोध में कर दिया। उन्हें अपनी स्त्री और परिवार की सुरक्षा के लिए सामने आना पड़ा।

सभी उस नांव में जीतवंश के भविष्य के लिए मिल रहे हैं। योगवादन नांव के अंदर गया, वहाँ कुछ बहुत ही सुंदर महिलायें घूम रही हैं। जिनकी अदाएं एवं ब्राह्मणों के बने मुँह ही निशानी हैं, उन स्त्री की वास्तविकता बताने के लिए।

"वादन राज्य के राजकुमार, आपसे मिलने का पहली बार सौभाग्य मिला।" केसर ने योगवादन के सामने अपने हाथ जोड़ कर कहा।

योगवादन कैसे उससे दृष्टि नहीं हटा पा रहा थे, यह केसर और उनके साथ आई और वैश्या ने देखा। योगवादन शर्मा गए।

"वृश्चिक जी, आप क्या हमें अलग से नहीं बुला सकते थे" ब्राह्मण त्रिमूर्ति ने कहा।

वह जितना उस वैश्यासे घिन कर रहे थे, उतने ही क्रोध से वह योगवादन को देख रहे थे।

"अलग से, महरानी रक्षसामर्दानी के राज्य में आपको यह दर्जा कभी नहीं मिला है, ब्राह्मण देवता" कहते हुए केसर उनके समीप आई।

"शिव शंभु, शिव शंभु, शिव शंभु" कहते हुए वह ब्राह्मण अपने स्थान से उठ कर दूर चला गया।

उनकी यह हरकत देख कर वहाँ उपस्थित सभी पुरुष मुस्कराने लगे।

"केसर जी आप ब्राह्मणों को जानती है, तो क्यों उन्हें परेशान कर रही हैं।" वृश्चिक ने हँसते हुए कहा।

"आप हमारे समीप आ सकती हैं, हम दूर नहीं जाएंगे।" शूद्रों के मुख्य त्रिफला ने कहा।

"आप तो हर समय हमारे वैशयाघर में ही रहते हैं, हमें कुछ नया चाहिए अब।" केसर ने शरारत से कहा।

"क्या हम जीतवंश को बचाने के लिए यहाँ मिल रहे हैं, या फिर इन वैश्याकी इच्छा पूर्ति के लिए?" ब्राह्मण ने कहा।

"केसर, बस करिए" वृश्चिक ने उन्हें शांत रहने का संकेत किया। "पंडित त्रिमूर्ति की पुत्री का अपहरण हुआ था। उन्हें इच्छा के बिना अपनी पुत्री, राजकुमार चंद्रवादन को देनी पड़ी। उनके लिए यह समय बहुत दुखद है।"

वृश्चिक की बात सुन कर योगवादन दंग रह गए, उस ब्राह्मण की आंखें गीली हो गई। उस पिता के मुख में पुत्री के लिए यह मोह देख कर योगवादन को भी बहुत दुख: हुआ। उनके पिता और भाई के दोषों के कारण यहाँ एक ब्राह्मण की आंखें आँसुओं से भर रही।

"हमें क्षमा करिए पंडित जी, हमसे अधिक आपका दुख:कोई नहीं समझ सकता।" केसर ने कहा।

त्रिमूर्ति ने केसर के क्षमा मांगने पर भी उसे ऐसे देखा, जैसे उसने उलटी की हो। केसर को यहाँ देख कर बुरा लगा, किन्तु उसने इस समय यह अनदेखा करने का प्रयत्न किया।

"जब ब्राह्मण सुरक्षित नहीं तो इस राज्य में कोई सुरक्षित नहीं" त्रिफला ने कहा।

"जब तक महरानी यहाँ राज्य कर रही थी, यह राज्य बस प्रगति की ओर था। किन्तु इस राज्य ने महारानी की बात ना मान कर, उन्हें अपमानित किया। इसका हर्जाना भर रहे हैं, हम सब" वृश्चिक ने कहा।

"वृश्चिक आप महारानी के चमचे हैं, किन्तु यहाँ राजा महाराज इंद्रजीत थे और उनके जाने के पश्चात इस दुर्गति का आरंभ हुआ है।" दूसरे ब्राह्मण ने कहा।

"राजकुमारी को ही उस दुष्ट चंद्रवादन से विवाह करना था। अन्यथा कोई बाहरी व्यक्ति हमारे राज्य का शासन कैसे संभाल सकता है?" त्रिमूर्ति ने कहा।

"राजकुमारी का इस में कोई दोष नहीं, वह बहुत पवित्र आत्मा हैं" त्रिफला ने कहा।

"आप तो उनकी अच्छाई करेंगे, वहां शूद्रों के लिए ही तो सब करती थी!" एक ब्राह्मण ने कहा। "जब उनके राज्य को उनकी आवश्यकता थी, वह विवाह करके सुखी जीवन जीने चली गई।"

"आप तो ऐसे कह रहे हैं, जैसे राजकुमारी इस राज्य की उत्तराधिकारी थी। वह इस राज्य की पुत्री थी, उन्हें तो विवाह करके ही जाना था।" केसर ने सब को शीशा दिखाते हुए कहा "जब महारानी ने वादन परिवार की वास्तविकता सभा में बताई, तो उन्हें पागल साबित कर दिया, अब उन पर ही दोष डाले जा रहे हैं?"

"हम एक वैश्यासे राजपाट के बारे में नहीं सुन सकते, आपके साथ इस नाव में आने के लिए ही हमें एक माह का शुद्धिकरण करना होगा" त्रिमूर्ति ने चिढ़ कर कहा।

"हमें तो लगा, यह सभा जीतवंश की राजमाता और पुत्री ने ही रखी है।" योगवादन ने कहा।

उनकी बात सुन कर सभी अचंभित हो कर एक दूसरे को देखा। वहाँ सन्नाटा फैल गया।

"एक व्यापारी सभा कब से लेने लगा, एक वैश्या यहाँ किसी के मनोरंजन के लिए नहीं बल्कि वार्ता में उपस्थित है। क्या आपको दिख नहीं रहा की राजकुमारी मैत्रेय रघुवंश में रह कर, यहाँ

जीतवंश की शक्ति को एकत्र कर के, वादनवंश के विरुद्ध सेना बना रही हैं? वह भी बिना क्षत्रिय के।" योगवादन कहते हुए मुस्कराया।

सब शांत हो कर उन्हें देख रहे हैं।

"राजमाता और राजकुमारी हमारी सहायता करना चाहती हैं।" त्रिफला ने पूछा।

"उससे अधिक, वहां अपने राज्य की सहायता करना चाहती हैं। वादनवंश के चंगुल से बचा कर। इस राज्य के तो क्षत्रिय राजकुमारी के विरुद्ध थे, किन्तु अब उनके पास रघुवंश की सेना है। रघुवंश के मित्र राक्षसों की सेना है।" वृश्चिक ने कहा।

"तो यह वादनवंश का बीज यहाँ क्या कर रहे हैं?" त्रिमूर्ति ने कहा।

"हम जानते हैं, हमारी माँ की इच्छा के कारणवश सब को लगता है, हम अपने भ्राता को राजपाट के लिए चुनौती देंगे। किन्तु, हम ऐसा नहीं करने वाले, हम अपने पिता, अपने भ्राता को कभी धोखा नहीं देंगे।" योगवादन ने कहा।

त्रिफला ने स्वयं की तलवार निकाली और योगवादन पर वार किया "यहाँ से ना करके जाने के लिए आप बहुत कुछ देख चुके हैं"

योगवादन पीछे हटा उसने भी तलवार निकाली और त्रिफला पर वार किया। दोनों ने एक दूसरे पर जान लेवा वार करने शुरू किए। त्रिफला, योगवादन की तरह सटीक नहीं थे, किन्तु उनकी ताकत अद्भुत थी। वृश्चिक दोनों के बीच आए।

"बस करिए त्रिफला, हमने राजकुमार योगवादन को यहाँ विश्वास से बुलाया है।" वृश्चिक ने दोनों को रोका।

"विश्वास, एक वादन पर?" त्रिमूर्ति ने कहा।

"हमारी राजमाता इन पर विश्वास करती हैं, वैसे भी उनकी बात ना मान कर जीतवंश को पतन का रास्ता दिखा चुके हैं, हम सब। अब उनकी बात को सम्मान दीजिए, ब्राह्मण।" वृश्चिक ने त्रिमूर्ति के सामने अपने हाथ जोड़े, किन्तु उनके स्वर में घमंड है।

चंद्रवादन को स्त्रियों ने घेरा हुआ है। वह उनसे बात करने का प्रयत्न कर रही हैं। किन्तु चंद्रवादन का ध्यान दूसरी स्त्रियों पर है, जो निरंतर राजकुमार भालेन्द्र को देख रही हैं। जिनका पूरा ध्यान महल की सुरक्षा व्यवस्था देखने में है।

"राजकुमार भालेन्द्र" कहते हुए चंद्रवादन उनके समीप आए।

भालेन्द्र ने चंद्रवादन को देखा। उनका चंद्रवादन से मिलने का जरा भी मन नहीं था। उनके पिता ने उन्हें समझाया था, की उन्हें चंद्रवादन को रास्ते से हटा दो, भालेन्द्र ने विचार नहीं किया था, परंतु चंद्रवादन में अब उन्हें उनका मित्र नहीं दिख रहा, केवल वह धोखेबाज दिख रहा है, जिस ने उनसे कई झूठ कहे, उन्हें बहकावे में रखा।

"राजकुमार चंद्रवादन, हमें लगा था, आप नहीं आएंगे" भालेन्द्र ने कहा।

चंद्रवादन मुस्कराये "मैत्रेय की झलक देखने का अवसर हम कैसे छोड़ सकते हैं?"

भालेन्द्र ने क्रोध में उन्हें देखा।

"हमें लगा था आप अच्छे मित्र हैं, जैसे रघुवंशियों की कहानिया प्रसिद्ध हैं। अपने मित्र की होने वाली पत्नी की हत्या का प्रतिशोध लेने के लिए पाँच राजकुमारों ने राजपाट त्याग दिया। आपको देख

कर विचार करें तो लग रहा है, एक ही स्त्री के प्रेम का प्रतिशोध उन्होंने एक दूसरे से तो नहीं ले लिया।"

"चंद्रवादन, आप हमारे सब्र का बांध तोड़ रहे हैं" भालेन्द्र ने कहा।

"अच्छा, सुना है आपके मित्र दंडक ने भी आपसे मित्रता तोड़ दी है। वह भी तो मैत्रेय के दीवाने थे।"

"बस करिए।" भालेन्द्र ने चंद्रवादन के समीप जाकर कहा।

भालेन्द्र के विशाल शक्तिशाली शरीर के सामने चंद्रवादन का नशे में डूबा शरीर बहुत दुर्बल लग रहा है। पर वह पीछे नहीं हटा।

"आप हमारी पत्नी से विवाह कर सकते हैं और हम वह सत्य भी ना कहे, जो सब जानते है?" चंद्रवादन ने कहा।

"सत्य की बात आप कर रहे चंद्र?" मैत्रेय ने अपने पति के कंधे पर हाथ रखते हुए कहा। भालेन्द्र को चंद्रवादन से कुछ दूर किया "सत्य यह है कि आप एक हत्यारे, भ्रष्ट और घटिया पुरुष के पुत्र हैं। आपके विचार में, हमारे पति को उनकी मित्रता स्मरण करा कर, हमारे विरुद्ध भड़काएंगे? तो सुनिए, हम कभी आपके नहीं थे, शायद शूद्रों और वैश्यों के लिए सहानुभूति, हमें आप पर प्रेम दिखने के लिए मजबूर करती थी, क्योंकि आप उनसे अधिक नहीं, एक नाचने गाने वाला राजकुमार"

"मैत्रेय।" चंद्रवादन ने बहुत क्रोध में कहा।

"अभी आपका चेहरा देख कर हमें अनुभव हुआ की अगर इस मुख के आकर्षण में हम फंस गए होते, तो असल पुरुषार्थ का अनुभव तो हम कभी कर ही नहीं पाते। हमें अपने समीप रखने के लिए, आपको हमारे रिश्ते के बारे में झूठ कहना पड़ा। परंतु राजकुमार भालेन्द्र ने किसी के साथ छल नहीं किया, उन्हें इसकी

आवश्यकता नहीं। वह इतने आकर्षक हैं की उनकी एक दृष्टि ही हमें अपने ओर खींच लेती हैं।

भालेन्द्र को समझ नहीं आ रहा था, की मैत्रेय ऐसी बाते क्यों कर रही हैं।

"किसे मूर्ख बना रही हैं, मैत्रेय। जब आपके पति को हमने कहा था की जंगल में हमारे बीच की सारी सीमाएं पार हो गई, तो वह मान गए थे। वह मान गए थे, की उतने कम में समय में सीमाएं पार हो सकती हैं। इससे भालेन्द्र के पुरुषार्थ के बारे में काफी कुछ पता चलता है।" चंद्रवादन ने खिल्ली उड़ाया।

चंद्रवादन की बात सुन कर भालेन्द्र शर्मिंदा हो गए। उनके पिता जी ने भी, उन्हें ऐसे ही शक से उस दिन झरने में देखा था, जब उन्होंने अपने पिता को चंद्रवादन का झूठ बताया था।

"इससे उनके नहीं, भालेन्द्र आपके पुरुषार्थ के बारे में क्या विचार रखते हैं, वह पता चलता है।" मैत्रेय कहते हुए हंसी।

"बहुत गर्व है ना आपको आपके पति पर, क्या आप जानती हैं विवाह से पहले, आपके पति एक वैश्या के साथ दिन रात गुजरते थे। कल हमने भी उनके साथ रात गुजरी। अब हमारी प्रेमिका आपकी हुई भालेन्द्र, तो आपकी हमारी" चंद्रवादन ने कहा।

भालेन्द्र ने कभी यह बात अपनी पत्नी के सामने नहीं आने दी थी। चंद्र ने जैसे मैत्रेय की तुलना एक वैश्यासे की, भालेन्द्र अपना आपा खोने लगे, किन्तु वह अपनी पत्नी से दृष्टि मिलने में शर्मिंदा महसूस कर रहे हैं।

"अच्छा किया आपने भालेन्द्र की छोड़ी हुई प्रेमिका को अपना लिया। हमने आपको छोड़ा, भालेन्द्र ने उन्हे। आप दोनों एक दूसरे का दुख:बांटने के लिए नाचना गाना कर सकते हैं। यही तो पसंद है आप दोनों को, नाचना गाना और हर रात किसी नए व्यक्ति के

साथ सोना।" मैत्रेय की आवाज में इतनी कठोरता था की चंद्रवादन ने अपना आपा खो दिया।

"मैत्रेय" कहते हुए चंद्रवादन उनकी ओर बढ़े।

मैत्रेय आराम से पीछे हट गई और रघुवंशी सिपाहियों को संकेत किया। मैत्रेय ने भालेन्द्र को चंद्रवादन को हाथ भी लगाने नहीं दिया। रघुवंशी सिपाहियों ने चंद्रवादन को रोक, चंद्रवादन के सिपाही उन्हें बचाने आगे आए।

"इन्हें ले जाइए, हमारे पति की शक्ति का अनुभव आप नहीं करना चाहेंगे।" मैत्रेय ने फिर हँसते हुए कहा।

रघुवंशी सैनिक, चंद्रवादन और उनके सैनिकों को वहाँ से बाहर ले गए। चंद्रवादन की दृष्टि केवल मैत्रेय और भालेन्द्र पर है।

मैत्रेय ने अपने पति से नजरे मिलाई, जैसे वह कुछ छुपा रहे हो "क्या हुआ भालेन्द्र, क्या आपको हमारा चंद्रवादन से ऐसे बात करना पसंद नहीं आया। वह आपको नीचा दिखाने प्रयत्न कर रहे थे, सदैव की तरह। हमारा तो मन कर रहा था, उनका मुँह नोच लें, किन्तु उन्हें मारने का कोई असिर नहीं होना था, चंद्रवादन क्या कोई हमारे सामने, हमारे पति को नीचा नहीं दिखा सकता।"

भालेन्द्र ने मुस्करा कर कहा "अपने जो भी किया, हमें उससे कोई परेशानी नहीं।" कहते हुए भालेन्द्र ने मैत्रेय को अपनी बाँहों में लिया।

"क्या हुआ, आपको क्या परेशान कर रहा है?" मैत्रेय ने भालेन्द्र को रोक कर पूछा।

"हम आपको प्रेम कर रहे हैं और आपको हम परेशान लग रहे?" भालेन्द्र ने बात बदलने का प्रयत्न किया।

"बताइए" मैत्रेय ने भालेन्द्र को रोकते हुए पूछा।

भालेन्द्र, मैत्रेय से नजरे नहीं मिला पा रहे थे। मैत्रेय उन्हें ऐसे परेशान देख कर चिंतित हुई। भालेन्द्र ने लंबी सांस ली "हम नहीं चाहते थे, आपको रूपवती के बारे में कभी पता चले, जब से आपको पहली बार आपके महल में देखा, हमने फिर किसी स्त्री को नहीं देखा, मैत्रेय।"

भालेन्द्र इतना शर्मिंदा थे की मैत्रेय मुस्करा दी। भालेन्द्र समझ नहीं पा रहे थे, मैत्रेय मुस्करा क्यों रही हैं।

"मैत्रेय, आप हमसे क्रोधित हो सकती हैं।" भालेन्द्र ने मैत्रेय को अपनी बाँहों में रखा।

मैत्रेय ने वहाँ खड़े बाकी दर्शकों को देखा, और अपने पति को दिखने का प्रयत्न किया, परंतु यह एक बात थी जो भालेन्द्र कभी नहीं समझते थे।

"क्रोध, उस समय के लिए, जब हमारा अस्तित्व भी नहीं जानते थे। परंतु सच में विचार वाली बात है, आप चंद्रवादन की बात से मूर्ख कैसे बन गए।" मैत्रेय तेज हँसी।

भालेन्द्र ने मुँह बनाया "आप सब हमारा परिहास करते हैं। शायद हम वही मानना चाहते थे, हम स्वयं को आपके काबिल नहीं मानते थे, यह मानना सरल था।"

मैत्रेय ने कोई उत्तर नहीं दिया, जैसे उनके मन में शरारत चल रही हो पर वो किसी के सामने कुछ कहना ना चाहती हो।

भालेन्द्र ने उन्हे घूरा और मैत्रेय समझ पाती की उनके पति क्या विचार कर रहे हैं, उससे पहले ही भालेन्द्र ने उन्हे अपनी बाँहों में उठा लिया।

"अब हम बताते हैं, हमारी समझ से कितना समय लगता है।" भालेन्द्र ने कहा और सब के सामने वह मैत्रेय को अपने महल की ओर लेकर गए।

मैत्रेय ने उन्हे रोकने का प्रयत्न किया, परंतु भालेन्द्र की मनमानी पहले महल के कर्मचारियों तक सीमित थी, अब वह पूरे भारतवर्ष में फैलने वाली है।

योगवादन अपनी बहन, राजकुमारी जानकी से मिलने उनके महल गए। उन्होंने सेवकों को घोषणा करने के लिए मना कर दिया। जानकी के अधिकतर सेवक वादन राज्य के ही थे। इसलिए योगवादन के लिए बात मनवाना आसान था, वह धीरे से बहन के कक्ष में गए।

"आप हमारी बात क्यों नहीं सुनते, अगर आपने अभी हमारी बात नहीं मानी, तो हमें आपको गुरुकुल भेजना होगा।" जानकी अपने पुत्र कमलजीत पर चिल्ला रही हैं।

"राजकुमारी, वह अभी बहुत छोटे हैं।" जानकी की सेविका सुशीला ने कहा।

"तो हम क्या करें, हम यह सब नहीं संभाल पा रहे, अकेले पड़ गए हैं हम" जानकी ने कहा।

"जानकी जीजी" योगवादन कहते हुए कक्ष में अंदर आया।

"मामा" कमलजीत कहते हुए योगवादन के पास गया।

योगवादन ने कमलजीत को अपने गोद में उठा लिया। और उसे खिलौना में सोने का घोड़ा दिया, जो लेकर कमलजीत बहुत प्रसन्न हुआ और अपने मामा को गाल पर चूमा, योगवादन ने भी अपने भांजे को कस कर गले लगा लिया। इतना की कमलजीत योगवादन की गोद से उतर गया।

"कमलजीत को बाहर ले जाइए।" जानकी ने सुशीला से कहा।

सुशीला ने सभी सेविकाओं को बाहर चलने का संकेत किया। उस कक्ष में दोनों भाई बहन को छोड़ कर सब बाहर चले गए।

"क्यों आए हैं आप?" जानकी ने पूछा।

"हम, वह, जीजी क्या आपको हमारा यहाँ आना अच्छा नहीं लगा?" योगवादन ने हैरान हो कर पूछा।

"हमें लगा था, आप हमारी सहायता करने आए हैं। परंतु नहीं, आप तो पता नहीं क्यों आए हैं।" जानकी चिढ़कर कमलजीत का समान समेटने लगी।

"आप जानती थी हम आने वाले हैं।" योगवादन ने कुछ देर विचार किया "आप जानती थी?"

"आपने मना क्यों कर दिया, योगवादन?"

"हम, अपने बड़े भाई के विरुद्ध नहीं जा सकते, यह सही नहीं है। चंद्र दादा बड़े हैं, सिंहासन उनका है।" योगवादन ने कहा।

"तो जीतवंश का सिंहासन हमारे पुत्र का है, आपके भांजे कमलजीत का। जिसे आपके दादा छीनना चाहते हैं, छीनना नहीं इसे मदिरा और आयाशी पर लूटना चाहते हैं।" जानकी चिल्लाई।

"नहीं, जीजी दादा के मन में ऐसा कुछ नहीं है।" योगवादन ने जानकी के कंधे पर हाथ रखते हुए कहा।

"पर पिताजी के मन में तो है ना, अगर ऐसा नहीं होता, तो यहाँ हमारा और हमारे पुत्र का ध्यान रखा जा रहा होता। किन्तु जिस दिन से महारानी और मैत्रेय इस राज्य महल से गए हैं, पिताजी ने हमारे लिए कुछ नहीं किया।"

"पिताजी की तबीयत ठीक नहीं रहती, किन्तु हम चंद्र दादा से बात करेंगे, की वह यहाँ राज्य में थोड़ा ध्यान दें।"

"आप इतने भोले हैं, या आप सत्य देखना नहीं चाह रहे योग। पिताजी बस चंद्र से प्रेम करते हैं। उन्होंने अपनी पुत्री को अपने हाथ से विधवा कर दिया।"

जानकी की यह बात सुन कर योगवादन अपनी जीजी से दृष्टि नहीं मिला पाए। वह यह सत्य जानते थे। जिस दिन से उन्होंने यह सुना था, वह अपने पिता से प्रश्न करना चाहते थे। किन्तु उनमें इतना साहस नहीं था।

"हम तो सब देखने के बाद सीखे, किन्तु आप तो सत्य जान कर भी आंखें बंद करना चाहते हैं। महरानी माँ पहले से जानती थी, वह जानती थी चंद्र राज्य के लायक नहीं। वह आपके लिए तैयारियां कर रही थी, और अब वादन राज्य में आपका साथ देने के लिए बहुत लोग तैयार हैं, और आप पीछे हट रहे।"

"यह सब क्या कह रही हैं आप।"

"योग, महारानी माँ ने हमारी माँ से आपको राजा बनाने की बात आज से नहीं, कई वर्षों पहले से शुरू कर दी थी। सच मानिए, हमें अंतर नहीं पड़ता था, हमारे लिए आप सब भाई बराबर थे और हम यहाँ अपने ससुराल में प्रफुल्लित थे। सब था हमारे पास। किन्तु हमारे पिताजी ने हमसे सब छीन लिया और अब हमारा भाई हमारे पुत्र का राज्य छीनना चाहता है।"

"तो माँ जो भी पिताजी से कहती थी, वह उन्हें महारानी रक्षसामर्दानी ने कहा था। वह भी हमारे राज्य के विरुद्ध षड्यन्त्र कर रही थी?"

"वह अपनी पुत्री का जीवन सुरक्षित कर रही थी। वह अपने राज्य को सुरक्षित कर रही थी। वह पिताजी का असल रूप जानती थी। उन्होंने माँ से आपके और मैत्रेय के विवाह की बात भी की थी।"

"हमसे?" योगवादन ने हैरान हो कर पूछा।

"हाँ, अगर आप राजा बनते तो आप भी राजकुमार भालेन्द्र और उस राक्षस दंडक की सूची में थे।"

"वह राक्षस उस सूची में था?" योगवादन की हैरानी का कोई ठिकाना नहीं रहा।

"महारानी ने पता किया था, वह राक्षस बहुत ही आकर्षित है, और भविष्य में एक अच्छा सिर दार बनेगा। उनके कबीले में स्त्रियों को सम्मान मिलता है। महारानी माँ को मैत्रेय के लिए बस यही चाहिए था।

"माँ हमारे लिए पिताजी को मना पाति, उसके पहले ही पिताजी ने महाराज इंद्रजीत और जीजा साहब वध कर दिया। फिर हम मैत्रेय की सूची से हट गए।"

"महारानी माँ ने सही किया, इतना कुछ होने के बाद भी आप भय से पीछे हट रहे, फिर मैत्रेय के लिए आप पिताजी और भाई के सामने कैसे खड़े होते?"

"हम डरते नहीं हैं जीजी, हम बस परिवार में युद्ध नहीं चाहते।"

योगवादन ने बहुत विनम्रता से कहा। वह कुछ देर शांत रहे। फिर उन्होंने अपने जीजी के माथे को चूमा और कक्ष से बाहर चले गए।

सुशीला कक्ष के अंदर आई।

"पिताजी और भाई की इतनी बुराई बताई तब रक्त नहीं खोला। परंतु मैत्रेय से विवाह की बात ने यह हाल कर दिया। माँ सही कहती हैं, वादनवंश के पुरुषों के दिमाग से अधिक कुछ और काम करता है।"

"तो हम अपने पति को बता दें, आज रात हमें धोती पर काम करने के लिए यही रुकना है?"

जानकी ने सहमति जताई, सुशीला कक्ष से बाहर चली गई।

पाठ - 18
बब्बर शेर की हत्या

योद्धाओं के खेल को चलते 1 सप्ताह हो चुका है, जो पुरुष नहीं जानते थे, इन खेलों में विवाह भी होने हैं। वह सब भी बहुत अच्छे से हुआ, जैसे सारे राज्य मिल कर जश्न मना रहे हो।

रघुवंश का अतिथि-सत्कार की प्रशंसा हर ओर फैलने लगी। सूर्यवादन अभी तक रघुवंश में क्यों है, यह जनने का प्रयत्न रक्षसामर्दानी करती रही, किन्तु उन्हें कोई उत्तर नहीं मिला।

भालेन्द्र, मैत्रेय एवं चंद्रवादन की बहस जिस दिन से हुई, चंद्रवादन ना ही महल में आए, ना खेल देखने। उन्होंने पूरा समय रघुवंश के वैश्याघर में रूपवती के साथ बिताया। मैत्रेय ने इस बात का ध्यान रखा की चंद्रवादन वहाँ से निकालने का विचार ना करें और उनकी यह खबर हर राज्य में पहुँचे। जो योजना सफल रही।

रक्षसामर्दानी के हाथ में एक धोती है, जो पिछली रात उन्हें मिली थी। उनकी बहु जानकी ने उन्हें भिजवाई है। उस धोती की कढ़ाई में जानकी ने अपने भाई योगवादन के बारे में संदेश भेजा है। जिस में उन्होंने कहा है, की उनका भाई अभी भी मान सकता है, उसे और उकसाने की आवश्यकता है।

उन्होंने धोती एक ओर रखी और वह आयोजन के लिए गई। आज आखिरी दिन है अपितु वह हर पल ईश्वर से विनती कर रही हैं, की वह उनके परिवार को सूर्यवादन के छल और पाप से बचाए।

महारानी के सामने उनका सबसे बड़ा भय दिखा, सूर्यवादन महाराज भूपति के साथ बैठे हैं। परंतु, आज उनके साथ चंद्रवादन भी हैं। राजकुमार भालेन्द्र उन्हें थोड़ा भी सहन नहीं कर पा रहे। किन्तु मैत्रेय अपने पति के साथ ऐसे प्रेम से बैठी हैं कि भालेन्द्र शांत रह पा रहे हैं।

राजकुमार भालेन्द्र का समाज को दिखने वाला प्रेम महारानी को बिल्कुल पसंद नहीं आता। पूजा के दिन राज्य के राजकुमार और राजकुमार शाम तक कक्ष से बाहर ही नहीं आए, यह खबर चंद्रवादन की उग्रता से अधिक फैली। महारानी आज तक समझ नहीं पाई, की चंद्रवादन का खेल खराब हुआ उस पर वह प्रसन्न हो, या उनकी पुत्री और दमाद केवल उनके राज्य में नहीं, पूरे भारतवर्ष के चर्चा का विषय बन गए, इस बात का क्रोध करें।

रक्षसामर्दानी इस बात से सदैव अचंभित होती हैं, की इन बातों से महाराज भूपति को कोई आपत्ति नहीं होती। एक पिता अपने पुत्र की खुशी में इतना प्रफुल्लित हो सकता है, रक्षसामर्दानी ने अपने जीवन में क्या इतनी कहानियों में भी नहीं देखा था। या तो पिताओं ने अपने पुत्रों का जीवन बर्बाद किया है, या फिर उनके शासन में सहायता की है।

भूपति अपने पुत्र की छोटी खुशियों से प्रसन्न होते हैं। वह बस भालेन्द्र को मैत्रेय के साथ देख कर प्रसन्न हो जाते हैं, क्योंकि वह जानते हैं की मैत्रेय उनके पुत्र के हर्ष का कारण है। जब भी राजनीति की बात पर भूपति मैत्रेय से सख्त होते हैं, उन्हें कितना दुख:होता है, वह महारानी सदैव अनुभव करती हैं। वह बस मैत्रेय का अच्छा भविष्य चाहते हैं, इसलिए उनके साथ सख्त होते हैं।

उनका यह प्रेम देख कर महारानी के लिए कठिनाई हो जाती है। वह समाज के बीच मैत्रेय को भालेन्द्र से दूर रहने के लिए भी नहीं कह पाती।

"इतने योद्धाओं को हमने देखा किन्तु भारतवर्ष के सबसे महान योद्धा की शक्ति देखने का मौका हमें नहीं मिला, क्यों भालेन्द्र आपकी शक्ति की तो केवल बाते सुनी हैं, हमने।" सूर्यवादन ने कहा।

यह सुनते ही महारानी तुरंत उन सब के बीच गई। जहां पूरे भारतवर्ष के राजा, मंत्री, क्षत्रिय और ब्राह्मण बैठे हैं।

"राजकुमार भालेन्द्र स्वयं को पहले ही साबित कर चुके हैं। उन्हें ऐसे आयोजन में शक्ति के प्रदर्शन की आवश्यकता नहीं।" रक्षसामर्दानी ने कहा।

"हम साबित करने के लिए नहीं कह रहे। भालेन्द्र जैसे योद्धा को देख कर सभी योद्धाओं को प्रेरणा मिलती है" सूर्यवादन ने कहा।

"यह तो महाराज सूर्यवादन सही कह रहे हैं, हम सब ने रघुवंश की शक्ति के बारे में इतना सुना है।" एक राजा ने कहा।

"हाँ अब हम युद्ध नहीं करना चाहते, इसका अर्थ यह नहीं की हमें यह शक्ति कभी देखने के लिए ही ना मिले।" एक और राजा ने कहा।

"राजकुमार भालेन्द्र" महारानी ने कहने का प्रयत्न किया।

"रक्षा, आपके टोकने की आदत नहीं गई, पहले तो आप अपने पति और पुत्र के हर काम में दखल देती थी। अब इन पिता, पुत्र पर" सूर्यवादन ने मज़ाक उड़ते हुए कहा।

"उनकी गलती नहीं है महाराज, एक आदर्श स्त्री तो अपने परिवार को सुरक्षित ही देखना चाहती है" मुख्यमंत्री पारस ने कहा।

रक्षसामर्दानी ने उन्हे उम्मीद से देखा, भले भूपति उनकी हर बात पर ध्यान ना दे, परंतु मुख्यमंत्री पारस बिना झिझके उनके सामने सत्य कहते हैं। कई बार तो भूपति उनसे चिढ़ भी जाते हैं, परंतु इस बात से पारस को कोई आपत्ति नहीं।

"किन्तु भय ना रखें रानी जी। यह योद्धाओं की बाते हैं, आप बस समारोह का आनंद लीजिए। हमें तो लगता है, राजकुमार भालेन्द्र को भाग लेना चाहिए।" मुख्यमंत्री पारस ने कहा।

"केवल भालेन्द्र ही क्यों, जब मौका है तो पुत्र और पिता दोनों आज ताकत का प्रदर्शन करेंगे।" भूपति ने कहा।

"पिताजी, आप हमसे नहीं जीत सकते, आप बूढ़े हो गए हैं।" भालेन्द्र ने अपने पिता से मज़ाक किया।

"बाप सदैव बाप होता है।" भूपति ने भी अकड़ में कहा।

भूपति और भालेन्द्र दोनों अखाड़े में गए। हर व्यक्ति का उत्साह सातवें आसमान में चला गया। सभी योद्धा इतने उत्साहित हैं, की उनके हल्ले से पूरा मैदान कंप रहा है।

मैत्रेय अपनी माँ का भय देख कर उन्हें संभाल रही है। किन्तु रक्षसामर्दानी की दृष्टि सूर्यवादन पर है।

भूपति और भालेन्द्र के सामने दो बब्बर शेर आए, जिन्हें देख कर पुत्र और पिता ने एक दूसरे को देखा। दोनों हमले के लिए तैयार हैं।

एक शेर भालेन्द्र की ओर बढ़ा, उसने भालेन्द्र के पास चक्कर लगाना शुरू किया। भालेन्द्र ने भी वैसे ही चक्कर लगाना शुरू किया।

दूसरा शेर भूपति पर दहाड़ा। भूपति उसे देख कर मुस्कराए। "लगता है, इन्हें भी आपके सिर दार चाचा ने सीखा कर भेजा है"

अपने पिता की बात सुन कर भालेन्द्र मुस्करा दिए, किन्तु दोनों की दृष्टि अपने विरोधी पर है। भूपति के शेर ने उस पर प्रहार कर दिया, भूपति रास्ते से हट गए।

भालेन्द्र के शेर ने भी उस पर हमला किया, किन्तु भालेन्द्र सामने से नहीं हटे और शेर के सामने के दोनों पर पकड़ कर उसे पीछे धकेल दिया।

"दिखावा।" भूपति ने पुत्र को छेड़ा।

भूपति पर शेर फिर प्रहार करने आया। भूपति ने शेर का गला पकड़ा और उसे दबाना शुरू कर दिया। शेर भूपति की पकड़ से छूटने का पूरा प्रयत्न कर रहा था। महाराज भूपति की यह ताकत देख कर दर्शकों में बैठे, कई क्षत्रिय भी भयभीत होने लगे।

भालेन्द्र और शेर के बीच फिर युद्ध शुरू हुआ, जैसे दोनों के बीच कुश्ती हो रही हो। भालेन्द्र ने स्वयं कटार निकली और शेर का गला काट दिया, अचानक से समारोह में चीखें फैलने लगी। भालेन्द्र समझे स्त्रियाँ को इस दृश्य से भय अनुभव हुआ होगा।

"पिता जी।" भालेन्द्र को मैत्रेय की आवाज आई।

फिर पूरे समारोह में महाराज के नाम की चीख गूंजने लगी। भालेन्द्र, अपने पिता की ओर मुड़े, किन्तु दूसरे शेर ने उन पर हमला किया। भालेन्द्र संभाल नहीं पाए, वह धरती पर गिर पड़े। उस शेर ने भालेन्द्र के गाले पर प्रहार किया, भालेन्द्र ने अपने हाथ से उसे रोक और उससे लड़ते हुए, उसे दूर फेंक। वह अपने पिता को देखने चाहते थे, किन्तु इस शेर के मुंह पर रक्त लग चुका था, यह देख कर भालेन्द्र की हृदय की धड़कन बढ़ने लगी।

भालेन्द्र को अपने शरीर पर रक्त का कोई अनुभव नहीं हुआ था। वह अपने पिता को देख पाते, उसके पहले ही शेर ने उस पर पुनः हमला किया, भालेन्द्र ने कटार से, उस शेर का सीना चीर

दिया। उस शेर को मैदान में एक ओर फेंका, फिर उनकी आँखों ने अपने पिता को ढूंढा।

भूपति का शरीर मैदान में एक ओर फिंका हुआ था। जब भूपति ने शेर की गर्दन पकड़ी थी, वह अचानक से सीधे खड़े हो गए। जिससे शेर को समय मिल गया, उसने महाराज को धकेला। महाराज जमीन पर जा गिरे, वह स्वयं को संभाल पाते, उसके पहले ही शेर ने उनकी गर्दन पर वार किया और एक झटके में उनके प्राण ले लिए।

सिपाही भाग कर मैदान में आए, भालेन्द्र एक स्थान पर खड़े रह गए। उन्हें भरोसा नहीं हुआ की उनके सामने यह क्या हो गया। भालेन्द्र अपने पिता को ऐसे सामने देख के, किसी बुत की तरह बन गए। उन्हें ना किसी की आवाज सुनाई दे रही थी, ना अपने पीते के आगे कुछ दिख रहा था।

भूपति की अंतिम यात्रा में पूरा राज्य उपस्थित हुआ। साथ ही उनके पुराने और नए मित्र भी उपस्थित हुए। भालेन्द्र इतने सदमे में चले गए की उस दिन से उन्होंने किसी से कोई बात नहीं की। उनकी यह दशा देख कर मैत्रेय से रहा नहीं जा रहा था।

भूपति ने उन्हें पिता के समान प्रेम किया था। उनके सिर से एक और पिता का हाथ हट गया। और उन्हें इतना प्रेम करने वाला पति किसी जीवित लाश की तरह हो गया।

महारानी ने मैत्रेय के साथ मिल कर पूरे राज्य को संभाला। भूपति की अंतिम यात्रा की व्यवस्था से लेकर भालेन्द्र के राज्याभिषेक की तैयारी उन्होंने मंत्रियों के साथ मिल कर करवाई।

कई महीने बीतने के बाद भी भालेन्द्र, राज्य सभाओं में बस बुत बने रहते। मंत्री मैत्रेय की साथ सलाह करके निर्णय लेते। राजा

के रहते रानी से आदेश लेने में कोई प्रसन्न नहीं था, किन्तु उनके पास कोई चारा नहीं था।

भारतवर्ष में स्त्री का शासन सँभालना कोई अनोखी बात नहीं थी। किन्तु, वह राज्य की मृत्यु के पश्चात, पुत्र के वयस्क होने के बीच का समय होता था। भालेन्द्र की दशा देख कर सब के मन में एक ही बात थी की कब रघुवंश को उत्तराधिकारी मिलेगा।

मैत्रेय की माँ ने उन्हें अपने कक्ष में बुलाया।

"आप कुछ कर रही हैं यह नहीं?" महारानी ने मैत्रेय से कहा।

"माँ, भालेन्द्र को उनके पिता की मृत्यु का दुख:अंदर ही अंदर खाए जा रहा है। वह हमारे साथ हो कर भी हमारे साथ नहीं होते।"

"इस राज्य को एक उत्तराधिकारी चाहिये पुत्री, अगर भालेन्द्र को कुछ हो गया, तो यह राज्य भी हमारे पास नहीं रहेगा।"

"माँ आपके मन में यह विचार हैं?"

"तो हम क्या करें, हमने उन्हें यह पागलपन करने के लिए मना किया था। किन्तु इन पुरुषों का दिमाग" महारानी ने चिढ़ कर कहा।

"यही बात तो हमारे पति को खाई जा रही है, कि वह अपने पिता को नहीं बचा पाए। अगर वह इस खेल में भाग नहीं लेते, तो शायद उनके पिता आज जीवित होते।"

"महाराज के प्राण उस शेर ने नहीं लिए है, पुत्री। अपने पुत्र प्राण बचाने के लिए, उन्होंने अपने जीवन का बलिदान कर दिया।" रक्षसामर्दानी के आँखों में आँसू आ गए।

"यह क्या कह रही हैं आप, माँ?"

"हम जानते थे, उस दुष्ट सूर्यवादन के दिमाग में कुछ चल रहा है। इस बार हम बिना सबूत के कुछ नहीं बोलना चाहते थे।

अब हमारे पास सबूत है। सूर्यवादन, भालेन्द्र को इस खेल के लिए भेजना चाहता था। उन्होंने हत्या का ऐसा जाल बिछाया था, जिससे किसी को संदेह ना हो। सूर्यवादन ने एक हत्यारे को दर्शकों बीच बिठाया"

महारानी ने अपनी पुत्री को वह अस्त्र दिखाया, बांस की एक दंडी, जिस पर फूंकने से, उससे छोटे तीर किसी के लिए भी घातक प्रहार कर सकते हैं। मैत्रेय ने वह अस्त्र अपने हाथ में लिया।

"बनाने वाले ने अस्त्र को इतना छोटा बनाया, जो सामने दिखाई ना दे, विष सबूत छोड़ता है। इसलिए केवल मूर्छित करने की दवा दी गई। यह हमला भूपति भाप गए और अपने पुत्र को बचाने के लिए वह सामने आ गए। जिससे शेर उन पर हावी हो गया, पुत्री"

महारानी भले बहुत मजबूत बने, किन्तु उन्हें भी सहारे की आवश्यकता प्रतीत होती थी। महाराज भूपति वह पहले मित्र थे, जिन्होंने महारानी को सहारा दिया था। जो महारानी के विचारों को समझते थे, उन्हें सम्मान देते थे।

"माँ यह बात भालेन्द्र को पता होनी चाहिए, यह बात सब को पता होनी चाहिए।"

"वह अभी सदमे में हैं, इस कारण वह बदला लेने के लिए अंधे हो जाएंगे। जब तक आप इस राज्य को एक राजकुमार नहीं दे देती, आप अपने पति से मूर्खता नहीं करवा सकती।"

"जब उस सूर्यवादन ने हमारे पिता हमारे भाई को मार दिया। हम कमजोर थे, भालेन्द्र नहीं हैं, वह अपने पिता का बदला ले सकते हैं और हमारे पिता का भी।"

“सूर्यवादन बहुत खतरनाक है, उन्होंने केवल आप के और भालेन्द्र के पिता को नहीं, राक्षसी कबीले के सिर दार गिरिराज के भी प्राण ले लिए”

मैत्रेय की आंखें बड़ी हो गई, कुछ देर उन्हे समझ ही नहीं आया, वह अपनी माँ से क्या कहें।

“सूर्यवादन ने 3 राज्यों के राजाओं की हत्या कर दी, और आप हमें हाथ पर हाथ धरे बैठने के लिए कह रही हैं?”

“पुत्री, पुरुष शौर्य के लिए अंधे होते हैं। आप हमारी बात समझिए।”

“आज नहीं माँ, आज हम आपकी बात नहीं समझ सकते। हमें भी अपने पिता का बदला चाहिए, हमें अपने भाई का बदला चाहिए, हमें अपने दूसरे पिता का बदला चाहिए, जिन्होंने हमें अपने पुत्र जितना सम्मान दिया। अपने पुत्र की तरह, हम से सख्त हुए, हमें उनके प्राण का बदला चाहिए।”

पाठ - 19
रूपवती

सूर्यवादन अपने कक्ष में बैठा है, उसके गुप्तचर ने उसे खबर दी।

"रक्षा, इनसे कभी कुछ नहीं छुपता।" सूर्यवादन ने मुस्करा कर कहा।

सूर्यवादन कक्ष से बाहर आए और शाम के समय सुंदर आसमान को देखा। सामने मंदिर से महल की ओर आती हुई उसे एक स्त्री दिखी।

"यह कौन है?" सूर्यवादन ने पूछा।

"जीतवंश की ब्राह्मण कन्या, जिसे राजकुमार उठा"

सुखदेव बोल रहे थे किन्तु सूर्यवादन ने उन्हें शांत रहने कहा संकेत किया।

"इनके विवाह को तो बहुत समय हो गया, चंद्रवादन को कोई संतान नहीं हुई इनसे?" सूर्यवादन ने पूछा।

"राजकुमार ने जब इनका अपहरण किया था, उसके पश्चात इनके समीप नहीं गए। शायद उन्हें यह स्मरण भी नहीं हैं।"

"क्यों, यह स्मरण नहीं कराती, पत्नियाँ कब से इतनी अच्छी हो गई?" कहते हुए सूर्यवादन हंसे।

“वह स्वयं राजकुमार के समीप नहीं जाने की इच्छुक नहीं।”

“हमें चंद्र से बात करनी पड़ेगी” सूर्यवादन ने कहते हुए चलना शुरू किया।

“महाराज, महारानी रक्षसामर्दानी के समक्ष वह हत्यारा भी है, जिसने हमला किया था। रघुवंशी शांत नहीं बैठेंगे।” सुखदेव भी बात करते हुए सूर्यवादन के पीछे चलने लगे।

“हम तो चाहते हैं वह रघुवंशी, उस रक्षसामर्दानी के पल्लू से बाहर आयें, अब पिता मरता या पुत्र, वह रक्षा सत्य का पता लगा ही लेती। हमने तैयारी तो पहले दिन से शुरू कर दी थी। अभी भी हमारे पास वह है, जो उस रक्षसामर्दानी के पास नहीं है।”

“किन्तु वह बहुत शक्तिशाली हैं।”

“शक्तिशाली तो भैंसा भी होता है, किन्तु उनका पूरा झुंड शेर को देख कर स्वयं के प्राण के लिए भागते हैं। वह बाजुओं के दम से लड़ेंगे तो हम अपने दिमाग से लड़ेंगे।” सूर्यवादन मुस्कराए।

सूर्यवादन, अपने पुत्र चंद्रवादन के कक्ष में अंदर गए, जहां उसके साथ रूपवती है। अपने पुत्र को शाम के इस समय, सोमरस के नशे में एक वैश्या की बाँहों में देख कर, उन्हें चिढ़ होने लगी। रघुवंश से आई खुशखबरी उनके सामने ओझल होने लगी।

उन्होंने रूपवती को बाहर जाने का संकेत किया। रूपवती अकड़ से उठी और अपने वस्त्र ठीक करते हुए महाराज के समीप से हो कर गई। सूर्यवादन उसकी सुंदरता को देखे बिना नहीं रह पाए।

“पिता जी, रूपवती से संभलने की आवश्यकता नहीं वह हमारी अपनी हैं।” चंद्रवादन ने कहा।

“पत्नियों को छोड़ कर, सभा का काम छोड़ कर, एक धंधेवाली के साथ, अपना पूरा समय बर्बाद करना, क्या यह आपको शोभा देता है?” सूर्यवादन ने क्रोध में कहा।

“कोई ऐसी वैसी धंधेवाली नहीं, पूरे भारतवर्ष में सबसे बेहतर और सुंदर। हमसे अधिक कोई नहीं पहचानता पिताजी। आप भी तो उसे देखे बिना नहीं रह पाए” चंद्रवादन ने नशे में मुस्कराते हुए कहा।

सूर्यवादन ने चंद्रवादन के हाथ से सोमरस छीना और फेंक दिया। “आपको इस भारतवर्ष पर राज करना है, रक्षसा के राज्य पर राज करने के स्थान पर आप इस दशा में यहाँ पड़े हैं?”

“हमें अपना राज्य चाहिए, हम किसी बच्चे के लिए उसका राज्य संभाल कर नहीं देने वाले।”

“वह आपका ही राज्य है पुत्र, लोगों की सहानुभूति उस रक्षसा के साथ थी, इस कारण हमने कह दिया था।”

चंद्रवादन हैरान रह गया “आप अपने नाती से राज्य छिनेंगे?”

“पुत्री, विवाह के बाद पराई हो जाती है। उसके पुत्र के साथ हमारा नहीं उस इंद्रजीत का नाम जुड़ा है। पहले तो हम उस रक्षा की अकड़ तोड़ने की प्रतीक्षा कर रहे थे। किन्तु अब उस रघुवंश को भी अनाथ कर देंगे। उसके पहले हम अपना आखिरी दाव चलेंगे, जिससे भालेन्द्र नहीं बच सकता।

“कब से बस आपकी बाते ही सुन रहे हैं।”

“आप भी कुछ कर लिया करिए, राजकुमार का कार्य केवल आयाशी नहीं है। हम आज रात अपने राज्य के लिए निकल रहे हैं। आप अब रातें आपकी पत्नी, उस ब्राह्मण कन्या के साथ बिताएंगे। रूपवती आज रात्रि आपके साथ नहीं रहेंगी।”

“हमें जिसके साथ रहना है, हम उनके साथ रहेंगे।” चंद्रवादन चिल्लाया।

“नहीं पुत्र, हम जो कहेंगे आप वही करेंगे, उस ब्राह्मण के पेट में जब तक आपका बच्चा नहीं आ जाता, आप उनके साथ रहेंगे।

जीतवंश के ब्राह्मण हमारे विरुद्ध हो गए हैं, बच्चा ही उनके अंदर लालच पैदा कर सकता है।" सूर्यवादन कक्ष से बाहर गए।

रूपवती बाहर ऐसे खड़ी थी, जैसे वह महाराज के जाने की प्रतीक्षा कर रही हो। किन्तु वह उनकी सारी बाते सुन रही थी। सूर्यवादन के बाहर आने की आवाज सुन कर वह द्वार के सामने आ गई।

सूर्यवादन उसके सामने रुके। वह जानते थे, रूपवती सत्य में बहुत सुंदर है। वह भी उसे पाना चाहते थे, किन्तु उनका पुत्र उसे छोड़ने के लिए तैयार नहीं था।

रूपवती यह दृष्टि बहुत अच्छे से समझती है। इस कारण वह सूर्यवादन के सामने आकार उसे तड़पाने का मौका कभी नहीं छोड़ती।

"आज रात आप अपने कक्ष में रहेंगी।" सूर्यवादन ने कहा।

"जैसा आप कहें महाराज।" रूपवती ने झुक कर कहा।

सूर्यवादन ने स्वयं पर पूरा नियंत्रण किया। सूर्यवादन के जाने के पश्चात रूपवती भी वहाँ से अपने कक्ष के लिए चली गई।

हर सिपाही उसे इसी उम्मीद से देख रहे थे, की काश वह उन्हें मिल जाए। रूपवती की निगरानी के लिए जिस सिपाही को रखा गया है, किशोर वह उसके पीछे चल रहा है। रूपवती मदहोशी में चल रही है, वह चलते- चलते लड़खड़ा गई। उस सिपाही ने रूपवती को संभाला तो रूपवती मुस्करा दी।

"इस शरीर को छूने की औकात हर किसी की नहीं सिपाही" रूपवती ने उसे दूर धकेला।

रूपवती की रक्षा में लगा सिपाही किशोर महाराज के कक्ष में गया।

"बताइए?" महाराज ने कहा।

"वह बहुत ही घमंडी औरत हैं, महाराज।" किशोर ने कहा।

"तो? क्या वह किसी और से मिलती है? वह कोई संदेश भेजती है?"

"नहीं महाराज वह बस राजकुमार से मिलती हैं, वह अपना पूरा समय राजकुमार को देती हैं और उनके नाम पर सब पर हुक्म चलाती हैं"

"ऐसा कैसे हो सकता है, एक वैश्याइतनी ईमानदार, हम भरोसा नहीं कर सकते। आप जाओ, कुछ काम का पता चले तो बताना"

किशोर वहाँ से बाहर चला गया।

"गिरिराज के मरने के बाद लगा था, सब आसान हो जाएगा। किन्तु उस राक्षस ने आपको कमजोर कर दिया।" सुखदेव ने कहा।

"हम एक बार और शक्ति का प्रयोग कर सकते हैं, इंद्रजीत के राज्य में तो रक्षसा को अपना नाती मिल गया था। किन्तु रघुवंश में उनकी पुत्री ने कोई पुत्र पैदा नहीं किया और महाराज मरने के पश्चात, जब कोई पुत्र नहीं होता, तो उस राज्य का क्या होता है, सुखदेव?" आखिरी बात पर सूर्यवादन मुस्कराया।

"रघुवंशियों को राजगद्दी त्यागनी होगी।" सुखदेव ने भी मुस्करा कर कहा।

किशोर, महाराज के कक्ष से निकालने के बाद सीधे अपने घर गया। जहां उसकी पत्नी एक धोती पर कलाकारी का काम करते हुए उसकी प्रतीक्षा कर रही थी।

"आज इतना समय क्यों लग गया?" सुशीला ने आते ही पूछा।

"महाराज को उस रूपवती की खबर देनी थी" सिपाही ने कहा।

"कैसी खबर?" सुशीला ने उसे पानी देते हुए पूछा।

"वह रूपवती राजकुमारियों से दुर्बरताव करती है।"

यह सुन कर सिपाही की बीवी सुशीला हल्का सा मुस्कराई।

"वह इतने नशे में थी की अपने कक्ष में भी नहीं जा पा रही थी। हमने उन्हें संभाला तो हमसे भी बदतमीजी करने लगी।"

"आपने संभाला?" पत्नी ने शीघ्र आकार पूछा।

सिपाही थोड़ा घबराया "हमने बस सहारा दिया, वरना वह अपने कक्ष तक भी नहीं पहुँच पाती।"

पत्नी ने मुंह बनाया "तो गिर जाने देते, हम जानते हैं आप सब उस नृत्यकार के लिए क्या विचार रखते हैं" पत्नी ने पति के कपड़े धोने के लिए रखते हुए उसकी जेब देखनी शुरू की।

"नहीं ऐसा कुछ नहीं है, राजकुमार ने हमें उनका अंगरक्षक बनाया है"

"और महाराज ने उस पर दृष्टि रखने के लिए कहा है। आप तो किसी के सगे नहीं, तो हम आप पर कैसे विश्वास करें?" सुशील ने कहा, उसे अपने पति के कपड़ों से कुछ मिला।

"ऐसा नहीं है।" सिपाही ने समझाने का प्रयत्न किया।

"हमें कुछ नहीं सुनना" पत्नी भोजन लगा कर लाई, अपने पति के सामने रखा और वहाँ से बाहर जाने लगी।

"कहाँ जा रही हो?"

"हमें राजकुमारी के पास जाना है, उन्हें रात में हमारी आवश्यकता है। आप रूपवती की याद में रात गुजरिए।"

सुशीला, राजकुमारी जानकी के कक्ष में पहुँची, उन्होंने कक्ष बंद किया।

"कमला आप जाइए आज रात हम राजकुमारी के साथ रहेंगे।" सुशीला ने राजकुमारी की सेविका से कहा।

"आप तो दिन में भी थी" कमला ने कहा।

"आप जाइए कमला, लगता है सुशीला आज अपने पति से फिर लड़ कर आई हैं।" जानकी ने ठिठोली करते हुए कहा।

कमला, राजकुमारी के सामने झुकी, फिर कक्ष से बाहर चली गई। जब सुशीला ने निश्चित कर लिया की उसके आस पास कोई नहीं है, तब वह राजकुमारी के समीप गई।

"महारानी को जो भय था वही हुआ, राजकुमारी।" सुशीला ने जानकी को पत्र देते हुए कहा, जो उसे उसके पति के जेब से मिल था।

जानकी ने वह पत्र पढ़ा "माँ को इसी बात की चिंता है, मैत्रेय और भालेन्द्र का कोई पुत्र नहीं है। भालेन्द्र को कुछ हुआ तो मैत्रेय के पास कुछ नहीं बचेगा। किन्तु महाराज भालेन्द्र के वध से पहले वह कुछ और विचार कर रहे हैं।"

जानकी स्वयं को संभालने के लिए बिस्तर पर बैठ गईं।

"अब आप क्या करेंगी राजकुमारी?"

"वही जो हमारी महारानी और ननद कहेंगी, उन्हें यह संदेश भेज दीजिए।"

सुशीला ने हाँ में सिर हिलाया और उसने धोती पर काम करना शुरू किया, जिस पर वह अपने घर पर काम कर रही थी। राजकुमार जानकी ने उसे पूरी रात नहीं टोका, सुशीला ने भोर तक अपना कार्य पूरा कर लिया और महल से अपने घर चली गई।

पति के लिए सवेरे की सारी व्यवस्था की, पति काम पर जाने के लिए तैयार है।

"धोती का काम हो गया है, यह आप उस व्यापारी वृश्चिक को दे देना।" सुशीला ने अपने पति से कहा।

उसका पति वह धोती लेकर चला गया, पहले वह बाजार पहुँचा। वृश्चिक की दुकान खुलवाई, उसके एक आदमी को धोती दी और वहाँ से अपने काम रूपवती पर दृष्टि रखने के लिए चला गया।

पाठ - 20

सूर्यवादन

प्रातः काल पर ही रघुवंशी सेना, वादन राज्य के बाहर खड़ी है, जिसका नेतृत्व भालेन्द्र कर रहे हैं।

सूर्यवादन भी रघुवंश से युद्ध देखने आया। अपनी राज्य की सीमा के अंदर रह कर, उसने भालेन्द्र को देखा, जो किसी भूखे बाघ की तरह लग रहा है। योगवादन, अपने सैनिकों का मनोबल बढ़ा रहा है और उन्हें युद्ध के लिए तैयार कर रहा है। रघुवंश के योद्धाओं की शक्ति पूरा भारत कुछ समय पहले ही समारोह में देख चुका था। युद्ध से पहले ही, भय उनके हृदय के अंदर समा चुका था।

सूर्यवादन को देखते ही भालेन्द्र ने अपने सेनापति को संकेत किया और युद्ध के बिगुल बजे।

रघुवंश के धनुषधारियों ने वादन राज्य की सेना पर धनुष चलाए। वादन राज्य के सैनिक किले के ऊपर हैं, जहां से धनुष का वार और त्रिव हो जाता है। किन्तु रघुवंश के सैनिकों के तीर, जो आम बाणों से अधिक बड़े हैं। वह वादन राज्य के सैनिक को कम करते जा रहे हैं और रघुवंश के सैनिकों को कोई क्षति नहीं हो रही। उनके एक सैनिक को वादन सैनिक भेद नहीं पाए।

योगवादन थोड़ा चिंतित होने लगा, उसने और धनुषधारियों क लिए चिल्लाना शुरू किया। सूर्यवादन यह सब देख कर अपने महल कि सुरक्षा में वापस चला गया।

उसे जाता देख, भालेन्द्र ने द्वार तोड़ने का आदेश दिया। रघुवंश के धनुषधारी कुछ समय के लिए एक ओर होने लगे, जैसे किसी के लिए रास्ता बना रहे हो। किन्तु और धनुषधारी पहले से खड़े धनुषधारियों के पीछे आकार खड़े होने लगे और बीच का रास्ता वैसे ही खाली छोड़ा।

वहाँ स्वर सुन कर वादन सैनिकों का दिल दहलने लगा। रघुवंश के मदमस्त हाथी किले के द्वार की ओर दौड़ते हुए आ रहे हैं। वह इतने शक्तिशाली और बड़े हैं कि उन्हें देख कर ही वादन सैनिकों में भय बैठने लगा। उन हाथियों के पीछे कई सांड आकार खड़े हुए, वह धनुषधारियों के पीछे सुरक्षित दूरी पर तैयार खड़े हैं की जैसे ही हाथी द्वार तोड़े वह सांड हमला कर सके।

हाथी द्वार तक पहुँचे, योगवादन ने हमले के लिए आदेश देने शुरू किए, किन्तु उसके पहले ही रघुवंश के धनुषधारी तैयार थे। उन्होंने किले में खड़े सारे धनुषधारियों को मार दिया।

वादन राज्य के सैनिकों ने भाले का उपयोग करके हाथियों को रोकने का प्रयत्न किया, हाथी के कवच बहुत मजबूत हैं। उन हाथियों की रक्षा करने के लिए तैनात कुछ सैनिकों को प्राण गवन पड़ा।

हाथियों ने द्वार को तोड़ दिया और वादन किले में घुस गए। वहाँ तैनात हर सिपाहियों पर आक्रमण शुरू किया। हाथियों के पीछे सांड ने राज्य में घुसना शुरू किया और वादन राज्य के सैनिकों को आपने रास्ते से हटाते हुए वह राज्य में तबाही मचाने लगे। उनके प्रहार से जो बचा उन्हें रघुवंशी सैनिकों ने मौत के घाट उतार दिया।

जिसमें सबसे आगे महाराज भालेन्द्र हैं, वह यमराज को आत्माओं की बली चढ़ते हुए आगे बढ़ते जा रहे हैं।

योगवादन को सैनिकों ने सुरक्षित किया, और रघुवंशी योद्धाओं से छुपा कर ले गए।

रघुवंश ने वादन राज्य पर पूरे तरीके से कब्जा कर लिया। उनके सामने कोई सैनिक नहीं टिक पाया, वादन राज्य के हर सेनापति, हर सैनिक, जो लड़ने की हिम्मत रखता था, वह मार चुका है।

महाराज भालेन्द्र, महल की ओर बढ़ रहे हैं। वह केवल उस सूर्यवादन को देखना चाहते हैं। अचानक से भालेन्द्र पर तीरों से प्रहार हुआ, समय पर भालेन्द्र ने अपने भाले से उन तीरों को रोक दिया।

रघुवंशी सैनिकों ने बिना समय गवाये, महाराज के आस-पास घेरा बनाया और उन्हें सुरक्षा दी। उनके पीछे रघुवंशी धनुषधारी आए और उन वादन सैनिकों को मौत के घाट उतारा, जिन्होंने उनके महाराज पर हमला करने का विचार ही अपने मन में लाया था।

“महाराज कहाँ हैं?” एक सैनिक की आवाज आई।

सभी सिपाहियों ने महाराज को ढूंढना शुरू किया। रघुवंश के सेनापति वीरगति वहाँ पहुँचे। भालेन्द्र के ऐसे ओझल होने पर सिपाहियों में हल्ला मचने लगा। एक टुकड़ी महाराज को ढूंढने निकली, बाकी को सेनापति ने महल पर कब्जा करने का आदेश दिया।

यह दिन वादन राज्य के पतन का दिन है, इसे रघुवंशियों ने सुनिश्चित किया।

परंतु महल में उन्हें ना ही महाराज सूर्यवादन मिले, ना ही महाराज भालेन्द्र मिले।

शाम का समय है, चंद्रवादन नृत्य देखने में विलीन हैं। जीतवंश की वैश्याउनके लिए नृत्य कर रही हैं और रूपवती समीप बैठ कर चंद्रवादन के लिए मदिरा तैयार कर रही है।

चंद्रवादन पूरी तरीके से मदिरा के नशे में डूबे हैं। तभी उनकी पत्नी के आने की घोषणा हुई। उनकी पत्नी लक्ष्मी और तारा कक्ष में आई और अपने पति को एक वैश्याकी बाँहों में देख कर अपने संयम खो बैठती है।

"आप हर समय, इस दशा में रहते हैं।" तारा ने चिल्लाया।

चंद्रवादन ने कोई उत्तर नहीं दिया, वह इतना सम्मान अपनी पत्नियों को देते ही नहीं थे, कि उन्हें उत्तर दें।

"आप नीच औरत, आपको शर्म नहीं आती ऐसे किसी का घर तोड़ने में?" लक्ष्मी ने कहा।

रूपवती मुस्कराई "आप भी तो इनकी शायद तीसरी या चौथी बीवी हैं, तो आपको शर्म नहीं आई, उन पहली दूसरी तीसरी का घर तोड़ने में?" उसने तारा की ओर संकेत किया।

लक्ष्मी क्रोध में भन्ना गई "हम विवाह कर के आए हैं, हम एक राजकुमारी हैं, तुम्हारी तरह हर पुरुष का बिस्तर गरम नहीं करते"

"जो अपने पति को अपने बिस्तर पर नहीं रोक पाई, वह हमें हमारी क्षमता को नीचा दिखाने आई है?" रूपवती और तेज हँसी। "कितनी बीवियाँ हैं, चंद्र आपकी?"

"4-5, हमने गिनना बंद कर दिया है।" चंद्र ने कहा।

"और वह क्यों, प्रिये।" रूपवती ने कहा।

"क्योंकि हमारे पास अब आप हैं।" चंद्रवादन ने अपने पत्नियों के समक्ष रूपवती को चूमा।

रूपवती ने चंद्रवादन की पत्नियों को देखा और उनके सामने उन्होंने चंद्रवादन से प्रेम करना शुरू किया। चंद्रवादन को कोई अंतर नहीं पड़ा, वह कितने व्यक्तियों के सामने हैं। उन्होंने रूपवती को प्रेम करना शुरू किया।

"रूप, आपका कार्य पूरा हुआ" केसर ने कहा।

उसने चंद्रवादन के सामने रखी मदिरा उठाई और उसे पीते हुए, उसकी गुणवत्ता को आँखों से सराहा।

तारा और लक्ष्मी ने ध्यान दिया, नृत्य और संगीत सब बंद हो चुका है। रूपवती ने चंद्रवादन को पीछे धकेला।

"क्या, सत्य में खेल समाप्त हो गया, जितनी हमें खुशी है, उतना दुख:भी हो रहा।" कहते हुए रूपवती ने अपने लिए एक मदिरा बनाई।

चंद्रवादन समझ नहीं पाए, वह रूपवती के समीप आया, परंतु रूपवती फिर उससे दूर हो गई।

"बस राजकुमार"

"क्या हुआ, राजकुमार के साथ रहना पसंद आने लगा था क्या?" केसर ने रूपवती को छेड़ते हुए पूछा।

"असत्य नहीं कहेंगे, शुरू में तो बहुत मज़ा आता था। यह दिखते ही इतने आकर्षित हैं, किन्तु दिन भर बस स्त्री और शराब, ऐसा पुरुष किसे पसंद आता है।" रूपवती ने परिहास किया। "हमें तो मज़ा आता था, इन चुड़ैलों को नीचा दिखने में। राजकुमारियाँ,

जो अपने पति को नियंत्रण तो कर नहीं सकती और दूसरी स्त्री को सुनाने आ जाती हैं"

"यह आप दोनों क्या बकवास कर रही हैं।" चंद्रवादन ने कहा।

"यह चुड़ैल राजकुमारियाँ अपने पति पर नियंत्रण कैसे करेंगी, जब यह स्वयं दूसरों के पतियों पर डोरे डाला करती थी।" जानकी ने उनके पास आते हुए कहा।

जानकी के पीछे वृश्चिक और उनके सैनिक हैं, साथ ही त्रिमूर्ति के ब्राह्मण और त्रिफला के व्यक्ति भी हैं। उनके साथ ही रघुवंश के सैनिक भी हैं।

"क्यों तारा, हमारे पति अमरजीत स्मरण हैं, जो कभी आपके वश में नहीं आए, ना ही आपके अपने पति " जानकी हँसने लगी।

"जानकी" तारा चिल्लाते हुए उनके पास गई।

केसर ने उनके बीच में आकार तारा को पीछे धकेल दिया। "हमारी महारानी से नहीं।"

"यह सब हो क्या है रहा है?" चंद्रवादन चिल्लाया।

"आप इतने नशे में भी नहीं हैं कि समझ ना पाए चंद्र। महारानी मैत्रेय ने अपने भतीजे कमलजीत का राज्य वापस जीत लिया है। अब आपका इस महल में कोई काम नहीं" रूपवती ने हँसते हुए कहा।

"रूपवती, आप हमसे ऐसे बात क्यों कर रही हैं, आप भी तो उस मैत्रेय से घृणा करती हैं?" चंद्रवादन ने पूछा।

रूपवती जोर से हंसी "महारानी मैत्रेय, हमारी मित्र हैं, उन्होंने सदैव सम्मान दिया, वह हमें नीच वैश्या की तरह नहीं, एक व्यापारी वैश्याकी तरह देखती हैं।"

"अच्छा, वह आपकी मित्र हैं, इसलिए उन्होंने आपको एक पुरुष के साथ सोने भेज दिया। यह आपको सम्मान लगता है?" तारा ने पूछा।

"जी हाँ, देह व्यापार, संगीत, नृत्य हमारा व्यापार है, हमारा धर्म है। हम पर दया दिखा कर, कोई और कार्य दे कर, हमारे सत्य को बदलने का प्रयास नहीं किया उन्होंने। हमें वह कार्य दिया, जिस में हम निपुण है। हम तो यहाँ केवल, महारानी मैत्रेय के संदेश वाहक हैं"

"क्या संदेश है, आपकी महारानी का?" चंद्रवादन ने पूछा।

"आपने महारानी मैत्रेय के पति को नीचा दिखाने का प्रयत्न किया, उन्हें उनके प्रेम से दूर करने का प्रयत्न किया। इस कारण उन्होंने आपसे आपका सम्मान, परिवार, राज्य सब छीन लिया। कोई भी उनके और पति के बीच आएगा, तो वह यही करेंगी, उसका जीवन बर्बाद।"

जानकी ने वृश्चिक को संकेत किया, सैनिक चंद्रवादन को पकड़ने आए।

रूपवती, जानकी, केसर और हर जीतवंश और रघुवंशी की मुस्कराहट उनकी जीत की गवाही दे रही हैं।

"हमारे पिता इसका बदला लेंगे, जानकी अपने भाई अपने पिता के साथ धोखा किया है" चंद्रवादन चिल्लाया।

"वही पिता जिन्होंने हमसे हमारा सुहाग छीना, वही भाई जिसने हमारे पुत्र के राज्य को वेश्याघर बना दिया" जानकी ने कहा।

रघुवंशी सैनिकों ने चंद्रवादन को पकड़ लिया उन्हें अपने साथ जबरदस्ती ले गए, तारा और लक्ष्मी को सिपाहियों ने साथ चलने का संकेत किया।

जानकी, केसर और रूपवती के साथ अपने महल के लिए निकली।

"हमें क्षमा करिए, महल को वेश्याघर बोल कर हम आपको अपमानित करने का उद्देश्य नहीं था।" जानकी ने उन दोनों से कहा।

"अपने हमें अपमानित नहीं किया, महारानी" केसर ने कहा।

"हर चीज की महत्व उनके सही स्थान में ही होता है। वेश्याघर, पुरुषों के लिए एक अलग ही दुनिया है, वह महल नहीं हो सकता" रूपवती ने कहा।

पाठ - 21
महारानी मैत्रेय

मैत्रेय को समझ नहीं आ रहा वह क्या करें, किन्तु वह किसी के सामने दुर्बलता नहीं दिखा सकती। मैत्रेय, सूर्यवादन के सिंहासन पर बैठी हैं, उनके सामने उनके सेनापति और मुख्यमंत्री उपस्थित हैं। योगवादन को और सूर्यवादन के कई पुत्र, जिनका नाम भी मैत्रेय नहीं जानती, उन्हें रघुवंश के सैनिकों ने बंदी बना कर रखा है।

"काश हमारे गुप्तचर से कुछ समय पहले हमें संदेश मिला होता। काश हम यहाँ समय पर पहुँचते।" मैत्रेय ने कहा।

"हम जीत ही गए थे, तब इन्होंने छल से महाराज को गायब कर दिया।" वीरगति ने कहा।

"अगर सूर्यवादन नहीं मिलेंगे, तो हम महाराज भालेन्द्र को कैसे ढूंढ पाएंगे?" पारस ने पूछा।

"महारानी, यह कह रहा है, इसके पास सूर्यवादन का संदेश है।" एक रघुवंशी सैनिक सूर्यवादन के खास सिपाहियों में से एक को पकड़ कर लाया है।

"हम संदेश लाए हैं, हमें सभा में सम्मान मिलना चाहिए" उस सैनिक ने चिल्लाया।

वीरगति ने उस सैनिक को बहुत क्रोध से देखा, किन्तु रघुवंशी सैनिक को उसे छोड़ने का संकेत किया। वहाँ सूर्यवादन का सैनिक घमंड से खड़ा हुआ।

"क्या संदेश है?" सेनापति वीरगति ने पूछा।

उस सैनिक की दृष्टि महारानी पर रुक गई, जैसे वह मोहित हो गया हो, वह पलकें भी नहीं झपका रहा था।

मैत्रेय ने उसे क्रोध से देखा। "अगर हम यहाँ आपकी गर्दन काट दें, तो यहाँ खड़ा कोई भी बाहर आपके संदेश वाहक होने की शपथ नहीं लेगा।"

वह घबरा गया "आपके पति, महाराज सूर्यवादन के पास हैं और महाराज एक ही स्थिति में आपके पति को वापस करेंगे। जब आप उन्हें राक्षसों के पवित्र पौधे और अपनी माँ को उन्हे समर्पित कर दें।" उसने घबराते हुए कहा।

उसकी बात सुन कर मैत्रेय उठी और उस संदेश वाहक को एक थप्पड़ लगा दिया। सेनापति ने उसे पकड़ा और उसके गर्दन पर तलवार लगा दी।

"हमने तो केवल संदेश दिया है। हमें क्षमा करें, हम केवल संदेश देने आए थे।" वह चीखने लगा।

"वीरगति, वह अपना काम कर रहे थे" पारस ने कहा "भले बात कितनी ही उग्र हो, संदेश वाहक को हानि नहीं पहुँचा सकते, यह क्षत्रिय नियम हैं।"

मैत्रेय ने पारस को घूरा, उन्होंने महारानी से दृष्टि चुराई। वीरगति ने अपने ऊपर नियंत्रण किया। उसे सैनिक को रघुवंशी सैनिकों को दिया और सभा से बाहर भेज दिया।

"वादन परिवार कहा है?" मैत्रेय ने पूछा।

"स्त्रियों और बच्चों को निगरानी में रखा है, पुरुष सभी आपके सामने हैं। आपके पिता के राज्य में भी चंद्रवादन और उनके परिवार को कैद कर लिया गया है।" वीरगति की सेविका ने कहा।

चंद्रवादन के बारे में सुन कर योगवादन कुछ अचंभित सा लगा, मैत्रेय ने उसे देखा।

"इन सब को कारागार में भेजो, स्त्री और बच्चों को सेवक गृह में रखो। अब से हमारे सारे काम वादन राज्य परिवार की स्त्री ही करेंगी, हमारा ही क्यों रघुवंश के हर पुरुष की सेवा, वादन राज्य परिवार की स्त्री करेगी।"

मुख्यमंत्री ने हामी भारी और एक मंत्री को संकेत किया की वह महारानी के आदेश का पालन करें। सैनिकों ने उन सभी राजकुमारों को अपने साथ ले जाना शुरू किया, वह अपनी स्त्री के साथ ऐसे व्यवहार के लिए बहुत क्रोधित हैं।

"मैत्रेय आप यह कैसे कर सकती हैं" योगवादन ने चिल्लाया।

मैत्रेय ने कुछ देर उसे देखा। किन्तु एक सैनिक ने उसे अपने भाले से मारा।

"महारानी" सैनिक ने चिल्लाया।

"आह" योगवादन की दर्द में कराहा निकली "महारानी, महारानी, आप स्वयं स्त्री हैं, आपने अपना पूरा जीवन इस महल में इन्हीं स्त्रियों के साथ बिताए हैं।"

"फिर भी किसी स्त्री ने आपके पिता के अपराध के विरुद्ध हमारा समर्थन नहीं किया।" मैत्रेय ने कहा और सिपाहियों से योगवादन को वहाँ से ले जाने का संकेत किया।

अब वादन सभा में केवल रघुवंशी राज्य के व्यक्ति बचे।

"हम महाराज को कही से भी ढूंढ के निकाल लेंगे महारानी, आप हमें आज्ञा दें।" वीरगति ने कहा।

"हमें समय दीजिए, हम आपको बताएंगे।" मैत्रेय विचार करते हुए सिंहासन पर जाकर बैठी।

"महारानी, आप महाराज के गायब होने के दुख:में हैं, आप हमारी सलाह मानिए।" पारस कहते हुए सभा के बीच आए।

"आपने महाराज भालेन्द्र को भी यही सलाह दी थी, जब वह महाराज बने, कि वह दुख:में हैं? नहीं आपने तो हमारी माँ के शक को स्त्री का भय बता कर स्वर्गवासी महाराज को उस दुष्ट सूर्यवादन के जाल में भेज दिया।" मैत्रेय ने कर्कश हो कर कहा।

उनकी दृष्टि से पारस घबरा गए और थोड़ा पीछे हो गए, किसी ने महारानी से फिर कुछ नहीं कहा।

योगवादन कारागार में बैठा है, महारानी मैत्रेय के आने की घोषणा हुई, वह उठा।

"आपका परिवार सम्मान के लिए तो नहीं जाना जाता।" मैत्रेय ने कहा।

"हम नहीं जानते हमारे पिता कहाँ हैं।" योगवादन ने कहा।

"क्या है ना, योगवादन आपकी माँ इतनी नकारी हैं, उन्हें काम सीखा कर हम परेशान हैं। हमें लगता है, उन्हें भी आपकी बहनों के साथ रघुवंशी पुरुषों की सेवा में लगाना होगा। पुरुष अपने तरीके से सब सीखा ही देते हैं।"

"आपने हमारी बहनों को" योगवादन ने सलाखों के पास आकार कहा।

"जी, यहाँ रघुवंश से केवल क्षत्रिय पुरुष आए हैं, हमें पता है, आपके राज्य में क्षत्रिय किसी भी स्त्री पर हक जाता सकते हैं। अगर कुछ ऐसा वैसा हुआ, तो आपकी बहनों का विवाह हम उनसे ही करा देंगे।" मैत्रेय ने ऐसे मुस्कराते हुए कहा, जैसे यह कोई आम बात हो।

"मैत्रेय, राजकुमारी मैत्रेय, हम जानते हैं, हमारे पिता ने आपको बहुत दुख:दिया है, किन्तु उनका बदला हमारी मासूम बहनों से क्यों?"

"आपको रूपवती याद हैं, जिनके लिए आपके भाई ने अपनी पत्नियाँ, पुत्र और सभा सब छोड़ दी?"

"जी" योगवादन ने उत्तर दिया, परंतु वह समझ नहीं पाए यह प्रश्न मैत्रेय ने क्यों किया।

"वह हमारी बहुत अच्छी मित्र हैं, आपके भाई को काबू करना हमने ही तो सिखाया था उन्हें" मैत्रेय हंसी "हमने उनसे आग्रह किया है, कि वह वादन राज्य में आए और सूर्यवादन की पत्नियों को किसी योग्य बनाए, अब रघुवंशी सैनिकों से शादीशुदा स्त्री का विवाह तो नहीं करा सकते।"

"हम आपको" योगवादन ने चिल्लाते हुए सलाखों से हाथ बाहर निकाला और मैत्रेय का गला पकड़ने का प्रयत्न किया।

सैनिक सामने आए और योगवादन के हाथ में जोर से डंडा मारना शुरू किया, वह दर्द में चीखा। सैनिक अंदर गए और उन्होंने योगवादन को मारना शुरू कर दिया।

"हम फिर आएंगे, संदेश देने के लिए।" मैत्रेय कहते हुए वहाँ से चली गई।

"महारानी, हमें लगता है, आपको अपने राज्य वापस जाना चाहिए। रघुवंश अपने राज्य परिवार के बिना सुना है" पारस ने कहा।

मैत्रेय कक्ष में पत्र पढ़ रही है, सूर्यवादन के सारे समान की जाँच पड़ताल उन्होंने स्वयं की है, किन्तु उन्हे कुछ नहीं मिल रहा। पारस और वीरगति उनके सामने हैं।

"हमारी माँ हैं वहाँ।" मैत्रेय ने कुछ पत्र पढ़ते हुए कहा।

"वह रघुवंश राजपरिवार की नहीं हैं।" पारस ने सख्ती से कहा।

"हैं तो आप भी नहीं, किन्तु आप समझते हैं, आप हमसे अधिक सुझाव दे सकते हैं।" मैत्रेय ने ताना मारा।

"महारानी, हम आपके राज्य के मुख्यमंत्री हैं, यह हमारा धर्म है।" पारस ने अकड़ में कहा।

"आप कुछ देर शांत नहीं रह सकते ना मुख्यमंत्री पारस जी। हमें अब समझ आ रहा है, स्वर्गवासी महाराज आपको इतना सुनाया क्यों करते थे? देखिए हम भी स्वयं पर नियंत्रण नहीं कर पा रहे।"

"महारानी, आप बात की गंभीरता को समझ नहीं पा रही हैं।"

"सेनापति वीरगति जी, रघुवंश में महाराज की बात पहले सुनी जाती है या फिर मुख्यमंत्री की?" मैत्रेय ने पूछा।

"जी महाराज की।"

"हम शासन के लिए निपुण हैं, हमारे महाराज की गैरमौजूदगी में हम निर्णय ले सकते हैं, क्या यह बात स्वर्गवासी महाराज और हमारे महाराज ने स्पष्ट रूप से सभा को नहीं बताई थी?" मैत्रेय ने पूछा।

वीरगति ने थोड़ा समय लिया "जी महारानी, बताई थी।"

"तो अब, जब वह दोनों यहाँ उपस्थित नहीं हैं, तो क्या रघुवंश के मुख्यमंत्री, उनके निर्देश का उलँघन करने के लिए स्वतंत्र हो गए?"

"हम" पारस ने कहने का प्रयत्न किया।

"नहीं महारानी, वह ऐसा नहीं कर सकते" वीरगति ने कहा।

"तो क्या आप हमारे मुख्यमंत्री जी को यह स्मरण करा सकते हैं?"

"जी महारानी" वीरगति ने पारस से कुछ कहने शुरू ही किया था।

"बाद में समझाना, यह हमने सूची बनाई है, जिस में सूर्यवादन के खास व्यक्तियों के नाम हैं। हमने पत्रों में से निकाला है। इनसे सूर्यवादन के बारे में प्रश्न करिए, उत्तर ना मिले तो मौत दर्दनाक होनी चाहिए।"

वीरगति ने मुस्कराते हुए हाँ में सिर हिलाया।

"मुख्यमंत्री जी, रघुवंश के मुख्य व्यापारी की पत्नी, हमारी प्रिय मित्र सृष्टि की सहायता से रूपवती और उसके संगीतकार इन दर्दनाक मौतों की कहानिया पूरे भारतवर्ष में शीघ्र अति शीघ्र फैलाएंगे, इस बात का ध्यान आप रखेंगे।"

"जी महारानी।"

"महारानी, इस सूची में तो बड़े कुलीन व्यक्तियों के नाम हैं, इन्हें कुछ करना, हमारे लिए बलशाली दुश्मनी पैदा कर सकता है।"

"क्या रघुवंश दुश्मनी से भय करता है?"

"हम यह नहीं कह रहे थे, महारानी" वीरगति ने समझाने का प्रयत्न किया।

"क्या हम क्रूरता से बचते हैं?"

"नहीं महारानी, दुश्मन हमसे भयभीत रहते हैं, यही तो हमारी शक्ति है।" वीरगति ने घमंड से कहा।

"तो सेनापति जी, रघुवंश को और शक्तिशाली बनाने का समय आ गया है। क्षत्रिय को खुला छोड़ दीजिए, किसी स्त्री, बच्चे और मासूम व्यक्ति को छोड़ कर आपको जो करना है करिए, सेनापति।" मैत्रेय ने अपने स्थान पर खड़े हो कर कहा।

वीरगति, मैत्रेय के समाने सम्मान से झुका, फिर वह सूची लेकर कक्ष से बाहर चले गए। मुख्यमंत्री पारस भी मैत्रेय के सामने झुके और कक्ष से बाहर चले गए।

पाठ - 22

सुमन

जानकी मैत्रेय के पास आई, उसके साथ चंद्रवादन की पत्नी, ब्राह्मण कन्या सुमन है।

"भाभी" मैत्रेय अपने स्थान से उठी और उसने जानकी को जाकर गले लगा लिया। "कमलजीत कहाँ है?"

"वह हमारे साथ नहीं है, हमें आपसे कुछ महत्वपूर्ण बात करनी थी।" जानकी ने सुमन की ओर संकेत किया। "यह सुमन है, वह ब्राह्मण कन्या, जिन्हें चंद्रवादन ने" कहते हुए जानकी रुक गई।

"जिनका राजकुमार चंद्रवादन ने अपहरण किया, बलात्कार किया, फिर हमारा विवाह उनसे करा दिया, इसलिए लोग हमें उनकी पत्नी कहते हैं।" सुमन ने कहा।

सुमन ने जिस तरीके से सीधे उत्तर दिया, उनकी आँखों में कोई भावनाएँ नहीं थी, जैसे उनके अंदर आत्मा ही ना हो, यह देख कर मैत्रेय का दिल दुख:गया।

"हमें क्षमा करें।" मैत्रेय ने कहा।

"आप किस बात की क्षमा मांग रही हैं, आपने कुछ नहीं किया।" सुमन ने कहा।

"मैत्रेय, इनके पास कुछ जानकारी है जो शायद महाराज भालेन्द्र को ढूंढने में उपयोगी हो, इस कारण हम इन्हें सीधे आपके पास ले आए।"

"सच, क्या जानती हैं, आप हमारे पति के बारे में, क्या आपने उन्हें कहीं देखा है?"

"नहीं हमने उन्हें नहीं देखा, किन्तु महाराज सूर्यवादन और उनके मुख्यमंत्री की कई बाते सुनी थी। यहाँ जो भी हुआ, जब हमें उसकी खबर मिली तो हमें लगा यह बाते शायद काम आए, हम नहीं जानते इसमें कितनी वास्तविकता है, किन्तु हम बताना चाहते हैं।" सुमन ने कहा।

"बताइए।"

"महाराज सूर्यवादन, हमारे राज्य से यहाँ आने से पहले किसी से तंत्र विद्या की बात कर रहे थे। वह कह रहे थे, यह उनका आखिरी मौका है, उनका स्वस्थ सही नहीं, इस कारण यह आखिरी मौका वह नहीं जाने देंगे और इतना बड़ा जाल बिछाएंगे जिससे कोई नहीं बच सकता।"

सुमन आगे कुछ कहेगी यह सोच कर मैत्रेय उसकी प्रतीक्षा करती रही, किन्तु सुमन ने नहीं कहा।

"बस मैत्रेय, सुमन ने बस इतना ही सुना, हमने माँ को पत्र में बता दिया है।" जानकी ने कहा।

"बस, बस, हमारे पति के साथ उस पापी ने कोई तंत्र विद्या की है, बस। अब हम क्या करेंगे, कैसे ढूंढ पाएंगे उन्हें।"

"मैत्रेय, हमारे यहाँ आने का कारण है। हम जानते हैं, इस बारे में शायद कोई हमारी सहायता कर सकता है।"

पारस, वादन राज्य के मंदिर में हैं, वह बहुत क्रोधित हैं और स्वयं को नियंत्रण करने का प्रयत्न कर रहे हैं। उनके समीप कोई आकार बैठा। उस व्यक्ति ने वस्त्र से अपना चेहरा ढँका हुआ है।

"हम आपसे बड़े दिनों से बात करना चाहते थे।" उस व्यक्ति ने पारस से कहा।

"कौन हैं आप?" पारस ने पूछा।

"हम जानते हैं, महाराज भूपति की मृत्यु का दोष आपको दिया जाता है। जबकि उनकी हत्या और सूर्यवादन की दुश्मनी का कारण वह जीतवंश की स्त्री हैं। जो आज तीनों राज्य पर राज कर रहीं हैं, मनमानी कर रही हैं। हमें मित्र समझिए, हम आपके राज्य का बहाल चाहते हैं।" उस व्यक्ति ने कहा।

जब उस व्यक्ति ने देखा की पारस उनकी बात पर ध्यान दे रहे हैं, तो वह अपने स्थान से उठा।

"हमारे साथ आइए।" उस व्यक्ति ने कहा।

पारस ने मंदिर में देखा, कोई उन्हें देख तो नहीं रहा, फिर वह उस व्यक्ति के पीछे गए। वह नदी के किनारे आए, इस समय आस पास कोई नहीं है। पारस ने उस व्यक्ति का चेहरा देखने का प्रयत्न किया, किन्तु वह व्यक्ति अपना चेहरा नहीं दिखा रहा।

"आपको लगता है, आप हमारी महारानी के विरुद्ध कुछ भी कह सकते हैं?" पारस ने सतर्कता से उस व्यक्ति से पूछा।

"आपकी महारानी, रघुवंश को अपनी माँ के हाथ में छोड़ कर यहाँ वादन राज्य में हैं। यहाँ भी वह अपने महाराज को ढूंढने के स्थान पर केवल अपने दुश्मनों के प्राण लेने के आदेश दे रही हैं।"

"आप यह कैसे जानते हैं?"

“हम बहुत कुछ जानते हैं और यह भी की ये सब उन माँ बेटी का खेल है। उन्हें कोई अंतर नहीं पड़ता रघुवंश या किसी और राज्य से। जीतवंश में उनका नाती राज्य करेगा, रघुवंश में रक्षसामर्दानी और यहाँ वादन राज्य में मैत्रेय, यही भविष्य है अगर हमने यह सब अभी नहीं रोका।”

“यह तो सिंहासन से धोखा होगा।”

“हमें लगा था आप में आत्म-सम्मान बचा है। आप देख सकते हैं, कि यह स्त्री जहां जा रही हैं, वहाँ शासन ब्राह्मण और क्षत्रियों के हाथ से वैश्य और शूद्रों के हाथ में जा रहा है। सबसे गिरी हालत तो यह है की महल के हर खास कार्य वैश्याकरती हैं। आपको भी तो अब उनसे ही कार्य करवाना है। अब ब्राह्मण वैश्याके साथ काम करेंगे। आप समय ले लीजिए मुख्यमंत्री जी, अगर आपने निर्णय बदला तो हम यहीं मिलेंगे।” उस व्यक्ति ने कहा और वहाँ से चले गए।

जानकी कारागार में योगवादन ने बात कर रही है। मैत्रेय और सुमन वहाँ उपस्थित हैं।

“जीजी आप जानती हैं पिताजी किसी को कुछ नहीं बताते थे।” योगवादन ने कहा।

“भाई, आप उनके तंत्र विद्या के बारे में जानते थे, आपको कुछ तो पता होगा।”

“हमें तो सब उस व्यापारी वृश्चिक से पता चला था।” योगवादन ने कहा।

मैत्रेय मुस्कराई “भाभी, अच्छा हुआ आप समय पर जीतवंश आ गई, सूर्यवादन ने अपनी संतानों को व्यर्थ और निरर्थक बनाया है।”

"ऐसी ही एक व्यर्थ संतान के प्रेम में आप पागल थी और एक निरर्थक संतान से आपकी माँ आपका विवाह करना चाहती थी।" योगवादन ने सुनाया।

"सत्य" कहते हुए मैत्रेय योगवादन के समीप गई "किन्तु फिर समय रहते, हमने और हमारी माँ ने मूर्खता सुधारी, जो करने का मौका आज आपको मिल रहा है। किन्तु सूर्यवादन का रक्त आपको कुछ करने नहीं दे रहा।"

मैत्रेय, योगवादन के इतने समीप थी की वह सांस भी नहीं ले पा रहे थे। वह मैत्रेय की सुंदरता के समाने हमेशा दुर्बल होते थे, किन्तु चंद्रवादन को यह पसंद नहीं था। इस कारण बचपन से योगवादन ने मैत्रेय से आकर्षित होने के भाव सबसे छुपा कर रखे थे, किन्तु मैत्रेय को अपने इतने समीप देख कर वह परेशान होने लगे।

मैत्रेय ने यह तड़प देखी और उसे और तड़पने के लिए वही उनकी आँखों में देखती रही। जब तक योगवादन ने बहुत मुश्किल से उससे दृष्टि नहीं हटा ली।

"हमें पिताजी के बारे में कुछ नहीं पता, किन्तु एक व्यक्ति है जो शायद उनके बारे में कुछ बता सके। हम पक्का नहीं बता सकते, क्योंकि उसने पिताजी का साथ बहुत समय पहले छोड़ दिया था।" योगवादन ने मैत्रेय की आँखों में देखने का प्रयत्न किया परंतु फिर दृष्टि नीचे कर ली।

"कहाँ है वह?" मैत्रेय ने वैसे ही योगवादन के समीप रह कर पूछा।

"हम उसका नाम तभी बताएंगे जब आप हमारी माँ, पिताजी की सारी पत्नियों और हमारी सारी बहनों को सम्मान से रखेंगी, रघुवंशी सेना से और वैश्या से दूर"

"वह सब निगरानी में हैं, किन्तु अपने महल में सुरक्षित हैं, भाई" जानकी ने कहा।

मैत्रेय मुस्कराई।

योगवादन जानकी की बात से हैरान रह गया, उसने मैत्रेय को देखा। "आपने वैसा कुछ नहीं किया?"

मैत्रेय ने कोई उत्तर नहीं दिया।

"हम जानते थे, हम जानते थे, आप हमारी माँ को वैश्यानहीं बना सकती। हम जानते थे, आप ऐसी नहीं हैं।" योगवादन ने बहुत उम्मीद से मैत्रेय को देख कर कहा। "युद्ध में यही सब होता है, किन्तु हमें भरोसा था, आप ऐसी नहीं हैं।"

मैत्रेय उससे दूर हो गई। क्योंकि वह अब मैत्रेय से दूर रहने का प्रयत्न नहीं कर रहा था।

"स्त्रियों को वस्तु समझना पुरुषों का काम है। जो हमने सहा है, उस में किसी और स्त्री को नहीं भेज सकते। अब नाम बताइए।" मैत्रेय ने कहा।

"हम, हम और सहायता कर सकते हैं। अगर आप हमें मौका दें, तो हम पिताजी को ढूंढने में सहायता कर सकते हैं।"

"अचानक से आप सहायता के लिए कैसे मान गए?।" मैत्रेय ने पूछा।

"हमारे पिता इस आक्रमण के लिए तैयार थे, तो वह अपने परिवार को सुरक्षित कर सकते थे। वह अपनी पत्नियों को अपनी पुत्रियों को दुश्मन के हाथ में छोड़ कर चले गए। हम अपनी माँ के पुत्र हैं, आपका साथ दे कर हम बस उन्हें सुरक्षित कर रहे हैं।"

पाठ - 23

पारस

वीरगति एक अंधेरे कक्ष में है, वह एक पुरुष को निरंतर मार रहा हैं। वह आदमी दर्द से कराह रहा हैं। उसे देख कर, वहाँ रस्सी से बंधे बाकी भय में चिल्ला रहे हैं, वह अपने प्राण की क्षमा मांग रहे हैं, वीरगति से विनती कर रहे हैं।

"कुछ पता चला?" पारस पूछते हुए अंदर आया।

"आप, आप तो ब्राह्मण हैं ना, मुख्यमंत्री। आप हमें बचाइए, हमारी कोई गलती नहीं है।" एक व्यक्ति ने कहा।

उसे देख कर, सब उससे विनती करने लगे।

"सूर्यवादन के काले कर्म जानते हुए भी आपने उनका साथ दिया, इसकी सजा तो मिलनी ही थी" वीरगति ने कहा। "हम तो बस चाहते हैं, आप एक अपराधी को ढूंढने में हमारी सहायता करें। किन्तु, आप में से कोई हमारी सहायता नहीं करना चाहता, तो हम आपकी कैसे करें?" कहते हुए उसने उस व्यक्ति का हाथ काट दिया।

वह आदमी बहुत तेज चीखने लगा, वीरगति ने सैनिकों को संकेत किया, वह दूसरे आदमी को वीरगति के समीप लेकर गए।

वीरगति ने अपना अत्याचार शुरू किया। यह सब देख कर पारस बाहर चले गए।

बाहर रूपवती और केसर उनकी प्रतीक्षा कर रही हैं।

"मुख्यमंत्री पारस, आपके बारे में इतना सुना था, पहली बार आपसे मिलने का सौभाग्य मिला" रूपवती ने उनके सामने हाथ जोड़ते हुए कहा।

पारस ने भी हाथ जोड़े, किन्तु उनके शरीर में अलग ही घमंड है। "महारानी के आदेश हैं, अपितु हम वैश्याके साये से भी दूर रहते हैं।"

"जी, शस्त्रों में लिखा है, पृथ्वी में वैश्यासे दूर रहो, परंतु स्वर्ग जाकर अप्सराओं के साथ समय बिताओ।" केसर ने कहा।

"हमें लगता है, यह अप्सराओं ने ही लिखवाया होगा। आखिर वही तो ऋषियों की तपस्या भंग करती हैं, हमारे कारण उनका काम जो कम हो गया है" रूपवती ने हँसते हुए कहा।

केसर और रूपवती ने एक दूसरे को ताली मारी।

"अगर हमें आदेश नहीं होता, तो हम इन मूर्खता पूर्ण बातों के बीच अपना समय बर्बाद नहीं करते। हम आपको उन कैदियों का हाल बताएंगे और आप अपना कार्य करेंगी, बस इतनी ही बात होगी हमारे बीच" पारस ने बहुत सख्ती से कहा।

केसर और रूपवती अभी भी मुस्करा रही हैं।

"हमारे महाराज पता नहीं कहाँ हैं, किस दशा में हैं, और आपको हँसी ठिठोली सूझ रही है। हाँ, वैश्या को क्या अंतर पड़ेगा महाराज से, आपको तो पुरुष चाहिए, चाहे वह कोई भी हो" पारस ने चिढ़ कर कहा।

"हमें राज्य निष्ठा बताने की आवश्यकता नहीं। सूर्यवादन को दुर्बल करने में हम पहले भी हमारी महारानी के साथ काम कर चुके हैं। हम फिर वही करने आए हैं" रूपवती ने कहा।

"इसलिए उस पर ध्यान देने के स्थान पर आप हँसी ठिठोली कर रही हैं।" पारस ने किसी शिक्षक की तरह डांटते हुए कहा।

"यह हमारे काम का तरीका है, अगर हम सदैव गंभीर रहेंगे तो कोई हमारी बात नहीं सुनेगा, गुरु जी। जैसे हम आपकी नहीं सुनना चाहते, अब अंदर क्या हो रहा है, आप हमें बताएंगे?" केसर ने पूछा।

पारस ने चिढ़ कर केसर की बात सुनी, उनका ध्यान उस व्यक्ति पर जा रहा है, जो थोड़ा दूर से उन्हें देख रहा है, उसने वस्त्र से अपना सिर ढंक रखा है।

वीरगति, पारस, योगवादन और सुमन, मैत्रेय के कक्ष में हैं। मैत्रेय कक्ष से बाहर नदी की ओर देख रही हैं।

"महारानी हमें इनके ऊपर बिल्कुल भरोसा नहीं है।" पारस ने कहा।

"हम सच कह रहे हैं, पिताजी और महाराज भालेन्द्र इसी राज्य में हैं" योगवादन ने कहा।

"इस राज्य में ऐसा कुछ नहीं है, जो हमने देखा ना हो। आप कहना चाहते हैं। हमने काम ठीक से नहीं किया?" वीरगति ने कहा।

"क्षत्रिय और उनका घमंड, हर चीज दुनिया में आपके लिए नहीं होती।" सुमन ने कहा।

"हम क्षत्रिय नहीं हैं, और यह हमें भी गलत लग रहा है। महारानी आप सूर्यवादन के पुत्र और बहु पर भरोसा कर रही हैं।" पारस ने कहा।

"मुख्यमंत्री जी, हमें भी ऐसा लग रहा है, जैसे वह यही कहीं हैं।" मैत्रेय ने पारस को बहुत उम्मीद से देखा, उनकी आंखें गीली हैं, मैत्रेय ने तुरंत वह आँसू छिपाये।

"तंत्र विद्या से उन्हें छिपाया गया है, इसलिए आप या कोई भी उन्हें देख नहीं पा रहे हैं।" योगवादन ने कहा।

मैत्रेय के द्वार पर दस्तक हुई, सब ने द्वार की ओर देखा, किसी के आने की उम्मीद नहीं थी उन्हें।

"क्षमा करिए महारानी, किन्तु आपसे मिलने कोई आया है" सैनिक ने कहा।

"कौन है?" मैत्रेय ने पूछा।

"महर्षि शैलेन्द्र।" सैनिक ने उत्तर दिया।

"महर्षि, उन्हें तुरंत अंदर भेजिए" मैत्रेय ने कहा।

महर्षि शैलेन्द्र कक्ष के अंदर आए। सभी उनके पैर छूने आगे बढ़े। सुमन और योगवादन ने उन्हें पहली बार देखा था, दोनों ही अपने सौभाग्य पर भरोसा नहीं कर पा रहे थे।

"गुरु जी, अपने बताया होता तो हम कुछ व्यवस्था करा देते। आप यहाँ हैं और हम ऐसे" मैत्रेय ने स्वयं को और अपने कक्ष को देखा।

"पुत्री, आप दुख:में हैं। आप हमारे स्वागत की ना सोचिए, वैसे भी हम नहीं चाहते की किसी को हमारे यहाँ आने की खबर हो।" महर्षि ने कहा।

"क्यों?" मैत्रेय ने पूछा।

"महारानी मैत्रेय, सूर्यवादन ने इस पूरे राज्य को तांत्रिक शक्तियों से लीन कर दिया है। हम भी तांत्रिक विद्या करते हैं, परंतु उनके पाप इन शक्तियों को दूषित कर रहे हैं। हम नहीं चाहते थे, वह शक्तियां हमारे आगमन से सतर्क हो।"

"गुरु जी, क्या यह सत्य है की हमारे पिता और महाराज भालेन्द्र इसी राज्य में हैं?" योगवादन ने पूछा।

"नहीं वह इस राज्य में नहीं, तांत्रिक विद्या से बनी एक दूसरी दुनिया में कैदी हैं। जहां का द्वार किसी भी राज्य में बन सकता है। परंतु उस दुनिया का निर्माण यही हुआ है।"

"आप हमारी सहायता के लिए आए गुरु जी, हम आपका धन्यवाद कैसे करें।" मैत्रेय ने कहा।

"हम समय पर शायद नहीं आ पाते, अगर महाराज के भ्राता हमें, हमारी तपस्या से उठा कर सब नहीं बताते।" शैलेन्द्र मुस्करा कर मैत्रेय को देखा।

"महाराज के कोई भ्राता नहीं है।" पारस ने कहा।

"हैं मुख्यमंत्री जी, यह हमारे पति के दूर के रिश्तेदार हैं, जिनके बारे में आप नहीं जानते" मैत्रेय ने मुस्कराते हुए कहा।

"आपको राक्षसी पवित्र पौधा चाहिए महारानी।"

ऋषि शैलेन्द्र की बात सुन कर मैत्रेय सन्न रह गई, उन्हे समझ नहीं आया वह क्या बोलें।

"राक्षस अब रघुवंश के साथी नहीं हैं इसका अर्थ यह नहीं की हम उन्हे धोखा दें।"

"आपको अपने पति और रघुवंश के महाराज के लिए यह करना होगा" शैलेन्द्र ने पूछा।

मैत्रेय का सिर झुक गया। सभी, दोनों की बातों को हैरान हो कर सुन रहे थे। महर्षि ने बाकी सब पर ध्यान दिया, फिर उनकी दृष्टि सुमन पर पड़ी। उन्होंने कुछ देर सुमन को देखा, जैसे वह कुछ विचार कर रहे हैं। वहाँ सुमन के समीप गए।

"भूतकाल की कैद से निकलने का समय आ गया है, पुत्री।" महर्षि ने सुमन के सिर पर हाथ रखा।

"हम समझे नहीं महर्षि" सुमन ने उनके सामने हाथ जोड़ा।

"समय सब समझा देगा, पुत्री। आप बिना वजह महारानी तक नहीं पहुँची हैं। आपकी स्वतंत्रता महारानी के साथ जुड़ी है। स्मरण रखिएगा, स्वयं बनाई कैद से निकलने के लिए स्वयं को उस काबिल समझना होगा।"

सुमन कुछ समझ नहीं पाई, परंतु उसने ऋषि शैलेन्द्र के सामने झुक कर उन्हें सम्मान दिया।

"वह द्वार कहाँ है गुरु जी?" पारस ने पूछा।

"वही तो ढूंढने में कठिनाई हो रही है। सूर्यवादन की तांत्रिक विद्या बहुत शक्तिशाली है। हमें और समय चाहिए अनुष्ठान में। आपके सैनिकों को भी निरंतर खोज करनी होगी, कोई सुराग तो खोजना होगा। किन्तु महारानी मैत्रेय को आज रात्रि ही रघुवंश के लिए निकालना होगा, यह स्त्री महारानी के साथ जाएगी" शैलेन्द्र ने सुमन की ओर संकेत किया।

"जी गुरु देव, सुमन आप जाइए तैयारी शुरू करिए" मैत्रेय ने कहा, पर उनके हृदय में भय आ गया था।

सुमन ने मैत्रेय और गुरु जी के समाने सिर झुकाया और वहाँ से चली गई।

"सेनापति जी, आप योगवादन को अपने साथ रखिए।"

"महारानी, वीरगति जी के गुप्तचर और खास आदमियों के बारे में किसी वादन को पता नहीं चलना चाहिए। आप इस धोखेबाज के पुत्र को रघुवंशियों से दूर रखिए।" पारस ने कहा।

"पारस जी, हमें पता चला, आपने रूपवती और केसर के साथ सहयोग नहीं किया। आप स्वयं हमारे आदेश का पालन नहीं करते और बाकी व्यक्तियों के लिए भी मना कर रहे हैं।" मैत्रेय ने चिढ़ कर कहा।

"हम वैश्या के साये से भी दूर रहते हैं।" पारस ने चिढ़ कर कहा।

"मुख्यमंत्री जी, वैश्या भी एक स्त्री होती है, उनके गलत कर्म वह स्वयं भुगतेंगी, जब तक आप कुछ गलत नहीं कर रहे, तब तक आपको कोई पाप नहीं चढ़ेगा।" शैलेन्द्र ने कहा।

"महर्षि, हम आपका सम्मान करते हैं, महारानी अब आपके समक्ष हमसे अधिक ज्ञानी व्यक्ति हैं, आपको सलाह देने के लिए हैं। हम आपका आदेश उन वैश्या के समीप जाए बिना भी पूरा कर सकते हैं। हमें आज्ञा दीजिए" पारस ने हाथ जोड़ कर कहा और कक्ष से बाहर चले गया।

"ब्राह्मण और उनका घमंड।" शैलेन्द्र ने मुस्करा कर कहा।

"कुछ देर पहले सेनापति जी का भी यही हाल था। हमें लगता है आपको कहना चाहिए रघुवंशी और उनका घमंड।" योगवादन ने कहा।

वीरगति ने उन्हें चिढ़ कर देखा और धक्का मार कर कक्ष से बाहर ले गए।

"सूर्यवादन का पुत्र, आप इन पर भरोसा कर रही हैं?" शैलेन्द्र अभी भी योगवादन की बात पर मुस्करा रहे हैं।

"इस समय जो सहायता आ जाए, वही बड़ी बात है गुरु जी। देखिए कौन मानेगा भालेन्द्र के 250 वर्ष पुराने पूर्वज उनका इस समय साथ देने आए, पुनः" मैत्रेय ने कहा।

"पुनः, हाँ, जब रघुवंश पतन की ओर था, तब भी तो वही कबीला काम आया, जिससे 250 पुराने भालेन्द्र ने रिश्ता बनाया था।"

"हमारे कारण वह मित्रता समाप्त हो गई। अब हम उनके साथ छल करेंगे" मैत्रेय ने उदास हो कर कहा।

पाठ - 24

पिछले जन्म के पाप

सुमन के हाथ में आरती की थाल है, वहाँ रक्षसामर्दानी के साथ, मैत्रेय के कक्ष में आ रही है। रक्षसामर्दानी सुमन के साथ बात करते हुए बहुत प्रसन्न लग रही हैं।

"आपकी आवाज इतनी सुरीली है सुमन, आप हमारे साथ रोज मंदिर चला करिए।" रक्षसामर्दानी ने कहा।

"और कुछ हमे आता भी नहीं महारानी माँ, अपितु हम उस ईश्वर का मुंह कभी नहीं देखते।" सुमन के स्वर में क्रोध है।

"ऐसा क्यों कह रही हैं आप?" रक्षसामर्दानी ने अपने हृदय पर हाथ रख कर पूछा।

"हमने एक ब्राह्मण कन्या होने के कारणवश केवल ईश्वर की सेवा की, सदैव आम वस्त्र पहने, क्योंकि स्त्री की सुंदरता तो उसके सादेपन में है। पवित्र मन से ईश्वर की आराधना करना, यही स्वर्ग का रास्ता है। पिछले जन्म के अच्छे कर्मों से हमें ब्राह्मण का जीवन मिला, किन्तु यह सब करने के पश्चात भी हमारा बलात्कार हुआ, हमारे अपराधी को सजा मिलने के स्थान पर, उससे विवाह करा कर हमें ही सजा दी गई। आप जानती हैं, कुछ ब्राह्मणों ने यह भी कहा की हम पिछले जन्म के कर्म भुगत रहे हैं। अगर

ब्राह्मण रूप में जन्म लेने के लिए इतने अच्छे कर्म किए थे हमने, तो अचानक से यह बुरा कर्म कैसे आ गया?" सुमन ने पूछा।

सुमन जब भी अपने बलात्कार की बात करती है। उसकी सीधी बात से सब का दिल दुख: जाता है। उस लड़की का दर्द देख कर सब बेबस महसूस करने लगते हैं, जैसे अभी रक्षसामर्दानी करने लगी है।

"चंद्रवादन ने हमें मंदिर से उठाया था, हमारे ईश्वर के सामने से। किन्तु हम ईश्वर से एक बात के लिए कृतज्ञ हैं, कि हमारे अपराधी जिसे अब सब हमारा पति कहते हैं, वह हमें पसंद नहीं करते थे।

वह दोनों मैत्रेय के कक्ष में गए, मैत्रेय उनकी प्रतीक्षा ही कर रही थी। उन्हें समझ नहीं आ रहा था, वह क्या पहने। किन्तु सुमन की बात सुन कर उसने कुछ नहीं कहा।

"उन्होंने हमें बताया की वह अपनी प्रेमिका मैत्रेय से क्रोधित थे, इसलिए हमें उठा कर ले गए। अन्यथा, हमारे जैसी स्त्री को वह कदापि देखे भी ना" सुमन ने मैत्रेय को देख कर कहा।

"सुमन" मैत्रेय बस इतना कह पाई।

सुमन ने आरती की थाली एक ओर रखी और मैत्रेय की ओर चलना शुरू किया "हमें आप पर बहुत क्रोध आता था, की अगर अपने चंद्रवादन को धोखा ना दिया होता, तो हमारे जीवन में सब सही होता। किन्तु उस बलात्कारी की जीवन शैली देख कर हमें समझ आया, की वह व्यक्ति ही कुकर्मी है। जो अपने अपराध का शिकार और दोष सदैव किसी स्त्री को देते हैं। फिर हमने आपके बारे में अधिक नहीं सोचा।" सुमन ने कुछ धोती मैत्रेय पर लगा कर निहारी। "परंतु जब चंद्रवादन को कारागार में भेज दिया गया और इस बात का ध्यान रखा गया, की उनकी एक पत्नी जिस पर

अत्याचार हुआ था। उसे निगरानी में नहीं रखा जाएगा, हम जानना चाहते थे, यह स्त्री कौन है, जो कभी हमसे मिली भी नहीं और हमारे अत्याचार के बारे में सोच पाई" सुमन ने उन में से एक धोती पसंद की और मैत्रेय को शीशे के सामने लेकर गई। वह धोती मैत्रेय के ऊपर लगाई "एक स्त्री, जो इतनी शक्तिशाली है, की उसने उस राजकुमार को कारागार में डाल दिया। उसने जीतवंश के धोखेबाज क्षत्रियों को सलाखों के पीछे कर दिया। ताकतवर क्षत्रिय जिनके सामने आम जनता सिर भी नहीं उठाती थी। उन्हें कारागार भेज दिया, हम धन्यवाद करना चाहते थे, इस कारण जब हमें अवसर मिला, हम महारानी जानकी के पास गए"

सुमन ने मैत्रेय के गले पर हार लगा कर देखे। "महारानी जानकी, हमें अपने साथ इस स्त्री के सामने लेकर आई। जो इतने दुख: में भी शक्ति से खड़ी थी, हमने पहली बार किसी स्त्री को अपने पति से इतना प्रेम करते देखा था, वरना स्त्री केवल सेवा करती हैं"

मैत्रेय की आँखों में आँसू आ गाए, उनकी माँ ने उनके कंधे पर हाथ रखा। फिर रक्षसामर्दानी और सुमन ने मिल कर मैत्रेय को तैयार किया। जब से भालेन्द्र का अपहरण हुआ था मैत्रेय ने श्रृंगार नहीं किया था। किन्तु आज उनका पूरा श्रृंगार किया गया।

"किन्तु जिस बारे में हम जानते थे, जो हमने अपने जीवन में कभी नहीं देखा था। जिसे पाप माना जाता था। वह हमने उस कारागार में देखा। बिना किसी पुरुष की ताकत के, बिना किसी सिपाही की सहायता के महारानी ने एक शक्तिशाली पुरुष को अपने वश में कर लिया था। वह राजकुमार महारानी से दृष्टि नहीं मिला पा रहे थे, क्योंकि उन्हें भय था वह मैत्रेय की शक्ति के आगे हार जाएगा। मैत्रेय के रूप की शक्ति, तब हम समझे, कि इसे पाप क्यों माना जाता है। पुरुष जो बलात्कार करके भी बच जाते हैं, वहाँ स्त्री की बस दृष्टि से अपनी शक्ति खो दें, ऐसे जीवन से तो

वह भयभीत ही होंगे और स्वयं को बचाने के लिए उन्होंने स्त्री की शक्ति को दबाने का प्रयत्न किया"

"इसलिए आप मैत्रेय की तरह बनना चाहती हैं, आप भी उनकी शक्ति चाहती हैं?" रक्षसामर्दानी ने पूछा।

"आपको थोड़ा समय भी नहीं लगा यह समझने में की हम क्या चाहते हैं। एक ब्राह्मण कन्या को क्षत्रिय स्त्री की तरह बनाने में आपको कोई आपत्ति नहीं थी।" सुमन ने रक्षसामर्दानी को मुस्करा कर उत्तर दिया।

"हमने अपनी पुत्री को चारों जातियों की शिक्षा दी है, क्योंकि वह इस काबिल थी। सच मानिए सब के बस की बात नहीं है। परंतु, आपकी ज्वाला के लिए क्षत्रिय बनना अनिवार्य है, पुत्री।" रक्षसामर्दानी ने सुमन के सिर पर हाथ फेरा।

"जी महारानी माँ, हम भी आपकी पुत्री की तरह पुरुष को वश में करना चाहते हैं, जैसे वह मुख्यमंत्री पारस को शांत कराती, वीरगति को नियंत्रण करती"

"हर दिन यही करना पड़े तो शक्ति खत्म होने लगती है" मैत्रेय ने मुस्कराते हुए कहा।

मैत्रेय का श्रृंगार पूरा हो चुका है, सुमन को अपनी दृष्टि पर भरोसा नहीं हुआ।

"आपकी सुंदरता दिव्य है, महारानी" सुमन ने अचंभित हो कर मैत्रेय को देखा "ऐसे तो कोई भी आपके सामने घुटने टेक दे।"

रक्षसामर्दानी, सुमन की आँखों से उसके हृदय की बात समझ गई "आप भी श्रृंगार करना चाहती है?"

"जी" सुमन के मस्तिष्क से पहले हृदय ने उत्तर दे दिया। वह भी यह ताकत अनुभव करना चाहती हैं। "परंतु हम इतने सुंदर नहीं लग सकते"

“सुंदरता, किसी को वश में करने की शक्ति हर स्त्री में होती है। आपको बस उसे समझना पड़ता है, उसका उपयोग करना पड़ता है।” रक्षसामर्दानी ने सुमन को मैत्रेय के स्थान पर बिठाया।

मैत्रेय और रक्षसामर्दानी ने साथ मिल कर सुमन का श्रृंगार किया। सुमन की शक्ति उसकी पवित्रता में है, हर बात साफ दिल से कह देने वाली इस स्त्री का तेज भी दिव्य है। जो रक्षसामर्दानी ने देखा, सुमन की सुंदरता मैत्रेय की तरह कोमलता में नहीं, उसके क्रोध में है।

सुमन ने स्वयं को शीशे से पहले मैत्रेय और रक्षसामर्दानी की आँखों में देखा। उनके मुख बता रहे हैं, कि सुमन सुंदर लग रही हैं। फिर उसने स्वयं को शीशे में देखा और वह हैरान रह गई। “क्या बचपन से हमें बस मूर्ख बनाया? या हमारे पिछले जन्म के बुरे कर्मों ने हमें ब्राह्मण कन्या बना कर कमजोर बनाया और इस जन्म के अच्छे कर्म, जो बस यह था की हमने महारानी मैत्रेय का साथ चुना। उस अच्छे कर्म ने हमे यह जीवन दिया, जो हम आपके पास पहुँचे?”

सुमन की बात पर रक्षसामर्दानी ने उन्हें क्रोध से देखा “हमने कितनी बार कहा है, आपके साथ जो हुआ उस में आपका ना कोई दोष था ना कोई कर्म। किसी और के अपराध के लिए आप कब तक स्वयं को दोष देंगी”

“हम बस प्रसन्न हैं कि हम आपके साथ हैं।” सुमन ने कहा।

रक्षसामर्दानी के चेहरे पर एक रौनक सी आई “सुमन आप जानती हैं, आप मैत्रेय के साथ कहाँ जा रही हैं?”

“राक्षस कबीले में” सुमन ने उत्तर दिया।

“वहाँ जाने से पहले, उसके बारे में कुछ जान लीजिए” रक्षसामर्दानी ने मुस्कराते हुए कहा।

"माँ सही कह रही हैं, आपको उनकी कहानी पता होनी चाहिए, एक ब्राह्मण स्त्री की।" मैत्रेय ने कहा।

सुमन को प्रतीत हुआ की महारानी मैत्रेय ऐसे ही इतनी शक्तिशाली नहीं हैं, यह उनकी माँ की मेहनत है। यह अनगिनत वर्षों तक मेहनत का रंग है। किन्तु जब उसने राक्षस कबीले की कहानी सुनी, उसे विश्वास नहीं हुआ, इतने वर्षों पहले एक ब्राह्मण कन्या ने वह सब किया, जो वह जीवन भर विचार भी नहीं कर पाई। वह उस महान ब्राह्मण कन्या के कबीले को देखना चाहती थी, उसने मिलना चाहती थी। वह सब करना चाहती थी, जिससे वह इस जीवन में जी सके, जीवित लाश से कुछ और बन पाए।

वीरगति अपने गुप्तचरों से पूछताछ कर रहे हैं। साथ ही वह सूर्यवादन के खास व्यक्तियों के साथ क्रूरता कर रहें हैं। जिनकी खबर बहुत ही मनोरंजन के साथ पूरे भारतवर्ष में फैलाई जा रही है। सूर्यवादन के कई खास व्यक्ति, जिन्हें योगवादन जानते थे, उनसे प्राण की भीख मांगते रहे, परंतु योगवादन उनके लिए कुछ नहीं कर पाया।

वह अपने गुप्तचरों में भी पूछते रहे, जहां से उसे कुछ रास्ता मिलता, किन्तु फिर वह अटक जाते। जैसे सूर्यवादन ने इस योजना के लिए किसी से सहायता ना ली हो, किसी से कार्य ना कराया हो।

"हमें लगता है मुख्यमंत्री पारस सही थे, आप पर भरोसा नहीं कर सकते। आपके आदमी कोई खबर लाते भी हैं, तो भी कोई सुराग नहीं मिलता। वही गोल चक्कर लगाए जा रहे हैं, हम।" वीरगति ने कहा।

"अच्छा आपके मुख्यमंत्री पारस इतने ही सच्चे हैं, तो वह कुछ दिन से, जिस अजनबी से मिल रहे हैं, उसके बारे में किसी को बताया क्यों नहीं?" योगवादन ने ताना मारा।

"अजनबी व्यक्ति?" वीरगति ने पूछा।

"हमारे एक गुप्तचर ने बताया, की मुख्यमंत्री ने कुछ व्यक्तियों को हमें सत्य छुपने के लिए सिक्के भी दिए हैं।"

"आपको लगता है, आप हमारे मुख्यमंत्री के बार में विष घोलेंगे और हम मान लेंगे" वीरगति ने योगवादन का गला दबाते हुए कहा।

"आपको हम पर विश्वास नहीं है, जानते हैं। किन्तु हम आपको दिखा सकते हैं, हमारे पास सूचना है, वह अभी नदी के समीप मिल रहे हैं।" योगवादन ने स्वयं को वीरगति की पकड़ से दूर करते हुए कहा।

पाठ - 25

पुराना मित्र

मैत्रेय और सुमन रथ में है। उनके रथ के साथ केवल उनके कुछ खास सिपाही आए हैं। वह घने जंगलों के बीच जा रहे हैं।

"वापस लौट जाओ मनुष्य, इसके आगे आने की आपको अनुमति नहीं।" एक व्यक्ति की आवाज आई।

मैत्रेय ने रथ से बाहर देखा, उसके सिपाही भी हर ओर देख रहे थे, किन्तु कोई दिखाई नहीं दे रहा था। आवाज भी ऐसी अनुभव हुई थी, जैसे चारों ओर से है।

"रघुवंश की महारानी, आपके महाराज से मिलना चाहती हैं।" एक सिपाही ने भी वैसे ही चिल्ला कर कहा।

"मनुष्य को हमारे राज्य में आने की अनुमति नहीं।" फिर से आवाज आई, किन्तु जैसे उसे बीच में रोक दिया हो, कुछ देर के लिए जंगल में एक दम सन्नाटा छा गया।

"क्या हुआ?" सुमन ने घबरा कर पूछा।

"आपको आने की अनुमति है।" वही आवाज फिर आई।

धीरे-धीरे जैसे जंगल में हल्ला मचने लगा, चारों ओर से वृक्षों पर भागने की आवाज़ें आने लगी। कुछ ही क्षणों में मैत्रेय का रथ और उनके सैनिक राक्षसों से घिर गए।

मैत्रेय राक्षसों से कुछ वर्ष पहले मिल चुकी थी, किन्तु फिर भी उन्हें सामने देख कर उसे उतना ही भय लगा, जितना पहली बार लगा था। सुमन की घबराहट देख कर मैत्रेय ने अपने चेहरे पर मुस्कराहट लाई और उसका हाथ पकड़ कर उसे सहारा दिया।

उसके सैनिक जो रघुवंशी हैं, और रघुवंश से राक्षसों की मित्रता पुरानी है, फिर भी इन राक्षसों को अपने सामने देख, उनके बीच भी थोड़ी असहजता फैली।

राक्षसों ने उन्हें अपने साथ चलने का संकेत किया। मैत्रेय ने अपने सैनिकों को आगे बढ़ने की आज्ञा दी। वह सब और घने जंगलों में आगे बढ़ते जा रहे हैं। इतना घना जंगल शायद ही मैत्रेय ने कभी देखा था, यह किसी वर्षा वन की भाँति हरा भरा है। वहाँ बड़ी चट्टानों को काट कर भवन बनाए हुए हैं। कुछ घर तो वृक्ष में भी बने हैं।

वहाँ जंगली जानवर, कबीले के बच्चों के साथ मस्ती कर रहे हैं। यह दृश्य भय और सुंदरता का मिश्रण सा अनुभव हुआ।

"आपको अपना रथ यही छोड़ना होगा।" एक राक्षस ने कहा।

वह उतना विशाल नहीं था, जितना मैत्रेय ने राक्षसों को देखा था। उस जंगल में आम दिखने वाले भी व्यक्ति थे और राक्षसों के प्रसिद्ध विशाल रूप वाले भी।

मैत्रेय के रथ को देखने, वहाँ कई व्यक्ति अपने घरों से बाहर आ गए थे। मैत्रेय अपने रथ से उतरी उनकी सुंदरता देख कर कबीले की कई नारियां ईर्ष्या करने लगी। कई ने उन्हें सराहनीय नज़रों से देखा। मैत्रेय ने उनके सामने अपने हाथ जोड़े, कबीले वालों ने भी उनके सामने अपने हाथ जोड़े।

सुमन और मैत्रेय को उनकी माँ की सुनाई कहानी स्मरण आई, यह सब केवल राक्षस नहीं बल्कि, एक देवता शुक्राचार्य, एक दानव

शुक्राचार्य की पत्नी, एक अप्सरा रोहिणी, एक मनुष्य ऋषि की बेटी, सभी इनके पूर्वज हैं।

"आपको नांव में बैठना है" उसी राक्षस ने मैत्रेय से कहा।

मैत्रेय के सिपाही नांव की तरफ बढ़े, तो राक्षस ने उन्हें पीछे धकेल दिया। "इस में महारानी को जाने की आज्ञा है।"

सैनिकों ने अपने हथियारों को तैयार कर लिया किन्तु मैत्रेय ने उन्हें रुकने का संकेत किया।

"सैनिक नहीं, किन्तु हमारी मित्र हमारे साथ आएंगी।" मैत्रेय ने सुमन के ओर संकेत किया।

उस राक्षस ने कुछ देर मैत्रेय को देखा, वह समझ गया, वह ऐसे नहीं मानेगी, तो उसने हामी भरी। वह दोनों नांव में बैठी। वह राक्षस वैसे ही पानी के किनारे पर रुक गया।

उस नदी का पानी बहुत साफ है, जितनी भी मछलियाँ वहाँ तैर रहीं थी, वह उस साफ पानी में दिखाई दे रही हैं। तभी वहाँ एक विशाल मगरमच्छ आया, सुमन ने घबरा कर मैत्रेय का हाथ पकड़ा, मैत्रेय भी भयभीत हो कर अपने स्थान से उठी।

"बैठ जाइए, वरना नांव चलेगी कैसे?" उस राक्षस ने कहा।

मैत्रेय के सिपाही उन्हें बचाने के लिए आगे आए, किन्तु राक्षसों ने उन्हें फिर रोक दिया। बच्चे मैत्रेय और सुमन के भय पर हँसने लगे।

"यह वही मगरमच्छ है, जिसने कुछ वर्ष पहले आप के पति के प्राण बचाए थे" उस राक्षस ने सम्मान से कहा।

मैत्रेय ने सम्मान से उस मगरमच्छ को देखा, वह शांति से बैठ गई, किन्तु उनका भय समाप्त नहीं हुआ। उस मगरमच्छ ने नाव

पर लगी रस्सी खिचनी शुरू की और रफ्तार से उन्हें नदी के बीच बने भवन में लेकर गया।

नाव रुक गई और मगरमच्छ मैत्रेय को देखने लगा।

"उन्हें, उनका उपहार तो दीजिए, राजकुमारी।" दंडक ने नाव पर रखे माँस के टुकड़े की ओर संकेत किया।

"माँस, हमारे पास माँस रखा था। हम, हम, हमें यहाँ से जाना है" सुमन नाव से उठ गई और वह ऐसे करने लगी, जैसे वह उलटी कर देंगी, वह उस माँस से दूर जाने के लिए, मगरमच्छ के मुंह में जाने के लिए भी तैयार थी। पूरी नाव हिलने लगी। मैत्रेय, दंडक और मगरमच्छ भी उसे हैरान हो कर देख रहे थे।

मैत्रेय ने नाव को अच्छे से पकड़ा, इससे पहले सुमन स्वयं को उस मगरमच्छ के हवाले कर देती, दंडक ने उसे संभाला और ऐसे उठाया जैसे उस में कुछ भी वज़न ना हो। उसे नाव से किनारे पर ले लाया। सुमन ने स्वयं को संभाला, उसने आंखें खोली, तो वह दंडक की बाँहों में है और दंडक उसे देख कर हंस रहा है, वह दंडक से तुरंत दूर हुई।

जब सुमन संभल गई तो मैत्रेय ने देखा, वह मगरमच्छ भी संतुष्ट हो गया है और अब मैत्रेय की ओर उम्मीद से देख रहा है। मैत्रेय ने वह माँस का टुकड़ा उठाया और मगरमच्छ की ओर फेंका। मगरमच्छ ने उछल कर उस माँस के टुकड़े को पकड़ा, जिससे पानी में उथल-पुथल हो गई। दंडक ने शीघ्र मैत्रेय को पकड़ा, किन्तु वह उन्हें भीगने से नहीं बचा पाये।

"मनुष्य स्त्रियों को यहाँ बुलाने से पहले, हमें सोचना पड़ेगा" दंडक ने हँसते हुए कहा।

मैत्रेय, दंडक के सहारे से नाव से टापू पर उतरी। जब मैत्रेय ने दंडक के पास आने का निर्णय लिया था, वह डरी हुई थी, वह

खौफनाक रात उन्हें फिर सताएगी, किन्तु जो भी अभी हुआ, वह अनुभव करके वह कोई भय अनुभव ही नहीं कर रही थी।

दंडक उन्हें देख कर कुछ खो सा गया, जब मैत्रेय को यह एहसास हुआ, उसका आत्मविश्वास बढ़ा। शायद वह दुश्मनी भूल जाए और मैत्रेय की सहायता के लिए तैयार हो जाए।

"मैत्रेय।" दंडक ने बहुत प्रेम से कहा।

"महारानी।" मैत्रेय ने अपना हाथ दंडक के हाथ से दूर करते हुए कहा।

दंडक, मैत्रेय के घमंड पर थोड़ा मुस्कराया, फिर उसने मैत्रेय और सुमन को अपने भवन के अंदर चलने का संकेत किया।

दंडक का घर बहुत ही सामान्य और सुंदर सजा है। जहां कुर्सियाँ नहीं कीमती पत्थर से बने आसन हैं, उन पर खोली की जगह खतरनाक जानवरों की खाल हैं। उस घर के अंदर कई तरह के सुंदर फूल हैं। और हर चीज मैत्रेय और सुमन के लिए बहुत ही बड़ी है।

"यह गुलाब का पौधा है या वृक्ष?" मैत्रेय ने गुलाब के पौध को छूते हुए कहा, जो उनके कद से भी अधिक था।

"पृथ्वी में पहले हर चीज बड़ी हुआ करती थी, किन्तु मनुष्य की छोटी सोच ने सब छोटा कर दिया। हम कबीले में पृथ्वी के प्राकृतिक रूप को पुराने समय की तरह करने का प्रयत्न कर रहे हैं।" दंडक ने दोनों को बैठने का संकेत करते हुए कहा।

"कैसे, जादू से?" मैत्रेय ने पूछा।

"जादू कहिए, तंत्र विद्या कहिए या विज्ञान।" दंडक ने उत्तर दिया।

मैत्रेय ने सुमन को देखा, जो हर जगह देख रही है पर बैठ नहीं रही। दंडक भी उसे हैरान हो कर देख रहा है।

"बैठ जाइए सुमन" सुमन से कह कर मैत्रेय ने दंडक को देखा "तो अब आप भी महाराज हो गए हैं?"

"महाराज नहीं कबीले में सिर दार होते हैं" दंडक ने सीखाते हुए कहा "क्या हुआ आपको, देवी?" दंडक ने परेशान हो कर सुमन से कहा।

"हम, हम, हम किसी को असम्मानित नहीं करना चाहते, किन्तु हम इस पर कैसे बैठे?" सुमन ने आसनों पर बिछी, जानवरों की खाल देख कर कहा।

सुमन की मासूमियत पर मैत्रेय मुस्करा दी, दंडक ने आंखें छोटी करके सुमन को देखा। किन्तु मैत्रेय के मुस्कराते चेहरे को देख कर उसने कुछ कहा नहीं।

"क्षमा करिए सिर दार दंडक, यह ब्राह्मण हैं।" मैत्रेय ने हँसते हुए कहा।

मैत्रेय ने अपने पास रखे आसान से खाल हटाई, उसे बहुत अच्छे से घड़ी किया और दूसरी ओर रख दिया। फिर सुमन को बैठने का संकेत किया।

"ब्राह्मण" दंडक ने आंखें घूमाते हुए कहा। "आपके महाराज, हमारे पिता के देहांत पर नहीं आए, हमें लगा हमारे पिता के बाद, आपका परिवार हमसे कोई रिश्ता नहीं रखना चाहता।"

दंडक की बात सुन कर मैत्रेय शांत रह गई, वह नीचे देखने लगी, सुमन ने उसके हाथ पर अपना हाथ रखा।

"आपके पिता सिर दार गिरिराज के देहांत की सूचना जब तक हमारे राज्य में पहुँची, हमारे महाराज भी अपने प्राण त्याग चुके

थे।" मैत्रेय ने जब दंडक से दृष्टि मिलाई, उनकी आँखों में आँसू आ गए।

"यह क्या कह रही हैं आप?" दंडक अपने स्थान से उठे, जैसे उन्हें इस बात पर विश्वास ही ना हुआ हो। "हमें इस बारे में कोई खबर नहीं मिली।"

मैत्रेय ने दंडक को सब बताया की महाराज की हत्या कैसे हुई। भालेन्द्र अंदर ही अंदर घुटते जा रहे थे। जैसे उन्हें पता चला, उनके पिता का हत्यारा वह शेर नहीं, सूर्यवादन है, वह उससे बदला लेने गए और सूर्यवादन ने उन्हें कैद कर लिया।

"हमसे अधिक कौन समझेगा हमारे मित्र का दर्द। हमारे पिता ने भी तो हमारे कारण प्राण गवाए।" दंडक की आवाज में बहुत दर्द है।

"पहले भालेन्द्र अपने पिता के वध को अपने सिर पर लेकर बैठ गए, अब आप। यह आपका दोष नहीं है, हम सब के सिर से, पिता का साया छिनने वाला केवल एक नीच और कपटी इंसान है, सूर्यवादन। आपके पिता का कातिल भी वही है।"

मैत्रेय की बात सुन कर दंडक की नेत्र क्रोध से लाल हो गए, "हम जानते थे, किन्तु उस निर्लज्ज ने कोई सबूत नहीं छोडा था।"

"अब उनका सत्य पूरी दुनिया को पता है।" मैत्रेय ने कहा।

मैत्रेय ने जो आँसू रोक रखे थे, वह बांध तोड़ कर बह गए। दंडक ने जब पहली बार मैत्रेय को देखा था, उससे अधिक तेज उसने किसी स्त्री में नहीं देखा था। उसे अपने प्राण की फिकर नहीं थी, चंद्रवादन की हार पर भी मैत्रेय की दृष्टि में भय नहीं था, किन्तु आज दंडक के सामने जैसे वह टूट गई थी। सुमन उसे संभालने का प्रयत्न कर रही थी।

"आप बहुत प्रेम करती हैं भालेन्द्र से" दंडक ने बहुत प्रेम से कहा, वह भी मैत्रेय को संभालना चाहते थे। परंतु, उन्होंने मैत्रेय को हाथ नहीं लगाया, वह बहुत ही बेबस अनुभव कर रहे थे।

"हाँ, इसलिए वह बहुत परेशान हैं।" सुमन ने कहा।

सुमन के स्वर में जो क्रोध था, उसे सुन कर पहली बार दंडक ने मैत्रेय को छोड़ कर सुमन पर ध्यान दिया। वह भी आकर्षक स्त्री है, उसके क्रोध में वही बात है, जो मैत्रेय के घमंड में, यह उसके हृदय से जुड़ा है, दंडक ने अनुभव किया।

"सूर्यवादन ने छल से उन्हें कैद कर लिया और उनकी रिहाई के बदले महारानी और उनकी माँ को मांगा है।"

सुमन की बात सुन कर मैत्रेय की गीली आँखें लावे की तरह लाल हो गई।

"उस नीच कपटी परिवार के पुरुषों ने सब का जीवन बर्बाद कर दिया है" सुमन ने कहा।

"इतना दुःसाहस?" दंडक ने भड़क कर कहा। ऐसा लग रहा है, जैसे दंडक कुछ तोड़ना चाहता है, उन्होंने स्वयं पर नियंत्रण किया। "हम अपने मित्र को वहाँ से लेकर आएंगे, हम हमारे पिता के हत्यारे, हमारे चाचा के हत्यारे को नहीं छोड़ेंगे। महारानी आप बस आदेश दीजिए।"

मैत्रेय ने दंडक को नए आदर से देखा। जिसे कुछ वर्ष पहले वह राक्षस समझ कर धिक्कार चुकी थी, वह राक्षस आज बिना किसी विचार के उसकी सहायता के लिए सामने आया है।

"हमें लगा था, आप नहीं मानेंगे, हमारे कारण आपकी मित्रता समाप्त हो गई। भालेन्द्र ने कभी कहा नहीं, किन्तु वह इस बात से बहुत उदास थे।" मैत्रेय कहते हुए रुक गई।

"भालेन्द्र, वह तो मूर्ख हैं, उनसे बस शास्त्र और शस्त्र की बाते करवा लो, लड़ाई करवा लो और हर बात पर मुस्करा ने को कह दो। जब आपके कारण हमें सजा मिली थी, एक दुर्बल आम मनुष्य का जीवन, उनका मुस्कराना देख कर मन करता था मुंह तोड़ दें, उनका। मौका ही नहीं मिला कभी। मित्रता ऐसे समाप्त नहीं होती, हाँ हम अपने मित्र से क्रोधित थे और शायद वह हमारी जलन भी थी, परंतु ऐसे ही बोल देने से कुछ नहीं होता, पता नहीं आपने उस मूर्ख में क्या देखा।" दंडक ने चिढ़ कर कहा।

"आपको लगता महारानी आपको चुनती, जिन्होंने उनका अपहरण किया, उनका बलात्कार करना चाहते थे।" सुमन ने बहुत ही क्रोध में कहा।

"हम बस उस घमंडी चंद्रवादन को परेशान करना चाहते थे, उसे भयभीत कर रहे थे। हाँ, हम मैत्रेय से विवाह करना चाहते थे, उनकी सुंदरता में दीवाने हो गए थे। परंतु बलात्कार, स्त्री से जबरदस्ती यह हम नहीं करते, हम अग्नि वंश के वंशज हैं। उनका प्रेम पवित्र था, हम उनकी राह में हैं।" दंडक बस चिल्लाता गया, जैसे वह उन्हें भरोसा दिलाना चाहता हो।

"हम आपकी बात मानते हैं दंडक, बहुत समय बीत गया है। हमने बहुत कुछ देख लिया है और हम समझते हैं, आप उस दिन हमारे साथ कुछ दुष्कर्म नहीं करने वाले थे" मैत्रेय ने कहा।

किन्तु सुमन जिस तरीके से दंडक को देख रही थी, दंडक को राहत नहीं मिली। सुमन का क्रोध वह स्वयं पर बर्दाश्त नहीं कर पा रहा था।

"सुमन, दंडक में उस कपटी चंद्रवादन जैसा कुछ नहीं है। वह भटके जरूर थे, किन्तु उन्होंने कभी किसी स्त्री को नुकसान नहीं पहुँचाया है।" मैत्रेय ने सुमन का दर्द कम करने का प्रयत्न किया, वह अपने पति के लिए इतनी परेशान हैं, सुमन को अपने साथ यहाँ

लाने के निर्णय पर, अब वह संदेह कर रही हैं। "दंडक, चंद्रवादन नहीं है, सुमन।" मैत्रेय ने पुनः सख्ती से कहा।

दंडक, मैत्रेय के दबाव से समझे, सुमन के साथ कुछ हुआ है। वह सुमन के समीप गए, विनम्रता ने उसके चेहरे को ऊपर उठाया, उनकी आँखों में देखा "आपके साथ क्या हुआ?"

"हम मंदिर में ईश्वर का श्रृंगार करके, पूजा की तैयारी के लिए जा रहे थे। तब उस राक्षस ने हमारा अपहरण किया। शाम के समय, सब की दृष्टि के सामने, हमें हवस का शिकार बनाया। फिर हमें वैसे ही छोड़ दिया। लोग कहते हैं, ऐसे अपराध के बाद हमें मर जाना चाहिए था। एक आदर्श स्त्री बलात्कार के पश्चात जीवित कैसे रह सकती है।"

मैत्रेय ने पहली बार सुमन की आँखों में आँसू देखे।

"हम अपना जीवन नहीं ले पाए, तो हमारा विवाह उस राक्षस से करा दिया। आप पुरुष स्त्रियों को क्या समझते हैं, किसी और का क्रोध निकालना हो, तो हमारा अपहरण कर लिया, किसी और से बदला लेना हो, तो इनका अपहरण कर लिया। आप पुरुष स्वयं को समझते क्या हैं?" सुमन ने दंडक के वस्त्र पकड़ कर उसे हिलाने का प्रयत्न करते हुए पूछा।

"हमने मैत्रेय के साथ जो किया उसके लिए हम शर्मिंदा हैं और दंड भी भुगता है। किन्तु जो आपके साथ हुआ है, उसका कोई प्रायश्चित नहीं, उसकी केवल सजा है। यह आपके साथ हुआ है, सुमन अगर आप हमें अनुमति देंगी, तो हम आपका भी बदला लेंगे, उस सूर्यवादन, उस चंद्रवादन सब की पुश्तें समाप्त कर देंगे। हम राक्षस हैं, पर अपराधी नहीं।"

"उन्हें तो महारानी मैत्रेय ने ही कैद में भेज दिया है। किन्तु उससे पहले ही वह अपने निरर्थक जीवन में बर्बाद हो चुका था।

फिर भी हमें सुकून नहीं मिला, हम अपने पहले जीवन को भूलना चाहते हैं।" सुमन, मैत्रेय की ओर मुड़ी "महारानी हमारी सहायता करिए, हम उस जीवन को समाप्त करना चाहते हैं। हम नया जीवन चाहते हैं, हमारी सहायता करिए महारानी।" सुमन मैत्रेय के समाने गिड़गिड़ाने लगी।

"हमें लगा था, आप हमारे शक्ति के साथ प्रफुल्लित हैं।" मैत्रेय ने बहुत प्रेम से कहा।

"अगर आप यह चाहती हैं, तो हम आपकी सहायता कर सकते हैं।" दंडक ने सुमन का हाथ पकड़ कर कहा।

जीवन में पहली बार, सुमन किसी पुरुष के स्पर्श से पीछे नहीं हटी। "आप सत्य कह रहे हैं?" सुमन की आँखों के आँसू में बहुत उम्मीद है।

"यह क्या कह रहे हैं, दंडक आप उनका जीवन समाप्त नहीं कर सकते" मैत्रेय ने हैरान हो कर कहा।

दंडक ने सुमन के आँसू पोंछे, "हम उनका जीवन नहीं लेंगे, उस जीवन का दर्द लेंगे।"

योगवादन ने पारस की ओर संकेत किया। वीरगति ने भी छुप कर उन्हें देखा, वह एक व्यक्ति से बात कर रहे हैं, जिन्होंने अपना चेहरा वस्त्र से ढंका हुआ है। उन दोनों ने ध्यान से बात सुन ने का प्रयत्न किया।

"हम तैयार हैं, किन्तु हमें महाराज सूर्यवादन से मिलना है।" पारस ने कहा।

"आप उनसे मिल नहीं सकते।" उस व्यक्ति ने कहा।

"महाराज सूर्यवादन छुप कर वचन दे रहें हैं, हम उनके वादों को कैसे माने। वह तो पीठ पीछे वार करने के लिए सम्मानित हैं। कही काम हो जाने पर हमें भी उन विदेशियों जैसे मार दिया तो?" पारस कहते हुए मुस्कराये।

"महाराज अभी किसी से मिलने की दशा में नहीं हैं, वह जहां हैं, वहाँ से निकालना आसान नहीं" उस व्यक्ति का वस्त्र थोड़ा नीचे हुआ, तब सुखदेव का चेहरा दिखा।

"तो हमें उनके पास ले चलिए। जब तक हम महाराज से नहीं मिल लेते, हम महारानी मैत्रेय के विरुद्ध बगावत शुरू नहीं करवाएंगे।"

यह सुन कर योगवादन और वीरगति परेशान हो गए।

"ठीक है, हम आपको उनसे मिलवाते हैं, किन्तु अगर आपने हमें धोखा देने का विचार भी किया, तो आप अपने अंत के लिए तैयार हो जाना" सुखदेव ने कहा।

सुखदेव ने पारस को अपने साथ चलने का संकेत किया। वीरगति और योगवादन ने उनका पीछा करना शुरू किया।

"हमें महर्षि तक संदेश पहुँचना पड़ेगा।" वीरगति ने कहा।

"ठीक है हम इनके पीछा करते हैं, आप महर्षि को लेकर आइए।" योगवादन ने कहा।

"अच्छा, ताकि आप अपने पिता के पास पहुँच जाए और उन्हें हमारे आने का संदेश दे दें" वीरगति ने संदेह करते हुए कहा।

"ठीक है, हम महर्षि को ले आते हैं, आप इनका पीछा कर लीजिए"

"अच्छा, अगर आपने किसी को बताया ही नहीं, और हमें इनके साथ मरने के लिए छोड़ दिया?"

"कैसे शंका से सराबोर व्यक्ति हैं आप" योगवादन ने हैरान हो कर कहा।

सुखदेव और पारस रुके, सुखदेव ने कुछ मंत्र पढ़ें सामने एक द्वार दिखने लगा। सुखदेव उस द्वार से अंदर गए, पारस भी उनके पीछे गए।

"हमें किसी और को भी साथ लाना चाहिए था। ठीक है, आप जाइए महर्षि को यहाँ लाइये, और अगर आपने हमें धोखा देने का प्रयत्न किया, हम आपको पाताल से भी ढूंढ लाएंगे" वीरगति ने धमकी दी और वह भी उस द्वार के अंदर चला गया।

उसके अंदर जाते ही वह द्वार बंद हो गया। योगवादन घबरा गया, वह वहाँ से भागा।

वीरगति उस द्वार के अंदर गया, वहाँ एक बड़ा मैदान है, जिसके बीच में एक गुफा दिख रही है। सुखदेव उसी ओर जा रहे हैं, पारस भी उनके पीछे चल रहा है, वीरगति ने तुरंत छुपने का स्थान देखा। ताकि उसे कोई देख ना पाए। उस ने द्वार की ओर देखा, जिससे वह इस दुनिया में पहुँचा था, वह बंद हो चुका है। वीरगति थोड़ा घबराया की अब योगवादन महर्षि शैलेन्द्र को अंदर कैसे लाएंगे। उसे यह भी संदेह था की वह सूर्यवादन का पुत्र योगवादन उन्हें धोखा ना दे। महारानी, राज्य में नहीं हैं और मुख्यमंत्री और सेनापति इस दुनिया में आ गए हैं। वादन राज्य पूरी तरीके से असुरक्षित है।

सुखदेव जैसे ही गुफा के द्वार पर पहुँचा, वहाँ कुछ साये से बनने लगे। वह साये धीरे-धीरे इंसानी रूप लेने लगे, यह देख कर वीरगति अपनी दृष्टि पर भरोसा ना कर सका। सूर्यवादन के तंत्र के बारे में उसने सुना था, किन्तु सामने देख कर वह अचंभित था।

"यह सब क्या है?" पारस ने पूछा।

"हमारे सैनिक।" सुखदेव ने कहा, वह काले साये मुस्कराये।

"सैनिक, अपने मुख्यमंत्री के सामने सिर झुकाते हैं" पारस ने उस साएं को चिढ़ कर देखा।

"क्या यह आपको आम इंसान दिख रहे हैं, जो आप इन्हें झुकाएंगे" कहते हुए सुखदेव मुस्कराया।

पारस ने उसे रोका "आप वादन राज्य के मुख्यमंत्री थे, आपने यह सब कैसे होने दिया?" पारस ने उन्हें रोक कर पूछा। "हमारे महाराज कहाँ हैं?" पारस ने तलवार निकाली।

"यह आप क्या कर रहे हैं, पारस जी" वीरगति ने हैरान हो कर धीमे स्वर में कहा।

"लगता है आपका मन बदल गया है।" सुखदेव ने मुस्करा कर कहा।

वह इंसानी रूपी काले साये पारस के आस पास मंडराने लगे, जैसे वह वार करने के लिए तैयार हो।

"हम बस यह जानना चाहते थे, हमारे महाराज कहाँ है।" पारस ने कहा।

"अच्छा, आपको लगता है, आप जीवित यहाँ से बाहर जा सकते हैं?" सुखदेव ने पूछा।

सायों ने पारस पर हमला किया, पारस ने उन पर तलवार से वार करने का प्रयत्न किया। किन्तु तलवार से उन्हें कोई अंतर नहीं पड़ा। पारस पीछे हटे, पारस ने कमर पर बंधी पोटली से कुछ निकाला।

"हम बस अपने महाराज का पता लगाने आए थे, हमने अपना कार्य पूर्ण किया।" पारस ने पानी की तरह कुछ धरती पर फेंका।

वहाँ एक बवंडर सा बनने लगा, धीरे-धीरे वह द्वार में बदलने लगा। पारस उस द्वार की ओर भागे।

"आपने धोखा किया, इसका उपहार तो मिलेगा आपको" सुखदेव ने कहा।

वह काले सायों ने पारस को घेरा, उन्हें द्वार से बाहर जाने से रोक। और उनका गला काट दिया, पारस का विशाल शरीर धरती पर गिर पड़ा, वीरगति चिल्लाते हुए उन्हें बचाने भागे, किन्तु उन्हें देरी हो गई थी।

अब उन सायों का शिकार वीरगति है, वीरगति ने प्रयत्न किया, वह पारस को अपने साथ उस द्वार से बाहर ले जा सके, परंतु एक साये ने वीरगति के पैर पर हमला किया, वह धरती पर गिर पड़े।

सुखदेव, पारस और वीरगति को सायों के हाथ छोड़ कर, गुफा के अंदर चला गया।

पाठ - 26

पुनर्जन्म

दंडक अपने पवित्र पौधे के सामने है, उसने सुमन को नरमी से पकड़ा है, मैत्रेय उन दोनों के पीछे, थोड़ा दूर है। एक बूढ़ी स्त्री उनके पास आई, उसने दंडक को एक माँस का टुकड़ा ग्रहण करने के लिए दिया। दंडक ने वह खाया।

सुमन जो कुछ देर पहले माँस सुन कर नाव से कूदने लगी थी, वह अभी ऐसे शांत खड़ी थी, जैसे उसे माँस से कभी अंतर ही नहीं पड़ता था। दंडक ने एक हाथ में, अपने पिता का त्रिशूल लिया, जो अब उसका है। दूसरा हाथ उसने सुमन के सिर पर रखा, दंडक ने आंखें बंद की, उसने कुछ मंत्र पढ़ना शुरू किए। उसके पास खड़ी स्त्रियों ने उसके साथ मंत्र पढ़ने शुरू किए। सुमन ने भी आँख बंद कर ली, मैत्रेय देख सकती थी, दंडक के हाथ से एक रोशनी निकल रही है।

ऐसा लग रहा है, जैसे सुमन को दर्द हो रहा है। फिर उसकी चीख निकली, सुमन बहुत तेज चिल्लाई। मैत्रेय उसके समीप भागी, किन्तु कुछ राक्षसों ने मैत्रेय को रोक दिया।

"बीच में कोई दखल नहीं" एक राक्षस ने कहा।

"उन्हें दर्द हो रहा है।" मैत्रेय ने कहा।

"वह, दर्द वापस जी रही हैं, आग बुझने से पहले भड़कती है" उस राक्षस ने कहा।

सुमन के आँसू बहने लगे। जैसे वह बहुत दर्द में हो। मैत्रेय उसे ऐसे नहीं देख पा रही थी, उसने अपना मुंह फेर लिया।

सुमन बहुत तेज चिल्लाई, और धरती पर गिर पड़ी, मैत्रेय ने राक्षसों को धक्का दिया और सुमन की ओर भागी। दंडक ने उसे रोका और वह सुमन के पास बैठे, उसने सुमन का सिर गोद में रखा। उसके चेहरे पर हल्का सा हाथ फेरा, सुमन ने आंखें खोली, ऐसा लग रहा है, जैसे वह सब को पहचानने का प्रयत्न कर रही है, जैसे उसके अंदर कुछ हो रहा हो।

"नहीं, बिल्कुल भी नहीं। कुछ भी नहीं" सुमन ने कहा।

"जी, कुछ भी नहीं" दंडक ने बहुत ही प्रेम से पूछा।

दंडक ने सुमन को उठने में सहायता की।

मैत्रेय कुछ समझ नहीं पाई "क्या हुआ सुमन?"

"हमें वह सब अनुभव नहीं हो रहा, हमें सब स्मरण है, हमारे साथ क्या हुआ था, हम कितने क्रोधित रहते थे, सब स्मरण है, किन्तु हम वह सब अनुभव नहीं कर पा रहे। हम उस दर्द को अनुभव नहीं कर पा रहे" सुमन ने कहा।

मैत्रेय से प्रश्न भरी दृष्टि से दंडक को देखा।

"उनका दर्द हमने ले लिया। जीवन में नए दर्द तो आते ही रहेंगे, किन्तु पहले की वह खौफनाक यादें, अब इन्हें कभी नहीं सताएंगी।"

"हम आपका यह उपकार कैसे लौटाएंगे।" सुमन ने कहा।

"ब्राह्मण भी कभी किसी और को कुछ देते हैं, वह तो बस सबसे मांगते हैं, और अगर नहीं दिया, तो नरक की धमकी देते

हैं। हमने एक दो वर्ष उन पापियों के बीच बिताया है।” दंडक ने परिहास करते हुए कहा।

“और कभी उन्हें कुछ नहीं दिया। भालेन्द्र ने हमें सब बताया है” मैत्रेय ने मुस्कराते हुए कहा।

“आज तो दिया है, अपने हृदय का एक हिस्सा, शायद किसी कारण से यह अभी तक हमारे पास था।” दंडक ने बहुत प्रेम से कहा।

सुमन थोड़ा शर्मा गई।

“आप चाहें तो हमारे साथ रह सकती हैं, मतलब हमारे जंगल में।” दंडक घबराते हुए कहा।

दंडक, सुमन से जैसे बात कर रहे हैं, सुमन उस अनुभव से बहुत हर्षित है। मैत्रेय अचानक से उन दोनों के बीच बाहरी व्यक्ति अनुभव करने लगी। वह बिना कुछ कहे थोड़ा पीछे हटी।

“तांत्रिक विद्या से आप बस लेते नहीं, आपको कुछ देना भी पड़ता है। जब दंडक, सुमन का दर्द ले रहे थे, उनके दिल में सुमन के लिए बस प्रेम था, वह प्रेम अब सुमन के पास है।” एक बूढ़ी स्त्री ने मैत्रेय से कहा।

मैत्रेय ने मुस्करा कर देखा, दंडक और सुमन को ऐसे साथ प्रफुल्लित देख कर, उसे अपना और भालेन्द्र का प्रेम स्मरण किया। उनकी आंखें भर आई।

वीरगति सायों से घिरा है, जैसे वह उसके भय के साथ खेल रहे हों। पारस का गला कटने के कारण वह वीरगति के सामने तड़प-तड़प कर मर रहे हैं।

"नहीं मुख्यमंत्री पारस जी, आप ऐसे दर्द के योग्य नहीं।" वीरगति ने कहा और अपने तलवार मुख्यमंत्री के हृदय में घुसा दी।

कुछ देर में ही पारस की तड़प समाप्त हो गई, वह केवल उनका मृत शरीर रह गया। एक साया वीरगति के पास आया, और उसकी भी गर्दन पर वार किया। तभी उस साये से जैसे चीख आई हो, उस पर हमला हुआ, वह गायब हो गया, सायों पर हमला होना शुरू हुआ। पारस के बनाए द्वार से महर्षि शैलेन्द्र अंदर आए और उन्होंने उन सायों पर वार करना शुरू किया। साये और बढ़ने लगे।

महर्षि की दृष्टि पारस के मृत शरीर पर गई "आप सब बाहर जाइए। आम इंसान का यहाँ कोई कार्य नहीं" महर्षि चिल्लाए।

"पर गुरु जी" योगवादन उनके पास आया।

"हमारी शक्ति आपको बचाने में समाप्त हो जाएगी, हमने पारस जी को यहाँ भेजा था। उनकी यह दशा हमारे कारण हुई है। हम अकेले आप सब को नहीं बचा सकते" शैलेन्द्र ने चिल्ला कर कहा।

योगवादन ने पारस का मृत शरीर उठाया और वीरगति को संभालते हुए, वह इस दुनिया से बाहर चले गए।

अब महर्षि वहाँ अकेले उस नरक की शक्तियों से लड़ रहे हैं, साये केवल बढ़ते जा रहे हैं, उन्हें अकेले समाप्त करना सरल नहीं।

"हम अकेले यह सब नहीं कर पाएंगे। आप कहाँ हैं, महारानी" शैलेन्द्र ने कहा।

पाठ - 27

गुफा

"सूर्यवादन ने भालेन्द्र को एक जादुई कारागार में रखा है, जिसमें कोई इंसान नहीं जा सकता।" मैत्रेय ने कहा।

दंडक उनकी बात को बहुत ध्यान से सुन रहा है, उसके साथ ही उसके कई कबीले के राक्षस मैत्रेय की बात सुन रहे हैं।

"खुशी की बात है हम इंसान नहीं हैं।" दंडक ने कहा।

"उन्हें तेजस्वी गुफा में रखा है।" मैत्रेय ने सब को सुना कर कहा।

यह सुन कर दंडक परेशान हो गया। उसने अपने सैनिकों की ओर देखा, वह भी परेशान लगे।

"वहाँ तो राक्षस भी नहीं जा सकते। वह नीच आदमी जनता था, आप रघुवंश के मित्र हैं और साथ देने जरूर आएंगे। अच्छी चाल थी, हमें बेबस बनाने की, परंतु वह यह नहीं जनता था, रघुवंश में भाई अपने भाइयों का साथ देने से कभी पीछे नहीं हटते, भले उन्हें कई सौ साल जीना पड़े।"

दंडक को मैत्रेय की बात समझ नहीं आई, वह उन्हें टोकना नहीं चाहते थे, परंतु उनका मुख बाता रहा था, उन्हें कुछ समझ नहीं

आ रहा। जो मैत्रेय ने भी देखा, मैत्रेय ने अपने साथ लाई पोटली से एक अस्त्र निकाला, वह अस्त्र देख कर दंडक की आंखें बड़ी हो गई। उसने अपनी दृष्टि पर भरोसा नहीं हो रहा था, मैत्रेय ने दंडक को वह अस्त्र छूने का संकेत किया।

दंडक घबरा रहा है, उसने वह अस्त्र अपने हाथ में लिया। तेज हवाएं चलने लगी, एक बवंडर दंडक के आस पास घूमने लगा। जैसे वह हवाएं कितनी प्रफुल्लित हो, उनकी खुशी देख कर मैत्रेय के मुख पर भी खुशी आ गई। सुमन और बाकी राक्षस भी मुस्कराये।

"यह तो" वह बवंडर कम हुआ, किन्तु वह अस्त्र अभी भी दंडक के हाथ में चाँद की तरह चमक रहा है। "यह तो हमारे पूर्वजों का अस्त्र है।"

"जो आपके किसी पूर्वज ने, भालेन्द्र के पूर्वज को दिया था।"

"तब से ही हमारे कबीले और रघुवंश में मित्रता हुई।"

"पर जिस पूर्वज को दिया था, उनकी तो मृत्यु कई सौ साल पहले हो गई थी और यह उनके साथ ही लुप्त हो गया था।"

"वह स्वयं चाहते थे, यह इस कबीले के पास वापस आए, अब हमें समझ आया वह ऐसा क्यों चाहते थे" मैत्रेय ने उस अस्त्र की चमक देख कर कहा। "इसकी सहायता से आप उस जादू को भेद सकते हैं, जो सूर्यवादन ने भालेन्द्र को हमसे दूर रखने के लिए किए हैं।" मैत्रेय ने दंडक को उम्मीद से देखा।

"जी महारानी।" दंडक ने मैत्रेय के सामने सिर झुका कर कहा।

"क्या आप तैयार हैं?" मैत्रेय ने पूछा।

दंडक ने मैत्रेय को प्रश्न भरी दृष्टि से देखा, मैत्रेय, पवित्र पौधे के समीप गई, उन्होंने आखिरी बार दंडक को देखा, फिर पौधे को छूकर मंत्र पढ़ना शुरू किया।

वहाँ एक बवंडर उठा और धूल में से द्वार बनने लगा। द्वार की दूसरी ओर एक महर्षि उन काले साये से लड़ रहे हैं।

"ऋषि शैलेन्द्र सही थे, मंत्र ने कार्य किया, तेजस्वी दुनिया का द्वार खुल गया।"

मैत्रेय ने दंडक और उनके राक्षसी सेना को साथ चलने का संकेत किया। वह राक्षस पहले उस द्वार के अंदर गए और उन सायों को पकड़ना शुरू किया। मैत्रेय, भाग कर महर्षि के समीप गई।

"हम जानते थे, आप समय पर यह कर दिखायेंगी।" महर्षि शैलेन्द्र ने कहा।

"जो खुशी हमें पहली बार मिली है, हम उसे खोना नहीं चाहते, केवल आपके मित्र नहीं आप भी सही सलामत वापस आएंगे।" सुमन ने दंडक का हाथ पकड़ कर कहा।

दंडक कमजोर पड़ने लगे, वह इस स्त्री के साथ समय बिताना चाहते थे, उनका दर्द लेते समय वह उनके इतने समीप आ गए की, वह अब उनसे दूर नहीं जाना चाहते।

सुमन उनके समीप आई, दंडक को थोड़ा नीचे किया, ताकि वह उनकी बराबरी में आ सके। उसने दंडक के होंठों को चूमा, दंडक हैरान रह गए, फिर उन्होंने सुमन को बाँहों में उठा लिया। दंडक के सीधे खड़े होने पर सुमन धरती से बहुत ऊपर थी।

"ब्रह्मचर्य का यही लाभ है कि जब मौत सामने खड़ी हो तो, यह सब नहीं सूझता।" शैलेन्द्र ने कहा।

दो साये उस द्वार से दंडक की दुनिया में आए, दंडक ने उन्हें एक हाथ से ही पकड़ कर रोक लिया। सुमन को नीचे रखा और उन साये को चीरते हुए उनकी दुनिया में लेकर गया। वह द्वार सुमन के सामने बंद हो गया।

मैत्रेय की सेना तैयार है, जिस में एक राक्षस और एक ऋषि उनके साथ हैं। दोनों एक दूसरे को फूटी आँख नहीं सुहा रहे। परंतु, मैत्रेय का साथ देने के लिए दोनों कंधे से कंधा मिला कर काम कर रहे हैं।

मैत्रेय ने तलवार निकाली, दंडक और उनके साथ आए राक्षस और ऋषि शैलेन्द्र, मैत्रेय को बचाते हुए उन सायों को उनके स्थान नरक वापस भेजते हुए, गुफा की ओर बढ़े।

दंडक के राक्षसों ने पहरेदारों को संभाला, तो दंडक, मैत्रेय और शैलेन्द्र गुफा के अंदर गए। सबसे आगे दंडक था, उसने अपने सामने खाई दिखाई नहीं दी, जिससे उसका पैर फिसल गया। ऋषि शैलेन्द्र ने मैत्रेय को पीछे खींचा।

"दंडक" मैत्रेय ने खाई में देख कर चिल्लाया।

दंडक का हाथ ऊपर आया, वह ऊपर चढ़ने का प्रयत्न कर रहा है। मैत्रेय उसकी सहायता करने बढ़ी किन्तु ऐसे विशाल शरीर की सहायता करना ना ऋषि के हाथ में था ना मैत्रेय के हाथ में। समय पर कुछ राक्षस वहाँ पहुँचे और उन्होंने दंडक को ऊपर आने में सहायता की।

"महर्षि हम इस खाई को पार कैसे करेंगे?" मैत्रेय ने पूछा।

"हमें खाई से नीचे उतार कर ही इसे पार करना है।" एक दानव ने कहा।

वह गुफा में थोड़ा आगे जाकर देख रहा था, जहां उसे नीचे जाने के लिए सीढ़ियाँ दिखाई दी।

"तो हमने वापस ऊपर आकार, बिना वजह इतनी मेहनत की।" दंडक ने मुंह बना कर कहा।

दंडक सीधे नीचे कूदा।

"नहीं ऐसा नहीं करिए।" ऋषि शैलेन्द्र चिल्लाए।

परंतु तब तक दंडक के पीछे उसके बाकी राक्षस भी खाई में सीधे नीचे छलांग लगा चुके थे।

"मूर्ख, आप सही कहती हैं पुरुषों के बारे में, महारानी" ऋषि शैलेन्द्र ने चिढ़ कर कहा।

गुफा में अचानक से कंपन सा उठने लगा। मैत्रेय और ऋषि शैलेन्द्र ने दीवार के सहारे से स्वयं को संभाला।

"हमारे कूदने से भूकंप आ गया, इतनी दुर्बल गुफा?" दंडक ने अपने राक्षसों को अकड़ में कहा।

"वहाँ से निकलिए।" ऋषि शैलेन्द्र चिल्लाए।

सूर्यवादन और सुखदेव दूर से उन सब को देख रहे हैं, मैत्रेय की दृष्टि उन पर गई। उनकी मुस्कान देख कर मैत्रेय घबरा गई।

कंपन रुक गया, गुफा में अजीब सा सन्नाटा फैल गया। वह सन्नाटा इतना डरावना लग रहा है, की राक्षस भी एक दूसरे को घबराहट से देखने लगे, फिर एक हिज्ज की आवाज आई। राक्षसों ने चारों ओर देखना शुरू किया, एक राक्षस की चीख सुनाई दी। किन्तु वह वायु की तरह वहाँ से ओझल हो गया। राक्षसों को समझ नहीं आया, उन्होंने फिर अपने आस पास देखना शुरू किया, उनके हाथ में उनकी तलवार तैयार हैं।

फिर वह सामने आया। पूरे गुफा में अंधकार का रूप लेकर, विशालकाय सर्प, उसने राक्षसों के सामने फुँकारा, राक्षस खौफ से पीछे हटना चाहते थे, किन्तु सर्प के सम्मोहन से, वह एक कदम भी पीछे नहीं कर पा रहे थे।

सर्प ने अपने शिकार को फंसा लिया था, उसने दानवों को ध्यान से देखा, फिर दंडक को अपना शिकार बनाया। सर्प ने अपना फन फैलाया, वह दंडक के समीप आया, अपने विष भरे दांतों से उसने दंडक पर प्रहार किया।

"दृष्टि नीचे करो।" मैत्रेय ने चिल्लाते हुए सर्प के दांतों को तलवार की धार से काटा।

सर्प दर्द में कराहा और थोड़ा पीछे हटा, राक्षस उस सम्मोहन से बाहर आए। सर्प और क्रोध में आ गया, उसने मैत्रेय पर क्रोध से फनकार, इस फनकार से किसी की आत्मा कांप जाए।

"महारानी।" चिल्लाते हुए महर्षि सीढ़ियों से उनकी ओर बढ़े।

उस सर्प ने मैत्रेय पर बहुत तेजी से वार किया, मैत्रेय को उठा कर उसके शरीर को मसलना शुरू किया। मैत्रेय ने हवा में तलवार मरनी शुरू की किन्तु सर्प उन्हें और तेज कसता गया, जिससे मैत्रेय के शरीर में कोई शक्ति नहीं बची।

सर्प, मैत्रेय को मुंह के पास लाया, उसने अपना मुंह खोला, उसके मुंह से रक्त की दुर्गंध आ रही थी।

मैत्रेय ने भय से आँखों को धक लिया, तभी बहुत तेज चीख से मैत्रेय को अपने कान बंद करने पड़े। मैत्रेय बहुत तेजी से धरती पर गिरी। मैत्रेय ने आंखें खोली। दंडक ने सर्प की गर्दन काट दी और मैत्रेय के प्राण बचा लिए।

"आप ठीक तो हैं, महारानी" शैलेन्द्र ने उन्हें उठने में सहायता करते हुए कहा।

मैत्रेय ने हाँ में सिर हिलाया और वह अपने स्थान से उठी, ऋषि बहुत ही भय में है।

"ऐसी और भयानक शक्तियां हमारे ओर आ रही हैं, महारानी। हमें शीघ्र आती शीघ्र महाराज को बचा कर यहाँ से निकालना चाहिए।"

ऋषि को ऐसे भय में देख कर मैत्रेय उनकी बात को समझी, उसने उस ओर देखा जहां उसने सूर्यवादन और उसके चमचे को देखा था।

"सूर्यवादन और सुखदेव, गुफा में ही हैं।" मैत्रेय ने दंडक से कहा।

"उन पापियों को ढूंढ कर गुफा से बाहर ले जाओ, अपने मित्र को बचा कर हम उनसे निपटेंगे।" दंडक ने अपने कुछ राक्षसों से कहा।

वह, उन दोनों की खोज में निकल गए। मैत्रेय ने सब को अंदर चलने का संकेत किया। सभी गुफा के और अंदर बढ़े, परंतु जैसे वहाँ से कहीं और जाने का रास्ता ही नहीं दिख रहा है। बस वह सीढ़ियाँ जिनसे मैत्रेय और ऋषि शैलेन्द्र नीचे आए थे।

"आगे जाने का तो कोई मार्ग नहीं है।" मैत्रेय ने कहा।

"हम यहाँ अधिक देर नहीं रुक सकते, उस सर्प से भी अति बलशाली शक्तियां हमारी ओर बढ़ रही हैं।" ऋषि शैलेन्द्र ने कहा।

दंडक ने अधीर हो कर, वहाँ की दीवारों को तोड़ने के मकसद से मारना शुरू कर दिया।

"ऐसा नहीं करिए, हमें नहीं पता, आगे क्या जाल बिछा हो मूर्ख, राक्षस। शक्ति के घमंड में पहले ही आप और महारानी मौत के मुंह से बचे हैं।" ऋषि शैलेन्द्र ने कहा।

"हम मूर्खता कर रहे हैं, तो आप तो हाथ पर हाथ धरे बैठे हैं, अपने विश्वविख्यात होने के घमंड में।" दंडक ने चिल्लाया।

"घमंड, घमंड, हाँ, यह जादू घमंड से बना है, घमंड तोड़ने के लिए।" ऋषि शैलेन्द्र ने कहा।

"यह आप क्या कह रहे हैं गुरु जी?" मैत्रेय ने पूछा।

"सूर्यवादन ने यह सब आप सब का घमंड तोड़ने के लिए किया है। जिस तांत्रिक से उसने यह बनवाया है, उन्हें सूर्यवादन का घमंड ही सबसे ताकतवर भावना लगी होगी, इसलिए हम सब भी यहाँ वही भावना अनुभव कर रहे हैं।"

"बहुत अच्छे, किन्तु इस बात से हम महाराज भालेन्द्र को कैसे बचाएंगे?" दंडक ने अपने हाथ हवा में फेंकते हुए कहा।

"यह विद्या तो केवल अरुणिमा के मंत्र से समाप्त हो सकता है।" मैत्रेय ने कहा। "हमारी माँ ने हमें अरुणिमा की कहानिया सुनाई हैं"

अरुणिमा का नाम सुन कर, वहाँ सब भय में आ गए, जैसे किसी बुरी याद ने उन्हें घेर लिया हो।

"हमें विश्वास नहीं हो रहा, हमें उस डायन की सहायता लेनी पड़ रही है।" ऋषि शैलेन्द्र ने कहा।

"आप यह सोच समझ कर तो कर रहे हैं ना, उस डायन का नाम लेना ही अशुभ माना जाता है। उसकी विद्या का उपयोग, कही हमें इससे बुरी परिस्थिति में ना डाल दे।" दंडक ने ऋषि को रोकते हुए कहा।

"अब इस मंत्र के उपयोग के बाद ही हम सत्य जान पाएंगे।" ऋषि शैलेन्द्र ने कहा। "अगर इस मंत्र ने काम किया, तो आपको आगे का रास्ता दिखेगा, आप महाराज भालेन्द्र तक पहुँच जाएंगे।

राक्षस सिर दार दंडक, आप जानते हैं ना आपको अपने अस्त्र का उपयोग कब करना है?"

दंडक ने बस हाँ में सिर हिलाया, शैलेन्द्र ने अपने झोले से कुछ सामग्री निकाल कर मुट्ठी में भरी। उनकी आंखें बंद हैं और वह कोई मंत्र पढ़ रहे हैं। धीरे-धीर वहाँ हवाएँ चलने लगी, जिससे राक्षसों को भी धरती पर रहने के लिए संभालना पड़ा, दंडक ने मैत्रेय को संभाला। उस वायु से एक द्वार खुला, वायु उस द्वार के अंदर चली गई। जैसे वह रास्ता बता रही हो।

राक्षस और मैत्रेय उस जादुई हवा के पीछे गए, वह स्थान लावा और अंगारों से भरा हुआ हैं। उस लावे के बीच भालेन्द्र को एक तहखाने में बंद कर रखा था। अगर भालेन्द्र तहखाने से निकाल भी जाए तो वह लावे से बाहर नहीं आ सकते। अपने पति की यह दशा देख कर मैत्रेय का दिल टूट गया।

"भालेन्द्र" मैत्रेय ने इतने धीमे कहा की दंडक भी से सुन नहीं पाया।

किन्तु भालेन्द्र ने सुना, वह अपने स्थान से उठे, उसकी दशा खराब दिख रही है। "मैत्रेय?" भालेन्द्र ने उलझन में कहा।

"हम आपको यहाँ से निकालने आए हैं।" मैत्रेय ने आगे बढ़ते हुए कहा।

दंडक ने फिर मैत्रेय को पीछे किया "आंखें खुली रखिए महारानी।"

भालेन्द्र ने दंडक को देखा, वह जितना हैरान था उतना ही उसे खुशी हुई।

अचानक से लावा उबलने लगा, हर व्यक्ति का ध्यान उस उबलते लावे पर है। एक राक्षस उसे समीप से देखने के लिए आगे

बढ़ा, तो वह लावा और तेजी से उबलते हुए गड्ढे से बाहर आया। राक्षस पीछे हटा, तो लावा हवा के बवंडर की तरह बढ़ने लगा, राक्षस और गति से दूर हुआ, तो उस लावे के बवंडर ने राक्षस को अपने लपेटे में ले लिया, उसका पूरा शरीर झुलस गया, ऐसा लगा जैसे वह लावा शरीर को खा गया हो, यह देख कर राक्षस बुरी तरीके से घबरा गए, वह लावा से दूर होने लगे। वह जितना दूर हुए, लावे में और उबाल आने लगा, हर ओर लावा बढ़ने लगा।

“अपने स्थान से हिलिए नहीं, एक स्थान पर रुकिए।” मैत्रेय ने चिल्लाया।

किन्तु तब तक एक और लावा, दंडक के एक और राक्षस को अपने क्रूर दृष्टि में बिठा चुका था। वह क्रोध से उस राक्षस की ओर बढ़ रहा है, राक्षस ने तलवार से उसे काटने का प्रयत्न किया परंतु जब शरीर उस लावा से नहीं बचा तो तलवार उसे क्या रोकती।

उस राक्षस ने भय और उम्मीद से अपने मित्रों की ओर देखा, किन्तु कोई भी अपने स्थान से हिलता तो वह आत्महत्या ही होती। भय से उस राक्षस की आँखों में आँसू आने लगे। दंडक ने कभी अपने राक्षसों को ऐसे बेबस नहीं देखा था। दंडक उस दानव और उस लावे के बीच आया।

“नहीं।” मैत्रेय बहुत तेज चिल्लाई।

भालेन्द्र भी अपने मित्र को ऐसे भस्म होते नहीं देख सकता थे, उन्होंने आंखें बंद कर ली।

तेज सफेद रोशनी पूरी गुफा में फैल गई। यह रोशनी दंडक अस्त्र से आ रही है, जो मैत्रेय ने उसे दिया था। उस रोशनी ने लावे को दूर कर के दंडक के प्राण बचाए।

“दंडक आपका अस्त्र।” मैत्रेय ने कहा।

दंडक ने अपने अस्त्र को अपने हाथ में लिया, दंडक के हाथ में आते ही, जैसे वह अस्त्र और जोश में आ गया, उसकी रोशनी बढ़ गई।

"आप सब यहाँ से बाहर जाइए, हम भालेन्द्र को लेकर आते हैं।" दंडक ने अपने राक्षसों को आदेश दिया।

राक्षसों ने तुरंत अपने सिर दार की आज्ञा का पालन किया और वहाँ से बाहर जाना शुरू किया। वहाँ लोगों के चलने के कारणवश वह लावा और क्रोध में भभकने लगा। लावा, दंडक पर तो प्रहार नहीं कर पाया, परंतु उसने एक और राक्षस को अपना शिकार बना लिया।

उसे देख कर दंडक और भड़के "शीघ्र बाहर निकालिए शीघ्र।" दंडक ने अपने राक्षसों को बचाने का प्रयत्न किया, उस अस्त्र के अधिक उपयोग से दंडक दुर्बल पड़ने लगा, जैसे वह अस्त्र शक्ति दंडक से ले रहा है।

"मैत्रेय, आप जाइए यहाँ से।" भालेन्द्र ने चिल्ला कर कहा।

"नहीं हम आपको लिए बिना नहीं जाएंगे।" मैत्रेय ने चिल्लाया।

"आप बाहर जाइए, महारानी।" दंडक ने कहा।

"हम एक बार आपको खो चुके हैं भालेन्द्र, हम आपके बिना कही नहीं जायेंगे।"

"मैत्रेय, आपकी माँ क्या कहती हैं, पुरुषों को गलतफहमी है कि उन में साहस अधिक है, किन्तु वास्तविकता में स्त्री में अधिक साहस होता है। आपने इतना साहस दिखाया है, आप हमें बचाने यहाँ तक आईं, कुछ देर और आपको साहस दिखाना होगा मैत्रेय।" भालेन्द्र ने मैत्रेय को समझने का प्रयत्न किया।

"नहीं, हममें इतना साहस नहीं है।" मैत्रेय ने भालेन्द्र के समीप जाने का प्रयत्न करते हुए कहा।

दंडक उनके पास भाग कर गए और उनके पास बढ़ रहे लावे को पीछे धकेला।

भालेन्द्र की जैसे साँसे रुक गई, उसने सलाखों को तोड़ने का प्रयत्न किया। किन्तु यह उनके बस का नहीं था। "मैत्रेय, महारानी रक्षसामर्दानी ने आपको बहुत अभिलाषाओं से बड़ा किया है। आप फिर प्रेम में मूर्खता कर रही हैं, और कितना शर्मिंदा करेंगी आप अपनी माँ को?" भालेन्द्र ने क्रोध में कहा।

"भालेन्द्र।" मैत्रेय ने रोते हुए कहा।

"लगता है, आपकी माँ की आपसे उम्मीद कुछ अधिक ही है। थोड़ी परेशानी सामने नहीं आती और आप कमजोर पड़ जाती हैं। आपमें अपनी माँ का रक्त है भी या बस आपने कमजोर पिता का?" भालेन्द्र ने और क्रूरता से कहा। "हमें बचाने के लिए, ना जाने कितने राक्षसों ने प्राण दे दिया, और आपको दंडक की दशा नहीं दिख रही, आपको बचाने के लिए वह अपने राक्षसों को नहीं बचा पा रहे, कितनी स्वार्थी हैं आप।" भालेन्द्र की आवाज में और क्रूरता है।

यह सुन कर जैसे मैत्रेय बुत बन गई, उनके कदम ही नहीं उठ रहे थे। दंडक ने एक राक्षस को संकेत किया और मैत्रेय को वहाँ से ले जाने का इशारा किया। वह मैत्रेय को बलपूर्वक उठा कर ले गए।

मैत्रेय जब बाहर आई, तो उनकी दृष्टि ऋषि शैलेन्द्र पर गई, जो मंत्रों को निरंतर पढ़ रहे हैं, किन्तु वह अपने घुटने के बल बैठे हैं। उस गुफा को खुला रखने के लिए ऋषि शैलेन्द्र को भी पूरी शक्ति लगानी पड़ रही है,जो उन्हें कमजोर कर रही है। किन्तु लावा की शक्ति उस गुफा को और कमजोर बना रही है, तभी मैत्रेय ने वह हिज्ज फिर सुना।

"हमें महारानी को सुरक्षित बाहर लेकर जाना होगा।" एक राक्षस ने कहा।

"पर सिर दार अंदर हैं" दूसरे राक्षस ने कहा।

"नहीं हम कही नहीं जाएंगे, आपने वह आवाज सुनी, वह सर्प समीप है, अगर गुरु जी को कुछ हुआ तो भालेन्द्र और दंडक अंदर ही रह जाएंगे।"

"सर्प को हम देख लेंगे, किन्तु आपका सुरक्षित बाहर निकलना आवश्यक है।" पहले राक्षस ने कहा।

"पहले भी हमने आपको बचाया था।" मैत्रेय ने कहने का प्रयत्न किया।

परंतु दूसरे राक्षस ने बात करने में समय लगाने की स्थान पर फिर मैत्रेय को बलपूर्वक उठा कर, बाहर ले गया। दो राक्षस, ऋषि शैलेन्द्र को बचाने के लिए उन्हें घेर कर खड़े हो गए। उन्होंने तलवारें उठा ली, आँखों को बंद कर के उन्होंने बस अपने कानों से उस सर्प का पता लगाने का प्रयत्न किया।

मैत्रेय के सुरक्षित बाहर जाते ही, दंडक ने भालेन्द्र की ओर बढ़ना शुरू किया, लावा आक्रोश के साथ उसे छूने के प्रयत्न कर रहे हैं। दंडक जोर से चिल्लाया जैसे भारी वज़न उठा रहा हो। उससे वह रोशनी और बढ़ी और दंडक के चारों ओर एक सुरक्षित घेरा बना दिया। जिससे छल से दंडक पर प्रहार कर रहे लावे को कोई रास्ता ना मिले।

दंडक, तहखाने तक पहुँच तो गया, किन्तु उस तहखाने को खोलना जैसे नामुमकिन था। भालेन्द्र और दंडक ने अपना पूरा जोर लगा कर उसे खोलने का प्रयत्न किया।

गुफा में कंपन बढ़ने लगा, गुफा की छत ढहने लगी। तब एक राक्षस को वह अपने समीप प्रतीत हुआ। उस राक्षस ने आंखें खोली, वह नाग उसके सामने ही है, राक्षस के अंदर भय फिर बढ़ने लगा। दूसरा राक्षस चिल्लाता हुआ उसके सामने आया और उसने सर्प पर

वार किया। ऐसा वार जिसने सर्प को भी चौका दिया, नाग पीछे हटा। किन्तु उतनी ही तेजी से उसने फिर प्रहार करने का प्रयत्न किया, दोनों राक्षस पूरी शक्ति से ऋषि शैलेन्द्र के प्राण बचाने में जुट गए।

ऋषि शैलेन्द्र दुर्बल पड़ते जा रहे हैं, जिस शक्ति से उन्होंने गुफा का द्वार खोला था, वह कम पड़ती जा रही है। उस गुफा का द्वार बंद हो रहा है और लावा की शक्ति बढ़ती जा रही है।

"हम इससे बाहर नहीं निकाल सकते, अपने प्राण बचाइए दंडक।" भालेन्द्र ने कहा।

"हम आपके बिना बाहर नहीं जाएंगे।" दंडक ने उस हवा के बवंडर की ओर देखा, जिसने उन्हें रास्ता दिखाया था और तब से वह बस ऊपर घूम रहा है।

"बेवकूफी नहीं करिए।" भालेन्द्र चिल्लाया।

"अच्छा आप हमें भी हमारी कमियाँ, बुरा समय स्मरण कराएंगे। प्रयत्न करके देख लीजिए मित्र, परंतु हमारे जीवन में ऐसा कुछ नहीं है, जिसके लिए हमें अपराध बोध हो।"

"जानते हैं।" भालेन्द्र ने चिढ़ कर कहा। "हमें तो इस बात का दुख:है कि अगर यह हमारे आखिरी शब्द थे हमारी मैत्रेय के लिए तो" भालेन्द्र की आवाज में बहुत दर्द है।

"कस कर पकड़िए भालेन्द्र" दंडक ने कहा, उस गुफा में लावा पूरी तरीके से फैल चुका था। जिससे तहखाने के नीचे की धरती भी कमजोर हो गई है। इसी बात का लाभ उठा कर दंडक ने तहखाने को उठा कर हवा के बवंडर की ओर फेंक। "आप यहाँ हैं, तो कुछ काम भी करिए।" दंडक ने बवंडर से कहा।

भालेन्द्र का तहखाना, बवंडर के साथ घूमने लगा, दंडक स्वयं पूरी शक्ति के साथ बाहर की ओर भागा। वह द्वार छोटा होता जा

रहा था। बवंडर भालेन्द्र को लेकर उस द्वार से निकल गया। बवंडर के निकलते ही वह द्वार बंद हो गया, और धुआँ और धूल ने पूरे गुफा को घेर लिया।

"नहीं।" भालेन्द्र चिल्लाए।

ऋषि शैलेन्द्र ने पूरी शक्ति खो दी, वह बेहोश हो कर धरती पर गिर पड़े। बवंडर की शक्ति भी कम होने लगी और भालेन्द्र का तहखाना सीधे उस सर्प के सिर पर गिरा, जिससे सर्प का सिर कट गया, उसके विषेले रक्त से भालेन्द्र का तहखाना पिघलने लगा। भालेन्द्र रक्त से बचे और तहखाने से बाहर निकले, एक राक्षस ने उनकी सहायता की, दूसरा राक्षस, ऋषि शैलेन्द्र को संभालने गया।

"सिर दार?" एक राक्षस ने पूछा।

"लगता है कैद में रह कर आप कुछ अधिक ही सुस्त हो गए हैं। हम आपको गोद में बाहर नहीं लेकर जाएंगे" दंडक ने धूल से बाहर आते हुए कहा।

भालेन्द्र ने अपने मित्र को गले लगा लिया, फिर सभी गुफा से बाहर भागे।

मैत्रेय बाकी राक्षसों के साथ बाहर भयभीत खड़ी हैं। कुछ राक्षसों ने सुखदेव और सूर्यवादन को पकड़ा है। उनकी दृष्टि बस द्वार पर टिकी हैं। सबसे पहले दंडक बाहर आया, उनके पीछे उनके राक्षस बाहर आए, जिन में से एक के गोद में ऋषि शैलेन्द्र हैं, फिर भालेन्द्र बाहर आए।

भालेन्द्र के बाहर आते ही उस गुफा का द्वार बंद हो गया और गुफा वहाँ से ऐसे गायब हो गई, जैसे वहाँ कभी कुछ था ही नहीं। एक कंकड़ भी उस खाली मैदान में उस गुफा का पता नहीं बात सकता था।

भालेन्द्र को देख कर मैत्रेय के जान में जान आई, भालेन्द्र मैत्रेय की ओर बढ़े किन्तु मैत्रेय के मुख की खुशी समाप्त हो कर घमंड में बदल गई। वह भालेन्द्र से दूर हो कर ऋषि शैलेन्द्र के पास गई।

मैत्रेय ऋषि शैलेन्द्र के समीप जाकर बैठी।

एक राक्षस उनके समीप आया और उसने महर्षि को कुछ जड़ी बूटी दी "हमने यह स्वयं बनाई है, इससे आपको कुछ पल में शक्ति मिल जाएगी" उस राक्षस ने कहा।

महर्षि ने वह जड़ी बूटी खाई, जैसे उस राक्षस ने कहा था, ऋषि शैलेन्द्र में थोड़ी शक्ति आने लगी, वह अपने स्थान पर उठ कर बैठे। एक राक्षस ने उन्हें पीने के लिए पानी दिया।

जब राक्षस और मैत्रेय ऋषि शैलेन्द्र पर ध्यान दे रहे थे, भालेन्द्र और दंडक अपने पिताओं के हत्यारे के समीप पहुँच गए।

"आप दोनों उनसे दूर रहिए।" मैत्रेय ने चिल्ला कर कहा।

"मैत्रेय यह हमारे पिता के हत्यारे हैं।" भालेन्द्र ने कहने का प्रयत्न किया।

"हमारे पिता के भी, हम इन्हें नहीं छोड़ेंगे।" दंडक ने कहा।

"क्या सिर दार चाचा को भी?" भालेन्द्र ने कहा।

"हमारे पिता और भाई की हत्या भी इन्हीं पापियों ने की है, और इस युद्ध का नेतृत्व हम कर रहे हैं, महाराज भालेन्द्र, सिर दार दंडक। आप दोनों वही करेंगे जो हम कहेंगे।"

"महारानी मैत्रेय, हम" दंडक ने कहने का प्रयत्न किया।

"बस जितना सम्मान अनिवार्य था, उतने सम्मान से हमने कह दिया। आप कोई पाँच वर्ष के बालक नहीं हैं, जो हमसे हट कर रहे हैं।" मैत्रेय ने दंडक को डाँटते हुए कहा।

"बिल्कुल महाराज भूपति की परछाई, सही कहते थे, पारस जी" वीरगति ने मुस्कराते हुए कहा।

मैत्रेय ने अपने आस पास देखा, वह दुनिया कहीं ओझल हो गई और वह सब, वादन राज्य में पहुँच गए। नदी के किनारे जहां से सुखदेव, मुख्यमंत्री पारस को लेकर गए थे।

वीरगति और योगवादन वही उनकी प्रतीक्षा कर रहे थे।

दंडक ने मैत्रेय को आंखें छोटी करके घूरा "अब हमें खुशी है, इन्होंने हमसे विवाह नहीं किया" दंडक ने भालेन्द्र से कहा।

भालेन्द्र हल्का सा मुस्कराए।

"पारस जी कहाँ हैं?" मैत्रेय ने पूछा।

"वह नहीं रहे महारानी, उन्होंने ही इस स्थान का पता लगाया था" ऋषि शैलेन्द्र ने कहा।

"हे प्रभु।" मैत्रेय ने अपने माथे पर हाथ रखा।

"आपके रघुवंश जाने पहले, बहुत क्रोधित थे, तो कह रहे थे। कार्य का तरीका अलग है, परंतु छवि ऐसी है, जैसे बहु नहीं स्वर्गवासी महाराज की संतान हों।" वीरगति ने कहा।

"क्या वैसे ही क्रोधित थे, जैसे वह पिताजी से होते थे?" भालेन्द्र ने वीरगति से पूछा।

वीरगति ने हां में सिर हिलाया।

"हमें सुन कर अच्छा लगा, धन्यवाद सेनापति। अब अपराधियों को कैद में लीजिए, महाराज को महल ले जा कर उन्हें वैद्य को दिखाइए। रघुवंश के मित्र इन राक्षसों को भी महल में ले जा कर उनकी सुविधा का ध्यान दिया जाए।" मैत्रेय ने कहा।

उनका आदेश सुन कर सभी वहाँ अपने कार्य पर लग गए, उन्हें दूर से देख रहे, वीरगति के सैनिक भी अपने काम पर लग गए।

योगवादन ने अपने पिता से एक बार बात नहीं की, वहाँ वीरगति ने साथ उनकी सहायता करने चले गया।

"मैत्रेय।" भालेन्द्र ने कहा।

मैत्रेय ने उन पर ध्यान नहीं दिया, वह ऋषि शैलेन्द्र ने साथ वहाँ से चली गई।

"आपके जो आखिरी शब्द थे, उसके बाद मर जाना ही कम दर्दनाक होता है।" दंडक ने मैत्रेय की ओर संकेत करते हुए भालेन्द्र को छेड़ा।

"आप मैत्रेय के सामने बहुत मित्र बन रहे हैं, अब आपको हमारा धोखा स्मरण नहीं" भालेन्द्र ने उन्हें ताना मारा।

"हमें, हमारा अपना प्रेम मिल गया है" दंडक ने कहा।

भालेन्द्र ने हैरान हो कर देखा।

"हमारे सेनापति, मुख्यमंत्री, सैनिक हमारी नहीं हमारी पत्नी की बात मान रहे, जिनके स्त्री होने से सब को परेशानी थी, हमारा मित्र जो उनके प्रेम के कारण हमसे मित्रता तोड़ चुके थे, उन्हें फिर प्रेम हो गया। कितने समय से गायब थे हम?"

"चलिए सब बताते हैं।" दंडक ने भालेन्द्र का कंधा थपथपाते हुए कहा।

पाठ - 28
महारानी और महाराज

वादन राज्य की राजसभा, आज पूरे भारतवर्ष कुलीन व्यक्तियों, सैनिकों, और ऋषियों से भरी हुई है। उनके साथ ही दंडक और उसके राक्षस कबीले के व्यक्ति भी उस सभा में हैं।

भालेन्द्र बेसब्री से अपनी पत्नी की प्रतीक्षा कर रहे हैं। जब से मैत्रेय ने उन्हे सूर्यवादन के कब्जे से बचाया है, वह उनसे नहीं मिली। इस बात को केवल कुछ ही दिन हुए हैं, परंतु भालेन्द्र के लिए जैसे यह वर्षों की बात हो गई है।

मैत्रेय अपनी माँ और भाभी जानकी के साथ, वहाँ पहुँची। भालेन्द्र अपनी पत्नी के समीप गए, परंतु मैत्रेय ने उन्हें नहीं देखा। महारानी मैत्रेय आज किसी अप्सरा से कम नहीं लग रही, भालेन्द्र अपनी पत्नी से दृष्टि नहीं हटा पा रहे, फिर भी उनकी पत्नी उन्हें नहीं देख रही।

भालेन्द्र ने रक्षसामर्दानी के पैर छूए, रक्षसामर्दानी ने भालेन्द्र को बहुत लाड़ से आशीर्वाद दिया।

अब भालेन्द्र और मैत्रेय सभा में जाने के लिए तैयार हैं। भालेन्द्र ने सभा में जाने के लिए मैत्रेय का हाथ पकड़ा, जिस प्रकार वह उन्हें देख भी नहीं रही थी, भालेन्द्र को लगा था, मैत्रेय उन्हें हाथ नहीं पकड़ने देंगी, परंतु मैत्रेय ने ऐसा कुछ नहीं किया।

"आप तैयार हैं, महाराज" मैत्रेय ने कहा।

"आपके लिए सदैव, महारानी" भालेन्द्र ने बहुत प्रेम से कहा।

दोनों साथ में सभा में गए, उन्हें देखते ही सब ने जयकार लगाना शुरू कर दिया।

"महारानी मैत्रेय की जीत हो"

"रघुवंशी महाराज भालेन्द्र की जीत हो"

सभा में उनके सम्मान की गूंज होने लगी, दोनों सिंहासन के सामने आए। वहाँ 2 सिंहासन नहीं एक ही विशाल सिंहासन रखा है। मैत्रेय ने भालेन्द्र को घूरा।

"आप हमें, साथ पसंद हैं, सिंहासन की दूरी भी हम बर्दाश्त नहीं करेंगे।" भालेन्द्र ने धीमी आवाज में कहा।

मैत्रेय मुस्कराई "यह सभा आपका प्रेम प्रसंग सुनने नहीं आई है, महाराज! सभा शुरू करिए।" मैत्रेय ने धीमे स्वर में कहा।

"हम योद्धा हैं, आप हमारी महारानी, सभा को इतनी प्रतीक्षा भी नहीं कराइए महारानी, सभा शुरू करिए।" भालेन्द्र ने कहा।

मैत्रेय ने हैरान हो कर भालेन्द्र हो देखा। सभा शांत हो गई, सब उनकी बोलने की प्रतीक्षा करने लगे।

मैत्रेय ने सभा की ओर देखा, लंबी सांस ली "आप सब का धन्यवाद, इतने कम समय में यहाँ उपस्थित होने के लिए। हम राक्षस सरदार दंडक को धन्यवाद करते हैं, जिन्होंने अपने पूर्वजों की तरह हमारा साथ दिया है।" मैत्रेय ने थोड़ा झुक कर कहा।

"हम भी आपकी मित्रता के कृतज्ञ है, महारानी" दंडक ने अपने स्थान पर खड़े हो कर उनके सामने हाथ जोड़ा। सुमन जो उनके समीप बैठी थी, वह भी वैसे ही हाथ जोड़ कर झुकी।

सभी उनके लिए तालियाँ बजाने लगे।

"महर्षि शैलेन्द्र का हम जितना भी धन्यवाद करें कम है, उन्होंने हमारी ऐसे समय पर सहायता की जब हमें सबसे अधिक आवश्यकता थी।"

सब ने महर्षि शैलेन्द्र के लिए तालियाँ बजाई।

"हम रघुवंश के पूर्वजों का भी धन्यवाद करते हैं, और उम्मीद करते हैं, आपको अपने लक्ष्य में सफलता मिले।" मैत्रेय ने महर्षि शैलेन्द्र के साथ ब्राह्मण रूप में बैठे क्षत्रिय से कहा।

उन्होंने भी मैत्रेय के सामने हाथ जोड़े, भालेन्द्र ने उन्हें देखा, उनके सामने हल्का सा सिर झुकाया।

"हम सब के अपराधी सूर्यवादन और सुखदेव को अपना बचा जीवन कारागार में बिताना है, जहां हर दिन उनके कर्म उन्हे स्मरण कराए जाएंगे, जिन पर भी उन्होंने अत्याचार किया है, उन्हे बारी-बारी मौका मिलेगा, सूर्यवादन और सुखदेव को अपने हिसाब से सजा देने के लिए, केवल उनके प्राण लेने की अनुमति नहीं होगी, जो भी वो करना चाहे कर सकते हैं" मैत्रेय ने मुस्करा कर कहा।

भालेन्द्र और दंडक की मुस्कान भी बढ़ गई। जैसे वह मन ही मन प्रताड़ना सोच चुके हो। सूर्यवादन और सुखदेव का बचा जीवन, हर अपराधी के लिए बुरा स्वप्न बनने वाला था।

"प्राण तो ईश्वर के हाथ में है। किन्तु हर प्रताड़ना की सूचना, हमारे कलाकार पूरे भारतवर्ष में बताएंगे जरूर।"

महारानी मैत्रेय के क्रूर विचार को देख कर कुछ लोगों में भय विराज गया।

"वादन परिवार का क्या, आखिर वह भी तो इनके ही बीज हैं?" किसी ने भीड़ में से पूछा।

“सजा केवल उनके लिए हैं, जिन्होंने गुनाह किया है। सूर्यावदान के दुष्कर्म को चुपचाप देखने की सजा वह सब भर चुके हैं। जब तक वादन परिवार, रघुवंश के अधीन रह कर काम करने में खुश है, ठीक है। वरना वादन हो या कोई भी राज्य, किसी ने भी हमारे रघुवंश की ओर आँख उठाई तो हम उसे नरक की आग दिखाएंगे।”

सब ने फिर महारानी और महाराज के लिए तालियाँ बजाई उनकी जय-जय कार की।

उस जशन में सब एक दूसरे के साथ मिल जुल कर आनंद ले रहें हैं।

कमलजीत अपनी बुआ की गोद में है, वह अपनी बुआ को सब बता रहा है, जो भी उनकी दादी ने उन्हे सिखाया है।

उनके साथ ही, रक्षसामर्दानी, जानकी, सुमन, केसर, रूपवती, सृष्टि और रुक्मणी है।

“आपके पति, स्वर्गवासी मुख्यमंत्री पारस बहुत अच्छे व्यक्ति थे, रुक्मणी जी” रूपवती ने कहा।

रुक्मणी हैरान रह गई, जैसे उनके पास कोई उत्तर ना हो।

“वह हमें देखते ही स्नान करने नहीं भाग जाते थे।” केसर ने हँसते हुए कहा।

“मुख्यमंत्री पारस केवल सख्त थे, वह हमसे घृणा नहीं करते थे। उनका क्रोध घर के बड़ों की तरह था, जो अपने बच्चों को गलती करता देख क्रोधित होते थे।” रूपवती ने रुक्मणी को हल्की सी मुस्कान देते हुए कहा।

“यह तो अपने बिल्कुल सत्य कहा, रूपवती।” मैत्रेय ने कहा।

रुक्मणी को उनके पति के बारे में यह बाते सुनने में बहुत अच्छा लगा, उनकी आँखे कुछ नम हो गई।

"वैसे हम कभी-कभी विचार करते हैं, यह ब्राह्मण हमें देख कर घृणा से ही स्नान के लिए भागते हैं या स्नान गृह में इन्हें कुछ और ही करना होता है।" केसर ने शरारत से कहा।

उसकी बात सुन कर रुक्मणी, सुमन और मैत्रेय की आंखें बड़ी हो गई। परंतु रक्षसामर्दानी, जानकी, रूपवती और सृष्टि बहुत तेज हंसे।

"हम यहाँ और नहीं रुक सकते" मैत्रेय ने कहा।

मैत्रेय और सुमन वहाँ से दूसरे मेहमानों के बीच व्यवस्था देखने गई।

"चलिए अब बताइए, कैसा चल रहा है सब?" मैत्रेय ने सुमन को गुदगुदी करते हुए, दंडक की ओर संकेत करते हुए कहा।

"कितनी दोगली हैं आप, वहाँ सब के सामने तो ऐसे आ गई जैसे कितनी संस्कारी हैं।" सुमन ने मैत्रेय को घूरते हुए कहा।

"संस्कारी तो हम हैं।" मैत्रेय ने मुस्कराते हुए कहा।

वह ऋषि शैलेन्द्र के समीप जा रहे थे, परंतु वह किसी राक्षस ने बात करने में लगे हैं।

"आप हमें वह जड़ी बूटी बताएंगे, जो अपने हमें दी थी।" महर्षि शैलेन्द्र ने उस राक्षस से कहा, जिसने उनकी सहायता की थी।

"हम आपको उसे उगाना भी सीखा सकते हैं।" उस राक्षस ने कहा।

"आप हमारे आश्रम में क्यों नहीं आते, हम साथ मिल कर काम करेंगे। हमारे पास भी बहुत अच्छी जड़ी बूटियाँ हैं।" महर्षि ने कहा।

"राक्षस और ऋषियों के आश्रम में" कहते हुए वह राक्षस हंसने लगा।

"आपके माँस का देख लेंगे, क्षत्रिय भी तो आते हैं हमारे आश्रम में, वैसे भी आप हर दिन भोजन में मांस नहीं लेते, हमने पता लगाया है।" महर्षि ने कहा।

मैत्रेय और सुमन ने हैरान हो कर ऋषि शैलेन्द्र को देखा। किन्तु उनकी बातों के बीच आना जरूरी नहीं समझा। वह महल से बाहर निकले।

"मैत्रेय।" भालेन्द्र की आवाज आई।

सामने से मैत्रेय और दंडक आ रहे हैं, मैत्रेय नहीं रुकी, उन्होंने सुमन का हाथ पकड़ा और अपने साथ ले जाने लगी। दंडक ने अपनी पत्नी का हाथ पकड़ा और उन्हें अपने साथ खींच कर ले गए।

"दंडक।" मैत्रेय ने चिढ़कर चिल्लाया।

"आप कब तक हमसे बात नहीं करेंगी मैत्रेय?" भालेन्द्र, मैत्रेय के समीप आए।

मैत्रेय ने फिर भी कोई उत्तर नहीं दिया, उन्होंने ऐसा बर्ताव किया जैसे उन्होंने कुछ सुना ही नहीं, वहाँ से आगे चली गई।

"हम जानते हैं, उस दिन हम अधिक कह गए।" भालेन्द्र उनके पीछे गए।

"बिल्कुल नहीं, सत्य तो अपने उस दिन ही कहा था। हमारी माँ ने हमारी बहुत अच्छी परवरिश की है। फिर भी हमने आपको क्रोध के नशे में पागल हाथी की तरह युद्ध भूमि में जाने दिया। आपके पिता का दुख:था, समझ कर जाने दिया। किन्तु आपने एक बार नहीं सोचा, अपने बदले की भावना में पीछे क्या छोड़ कर जा

रहे हैं। आप हमें वहीं छोड़ कर चले गए, जहां से बचाने की उम्मीद दिखाई थी।" मैत्रेय ने अपने पति से दृष्टि मिला कर कहा।

भालेन्द्र अपनी पत्नी से दृष्टि नहीं मिला पाए, "हमें क्षमा कर दीजिए मैत्रेय"

मैत्रेय की आँखों में आँसू हैं, भालेन्द्र उनके समीप गए अपनी पत्नी के आँसू पोंछे। "हम अब वही करेंगे जो आप हमें कहेंगी।"

"सच?" मैत्रेय ने बड़ी मासूमियत से पूछा।

"बिल्कुल सच।" भालेन्द्र ने कहा।

"ठीक है, तो हम कह रहे थे, इतने महीनों में हमें कक्ष में अकेले रहने की आदत हो गई है। हमने आपके लिए पास वाला कक्ष ही तैयार करवा दिया है" मैत्रेय ने कहा।

भालेन्द्र का हाथ अपने गाल से हटाया और फिर उनसे दूर जाने लगी। भालेन्द्र ने मैत्रेय को अपने गोद में उठा लिया, मैत्रेय ने चिल्लाना शुरू कर दिया।

"और तेज चिल्लाई, आपकी माँ तक संदेश शीघ्र पहुंचेगा की आज रघुवंश के महाराज और महारानी फिर कक्ष से बाहर नहीं निकालने वाले, तो वह मेहमानों को संभाल लें।"

मैत्रेय की आंखें बड़ी हो गई, भालेन्द्र उन्हें कक्ष में लेकर गए।

भारतवर्ष के मेहमानों ने भी मान लिया कि रघुवंश के महाराज और महारानी के आयोजनों और जश्नों का मज़ा लिया जाए, उनकी उपस्थिति की उम्मीद ना की जाए।

The End